DIE STARKBOGEN-SAGA
BUCH EINS:

Ein Krieger
der Wikinger

DÄNEMARK
845 n. Chr.

JUDSON ROBERTS
UND
RUTH NESTVOLD

I0628837

DIE STARKBOGEN-SAGA, BUCH EINS:
EIN KRIEGER DER WIKINGER

Ins Deutsche übertragen von
Ruth Nestvold

Umschlaggestaltung:
Lou Harper, Harper By Design

Karte:
Judson Roberts und Luc Reid

Für Jeanette

und für Chris.

INHALTSVERZEICHNIS

Personenverzeichnis

AIDAN
Der Abt eines irischen Klosters, der vom dänischen Stammesfürsten Hrorik gefangen genommen und versklavt wurde. Später wurde er Aufseher auf einem Anwesen von Hrorik.

ALF
Ein Mitglied in Tokes Mannschaft, die Halfdan verfolgt.

ASE
Die Frau von Ubbe und eine Priesterin der Göttinnen Freyja und Frigg.

CAIDOC
Ein irischer König unter dem Hochkönig von Ulster; der Vater von Derdriu.

CUMMIAN
Der junge Sohn von Aidan und Tove.

DERDRIU
Die Tochter von König Caidoc, die bei einem Überfall in Irland von Hrorik gefangen genommen wird. Sie wird Hroriks Konkubine und Mutter von Halfdan.

EINAR
Ein erfahrener Fährtenleser aus einem Dorf am Limfjord im Norden Dänemarks, in dem Hrodgar Dorfoberhaupt ist.

I

EANWULF	Der Ealdorman – ein Repräsentant des Königs – in Somersetshire im Königreich der Westsachsen in England.
FASTI	Ein Thrall oder Sklave auf Hroriks südlichem Anwesen.
FRET	Ein Karl oder freier Mann auf Hroriks Anwesen am Limfjord im Norden Dänemarks.
FRIAL	Ein irischer König.
GUDROD	Ein Karl auf Hroriks südlichem Anwesen; ein guter Schreiner.
GUNHILD	Die jetzige Ehefrau des Stammesfürsten Hrorik. Toke ist ihr Sohn aus einer früheren Ehe.
GUNNAR	Ein Karl und Schmied auf Hroriks südlichem Anwesen.
HALFDAN	Der Sohn von Hrorik, einem dänischen Stammesfürsten, und Derdriu, einer irischen Adligen, die Hroriks Sklavin wurde.

HARALD	Der Sohn von Hrorik und seiner ersten Frau Helge; Zwillingsbruder von Sigrid.
HELGE	Hroriks verstorbene erste Ehefrau; Mutter von Harald und Sigrid.
HORIK	König der Dänen von 813 - 854.
HRODGAR	Oberhaupt in dem Dorf am Limfjord im Norden Dänemarks nahe Hroriks Anwesen.
HRORIK	Ein dänischer Stammesfürst; Vater von Halfdan, Harald und Sigrid.
HRUT	Ein Thrall oder Sklave auf Hroriks südlichem Anwesen.
ING	Ein Thrall oder Sklave auf Hroriks südlichem Anwesen.
KAR	Ein guter Bogenschütze aus dem Dorf am Limfjord im Norden Dänemarks, in dem Hrodgar Dorfoberhaupt ist.
KILIAN	Der älteste Sohn des irischen Königs Frial; Derdrius Verlobter.
ODD	Ein Huscarl in Hroriks Haushalt und einer von Haralds Männern.

OSRIC	Der Ealdorman – ein Repräsentant des Königs – in Dorsetshire im Königreich der Westsachsen in England.
ROLF	Ein Huscarl in Hroriks Haushalt und einer von Haralds Männern.
SIGRID	Die Tochter von Hrorik und seiner ersten Frau Helge; Zwillingsschwester von Harald.
SNORRE	Der Steuermann und stellvertretende Anführer auf Tokes Schiff, dem Seeross.
TOKE	Gunhilds Sohn aus erster Ehe und Hroriks Stiefsohn.
TORD	Ein Mitglied in Tokes Mannschaft, die Halfdan verfolgt.
TOVE	Die Frau von Aidan, dem Aufseher auf Hroriks nördlichem Anwesen.
UBBE	Der Aufseher auf Hroriks südlichem Anwesen in der Mitte Dänemarks.
ULF	Ein Huscarl in Hroriks Haushalt und einer von Haralds Männern.

1

Ein Schiff

In einem Wimpernschlag änderten die Nornen das Muster, das sie in den Stoff meiner Bestimmung einwebten. Es war später Nachmittag, und ich arbeitete am Strand neben den Bootshäusern. Den ganzen Tag hatte ich Balken aus Baumstämmen behauen, und mein Rücken und meine Schultern waren müde vom Schwingen der schweren Breitaxt. Die Arbeit an sich machte mir nichts aus, denn obwohl ich erst vierzehn Jahre alt war, war ich groß gewachsen und bereits so stark wie mancher erwachsene Mann. Außerdem arbeitete ich gerne mit Holz. Schon seit ich sehr jung war, waren meine Hände ungewöhnlich geschickt beim Formen aus Holz und Metall, eine Gabe, die mich vor der Plackerei der Feldarbeit gerettet hatte. Was mich störte war, dass meine Mühen immer anderen Menschen dienten. Es störte mich, dass mein Leben nur darauf ausgerichtet war, die Bedürfnisse und Befehle anderer zu erfüllen, weil sie die Herren waren und ich ein Sklave.

Wie so oft wanderten meine Gedanken bei der Arbeit und ich träumte, ich sei frei, ein Krieger. Ich hatte kein Recht, solche Träume zu hegen; ich war schon mein ganzes Leben Sklave und würde wohl auch als Sklave sterben. Dennoch träumte ich weiter, da meine Träume die einzige Möglichkeit waren, der Realität meines Lebens zu entkommen. Mit jedem Schlag der Breitaxt malte ich mir aus, dass ich gegen die Engländer kämpfte,

Schulter an Schulter, Teil eines Schildwalls mit anderen Kriegern, anderen freien Männern. Hrorik, der Stammesfürst, der mich gezeugt hatte und dem ich gehörte, war soeben in England auf Beutezug. Mit ihm gezogen war der Großteil der freien Männer aus seiner Länderei und dem angrenzenden Dorf. Wäre ich frei, hätte ich ebenfalls dort sein können.

Meine Mutter kam hinunter zum Strand und setzte sich wortlos an den Hang oberhalb der Stelle, an der ich arbeitete. Wenn ihre Pflichten es zuließen, was nicht sehr oft war, setzte sie sich gern in meine Nähe und schaute mir ruhig bei der Arbeit zu. Es machte mich verlegen, wenn sie mir so zusah. Ich fühlte mich wie ein Kind und hatte sie einmal wütend darauf angesprochen.

„Es tut mir leid, Halfdan", hatte sie gesagt. „Es macht mir Freude, meinem Sohn bei der Arbeit zuzuschauen. Aber wenn du es peinlich findest, höre ich damit auf."

Danach sagte ich nichts mehr dazu, es gab ohnehin zu wenig Erfreuliches im Leben eines Thralls. Ich liebte meine Mutter und konnte sie nicht einer der wenigen Freuden berauben, die sie hatte.

Nach kurzer Zeit stürmte Hroriks Frau Gunhild vom Langhaus hinunter und fuhr Mutter an. „Du hast Arbeit zu erledigen. Was treibst du dich hier herum? Gehe zurück zum Langhaus und mache deine Arbeit!"

Meine Mutter antwortete nicht, ließ nicht einmal erkennen, dass sie Gunhild gehört hatte. Ich schaute von meiner Arbeit auf und sah, dass sich Gunhilds Gesicht vor Wut dunkelrot färbte. Selbst zu den besten Zeiten war Gunhild eine übelgelaunte Frau und sie hasste

2

meine Mutter wegen der Begierde, die mein Vater Hrorik für sie – eine bloße Sklavin – empfand. Jede Nacht, in der Gunhilds Bett kalt und leer blieb, weil Hrorik mit meiner Mutter lag, wuchs ihre Verbitterung. Ich glaube nicht, dass Gunhild Hrorik jemals geliebt hatte; ihre Ehe basierte auf Status und Reichtum und nicht auf Gefühlen. Aber Gunhild war eine stolze Frau. Sie fühlte sich zweifellos gedemütigt, weil alle Bewohner in Hroriks großem Langhaus wussten, wie oft er aus ihrem Bett floh, um das Bett einer Sklavin aufzusuchen.

Gunhild stapfte zurück ins Langhaus. Vor ihrer Wut hatte ich Angst, vor allem weil Hrorik abwesend war, der sie manchmal bändigen konnte. Ich wünschte mir, Mutter würde zu ihrer Hausarbeit zurückkehren und Gunhild nicht so provozieren. Stattdessen saß Mutter ruhig auf dem Hügel, während sie auf das Meer schaute. Eine unheimliche Stille hing in der Luft, sogar die Möwen hatten kurz aufgehört zu kreischen. Auch die leichte Brise hatte sich gelegt und das Wasser im Fjord war glatt und spiegelnd wie die Klinge eines edlen Schwerts.

Nach kurzer Zeit kam Gunhild mit langen Schritten wieder zurück und hielt einen langen, dünnen Ast in der Hand, den sie zu einer Gerte geschnitzt hatte. Als sie sich meiner Mutter näherte, hob sie die Gerte über den Kopf.

Bevor sie zuschlagen konnte, stand Mutter auf und zeigte auf das Meer.

„Sie kommen."

Ein Langschiff kam hinter der Landzunge des Fjords in Sicht. Kein Segel hing am Mast; in der Windstille wäre es zwecklos gewesen. Die Ruder hoben und senkten sich im Rhythmus, brachen die Wasseroberfläche und zogen das Schiff vorwärts.

Menschen liefen aus dem Langhaus und den Außengebäuden bis zu der Stelle, an der Gunhild stand, die besorgt auf das Schiff starrte, und die Gerte in ihrer Hand vergessen hatte. Ubbe, der Aufseher des Anwesens, kam schleppend angelaufen, behindert durch eine alte Verletzung, sein Schwert in der Hand.

„Es ist ein Kriegsschiff, meine Herrin", sagte er, obwohl das alle auch aus dieser Entfernung erkennen konnten, denn das Schiff war lang und schmal mit vielen Rudern. „Es könnten Plünderer sein. Ich werde dafür sorgen, dass Euer Pferd gesattelt ist, damit Ihr im Ernstfall an einen sicheren Ort fliehen könnt. Wir haben derzeit kaum genügend Männer zum Kämpfen, selbst wenn wir Hilfe aus dem Dorf bekommen."

Endlich wandte sich meine Mutter an Gunhild mit einem seltsamen Ausdruck des Triumphs in ihrem Gesicht.

„Wir müssen uns nicht fürchten", sagte sie, ihre Stimme kaum mehr als ein Flüstern. „Auf dem Schiff sind keine Plünderer. Es ist sein Schiff, der Rote Adler. Ich habe es den ganzen Tag schon gespürt. Sie bringen Hrorik nach Hause – um zu sterben."

2

Hroriks Untergang

Als der Rote Adler vor nur ein paar Wochen stolz unsere Küste hinter sich gelassen hatte, war das Deck dicht gedrängt mit einer Mannschaft von über fünfzig Kriegern. Die Hälfte waren Huscarls von Hroriks Anwesen, die restlichen aus dem nahe gelegenen Dorf. Alle hatten auf Reichtümer auf Kosten der Engländer gehofft und sie hatten gelacht und geprahlt, während ihre Ruder in das blaugrüne Meer eintauchten, um sie aus dem Uferbereich zu bringen. Wie ich die Hinausfahrenden beneidet hatte und wie sehr ich mich gesehnt hatte, ein Teil der Mannschaft auf dem Roten Adler zu sein!

Das Langschiff, das sich an diesem Tag so mühsam zurückschleppte, machte keinen so stolzen Eindruck mehr. Nur neun der sechzehn Paar Ruder waren besetzt, und als das Schiff sich dem Ufer näherte, konnte ich viele Männer auf dem Deck sitzend und liegend erkennen, deren blutgetränkte Verbände wie scharlachrote Fahnen von ihren Wunden kündeten.

Im Heck nahm Harald, Hroriks erstgeborener Sohn aus dessen ersten Ehe mit Helge, die Position am Steuerruder ein. Als sich der Rote Adler dem Ufer näherte, wendete Harald das Schiff scharf, sodass es das letzte Stück seitlich durch das Wasser glitt, um sanft an den schmalen Kai zu stoßen. Es war ein gut ausgeführtes Manöver. Normalerweise hätten die am Ufer wartenden Menschen sein Können bejubelt. Doch an diesem Tag blieben sie still; die Furcht in ihren Herzen lähmte ihre Stimmen.

Ein hastig aufgeschichteter Haufen aus Umhängen und Pelzen lag vor dem kleinen erhöhten Deck im Achterschiff, auf dem Harald stand. Als die Festmacherleinen vertäut wurden, öffnete sich der Stapel, und ich sah Hroriks Gesicht, blass und hager unter einem Umhang. Er starrte teilnahmslos einen Augenblick lang in Richtung Ufer, dann sank er wieder zurück unter seine Decken.

Seit der Sichtung des Roten Adlers hatte sich eine Menschenmenge am Ufer versammelt. Fast alle freien und unfreien Bewohner von Hroriks Anwesen waren da. Auch viele Menschen aus dem nahen Dorf und den umliegenden Bauernhöfen waren gekommen. Die Gesichter zeigten besorgte Mienen, denn es hatte sich schnell herumgesprochen, dass der Rote Adler früher als erwartet zurückgekehrt war, und das nur mit letzter Kraft.

Viele der am Ufer Stehenden riefen dem Schiff bange Fragen zu, als es sich dem Land näherte und festgemacht wurde. Niemand antwortete. Aber einige Fragen bedurften keiner Antwort. Für diejenigen, die besorgt nach ihren Angehörigen unter der Mannschaft Ausschau hielten, sprach das Fehlen des gesuchten Gesichts Bände. Während ich zuschaute, fingen einige Frauen in meiner Nähe still zu weinen an. Grette Ormsdotter, die Frau eines Huscarls, dessen Bauernhof an Hroriks Ländereien grenzte, schob mich beiseite, stellte sich auf die Zehenspitzen und versuchte, einen Blick in das Schiff zu erhaschen. Es war nur einige Wochen her, da hatte sie an diesem Ufer gestanden, als ihr Mann Krok und ihre zwei ältesten Söhne, Bram und Grim, mit Vorfreude fortgesegelt waren. Sie waren mir damals aufgefallen, als sie ihr glücklich Abschiedsgrüße zuriefen und von der Beute prahlten, die sie ihr bis Ende des Sommers bringen würden. Grim war nur ein Jahr älter als ich. Jetzt stand seine Mutter neben mir am Wasser, und unter den Männern der Mannschaft war von ihren Angehörigen nur Bram zu sehen.

„Bram", rief sie mit zitternder Stimme. „Wo ist dein Vater? Wo ist dein Bruder, Grim?"

Ihr Sohn Bram, ein großgewachsener, junger Mann mit langen, rotblonden Haaren, senkte sein Haupt und drehte sich um, ohne zu antworten.

Hroriks Sohn Harald ging vom Schiff und betrat die schmalen Planken des Anlegestegs. Er reckte seine Arme in die Höhe, um Ruhe zu gebieten.

„Uns ist ein Unglück zugestoßen", sagte er. Seine Stimme war tief aber kräftig, und alle am Ufer konnten ihn hören. „Das ist für alle hier offensichtlich. Aber unsere Geschichte verdient es, angemessen erzählt zu werden. Nur so können wir diejenigen ehren, die nicht mit uns zurückgekehrt sind. Jetzt bitten wir euch, keine Fragen mehr zu stellen. Wir sind von unserer Reise müde und unsere Verluste lasten auf unseren Herzen. Wir möchten uns kurz ausruhen. Kümmert euch bitte um die Verletzten. Nach Anbruch der Dunkelheit könnt ihr zu Hroriks Langhaus kommen, wo es Essen und Trinken für alle geben wird. Dann werde ich von dem Unheil erzählen, das die Nornen für uns gesponnen haben, nachdem wir diese Gestade verlassen haben und zu unserer vom Unglück verfolgten Reise aufgebrochen sind."

Harald trat zurück zum Schiff und gab einen Befehl. Die unverletzten Mitglieder der Mannschaft verstauten die langen Ruder auf dem hohen Ablagegestell in der Mitte des Decks.

Der Aufseher Ubbe schnallte den Gurt seiner Schwertscheide an seinen Gürtel und wandte sich zu einem Mann am Ufer, der neben ihm stand.

„Worauf wartest du? Worauf warten wir alle? Das sind unsere Kameraden", sagte er, als er die Planken des Kais betrat. Einige Männer folgten ihn, unter anderem ich. Wir stellten uns in einer Reihe auf, die sich bis ans Ufer erstreckte, und die Männer auf dem Schiff reichten uns Seekisten und Schilde.

Nachdem die Waffen und die Ausrüstung der Mannschaft entladen worden waren, hoben vier Männer zwei lange, mit Stoff umhüllte Bündel vom Deck und wuchteten sie auf ihre Schultern – eindeutig die Leichen zweier Männer, die in ihre Umhänge eingewickelt waren.

„Diese beiden starben gestern", erklärte Harald. „Sie hatten fast die Heimat erreicht. Ein weiterer Krieger ist seinen Wunden auf dem Heimweg zurück von England erlegen, aber wir hatten noch zu viele Tage vor uns, sodass wir seinen Leichnam nicht mitbringen konnten. Wir haben ihn begraben, nachdem wir das Meer überquert und Land erreicht hatten."

Nachdem die gesamte Mannschaft von Bord gegangen war, stemmten Harald und drei weitere Krieger aus Haralds Truppe zwei lange, in der Mitte des Schiffes über den Ballaststeinen liegende Planken auf, die nicht festgenagelt waren. Die Planken wurden mit einem Umhang zusammengebunden und Hrorik sanft darauf gelegt. Dann hoben sie die provisorische Trage hoch und trugen Hrorik ins Langhaus. Ich folgte ihnen, meine üblichen Pflichten vergessen.

Neugier plagte mich; ich wollte unbedingt wissen, was dem Roten Adler und seiner Mannschaft zugestoßen war. Aber im Gegensatz zu vielen Menschen um mich herum war mein Herz nicht voller Trauer. Ja, Männer, die ich kannte, waren gestorben, so viel stand fest. Und mein Vater Hrorik war schwer verwundet, möglicherweise dem Tode nah. Das hatte meine Mutter behauptet, als sie das Schiff gesichtet hatte, und sie hatte zuweilen die Gabe – oder den Fluch – des Hellsehens, mit der sie Ereignisse sehen konnte, die noch nicht stattgefunden hatten. Aber keiner der toten oder sterbenden Männer war ein Kamerad von mir. Freie Männer sind nicht Kameraden von Sklaven. Ihr Unglück berührte mein Herz nicht. Mir war klar, dass keiner der Männer, die mit dem Roten Adler gesegelt waren, eine einzige Träne vergossen hätte, wenn ich statt meines Vaters im Sterben läge. Ich war nur ein Thrall – auch für Hrorik, der mich gezeugt hatte. Für mich war mein Vater nur der Mann, der meiner Mutter Gewalt angetan hatte. Der Mann, in dessen Besitz ich stand.

Für mich gab es keinen Grund, um die Toten und Sterbenden zu trauern. Noch nicht.

Nachdem sie mit ihrer Last in das Langhaus eingetreten waren, trugen Harald und die anderen Männer Hrorik nicht wie erwartet in das kleine Schlafgemach,

9

das er mit Gunhild in einer Ecke des Hauses teilte. Stattdessen brachten sie ihn zu einer der erhöhten Bänke aus Stein und dicht gepackter Erde, die an den langen Seitenwänden der Halle angebracht waren. Darüber lagen ebene Planken, die mit Pelzen und Decken gepolstert waren. Sie legten Hrorik in die Mitte der Bank, wo er dem Feuer der Kochstelle und seiner Wärmeam nächsten war. Als die Männer die Schiffsplanken so sanft wie möglich entfernten, stöhnte Hrorik laut auf, und sein Körper krümmte sich in einem plötzlichen Hustenanfall. Durch die Gewalt des tiefen, erschütternden Hustens fielen die Decken von ihm ab, und das ganze Ausmaß seiner Verletzungen war auf einmal offensichtlich.

Hroriks rechter Arm – so dick wie mein Bein und wahrscheinlich kräftiger – war weg, sauber abgetrennt oberhalb seines Ellbogens. Übrig war nur ein dicker Stumpf, der in blutige Tücher eingewickelt war. Er sah fast so aus wie ein abgesägter Ast, der aus dem Stamm einer großen Eiche herausragte. Hroriks breiter Brustkorb war unbekleidet und nur in Bandagen eingehüllt. Ein Blutfleck so groß wie der Kopf eines Mannes durchtränkte die Binden auf der rechten Seite seiner Brust. Der größte Teil des Flecks war dunkel, steif und trocken, aber in der Mitte konnte ich auch frisches, feuchtes Blut glänzen sehen. Ein hellroter, von seinem Hustenanfall ausgeworfener Blutspritzer sickerte vom einem Mundwinkel in seinen Bart und färbte die grauen Haare rot.

Hinter mir hörte ich ein scharfes, aber leises Einatmen, und ich drehte mich um. Meine Mutter stand da, eine Hand über dem Mund, und starrte die Verletzungen an. Auch wenn das zweite Gesicht sie vor Hroriks bevorstehendem Tod gewarnt hatte, hatte es sie wohl nicht über die Art und Weise informiert.

Harald sprach leise mit Gunhild, die bleich und still Hroriks zerstörten Körper betrachtete.

„Ein anderer Mann wäre längst gestorben", sagte er. „Nicht Hrorik. Ich habe nicht geglaubt, dass er die Reise überleben würde, aber sein Wunsch heimzukehren hat ihn am Leben gehalten, wenn auch nur knapp. Er wird ihn aber nicht mehr lange in dieser Welt halten. Seine Lunge wurde durchbohrt und er hört nicht mehr auf zu bluten."

Ich musterte Gunhild genau. Was würde sie jetzt tun? Sie hatte sich heftig mit Hrorik gestritten, kurz bevor der Rote Adler aufgebrochen war. Der Streit ging wie so oft um Derdriu, meine Mutter. Ich fragte mich, ob der Anblick des hilflosen und sterbenden Hrorik ihr Herz mit Trauer rühren würde oder ob ihre Wut noch brannte.

Gunhild trat hervor und berührte kurz Hroriks Gesicht. „Gemahl", sagte sie einfach. Ihre Stimme war ruhig, und sie vergoss keine Tränen. Ich konnte ihre Gefühle nicht in ihrem Gesicht ablesen. Dann schaute sie Harald an. „Da du das gesamte Dorf zum Abendessen eingeladen hast, muss ich mich wohl an die Arbeit machen. Ich nehme an, du wirst das Mahl für die Menge nicht vorbereiten." Obwohl sie gerade erst erfahren hatte, dass ihr Ehemann bald sterben würde, dachte Gunhild wieder vor allem an ihre eigene Kränkung.

Gunhild drehte sich zu der Stelle, wo ich mich im Schatten versteckt hatte – oder zumindest gehofft hatte, mich zu verstecken – nachdem ich Harald und Hrorik ins Langhaus gefolgt war.

„Und du, Thrall, steh nicht herum wie ein schwachköpfiger Tor. Wenn wir mehr Zeit hätten, würde ich dich in den Wald schicken, um mehr Essen für die Tafel zu besorgen. Aber leider haben wir keine Zeit. Geh zu Ubbe und sage ihm, dass er ein Jährlingskalb schlachten soll. Dann musst du es für mich häuten, ausnehmen und zerlegen. Und vergiss nicht, das Blut zum Wurstmachen aufzufangen und aufzuheben; ich dulde keine Verschwendung. Das Fleisch soll in kleine Stücke geschnitten werden, etwa so groß", sagte sie und machte einen Kreis mit Daumen und Zeigefinger, um mir zu zeigen, wie groß sie die Stücke haben wollte. „Wir haben Kohl und Karotten und Gerste, und wenn ich so vielen Menschen etwas auftischen soll und so wenig Zeit habe, das Essen zuzubereiten, muss ich einen schnellen Eintopf machen. Aber es wird genug für alle sein."

Zur Abenddämmerung war das Langhaus mit Gästen gefüllt. Nach Anweisung von Gunhild hatten meine Mutter und die anderen Dienerinnen Bänke und große Tische für ein Festmahl mitten im Raum aufgestellt. Über die gesamte Länge der Halle waren Öllampen an den Pfosten, die das Dach trugen, angebracht und angezündet. Die Waffen, Schilde und Helme der Krieger des Roten Adlers, die Huscarls auf Hroriks Anwesen waren, waren an den Wänden des Langhauses oberhalb ihrer Schlafplätze auf den Bänken aufgehängt. Ihr zerbeulter und beschädigter Zustand legte stummes

Zeugnis von dem heftigen Kampf ab, von dem wir bald mehr erfahren sollten.

Hrorik war zu schwach, um am Tisch Platz zu nehmen. Er ruhte liegend auf der Bank gegenüber der zentralen Feuerstelle. Hroriks Tochter Sigrid, Haralds Zwillingsschwester, saß neben ihm und führte immer wieder einen Krug mit Bier an seine Lippen.

Meine Mutter und die anderen Dienerinnen huschten mit Schüsseln voller Essen zwischen Feuerstelle und Tafel hin und her, während Gunhild sie beaufsichtigte. Die anderen Sklaven wie ich, die im Augenblick keine Arbeit hatten, saßen wo wir gerade Platz finden konnten, auf den Bänken in den entferntesten Ecken der Halle oder auf dem Boden. Als Gunhild für einen Moment nicht hinschaute, gab mir meine Mutter eine Schüssel randvoll mit dem Eintopf, der den Gästen serviert wurde.

Nachdem ich das Essen verschlungen hatte, schlich ich mich so nah wie möglich an den Haupttisch, an dem Harald saß, und wartete begierig darauf, dass er die Geschichte der unglückseligen Reise des Roten Adlers beginnen würde. Für mich waren die Erzählungen von Abenteuern und Kämpfen in fernen Ländern Nahrung meiner Träume. Mit der Herzlosigkeit der Jugend, die selbst noch nicht gelitten hat, war es mir egal, dass es für viele eine Geschichte des Leids sein würde.

Nachdem alle Gäste etwas zu essen bekommen hatten, stand Harald auf. Er war eine eindrucksvolle Gestalt, hochgewachsen, stark und aufrecht, und seine Gesichtszüge waren von einer natürlichen Schönheit. Alle waren sich einig, dass er und seine Zwillingsschwester Sigrid die bestaussehenden jungen Menschen in der Gegend waren. Sie hatten ihr Aussehen wohl von ihrer Mutter Helge geerbt, denn während sie schlank und anmutig waren, sah Hrorik aus, als ob einer seiner Vorfahren ein Bär hätte sein können. Harald hatte ein freundliches Lächeln und er lachte oft; er war der Typ von Mann, den andere Männer gerne zu ihren Freunden zählen. Junge Frauen träumten eher davon, sein Herz zu erobern oder sein Bett zu wärmen.

Seit Harald an Land gekommen war, hatte er gebadet und sich umgezogen. Seine langen Haare und sein akkurat gestutzter Bart waren frisch gewaschen und gekämmt und glänzten im flackernden Licht der Feuerstellen und Öllampen wie feines, gelbes Gold. Über seiner dunklen Hose trug er eine karminrote Tunika und für mich sah er so fein wie ein Jarl oder der Sohn eines Königs aus. Nicht dass ich jemals dergleichen gesehen hätte, aber ich hatte in den Liedern der wandernden Skalden davon gehört.

Im Raum wurde es ruhig, und Harald fing an, mit ernster Stimme zu sprechen. „Wenn sich alle von diesem Anwesen und aus dem benachbarten Dorf hier versammeln, ist der Anlass für gewöhnlich ein Festtag oder eine sonstige Feier. Wir alle kennen uns ein ganzes Leben lang und wir haben oft zusammen gefeiert. Jetzt versammeln wir uns, um unsere Verluste zu betrauern. Heute Nacht sind wir zusammengekommen, um die Verlorenen zu beklagen und sie zu ehren."

Während Harald sprach, drehte er sich langsam hin und her, um in die Gesichter aller Anwesenden in der Halle zu schauen. Er benutzte nicht die formale Sprache eines Skalden, der eine Geschichte oder ein Lied vorträgt. Stattdessen klang seine Stimme ungezwungen und natürlich, so wie man einem Kameraden erzählen würde, was man gesehen oder gehört hatte.

„Bei einer solchen Versammlung", setzte er fort, „wäre unter normalen Umständen nicht ich derjenige, der zu euch sprechen würde. Das wäre gemeinhin unser Stammesfürst, Hrorik Starkaxt. Aber dies sind keine normalen Umstände. Unser Stammesfürst Hrorik liegt schwer verletzt und viele andere sind schon tot. Ich versprach Euch bereits am Ufer, dass ich heute Nacht in diesem Langhaus erzählen würde, was unserem Schiff und unserer Mannschaft zugestoßen ist. Die Zeit für das Erzählen ist jetzt gekommen.

Wie ihr wisst, brachen wir dieses Jahr früher als gewöhnlich zu unserem jährlichen Raubzug auf. Der Winter war ja mild und warm und wir hatten deswegen die Gelegenheit, das Meer früher zu überqueren, um die Engländer noch vor Frühlingsanfang zu überraschen. Im Frühling halten sie eher Ausschau nach Angreifern – so dachten wir. Eine glückliche Fügung – so dachten wir. Wir hatten uns einem großen Raubzug angeschlossen, der aus über vierzig Langschiffen mit dänischen Kriegern bestand. Weitere Krieger der irischen Wikingerstämme sollten sich zu uns gesellen, nachdem wir England erreicht hatten.

Nachdem wir Jütland verlassen hatten, war der Wind günstig und wir überquerten das Meer", fuhr Harald fort. „Bei der Überfahrt gingen keine Schiffe verloren. Nachdem wir England erreicht hatten, segelten wir weiter nach Westen, der Südküste entlang, und unternahmen immer wieder kurze, schnelle Raubzüge. Wir blieben nie lange an einem Ort, denn wir hatten uns ja mit den Schiffen aus Irland verabredet. Geplant war, dass unsere Truppen sich in einer Bucht an der Westküste Englands vereinigen sollten, nahe der breiten Mündung des Flusses, den die Engländer Severn nennen.

Wir erreichten den breiten Severn einige Tage vor Vollmond, dem vereinbarten Zeitpunkt für unser Treffen mit den Wikingern aus Dubh Linn. Wir gingen an Land und schlugen unser Lager am Ufer in der Nähe eines kleinen Flusses auf. Wir hatten vor, uns eine kurze Rast zu gönnen, bevor die Schiffe aus Irland eintrafen. Aber die Nornen hatten ein anderes Schicksal für uns vorgesehen.

Früh am zweiten Morgen, nachdem wir an Land gegangen waren, stürmte einer der Wachposten ins Lager und rief nach den Stammesfürsten. Ein Führer der Engländer hätte ihn angesprochen und um Erlaubnis gebeten, unser Lager in Frieden zu betreten. Er wollte Verhandlungen mit uns aufnehmen.

Einige unserer Stammesfürsten wollten den Engländer in unser Lager lassen, damit wir ihn gleich danach töten könnten. Andere argumentierten, das sei dumm und verschwenderisch – wir könnten ihn gefangen nehmen und dann versuchen, Lösegeld vom König der Westsachsen zu fordern, in dessen Gebiet wir gelandet waren. Letztendlich setzte sich allerdings Hrorik mit seinem Ratschlag durch.

‚Bedenkt, was ihr sagt', meinte Hrorik. ‚Wenn dieser Engländer unser Lager betritt, dann nur, weil wir ihm freies Geleit zugesichert haben. Gibt es unter uns einen Mann, der dafür bekannt werden will, dass er ein Eidbrecher ist? Der seine Ehre für Silber eintauschen will?'"

Harald hielt kurz inne, griff nach dem silbernen Krug auf dem Tisch vor sich und nahm einige lange Schlucke Bier. Niemand sprach; alle Augen waren auf ihn gerichtet. Er wischte seinen Schnurrbart mit dem Handrücken ab und fuhr fort.

„Obwohl er unser Feind war, waren wir alle von dem Engländer beeindruckt, als er in unser Lager ritt. Er trug keinen Helm und seine hellblonden Haare glänzten wie feinstes Gold in der Morgensonne. Sein Kettenhemd war lang, fast bis zu den Knien, und die eisernen Ringe waren wohl erst vor kurzem poliert worden; sie blitzten wie Silber im Sonnenlicht. Über seinen Rücken hatte er einen weiß gestrichenen Lederschild geschlungen. Ein Schwert in einer reich verzierten Scheide hing von seinem Gürtel und in seiner rechten Hand hielt er einen Speer, dessen unteres Ende an seinem Steigbügel abgestützt war.

,Ich heiße Eanwulf. König Ethelwulf der Westsachsen ernannte mich zum Ealdorman von Somersetshire', führte er aus. ,Ich bin hier, um ein Abkommen vorzuschlagen.'

Hrorik erhob sich. ,Ich heiße Hrorik Starkaxt und ich bin ein Stammesfürst der Dänen. Ich bin nicht der Führer aller dieser Stammesfürsten, die Ihr vor Euch seht; wir sind unabhängig und frei. Ich wurde aber dazu erkoren, für alle zu sprechen. Ihr sagt, Ihr wollt ein Abkommen vorschlagen. Was wollt Ihr von uns, und was könnt Ihr uns bieten?'

‚Was ich von Euch will ist Euer Leben', antwortete der Engländer. ‚Und was ich Euch zu bieten habe, ist die Schneide meines Schwerts und die Spitze meines Speers. Ich und mein Volk hatten bereits in den letzten Jahren das Unglück, die Sitten von Euch Dänen kennenzulernen. Ihr seid alle Plünderer, Mörder und Diebe.' Der Vorschlag des Engländers war ein Kampf", erklärte Harald. „‚Meine Truppen sind nicht weit weg', sagte er uns. ‚Sie können heute Mittag hier sein. Treffen wir uns am Ufer, an einem Ort, der für einen richtigen Kampf geeignet ist. Dort werden wir gegeneinander antreten. Möge der Sieg den Kriegern zufallen, die ihn verdienen. Wenn Ihr unser Land plündern wollt, müsst Ihr das Recht dazu durch Eure Überlegenheit auf dem Schlachtfeld unter Beweis stellen.'

Als der Engländer wieder auf sein Pferd stieg, um davonzureiten, drehte er sich noch einmal zu uns um. ‚Genießt diesen sonnigen Vormittag. Es verspricht ein schöner Tag zu werden. Es wird der letzte Tag sein, den viele von Euch erleben werden.'"

Während Harald mit seiner Geschichte fortfuhr, schloss ich die Augen und versuchte, mir die beschriebenen Szenen auszumalen. Harald hatte eine Gabe, Geschichten zu erzählen, und so wie er unsere Krieger beschrieb, als sie sich für den Kampf bereit machten – wie sie ihre Waffen schärften und ihre Rüstungen anlegten, wie sie in Schiffsmannschaften gegliedert zum Ufer marschierten und sich in einem Schildwall formierten – hatte ich das Gefühl, dabei zu sein, als ob auch ich auf den Angriff der Engländer wartete. Ich fragte mich, ob die Kämpfer Angst hatten und sich Sorgen machten, ob sie die kommende Nacht noch erleben würden. Ich wusste, wenn ich dabei gewesen wäre, hätte ich mir solche Sorgen gemacht.

„Die Armee der Sachsen marschierte aus dem Wald bis an den Strand und bildete ebenfalls einen Schildwall, gerade noch außer Reichweite eines Langbogens", erzählte Harald. „Unsere Heere schienen etwa gleich stark zu sein. Ihr Führer, der Edelmann Eanwulf, der uns herausgefordert hatte, ritt vor seinen Männern hin und her, während sie Aufstellung nahmen. Immer, wenn er seinen Speer in die Höhe reckte und ihnen zurief, brüllten sie und skandierten seinen Namen: ‚Eanwulf, Eanwulf!'

Der Kampf begann langsam. Eine Gruppe leicht bewaffneter Sachsen – wahrscheinlich arme Männer, da sie vor allem mit Steinschleudern ausgerüstet waren und nur wenigen von ihnen Bogen hatten – lief aus der englischen Stellung in unsere Richtung und schoss ihre Steine und Pfeile auf uns ab. Diese schwache Vorstellung brachte uns zum Lachen. Unsere vorderste Reihe stand mit überlappenden Schutzschilden Schulter an Schulter und die zweite und dritte Reihe hob ihre Schilde über unsere Köpfe, um ein Dach zu bilden. Die Steine prasselten wirkungslos auf unsere Schildfestung und die Pfeile prallten von ihren Wänden ab. Unterdessen traten unsere Bogenschützen hinter unsere Schildfestung zurück und zielten mit ihren Pfeilen über unsere Reihen hinweg auf die Scharmützler der Sachsen, die keinen Schildwall und keine Rüstungen zum Schutz hatten. Bald war der Strand zwischen den Schlachtreihen mit den Leichen gefallener Sachsen übersät. Diejenigen, die durch unsere Pfeile nicht gefallen waren, zogen sich hinter den englischen Schildwall zurück."

Harald hielt kurz inne und schüttelte den Kopf. „Während der Raubzüge gegen die Franken, die Iren und die Sachsen habe ich in sieben Feldschlachten gekämpft und außerdem in vielen kleineren Gefechten", sagte er, „aber noch nie fing ein Kampf so an. Lange standen unsere Armeen einander gegenüber und riefen Herausforderungen und Schmähungen. Wir schlugen die Speerschäfte auf unsere Schilde, bis der Strand vor Lärm fast zu beben schien, so wie ein Wald durch den Donner eines heraufziehenden Sturms erschüttert wird. Hrorik hielt uns zurück, obwohl unsere Männer begierig auf den Kampf waren – vielleicht hatte er eine Vorahnung einer unsichtbaren Gefahr, die wir anderen nicht spüren konnten. Die englische Armee wartete lange, wohl in der Hoffnung, dass wir uns ihnen nähern würden. Als dies nicht geschah, marschierten sie endlich selbst in unsere Richtung.

Aber selbst dann attackierten die Engländer unsere Truppen nicht, versuchten nicht, mit einem geballten Angriff, unsere Kampfformation zu durchbrechen. Stattdessen bewegten sie sich langsam immer näher, bis wir einander zum Greifen nahe gegenüber standen, Schildwall gegen Schildwall. Sie attackierten immer noch nicht, und wir standen lange so und starrten uns gegenseitig in die Augen, während wir Herausforderungen und Kampfrufe brüllten. Auf beiden Seiten stachen Kämpfer mit Speeren aufeinander, ähnlich wie es Schwertkämpfer am Anfang eines Zweikampfes tun, um das Können ihres Gegners auf die Probe zu stellen.

Ein großer sächsischer Thegn mit langen Armen, die seine Reichweite besonders gefährlich machten, stand in der englischen Linie Hrorik gegenüber. Er gehörte wohl zu den reicheren der englischen Krieger, denn er trug ein Kettenhemd, obwohl die meisten Engländer nur mit Helm und Schild bewaffnet waren. Sein Speer schoss vor und zurück wie die Zunge einer Schlange, manchmal in Richtung von Hroriks Gesicht, manchmal auf seine Beine, aber Hrorik war ebenso schnell und konnte die Klinge stets mit seinem Schild ablenken.

Der Sachse konnte Hrorik nicht verletzen, aber die Attacken ärgerten Hrorik in der gleichen Weise, wie ein kläffender und schnappender Hund einen Bären ärgert. Als der Sachse wieder einmal seinen Speer vorstieß, ließ Hrorik den Handgriff seines Schildes los, sodass er an dem Riemen von seiner Schulter hing, und griff schnell wie ein herabstoßender Falke nach dem Speer. Er bekam den Speerschaft hinter der Metallspitze zu fassen. Mit einem lauten Knurren riss er ihn mit aller Kraft vorwärts und zog den Sachsen aus der englischen Reihe. Dann machte Hrorik dem Namen Starkaxt alle Ehre, denn als die stählerne Klinge in der Sonne blitzend ihre Bahn nach unten beschrieb, zerspaltete sie den Helm des Sachsen und spaltete seinen Kopf bis zum Kieferknochen.

Der Sachse, der eben neben dem Toten in der englischen Reihe gestanden hatte, drehte sich und sah überrascht zu, wie sein Nebenmann fiel. Während er seinen Kameraden sterben sah, sprang ich tief gebückt mit dem Schild über dem Kopf vor und hieb seine Beine mit dem

Schwert unter ihm ab." Als Harald den Angriff beschrieb, duckte er sich und sprang hervor, das Geschehene für uns durchspielend.

„Hrorik brüllte wie ein wildes Tier und stürmte durch die Lücke in der englischen Reihe, die ich gerissen hatte. Rasch folgte ich Hrorik, zusammen mit einigen der mir am nächsten stehenden Krieger. Wir durchbrachen die gegnerische Formation wie ein Pfeil die eisernen Ringe eines Kettenhemdes zerteilt; unsere Krieger waren ein Keil, der die Lindenholzschilde der Sachsen beiseite schob, und unsere Speere und Schwerter fuhren eine blutige Ernte in ihren Reihen ein.

Als sie unseren Angriff bemerkten, jubelten die Truppen aus unseren Schiffen und drängten vorwärts gegen den Schildwall der Sachsen. Wir prallten auf sie wie eine Welle, und hauend und stechend suchten unsere Klingen ihre Lebensadern. Englisches Blut färbte den weißen englischen Sand rot, und das Schlachtenglück schien sich zu unseren Gunsten zu wenden.

Dann schaute ich hoch und sah den Anführer der Sachsen, Eanwulf, nur etwa zwanzig Schritte entfernt. Er stand hinter der Hauptschlachtreihe seines Heeres, umringt von seiner schwer bewaffneten Leibgarde. Neben ihm war ein Reiter, der ihm gebeugt im Sattel etwas zurief. Ich konnte die Worte des Reiters im Lärm des Kampfes nicht hören, aber ich sah wie Eanwulf grimmig lächelte, einen seiner Begleiter anstieß und auf eine Stelle jenseits des tobenden Kampfes vor ihm zeigte, in Richtung des Flusses hinter uns.

In diesem Augenblick hörte ich Alarmschreie unserer Truppen. Männer riefen: ‚Die Schiffe! Die Schiffe!' Ich drehte mich um und schaute nach hinten. Aus der Richtung, in der unsere Schiffe am Flussufer vertäut waren, stiegen an zwei verschiedenen Stellen dunkle Rauchsäulen über die Bäume.

Überall in unseren Reihen versuchten unsere Stammesfürsten die Kontrolle über ihre rasenden Männer wieder zu gewinnen und sie aus dem Kampf abzuziehen. ‚Rückzug!', riefen sie. ‚Den Schildwall wieder bilden und zurückziehen! Zurück zu den Schiffen! Wir werden von hinten angegriffen!'"

Als sie von dem Angriff auf die Schiffe hörten, rangen viele im Langhaus nach Luft, und ein Gemurmel breitete sich im Raum aus. Alle wussten, dass das Schlimmste, das Männern auf Raubzug widerfahren konnte, war, ihre Schiffe zu verlieren und in einem feindlichen Land gestrandet zu sein. Darauf folgte unweigerlich Tod oder Sklaverei.

Harald wartete, bis es wieder ruhiger wurde, und fuhr mit seiner düsteren Erzählung fort. „Die Engländer, die kurz zuvor am Rande einer Niederlage gestanden hatten, schöpften jetzt neuen Mut, sammelten sich und drängten gegen uns vor, während wir zurückfielen. ‚Eanwulf! Eanwulf und Osric', riefen sie, und aus ihrem neuen Schlachtruf konnte ich schließen, was geschehen war. Wir kämpften gegen zwei englische Heere anstatt nur gegen eines, und wir waren zwischen den beiden eingeschlossen.

Trotz der verzweifelten Lage kämpfte unsere Armee tapfer. Die Sachsen griffen wie entfesselt über die gesamte Breite unseres Schildwalls an, aber wir hielten unsere Reihen, während wir Schritt für Schritt in Richtung der Schiffe zurückwichen. Hrorik und die anderen Stammesfürsten riefen laut ihre Anweisungen und Warnungen über den Kampflärm. ‚Die Reihe und den Schildwall halten! Zu den Schiffen zurück!' Die Schlacht war ohne Zweifel verloren, aber als Männer waren wir noch nicht geschlagen.

Dann stiegen hinter uns drei weitere Rauchsäulen über den Bäumen entlang des Flusses empor. Das bedeutete drei weitere Schiffe, die den Fackeln der Sachsen zum Opfer gefallen waren. Dies war der Moment, in dem eine der Schiffsmannschaften sich und alle ihre Kameraden durch ihre Feigheit verriet. Wegen ihrer Angst und ihrer Schwäche waren wir alle dem Untergang geweiht."

Harald hielt inne und spuckte auf den Boden, als Zeichen seiner Empörung. „Womöglich stammte eine der neuen Rauchsäulen von ihrem Schiff", sagte er. „Ich weiß es nicht, und es ist mir gleichgültig. Wir müssen alle irgendwann sterben. Diesem Schicksal können wir nicht entkommen, aber wir können es mit Mut und Würde ertragen. Das taten diese Feiglinge nicht. Sie verließen unseren Schildwall und flohen den Strand entlang in Richtung unserer Schiffe. Ihre Furcht breitete sich in unserer Armee aus wie ein Fieber. Angesichts der fliehenden Kämpfer ergriffen noch zwei Mannschaftsteile die Flucht vor der Schlacht, gefolgt von drei weiteren Truppen.

Die Sachsen jagten die fliehenden Männer wie Wölfe ein Reh, sie stachen und zerhackten ihre ungeschützten Rücken. So sterben Feiglinge. Aber Unheil drohte auch denjenigen von uns, die der Mut nicht verlassen hatte, da unser Schildwall jetzt große Lücken aufwies. Englische Krieger strömten hindurch, und auf einmal wurden wir von allen Seiten angegriffen. Unsere Reihe zerfiel, während jede Schiffstruppe verzweifelt versuchte, ihre eigene Mannschaft zu verteidigen.

Die Krieger des Roten Adlers brachten keine Schande über sich. Obwohl unser Rückzug jetzt durch eine brüllende Menge Sachsen blockiert war, kämpfte unsere Mannschaft erbittert. Wir formierten uns zu einem engen Kreis und richteten unsere Schilde und Schwerter auf allen Seiten nach außen. Bald war der Strand um uns herum getränkt mit dem Blut englischer Leichen. Als die Sachsen um uns herum erkannten, dass sie uns nicht in einem schnellen Ansturm überwältigen konnten, zogen sie sich etwas zurück, um sich neu zu gruppieren.

Hrorik reagierte schnell. ‚Nimm einige Männer und schlage eine Bresche durch die Sachsen hinter uns!‘, rief er mir zu. ‚Wenn der Weg frei ist, nimm die Hälfte der Männer und laufe zum Schiff! Sie sollen ablegen und die Ruder bereit machen, während ich mit den restlichen Kriegern versuche, diese Hunde abzuwehren. Wenn das Schiff bereit ist, werden diejenigen von uns, die noch laufen können, sich darauf flüchten.‘"

Nachdem er Hroriks Worte wiedergegeben hatte, schaute Harald in die Gesichter, die gespannt auf ihn gerichtet waren. „So sieht ein wahrer Anführer der Gefahr ins Auge", sagte er. „So traf Hrorik, ein Fürst der Dänen, die heldenhafte Entscheidung, sein eigenes Leben aufs Spiel zu setzen, damit wenigstens einige seiner Männer überleben konnten."

Ich schaute zu der Bank, auf der Hrorik in der Nähe des Feuers mit Fellen zugedeckt lag. Sein Kopf ruhte in Sigrids Schoß, während sie seine Stirn sanft mit ihrer Hand streichelte, aber ihre Augen waren auf ihren Bruder Harald gerichtet. Hroriks Augen waren geschlossen. Einen Augenblick lang dachte ich, er sei schon tot, aber dann sah ich, wie sich sein Brustkorb mit seinen Atemzügen langsam hob und senkte. „Ich bewegte mich in unserer dicht gedrängten Truppe von Mann zu Mann, während wir auf den erneuten Angriff der Sachsen warteten", fuhr Harald fort. „Alle wussten, dass die von mir Ausgewählten die besseren Überlebenschancen hatten, aber keiner brachte Schande über sich, indem er mich bat, ihn vorzuziehen. Alle waren bereit, zurückzubleiben, um ihre Kameraden und das Schiff zu schützen. Als wir soweit waren, bewegte ich mich mit meinen Männern zur Rückseite unserer Verteidigungsformation.

Die Engländer, die zwischen uns und dem Fluss standen, waren kaum mehr als eine einzige Reihe. Der Schwerpunkt des sächsischen Angriffs lag immer noch auf der Seite, an der sich die Schlachtreihen ursprünglich formiert hatten und an der weiterhin die meisten Kämpfer standen. Auf mein Signal hin stürmten die Krieger meiner Truppe aus der Rückseite des Kreises in Richtung des Schiffes. Die Engländer waren vollkommen überrascht. Einige flohen und retteten sich, die anderen waren uns zahlenmäßig unterlegen und wurden leichte Beute. Als wir sie aus dem Weg geräumt hatten, lag nur noch der offene Strand zwischen uns und dem Roten Adler und wir spurteten zum Schiff.

Als die Engländer auf der anderen Seite unseres

Verteidigungskreises sahen, dass einige von uns den Strand entlang Richtung Schiff liefen, müssen sie wohl gedacht haben, dass uns der Mut verlassen hatte; mit lauten Siegesschreien stürmten sie vorwärts gegen unsere Reihen. Obwohl auch weitere Mannschaften aus anderen Schiffen noch auf dem Schlachtfeld kämpften, war der Kampf bei uns am heftigsten. Um Hrorik herum waren die Leichen der Sachsen am tiefsten gestapelt und die tapfersten ihrer Krieger drängten sich zu ihm, wohl hoffend, dass sie ihn bezwingen könnten und dadurch besondere Ehre erlangen würden. Selbst der Anführer der Sachsen mitsamt seiner Leibgarde schloss sich der Attacke gegen Hrorik an.

Als unser Schiff Wasser unter dem Kiel hatte, die Festmacherleinen ins Boot gezogen waren und unsere Männer an den Rudern saßen, sprang ich wieder aus dem Schiff und lief zu der Stelle zurück, an der Hrorik und die übrigen noch kämpften. Die englischen Reihen waren weiterhin auf der Flussseite am dünnsten, und die Sachsen dort waren dem immer kleiner werdenden Kreis unserer Krieger zugewandt und suchten nach einer Blöße, an der sie zuschlagen konnten. Sie bemerkten nicht, dass ich mich ihnen näherte, und mit drei schnellen Schlägen streckte ich drei von ihnen zu Boden.

,Hrorik', rief ich. ,Komm schnell, bevor der Weg wieder blockiert ist!' Er schwang seine Axt in zwei großen Bogen hin und her. Dabei fiel ein Sachse und die anderen wurden zurückgedrängt. Er und die Männer mit ihm drehten sich um, und wir hetzten zum Schiff, die Sachsen dicht auf den Fersen.

Zwei unserer Männer standen mit Pfeil und Bogen

am Bug des Roten Adlers bereit, um uns bei unserer Flucht Deckung zu geben. Als wir uns dem Schiff näherten, schossen sie über unsere Köpfe hinweg auf unsere Verfolger. Hinter uns schrien die Engländer laut in ihrer Wut und Enttäuschung darüber, dass wir ihnen womöglich entkommen würden. Ein Speer zischte an meinem Kopf vorbei und schlug dumpf in den Rücken des Mannes vor mir ein. Es war Gunnar der Schmied, und er fiel direkt am Wasser, nur Schritte von der Rettung entfernt. Weitere Speere prasselten auf unsere Männer herab, und einige fielen. Dicht hinter uns hörte ich den Anführer der Sachsen, Eanwulf, der seine Männer mit heiserer Stimme anfeuerte.

Die Sachsen holten uns ein, als wir das flache Wasser am Ufer erreichten und zum Roten Adler waten mussten, wodurch wir langsamer wurden. Hrorik und ich drehten uns um, um unsere Verfolger zurückzuhalten, während unsere restlichen Männer – nur wenige hatten den Lauf zum Strand überlebt – über die Seiten des Schiffes kletterten.

Eanwulf persönlich leitete den Angriff gegen uns. Als sich der Anführer der Sachsen näherte, führte Hrorik einen Schlag mit seiner Axt auf ihn; ein Hieb so kräftig, dass er das Holz und Leder des Schildes bis zum eisernen Schildbuckel in der Mitte zerspaltete. Die Wucht des Schlags zwang Eanwulf auf die Knie. Als Hrorik versuchte, seine Axt aus dem zertrümmerten Schild zu befreien, sprang ein Krieger von Eanwulfs Leibgarde vor und hackte Hroriks Arm mit einem kräftigen Schwung seines Schwerts oberhalb des Ellbogens ab.

Hrorik taumelte zurück, und eine Fontäne aus Blut

sprudelte aus dem übrig gebliebenen Stummel seines Armes. Die Hand des abgetrennten Arms umklammerte noch den Schaft seiner Axt und hing nun leblos an Eanwulfs Schild.

Ich hob mein Schwert und stach in den Hals des Kriegers, der Hrorik verletzt hatte. Er fiel tot ins flache Wasser, aber es war nur noch hilflose Rache. In dem Augenblick, in dem ich den sächsischen Krieger tötete, traf Eanwulf Hrorik mit seinem Speer und durchstieß sein Kettenhemd bis in seine Brust.

Speere und Pfeile regneten auf die Sachsen hinab, als die Männer, die das Schiff bestiegen hatten, zu den Waffen griffen, um uns Deckung zu geben. Drei weitere Sachsen fielen, während der Rest einschließlich ihres Anführers Eanwulf zurück zum Ufer taumelte.

Hrorik blutete stark und konnte kaum noch stehen. Ich zog ihn mit mir, als ich zur Schiffswand watete, wo eifrige Krieger uns ihre Hände reichten, um uns an Bord zu ziehen.

Unserer Ruderer manövrierten uns rückwärts in den Fluss, während ich zum Heck lief und das Steuerruder packte. Das Schiff drehte sich und wir steuerten auf die See und unsere Rettung zu. Die Männer, die auf die zurückweichenden Sachsen geschossen hatten, nahmen nun ihre Plätze ein und fuhren ihre Ruder ins Wasser aus, sodass wir schneller wurden. Als wir aus der Flussmündung in den Meeresarm gelangten, schaute ich flussaufwärts zurück auf das Gemetzel, das wir zurückgelassen hatten. Von den vierzig Schiffen in unserer Flotte sah ich außer dem Roten Adler nur drei, die das Ufer verlassen hatten und unterwegs waren. Von diesen war eines von den Sachsen geentert worden und auf dem Deck tobte ein Kampf. Ich konnte nicht mehr sehen, ob es entkommen konnte. Von den anderen Schiffen, die noch am Ufer festgemacht waren, standen die meisten in Flammen, und die anderen waren von englischen Kriegern umzingelt. Am Strand zählte ich noch vier Schiffsmannschaften, die in kreisförmigen Schildwällen verzweifelt kämpften und die ihr Leben nur noch teuer verkaufen konnten in der mutigen aber hoffnungslosen Schlacht gegen den immer zahlreicher werdenden Feind, der um sie herumschwärmte."

Harald sah sich in der Halle um und schaute still in die Gesichter, die ihn anstarrten. Als er wieder sprach, war seine Stimme rau vor Ergriffenheit.

„Für die Engländer war der Kampf an jenem Tag ein großer Sieg. Viele unserer Krieger wurden Futter für die Aas fressenden Vögel, und ihre Knochen werden nun am fernen Ufer in der Sonne bleichen. Viele der heute Abend hier Versammelten verloren durch den Sieg der Sachsen Verwandte, Ehemänner, Väter, Brüder, Söhne. Dennoch haben die Sachsen diesen Männern nicht alles genommen, obwohl sie ihr Leben verloren. Jeder einzelne Mann, der mit dem Roten Adler auf Fahrt gegangen ist, kämpfte mutig im Angesicht des Untergangs. Ihr könnt sicher sein, dass die Walküren die Geister der an jenem Tag gestorbenen Männer in die Festhalle der Götter getragen haben. Seid getröstet, dass ihr Mut und ihre Ehre unsterblich sind und in den Liedern der Skalden der Götter in den Hallen von Walhalla besungen werden."

3

Der Handel

Nachdem Harald seine Geschichte zu Ende erzählt und wieder Platz genommen hatte, scharten sich viele Menschen in der Halle mit Fragen um ihn, um mehr über den Tod ihrer Verwandten zu erfahren. Harald hatte unmöglich Zeuge des Todes jedes einzelnen Mannes sein können, aber er versicherte allen, dass ihre Angehörigen mutig gekämpft hätten und heldenhaft gestorben seien. Aus der Geschichte, die er eben erzählt hatte, ging hervor, dass manche der Gestorbenen durch einen Speer im Rücken fielen, als sie zum Schiff liefen. Für mich war an einem solchen Tod nichts Heldenhaftes. Aber Männer wie Frauen neigten dazu, dem von Harald Gesagten Glauben zu schenken, nur weil es Harald war. Es ist wohl oft eine besondere Eigenschaft eines Führers, Menschen von Unwahrheiten zu überzeugen.

Es war spät, als sich der letzte Gast verabschiedete und wir Sklaven müde damit beginnen konnten, die Ordnung im Langhaus wiederherzustellen. Noch bevor der letzte Gast gegangen war, hatte die immer sparsame Gunhild damit angefangen, die Öllampen zu löschen, die von der Reihe der großen, nackten Baumstammpfosten hingen, die die Balken und Sparren des Dachs trugen. Mir kam es unhöflich vor, die letzten Gäste bei fast vollständiger Dunkelheit wegzuschicken. Sobald ich diesen Gedanken formuliert hatte, hörte ich im Geiste auch schon Gunhilds Antwort: es waren die Gäste, die keine Manieren gezeigt hatten, indem sie so lang geblieben waren. Bei Kritik hatte Gunhild immer eine schnelle Erwiderung und fand immer einen Weg, jemand anders die Schuld für ihr Fehlverhalten zu geben.

Natürlich würde Gunhild nie erwägen, die Lampen brennen zu lassen, bis wir Sklaven mit unserer Arbeit fertig waren. Öl war zu teuer, um es an Sklaven zu verschwenden. Deshalb arbeiteten wir fast im Dunkeln; das einzige Licht kam von den schummerig flackernden Flammen, die in der zentralen Feuerstelle noch brannten.

Bei der Arbeit waren meine Gedanken voller Bilder des Kampfes, den Harald beschrieben hatte. Ich stellte mir vor, neben Harald gegen überlegene Gegner zu kämpfen. Das wäre ein Leben voller Ehre und Ruhm! Mit meinem Kopf voller törichter Fantasien stolperte ich über einen Hund, den ich übersehen hatte, und verschüttete den halben Becher Bier, den ich trug. Er ergoss sich über den Rücken einer Dienstmagd. Sie beschimpfte mich, und der Hund schnappte nach meinem Bein. Ich schüttelte den Kopf, um wieder zu klaren Gedanken zu kommen, und schaute mich um. Ich war nicht in England oder einem sonstigen fernen Land. Ich war kein Krieger. Ich war ein Sklave, ich arbeitete für meine Herren in dem Langhaus, in dem ich aufgewachsen war. Das war meine Wirklichkeit. Das war meine kleine Welt, die einzige, die ich je kennen würde. Das Leben eines Thralls ist alles andere als heldenhaft.

Während die Sklaven die Halle aufräumten und die anderen Angehörigen des Haushalts ihre Schlafstellen auf den Bänken entlang der Wände aufsuchten, standen Gunhild, Harald und Sigrid zusammengedrängt neben Hrorik, der in der Nähe der zentralen Feuerstelle und der von ihr ausgehenden Wärme lag. Ich half gerade meiner Mutter, einen der Festtische auseinanderzunehmen, als Harald sich aus der Gruppe löste und zu uns kam.

„Derdriu", sagte er. „Hrorik möchte mit dir sprechen." Er zögerte, schaute mich an und fügte hinzu: „Du solltest vielleicht auch mitkommen."

Als wir näher kamen, sah ich, dass Hrorik noch schwächer schien als am Nachmittag, als er hereingetragen worden war. Seine Stimme war kaum mehr als ein raues Flüstern.

„Derdriu", krächzte er. „Bald werde ich diese Welt verlassen und in das Land der Götter und der Toten reisen. Ich möchte die Reise nicht alleine unternehmen.

Gunhild ist eine Edelfrau und besitzt ihre eigenen Reichtümer. Das Leben bietet ihr noch viele Aussichten nach meinem Tod, und sie ist nicht bereit, die Reise anzutreten, auf die ich gehen muss.

Du hast mir in diesem Leben viel Freude bereitet. Dafür danke ich dir und möchte dir deshalb eine Ehre erweisen. Es wäre mir bei meinem Ableben ein Trost zu wissen, dass du an meiner Seite stehst, um mir auch im nächsten Leben Gesellschaft zu leisten und mir die Freuden deines Körpers zu geben. Ich möchte, dass du mich auf dem Totenschiff begleitest."

Es war eine große Ehre, einen Stammesfürsten auf seiner letzten Reise zu begleiten. Aber in meinen Gedanken verwünschte ich Hrorik dafür. Und auch Gunhild. Sie war seine Frau, warum sollte sie nicht sterben, um ihm im nächsten Leben Trost zu spenden? Natürlich wusste ich, dass Frauen von adliger Herkunft ihr Leben

nicht am Grab ihrer Männer opferten. Ihre Leben zähl-
ten, und deshalb begleiteten Sklaven die Reichen und
Mächtigen, wenn sie ihre letzte Reise antraten. Aber
wieso sollte ich deswegen meine Mutter verlieren?

Mutter wurde blass, und es war lange still. Dann
richtete sie sich auf, hob den Kopf und sprach.

„Seit unserer ersten Begegnung, Hrorik Starkaxt,
wart Ihr für mich ein Dieb und ein Räuber. Ich bin als
Tochter eines Königs in Irland auf die Welt gekommen,
aber Ihr habt mich gewaltsam aus meiner Heimat entführt. Ich war eine Prinzessin und ich wäre eines Tages
womöglich eine Königin geworden, aber ihr habt mich
zu einer Sklavin gemacht. Ich hatte die Aussicht, eines
Tages zu heiraten, aber Ihr habt mich zu Eurer Konkubine gemacht. Jetzt habt Ihr vor, mir auch noch das
Leben zu nehmen, damit Euer Leben nach dem Tod
angenehmer wird. Aber wieso sollte es mich kümmern,
ob es Euch im Tode gut geht?"

Die Kühnheit meiner Mutter überraschte mich, aber
sie machte mich auch stolz. In ihrer Überraschung japste
Sigrid nach Luft und schlug eine Hand vor den Mund.
Harald runzelte die Stirn und ein Muskel in seiner
Wange zuckte. Aber nur Gunhild sprach.

„Sie ist eine Sklavin. Du musst sie nicht bitten",
fuhr Gunhild Hrorik an. „Ich würde gerne selbst die
geknotete Kordel um ihren Hals zuziehen, wenn es
soweit ist."

Hrorik ignorierte sie. Stattdessen sprach er wieder
zu meiner Mutter, keuchend vor Anstrengung. „Hast du
in deinem Leben mit mir keine Freude gehabt?"

Über seine Worte konnte ich nur staunen – dies war

der Mann, der meine Mutter aus ihrer Heimat und ihrer Familie geraubt, sie zur Sklavin gemacht und sie vergewaltigt hatte. Sollte sie ihm dafür etwa dankbar sein? Sollte sie sich freuen, dass sie seine Zuwendung hatte? Ist ein Hund für den Fuß dankbar, der ihn tritt?

Meine Mutter wandte sich mit gebeugtem Kopf ab und hielt die Hände vors Gesicht. Ich vermutete, Hroriks Worte hatten auch sie überrascht. Sie blieb so lange still, dass ich dachte, sie hätte nicht die Absicht, überhaupt zu antworten. Es hätte ja auch keinen Nutzen gehabt. Welchen Unterschied machten die Worte einer Sklavin? Wann interessierte sich ein Herr für die Gefühle einer Sklavin?

Aber dann wandte sich meine Mutter wieder zu Hrorik und schaute ihm in die Augen. Als sie sprach, überraschten mich ihre Worte sogar mehr als es seine getan hatten.

„Ich kann es nicht leugnen", sagte sie ihm. „Ihr habt Recht. Ihr wisst, dass es so ist, und mein Herz erlaubt mir nicht, die Wahrheit der Vergangenheit zu bestreiten, obwohl ich jetzt verbittert bin. Wir haben glücklichere Zeiten erlebt, nachdem Ihr mich hierher gebracht hattet. Als Eure erste Frau noch nicht allzu lange tot war. Als Eure Kinder, Harald und Sigrid, jung und traurig und alleine waren. Als ich wie eine Mutter für sie wurde. Als ich wie eine Ehefrau für Euch wurde. Bald danach wölbte sich mein Bauch mit meinem eigenen Kind. Unserem Sohn, Halfdan.

In dieser Zeit, in meinen ersten Jahren hier, habt Ihr mich tatsächlich mit Liebenswürdigkeit und Zuneigung behandelt. Aber diese Tage sind schon lange vorbei. Ich habe mich oft gefragt, welche Richtung unsere Leben eingeschlagen hätten, wenn Ihr Euch nicht mit Gunhild vermählt hättet. Aber jetzt schenkt Ihr mir nur noch dann Aufmerksamkeit, wenn Ihr spät nachts mein Bett aufsucht, ob ich es wünsche oder nicht. Und Gunhild tut ihr Bestes, meine Tage mit Leid zu füllen, weil sie eifersüchtig ist wegen der vielen Nächte, die ihr Bett kalt und leer bleibt, weil Ihr in meinem Bett weilt."

Gunhilds Gesicht wurde rot vor Zorn, und in ihren Augen war ein gefährliches Funkeln.

Meine Mutter bedeckte ihr Gesicht wieder mit den Händen und stand mit gesenktem Kopf. Ich sah, dass ihre Lippen sich bewegten, als ob sie sprechen wollte, aber kein Laut kam. Hatte in ihrer Angst ihre Stimme versagt?

Alle Augen waren auf sie gerichtet, aber niemand sprach.

"Nun gut, Hrorik", sagte sie endlich, als sie aufschaute. "Ich werde mit Euch auf dem Totenschiff segeln. Aber dafür möchte ich mit Euch einen Handel abschließen."

Bevor Hrorik antworten konnte, trat Gunhild hervor und schlug meiner Mutter dermaßen kräftig mit der flachen Hand ins Gesicht, dass ihr Kopf nach hinten schwang.

"Eine Sklavin hat kein Anrecht darauf, einem Fürsten einen Handel anzubieten", fuhr Gunhild sie bissig an. "Deine Stellung verbietet es!"

Meine Mutter schüttelte kurz ihren Kopf, dann blickte sie Gunhild kalt an. "Ich habe von Euch vieles ertragen müssen, Gunhild", sagte sie. "Dabei war ich einmal eine Königstochter, meine Stellung war weit höher als Ihr jemals erreichen könnt. Wie es aussieht, werde ich bald sterben und ich habe kaum noch etwas zu verlieren. Ihr wäret gut beraten, etwas vorsichtiger mit mir umzugehen, bis ich weg bin."

Gunhild holte aus, um Mutter erneut zu ohrfeigen, aber Harald trat zwischen sie.

„Genug", sagte er.

Meine Mutter wandte sich wieder zu Hrorik.

„Ich weiß, Ihr könnt mich gegen meinen Willen dazu zwingen, Euch auf Eurer Todesfahrt zu begleiten, Hrorik. Zweifellos würde jeder Eurer Männer mich bereitwillig auf Eurer Bahre töten. Auch Gunhild ist erpicht darauf, mein Ableben zu befördern. Aber mich zu zwingen wäre nicht klug. Im Sterben würde ich Euch bei meinem Gott und seinen Engeln der Zerstörung verfluchen. Das Jenseits ist das Reich aller Götter. Auf seiner Reise ins Land Eurer Götter könnte Euer Totenschiff womöglich dem Zorn meines Gottes und seiner Engel nicht entkommen. Ihre Wut würde über Euch hinwegpeitschen, wie ein Sturm ein Schiff auf hoher See vor sich her treibt. Aber auch wenn Ihr sicher die Halle Eurer Götter erreichen solltet, würdet Ihr dort wenig Trost finden, wenn Ihr mich gegen meinen Willen auf diese Reise zwingt. Ich schwöre bei allem was mir heilig ist, ich wäre eine Gefährtin, die alles daran setzt, Euch keine Freude, sondern ewiges Elend zu bringen."

Mutter hielt kurz inne, atmete tief ein und fuhr fort.

„Ich werde allerdings freiwillig mit Euch gehen, wenn Ihr mir diese Bitte erfüllt. Mein Sohn Halfdan ist der Enkel eines Königs in Irland. Er ist auch Euer Sohn – der

Sohn eines großen Stammesfürsten der Dänen. Er sollte kein Sklave sein. Lass ihn frei. Lass ihn heute Nacht frei, damit wir beide ihn zusammen betrachten und ihn als freien Mann sehen können. Dann können wir uns im Jenseits stolz an ihn erinnern und den Erzählungen seiner Taten lauschen. Erkennt ihn jetzt als Euren Sohn an und sorgt dafür, dass er wie der Sohn eines Stammesfürsten erzogen wird."

Ich konnte nicht glauben, was ich da hörte. Mir blieb der Mund offen stehen und ich gaffte wie ein Trottel.

Hrorik nickte langsam, als ob er sich die Worte meiner Mutter durch den Kopf gehen ließ. Dann schaute er mich an und sprach, und in diesem kurzen Augenblick änderte sich meine Welt.

„Halfdan, du bist von diesem Tag an ein freier Mann", sagte er. „Ich erkenne dich als meinen Sohn an. Ich hätte das eigentlich vor langer Zeit tun sollen."

Er drehte sich zu Harald und fügte hinzu: „Dies ist dein Bruder. Ich vertraue ihn dir an. Ich kann nicht mehr für ihn sorgen, also musst du es tun."

4

Derdrius Geschichte

„Halfdan, wach auf."

Die Anrede weckte mich aus einem tiefen und traumlosen Schlaf. Jemand schüttelte meine Schulter. Als ich die Augen öffnete, sah ich Harald über mir. Mit einem müden Lächeln schaute er auf mich herab. Hinter ihm sah ich einen breiten Sonnenstrahl, der durch die Rauchöffnung im Dach fiel und eine helle Bahn durch das schwache Licht im Langhaus zog. Aus seinem Winkel konnte ich schließen, dass die Sonne schon lange aufgegangen war.

„Uns steht heute viel Arbeit bevor", sagte er.

Ich richtete mich auf, mein Kopf noch vom Schlaf benebelt. Ich verstand nicht, wieso Harald mich geweckt hatte. Er kümmerte sich nicht um die Angelegenheiten von Sklaven.

„Was für Arbeit?", fragte ich.

„Wir müssen das Totenschiff bauen. Unser Vater Hrorik ist tot."

Als er sprach, drängte sich die Erinnerung der vorigen Nacht wieder in mein Bewusstsein. *Ich war frei.*

Lange nachdem ich zu Bett gegangen war, hatte ich wachgelegen, weil ich zu aufgeregt zum Schlafen war. Meine Gedanken waren um imaginäre Bilder von mir als Krieger in fremden Ländern jenseits des Meeres gekreist. Mein ganzes Leben lang war mir klar, dass ich von solchen Abenteuern nur zu hören bekommen würde;

jetzt bestand die Möglichkeit, dass ich sie vielleicht auch selbst erleben konnte. Als ich endlich einschlief, war es aus reiner Erschöpfung, die nicht einmal von meinen Fantasiebildern zurückgedrängt werden konnte. Wenn ich jetzt zurückblicke, beschämt es mich, dass ich in jener Nacht nur an mein eigenes Glück gedacht hatte. Mir war kein einziges Mal in den Sinn gekommen, welchen Preis meine Mutter dafür zu zahlen hatte. Im Morgenlicht dagegen, nachdem sich der Nebel des Schlafs aus meinen Gedanken gelichtet hatte, zerstoben die Fantasiegebilde der Nacht in der Erkenntnis, dass meine Mutter sterben sollte.

Harald fuhr fort. „Mir war klar, dass Hrorik nicht mehr viel Zeit in dieser Welt blieb, daher saß ich mit ihm, nachdem die anderen Haushaltsmitglieder zu Bett gegangen waren. Wir sprachen über vieles. Spät in der Nacht sagte er mir, dass er wolle, dass sein Totenschiff auf dem Hügel hinter dem Langhaus gebaut werde, mit Blick aufs Meer. Das sei sein liebster Platz in diesem Land. Als die Morgendämmerung nahte, bat er mich, ihm sein Schwert zu geben. Er umklammerte es fest über seiner Brust und versuchte, sich aufzusetzen, aber er war zu schwach. Ich griff nach ihm, aber als ich ihn aufrichten wollte, war er schon tot."

Die Nachricht von Hroriks Tod berührte mein Herz nicht. Im Kopf wusste ich, dass er mein Vater war, aber in meinem Herzen war er immer noch mein Herr, auch wenn ich jetzt frei war. Dennoch füllte sein Tod mein Herz mit Grauen, weil damit meine Mutter den Preis des Handels zahlen musste, den sie eingegangen war.

Harald hatte von einem Totenschiff gesprochen. Ich

war nicht sicher, was er damit meinte. Natürlich hatte ich schon Bestattungen gesehen. Dorfbewohner waren gestorben, auch manche Haushaltsmitglieder hier auf Hroriks Anwesen. Schließlich ist der Tod ein Teil des Lebens und ist überall um uns herum. Aber die Beerdigungen, die ich gesehen hatte, waren einfache Angelegenheiten. Die Toten wurden in der Erde begraben, manchmal mit einigen ihrer liebsten Besitztümer, um ihnen Trost im nächsten Leben zu spenden. Ich hatte nie das Begräbnis eines Stammesfürsten gesehen. Ich wusste nicht, was zu tun war.

„Was machen wir?", fragte ich. „Was ist meine Aufgabe?"

„Ich war bereits heute morgen auf dem Berg und habe geplant, wo wir das Begräbnisschiff bauen", sagte Harald. „Ich nahm drei Sklaven und zeigte ihnen, wo die Erde ausgegraben werden muss. Ubbe ist mit einem Karren und zwei Sklaven losgezogen, um Steine für den Bootsrumpf zu sammeln, und Gudrod ist im Wald, wo er Holz fällt, um das Todeshaus zu bauen. Während du geschlafen hast, hat dieser Haushalt hart gearbeitet. Jetzt müssen wir beide den Bau beaufsichtigen und dafür sorgen, dass alles richtig gemacht wird. Wir sind die Söhne Hroriks. Es ist unsere Pflicht, dafür zu sorgen, dass ihm die Ehre erwiesen wird, die seinem Rang zukommt."

Ich wusste immer noch nicht, wie Hroriks Begräbnis ablaufen sollte. Für mein Unwissen schämte ich mich.

„Ich weiß nicht, was von mir erwartet wird", erklärte ich Harald noch einmal.

„Ich werde es dir zeigen, mein Bruder."

Mein Bruder.

Für Harald und andere seines Ranges waren Sklaven nur Besitztümer, auch wenn sie für die Arbeit auf dem Anwesen unverzichtbar waren. Sie waren vielleicht etwas mehr wert als Vieh, aber weniger als Männer. Ich bezweifelte, ob Harald überhaupt die Namen der Sklaven kannte, die er heute Morgen befehligt hatte. Gestern war ich auch nur ein Thrall. Heute war ich Halfdan, ein freier Mann. Heute nannte mich Harald Bruder. Was empfand er bei der plötzlichen Änderung meines Status? Beschämte es ihn, jetzt Bruder eines ehemaligen Sklaven zu sein? Nahm er es mir übel? Nichts von alledem war in seinem Gesicht erkennbar, nur ein müdes Lächeln war zu sehen – aber oft verstecken wir unsere Gefühle hinter einem Lächeln. Das gehört zu den wenig schmeichelhaften Eigenschaften, die Menschen von Tieren unterscheiden.

Wütende Stimmen flogen durch das Langhaus. Harald stöhnte verzweifelt und ging mit langen Schritten durch die Halle in Richtung der Auseinandersetzung. Ich zog mich schnell an und folgte ihm.

Meine Mutter und Gunhild stritten sich.

„Um was geht es hier?", fragte Harald mit Verärgerung in der Stimme. „Warum stört ihr die Ruhe in dieses Hauses an diesem Tag der Trauer?"

Gunhild sprach als erste.

„Es gibt viel Arbeit bei der Vorbereitung des Leichenschmauses. Ich befahl dieser Sklavin, dass sie mitkommen und helfen solle. Sie weigert sich, mir zu gehorchen."

Harald wandte sich an meine Mutter. „Stimmt das?"

Mutter nickte. „Ja." Mit Verbitterung in der Stimme fuhr sie fort. „Ich werde morgen für die Ehre und Freude Eures Vaters sterben. Darf ich den letzten Tag meines Lebens nicht dazu nutzen, innere Ruhe zu finden und Frieden mit meinem Gott zu schließen? Gunhild will mich zur Arbeit zwingen, bis zu dem Augenblick, in dem ich das Todeshaus betrete."

Harald war ein Moment still, als er die Worte meiner Mutter abwägte. Dann drehte er sich zu Gunhild. „Derdriu hat Recht. Die Zeit, die ihr noch bleibt, soll ihr gehören, damit sie die Reise mit Hrorik mit Frieden in ihrem Herzen antreten kann."

„Aber ich habe ihr bereits Befehle erteilt", fauchte Gunhild. „Ich habe die Entscheidung getroffen."

Ich sah, wie sich die Muskeln in Haralds Kiefer anspannten. „Nein, Gunhild", sagte er mit ruhiger Stimme. „*Ich* habe die Entscheidung getroffen. Ich bin jetzt Herr in diesem Haus. Vergiss das nie wieder."

Gunhild wich zurück, als ob jemand sie geschlagen hätte. Ohne ein weiteres Wort drehte sie sich um und eilte davon. Mir war klar, dass sie ihre Wut bald an einem arglosen und unschuldigen Thrall auslassen würde. Ich war froh, dass ich dafür nicht mehr in Frage kam.

„Noch etwas", sagte meine Mutter, als Harald gerade weggehen wollte. Er kehrte sich wieder ihr zu, und seine Verärgerung stand immer noch in seinen Augen.

„Ja?", sagte er ungeduldig.

„Dieses Kleid ist das einzige Gewand, das ich besitze. Es ist ein abgetragener Lumpen. Wenn ich die große Halle Euer Götter an der Seite Eures Vaters betreten soll, sollte ich dann nicht so gekleidet sein, wie es der Gefährtin eines großen Stammesfürsten angemessen ist?"

Die Kühnheit meiner Mutter versetzte mich in Erstaunen. Es war eine Seite von ihr, die ich noch nie gesehen hatte. Harald starrte sie an, ebenfalls überrascht, und lachte.

„Du hast Recht. Du sollst ein neues Kleid bekommen, Derdriu. Wenn Hrorik die Halle der Götter betritt, will er sicher, dass die anwesenden Götter und Helden der Frau an seiner Seite mit Respekt begegnen. Kannst du in einem Tag ein Kleid nähen?"

„Das kann ich", antwortete Mutter.

„Dann machen wir jetzt Folgendes", sagte er. „Als wir entlang der Küste Englands plünderten und bevor wir die Mündung des Severns erreichten, wo uns das Verhängnis ereilte, erbeutete Hrorik einen Ballen feinen roten Leinens aus dem Haus eines Sachsen. Es liegt immer noch in seiner Seekiste. Ich werde es jetzt für dich holen."

Er blinzelte ihr zu. „Hrorik beabsichtigte, den Stoff Gunhild zu schenken, aber das erzählen wir ihr nicht." Er legte die Hand auf meine Schulter. „Komm, Halfdan, holen wir das Leinen aus der Seekiste. Deine Mutter muss ein Kleid nähen."

Harald schritt davon. Ich stand unschlüssig und verlegen vor meiner Mutter. Morgen würde sie sterben. Ich wusste, es war unausweichlich. Gleichzeitig kam es mir unwirklich vor, während sie lebend vor mir stand. Ich hatte das Gefühl, ihr etwas sagen zu müssen, aber es kamen keine Worte.

„Mutter...?", stammelte ich.

„Geh jetzt", sagte sie. „Geh mit Harald. Er ist dein Bruder und ein anständiger Mann. Euch beiden steht heute noch viel Arbeit bevor, und ihr müsst anfangen, euch besser kennenzulernen. Heute Abend reden wir. Es gibt vieles, das ich dir sagen möchte."

Nachdem ich eine Schale kalten Haferbrei hinuntergeschlungen hatte, stiegen Harald und ich den grasbedeckten Hügel hinter dem Langhaus hinauf.

Drei Arbeiter des Anwesens, alle Sklaven, gruben oben auf dem Hügel mit Holzschaufeln. Fasti, der gewöhnlich nach dem Vieh und den Pferden sah, war einmal ein freier Mann vom Stamm der Svear gewesen, der vor Jahren bei einem Raubzug im Reich der Sveas von Hrorik gefangen genommen worden war. Hrut und Ing, von Geburt an Sklaven, arbeiteten auf den Feldern. Seit meiner Kindheit war Fasti mir immer ein besonderer Freund, fast wie ein Onkel. Beim Melken der Kühe hatte er mir oft eine Tasse frischer Milch aus dem Eimer geschöpft. Als ich älter wurde, war es Fasti, der mir das Reiten beigebracht hatte, der mich auf den Rücken eines Pferdes gesetzt hatte und neben mir her gelaufen war, damit ich nicht herunterfiel.

Als wir uns näherten, rief ich ihnen zu und wünschte ihnen einen guten Morgen. Die drei Männer richteten ihren Blick auf den Boden und antworteten nicht.

„Fasti?", sagte ich. „Fasti, was ist los?"

Er schaute weiter auf den Boden, und stach mit der Holzschaufel herum, als er antwortete. „Nichts ist los, Herr Halfdan."

Er drehte sich und wollte weggehen, aber ich packte ihn am Ärmel.

„Was ist los?", fragte ich nochmal.

„Nichts", beharrte er, seinen Blick immer noch abgewendet. „Es ist nur, dass Ihr jetzt ein anderer seid."

„Was meinst du damit, ich sei jetzt ein anderer? Ich bin immer noch Halfdan, genau wie gestern. Erst gestern hast du mir die Geschichte von der Frau im Dorf erzählt, die mit einem Ferkel in ihrem Bett schläft, um warm zu bleiben wenn ihr Mann nicht da ist. Wir haben gelacht, bis uns die Tränen die Wangen hinunter gekullert sind. Jetzt schaust du mir nicht einmal ins Gesicht. Du und ich waren immer Freunde, Fasti. Jetzt sieh mich an und sag mir, was wirklich los ist."

Endlich schaute Fasti mir ins Gesicht. Vielleicht glaubte er, es tun zu müssen, weil ich es befohlen hatte. Als er den Kopf hob, sah ich Trauer in seinen Augen.

„Verzeiht mir. Ich wollte Euch nicht kränken. Ich freue mich für di- Euch, Halfdan. Aber auch wenn es Euch nicht bewusst ist, habt Ihr Euch geändert. Ihr habt eine Kluft überquert, die fast so breit ist, wie die zwischen den Lebenden und den Toten. Ich weiß es. Ich habe diese Kluft selbst vor Jahren überquert, als ich von Hrorik aus meiner Heimat entführt und dazu gezwungen wurde, als Sklave auf seinem Land zu arbeiten. Gestern wart Ihr mein Weggefährte, einer von uns, ein Thrall. Heute seid Ihr ein Herr."

„Aber können wir nicht weiterhin Freunde sein?"

Fasti schaute mich traurig an. „Ich werde mich immer gern an den Jungen erinnern, den zu erziehen ich geholfen habe. Ihr wart ein warmherziger Junge, und ich habe zugesehen, wie Ihr zu einem liebenswürdigen jungen Mann herangereift seid. Ich bin sicher, dass Ihr ein gütiger Herr werdet. Aber wir sind nun eben nicht mehr gleichgestellt. Wenn Ihr sprecht, muss ich gehorchen. Ihr seid Herr, ich bin Sklave. Ich bin Euer Eigentum, nicht Euer Freund."

Obwohl Fasti mich mit seinen Worten nicht verletzen wollte, trafen sie mich ins Herz. Der Gedanke an meine Freiheit hatte mich anfangs mit Aufregung und Freude erfüllt. Nun erfuhr ich, dass er auch Schmerz brachte, denn mein neuer Rang, von dem ich so lange geträumt hatte, nahm mir auch meine Mutter und meine Freude.

Harald, der während meines Gesprächs mit Fasti still hinter mir gestanden hatte, trat heran und legte seinen Arm um meine Schulter. Es war ein merkwürdiges Gefühl; gestern war ich für ihn ein Thrall. Er hatte mich nicht einmal als Mann betrachtet. Vielleicht war es für ihn auch eigenartig, da er kurz darauf seinen Arm wieder wegnahm. Als er sprach, war seine Stimme dennoch sanft und seine Worte waren freundlich.

„Komm, Halfdan", sagte er, als er mich wegzog. „Schau her. Siehst du, wie sie den Umriss des Schiffes in der Erde ausgegraben haben?"

Das Gras auf der Bergkuppe war dicht und hatte tiefe Wurzeln. Die drei Arbeiter – die Sklaven – hatten die Grasnarbe in Streifen ausgestochen und abgehoben. Die Grasstücke lagen in einiger Entfernung auf einem

Stapel. Die freigelegte Erde hatte tatsächlich die Form eines Langschiffes, in der Mitte breit und an jedem Ende spitz zulaufend. Harald lief in die Mitte der Fläche und zog mich mit ihm.

„Das wird der Bug sein." Er deutete auf das Ende, das dem Rand der Bergkuppe am nächsten lag. „Siehst du, wie man hier von diesem Aussichtspunkt auf das Meer blickt? Wir stellen große Steine an den Bug und das Heck, um den Vorder- und Achtersteven des Schiffes zu markieren. Die übrigen Steine, die Ubbe sammelt, benutzen wir für den Umriss der Seiten."

Mit seinem Fuß kratzte Harald eine Linie in den Boden und markierte ein großes Viereck mitten im Umriss des Schiffes.

„Komm her", sagte er zu Fasti. „Hier werden wir hier das Todeshaus bauen. In diesem Viereck muss die Erde tiefer ausgegraben werden, so tief wie meine Wade vom Fuß bis zum Knie. Häuft die ausgegrabene Erde neben den Streifen der Grasnarbe an. Wir werden sie nach dem Feuer brauchen."

„Ich verstehe nicht, was wir hier tun", gestand ich. „Ich habe nie das Begräbnis eines Stammesfürsten gesehen. Was für ein Feuer? Wird Hrorik nicht in der Erde begraben?"

„Unser Volk, Hroriks Stamm, kommt aus dem Norden, über das Meer oberhalb von Jütland", antwortete Harald. „Seit Menschengedenken war es immer unser Brauch, unsere Stammesfürsten und Helden im Tod mit einem großen Feuer zu ehren. Wir glauben, dass der Rauch in den Himmel aufsteigt, wenn wir ihre Leichen verbrennen, und den Göttern und Helden in Walhalla ein Zeichen sendet, dass ein großer Krieger unterwegs ist, um sich ihnen anzuschließen. Wir verbrennen sie entweder in einem richtigen Schiff oder in einem Totenschiff, das wir eigens für ihre letzte Reise bauen. Flammen und Rauch bringen das Schiff und die Toten auf diese Reise und begleiten ihre Fahrt zur Festhalle der Götter."

Wir arbeiteten bis zur Abenddämmerung. Harald war mit unserem Fortschritt zufrieden und meinte, wir könnten problemlos am nächsten Tag fertig werden.

Beim Abendessen aß meine Mutter nur wenig, dann zog sie sich in ihre Bettkammer zurück. Wenige im Langhaus hatten einen privaten, abgetrennten Schlafplatz. Die meisten, sowohl Sklaven als auch freie Männer und Frauen, schliefen auf den langen Bänken, die an den Seitenwänden entlang verliefen. Hrorik und Gunhild hatten ein kleines, privates Zimmer in der Ecke des Langhauses, die am weitesten von den Tieren entfernt war, und Harald und seine Schwester Sigrid hatten Bettkammern, Betten, die von Wänden umschlossen waren. Auch meine Mutter Derdriu hatte eine Bettkammer. Es war ein kleiner Skandal, und es hatte einen furchtbaren Streit zwischen Hrorik und Gunhild verursacht, als Hrorik dem Zimmermann Gudrod befahl, eine Bettkammer für meine Mutter, eine gemeine Sklavin, zu bauen. Aber er teilte oft ihr Bett und er zog es offenbar vor, nicht vor dem gesamten Haushalt zu kopulieren.

An diesem Abend saßen Mutter und ich bis spät in die Nacht auf ihrem Bett und redeten. Die Türen ihrer

Bettkammer waren geöffnet, um Licht einzulassen. Der Ort war mir vertraut und fühlte sich behaglich an, denn als ich jünger war, hatte ich oft sicher in diesen Wänden geschlafen, eng an meine Mutter gekuschelt, um ihre Wärme zu spüren – außer wenn Hrorik mitten in der Nacht kam und mich vertrieb und meinen Platz neben meiner Mutter für sich beanspruchte.

Ich hatte den Eindruck, dass Mutter in dieser Nacht viel mehr mit sich im Reinen war als ich, obwohl sie kaum stille Momente aufkommen ließ.

„Ich will nicht, dass du stirbst", sagte ich ihr. „Lass mich als Thrall weiterleben. Es ist nicht richtig, dass du für Hrorik stirbst, nach all dem Leid, das er dir zugefügt hat. Du schuldest ihm nichts. Ich hasse ihn für das, was er dir angetan hat."

Meine Mutter nahm mein Gesicht in ihre Hände und schaute mir in die Augen.

„Liebster Halfdan", sagte sie. „Ich sterbe nicht für Hrorik. Ich sterbe für dich. Ich bin dankbar, dass ich die Gelegenheit habe, dir dieses Geschenk zu machen.

Manchmal, wenn auch selten", fuhr sie fort, „eröffnet sich mir das zweite Gesicht. Meine Großmutter in Irland hatte eine ausgeprägte Gabe dafür. Zu der Zeit, als mein Großvater König war, hat er sie oft konsultiert, bevor er gehandelt hat. Die Gabe wurde an meine Mutter weiter vererbt, und durch sie an mich, wenn auch in abgeschwächter Form. Vielleicht hast du sie auch geerbt. Die Zukunft wird es zeigen.

Ich wusste schon vor der Rückkehr des Roten Adlers, dass Hrorik im Sterben lag. Auf dieselbe Weise weiß ich, dass du Größe besitzt. Aber du kannst deine Größe nur verwirklichen, wenn du ein freier Mann bist. Und ich weiß auch, dass nur ich dich befreien kann.

Du darfst deinen Vater nicht hassen. Er hatte sowohl gute als auch schlechte Eigenschaften, wie alle Menschen. Es gibt vieles über ihn und über das, was zwischen uns geschehen ist, das du nicht weißt. Das muss ich dir jetzt erzählen, solange ich noch Zeit habe. Die Vergangenheit ist wie eine Menge großer Steine, die im Flussbett liegen, und die zwar unsichtbar sind, die aber die Strömung des Wassers beeinflussen, während es darüberfließt. Du kannst die Strömung deines Lebens nicht richtig interpretieren oder sicher navigieren, wenn du nicht weißt, wodurch sie verursacht wird. Du musst deine Vergangenheit kennen, da sie deine Zukunft bestimmen wird.

Ich habe dir nie die ganze Geschichte erzählt, wie ich eine Sklavin wurde, meine Gefangennahme und die ersten Jahre in Hroriks Haushalt. Als du alt genug warst zu verstehen, hatte Hrorik bereits Gunhild geehelicht, und unser Leben schien in verhängnisvollen Bahnen zu verlaufen, die feststanden und nicht geändert werden konnten. Wenn ich dir die Geschichte früher erzählt hätte, hätte dich das nur verbittert. Jetzt aber musst du sie erfahren."

Meine Mutter lehnte sich an die Wand am Kopfende ihrer Bettkammer und begann. „In dem Sommer, als Hrorik mich aus meiner Heimat Irland raubte, war ich erst fünfzehn Jahre alt, kaum älter als du jetzt. Mein Vater Caidoc war König über das Gebiet entlang des Flusses Bann, unter dem Hochkönig von Ulster. Ich war sein einziges Kind.

Mein Vater wollte ein Bündnis mit dem benachbarten König Frial eingehen und zu diesem Zweck hatte er mich im Winter mit Kilian verlobt, Frials ältestem Sohn. Wir sollten Ende des Sommers beim Erntedankfest heiraten. Kilian war groß und stark, sein Auftreten sanftmütig und sein Lächeln anziehend. Ich wurde für die Schönste in unseren Königreichen gehalten, und wir waren beide recht zufrieden mit der Partie. Wäre die Ehe zustande gekommen, dann wäre ich einmal Königin geworden und unsere Königreiche wären vereint worden. Hätte ich Kilian einen Sohn geboren, hätte er darüber geherrscht.

Da ich sein einziges Kind war, verhätschelte mich mein Vater und räumte mir mehr Freiheiten ein, als für wohlgeborene junge Frauen meines Alters üblich war. So gab er zum Beispiel meiner Wissbegierde nach. Von klein auf war es mir erlaubt, in einem benachbarten Kloster zu lernen. Ich sehnte mich nach dem Wissen, das in den dortigen Büchern und Manuskripten enthalten war, einige davon Hunderte Jahre alt. Der Abt, ein gütiger Mensch, war willens solch einer begeisterten Schulerin entgegenzukommen, auch wenn ich kein Mann war. Um die Geheimnisse der Manuskripte in der Klosterbibliothek zu entschlüsseln, lernte ich Latein in Wort und Schrift, die Sprache der uralten Bücher.

Wir wussten natürlich alle von den Beutezügen der Nordmänner, die entlang der Küste immer häufiger vorkamen. Dennoch glaubte mein Vater, dass unsere Gegend sicher war, da sie so weit landeinwärts lag. Wie viele Menschen in unserem Land verkannte er die Habgier und Kühnheit der Nordmänner.

Es passierte an einem Tag im Spätsommer. Ich war in der Bibliothek des Klosters und las. Plötzlich hörte ich Warnschreie aus dem Innenhof. Als ich zum Fenster lief und hinausschaute, sah ich, dass Nordmänner uns angriffen und das Tor bereits durchbrochen hatten. Einige Mönche versuchten, Widerstand zu leisten, aber sie waren keine Krieger. Die Nordmänner schlachteten sie ohne Erbarmen ab, und die anderen gaben ohne Kampf auf.

Ich versuchte, mich zu verstecken. Ich zog einen Stuhl in die Ecke der Bibliothek, stapelte Bücher und Schriftrollen darauf und auf den Boden daneben und kauerte dahinter. Zitternd vor Angst betete ich verzweifelt zu Gott, er möge mich für die Augen der heidnischen Piraten unsichtbar machen. Natürlich waren meine Bemühungen vergeblich. Einer der Seeräuber fand mich. Ich kann mich noch immer daran erinnern, wie er aussah, wie er nach Schweiß und Blut roch. Er zerrte mich aus meinem Versteck, warf mich auf den Rücken auf einen Tisch in der Bibliothek, schob meine Röcke über meinen Kopf und hätte mich auf der Stelle vergewaltigt. Ich schrie mir die Seele aus dem Leib – ich wusste nicht, wie laut ich schreien konnte. Der Anführer meines Peinigers hörte den Lärm und kam zu sehen, was los war, und hielt den Mann davon ab, mich zu vergewaltigen.

Der Anführer der Seeräuber war Hrorik, dein Vater. Er war damals schlanker, und sein Bart und seine Haare leuchteten noch in sattem Goldgelb, ohne eine Spur von Grau. Die Achtung, die der andere Seeräuber ihm entgegenbrachte, machte deutlich, dass er ein

Führer sein musste, und seine prächtige Erscheinung signalisierte, dass er sehr wohlhabend war. Auf dem Kopf trug er einen glänzend polierten Helm, das Kettenhemd über seiner Brust war feinste Arbeit und ein aufwendig gewebter Mantel war auf einer Schulter befestigt und hing seinen Rücken herunter. Es ist merkwürdig, wie lebendig dieses erste Bild von ihm noch immer in meiner Erinnerung ist. Ich weiß auch noch, dass er eine lange dänische Kriegsaxt in einer Hand hielt. Es war das erste Mal, dass ich eine solche Waffe gesehen hatte.

Als er meinen Angreifer daran hinderte, mich zu vergewaltigen, hatte ich die Hoffnung, dass er vielleicht von Gott geschickt worden war, um mich zu retten, und dass Er mich erhört hatte. Ich vermutete, dass er womöglich Christ war und deshalb eingeschritten war. Ich merkte bald, dass ich falsch lag. Er fing an, mich zu berühren, er betastete den Stoff meines Kleids, drehte meinen Kopf vor einer Seite zur anderen, während er mein Gesicht studierte. Dann strich er mit der Hand durch meine Haare und beugte sich vor, um an ihnen zu riechen. Dieses Verhalten nährte in mir den Verdacht, er habe den anderen Mann nur gestoppt, um seine Stelle einzunehmen, und ich fing wieder an zu schreien.

Hrorik schrak einen Moment zurück, überrascht durch die Lautstärke des von mir produzierten Lärms. Dann lächelte er. Es war kein böses Lächeln. Er war aufrichtig amüsiert, und seine Belustigung war in seinen Augen zu sehen. Eine Hand legte er über meinen Mund, um mich ruhig zu stellen. Die andere Hand machte er frei, indem er die Klinge seiner Axt an die Tischkante hängte. Dann legte er seine Zeigefinger auf die Lippen und sagte etwas, was in unseren beiden Sprachen verständlich war.

‚Schhh!', machte er, und noch einmal ‚schhh'. Es war das erste, was dein Vater zu mir sagte. Es ist etwas, das ich seither immer wieder von ihm gehört habe."

„Warum rettete er dich von dem Krieger, der dich vergewaltigen wollte?", fragte ich.

„Viel später, nachdem ich die Sprache der Nordmänner gelernt hatte, fragte ich Hrorik das auch. Er sagte, ihm war klar, dass ich wertvoll war, entweder die Tochter oder die Frau eines Edelmannes, und dass er ein hohes Lösegeld für mich fordern konnte. Er hat den Mann nur deshalb abgehalten, weil beschädigte Ware weniger wert ist. Er wollte mir nicht etwas Gutes tun, sondern nur wertvolle Beute schützen."

Wenn meine Mutter glaubte, ihre Geschichte würde meine Meinung über meinen Vater verbessern, war das bisher nicht der Fall.

„Ich wurde in den Hof des Klosters geführt", fuhr meine Mutter fort. „Dort fesselten die Piraten die Hände ihrer Gefangenen und banden sie paarweise zusammen. Der Abt Aidan war unter den Gefangenen, und ich wurde mit ihm zusammengebunden.

Aidan war ein sehr gebildeter Mann, mit einer Gabe für Sprachen. Bevor er sein Leben Gott und der Kirche widmete, hatte er als junger Mann auf der Suche nach Abenteuern seine Heimat verlassen. Er bereiste die nördlichen Meere auf dem Schiff eines fränkischen Händlers aus der Hafenstadt Dorestad. In jener Zeit lernte er die Sprache der Nordmänner. Aufgrund dieses

Wissens konnte er sich mit unseren Peinigern verständigen und mir ihre Pläne für uns erklären. Er bestätigte auch Hrorik gegenüber, dass ich von adliger Herkunft und sogar die Tochter von König Caidoc war, der in diesem Gebiet herrschte. Hrorik war sehr erfreut, das zu erfahren.

‚Der Herr wacht über dich, Derdriu, mein Kind', sagte mir Aidan, nachdem er mit Hrorik gesprochen hatte. ‚Du wirst unversehrt freigelassen werden. Es ist nur eine Frage der Zeit, bis der Anführer der Piraten sich mit deinem Vater in Verbindung setzt und eine Lösegeldzahlung vereinbart. Auch ich soll freigekauft werden. Dein Vater und auch die Äbte der anderen Klöster des Landes werden alle einen Beitrag leisten, um einen hochrangigen Kirchenmann aus der Gefangenschaft zu befreien.'

Aidan seufzte tief, als er die Mönche neben uns ansah. ‚Meine Schützlinge werden nicht so viel Glück haben. Ich befürchte, dass niemand es sich leisten kann, für die sichere Rückkehr aller zu bezahlen. Einige, vielleicht alle, werden den Rest ihres Lebens als Sklaven verbringen.' Aidan war ein gütiger Mensch, und das Schicksal der Mönche seines Klosters beschäftigte ihn. Ich war nur erleichtert, dass ich bald wieder frei sein würde."

Mutter schüttelte traurig ihren Kopf. „Es sollte nicht sein", sagte sie. „Die Piraten führten uns ab wie eine Herde gestohlener Rinder, über das Land zum Fluss, wo sie ihr Schiff hinterlassen hatten. Mein Vater erfuhr von dem Überfall auf das Kloster und meiner Gefangennahme. Er wusste natürlich nicht, dass Hrorik mich vor Leid beschützte und mich für Lösegeld zurückgeben wollte. Mit dem größten Heer, das er in der kurzen Zeit versammeln konnte, machte er sich an die Verfolgung. Da Eile geboten war, umfasste die Schar der Rächer nur die reichen Krieger, die Streitwagen oder schnelle Reitpferde besaßen. Zufällig – bedauerlicherweise – waren mein Verlobter Kilian und sein Vater Frial mit einem kleinen Gefolge auf der Jagd, und sie trafen mein Vater und seine Männer, als sie die Dänen verfolgten. Natürlich schlossen sie sich der Verfolgung an, obwohl sie nicht für den Krieg gerüstet waren.

Mein Vater und seine Männer holten die Piraten ein, bevor diese den Fluss und das Schiff erreicht hatten. Als sie sich näherten, signalisierten sie ihre Ankunft mit ihren Kriegshörnern, vielleicht, um uns Gefangenen Hoffnung zu geben und Furcht in den Herzen der Piraten zu säen.

Ein flacher Bach durchzog die Wiese, die wir überquerten, als wir die Hörner hörten und darauf aufmerksam wurden, dass Vater und seine Männer sich uns näherten. Da der Sommer trocken war, ging das Wasser des Bachs uns nur bis an die Knöchel, aber in nassen Jahreszeiten floss der Bach schnell und hatte über die Jahre ein Flussbett eingeschnitten, das einem Mann bis an den Bauch reichte. Hrorik befahl seinen Männern, den Bach zu überqueren und sich auf der anderen Seite zum Kampf zu formieren. Er stellte die Hälfte seiner Männer Schulter an Schulter in einer Reihe auf und ließ die Gefangenen dahinter kauern. Die andere Hälfte seiner Truppe versteckte sich im Bachbett unterhalb der Uferkante. Die versteckten Männer waren mit Bogen oder

Speeren bewaffnet.

Die Piraten hatten sich gerade versteckt, als Vater und seine Männer um eine kleine Anhöhe fegten und in Sicht kamen. Als Hrorik sie in ihren Streitwagen erblickte, warf er seinen Kopf zurück und lachte. Bei seinem Gelächter wurde es mir kalt ums Herz. Als sie uns sahen, jubelten die Männer meines Vaters. Da die Hälfte der Dänen versteckt war, muss es für die irischen Krieger wohl offensichtlich gewesen sein, dass ihnen der Sieg sicher sei.

Was folgte, war mehr ein Gemetzel als ein Kampf. Die Streitwagen konnten natürlich das Hindernis des Flussbetts nicht passieren. Als sie näher kamen und den Fluss bemerkten, zogen die Fahrer verzweifelt an den Zügeln, um ihren rasenden Angriff zu verlangsamen. Die Krieger zu Pferde galoppierten ungebremst weiter. Dann sprangen die hinter dem Ufer versteckten Piraten auf und ließen ihre Geschosse fliegen.

Fast die gesamte erste Reihe der Pferde fiel unter dem tödlichen Beschuss. Die Streitwagen und Pferde dahinter konnten nicht rechtzeitig anhalten oder ausweichen. Auf einmal brach das Chaos herein, als die zweite Welle des Angriffs auf das plötzliche Hindernis der toten und sterbenden Reittiere prallte. Manche Streitwagen überschlugen sich und schleuderten ihre Fahrer durch die Luft wie Steine, die aus einem Katapult geschossen werden. Andere Fahrer versuchten, ihre Gefährte beiseite zu lenken, und rutschten seitwärts, bis sich die Räder in dem weichen Gras verfingen und die Wagen umkippten und ihre Fahrer unter sich begruben. Einige erfahrene Reiter – darunter mein Verlobter, Kilian – sprangen über die Trümmer und die Verletzten hinweg, fegten an der ersten Gruppe der Dänen vorbei und überquerten das Flussbett in Richtung der Schlachtreihe auf der anderen Seite. Aber es waren zu wenige. Die Piraten wichen nicht zurück und schlachteten sie ab. Ich sah wie Kilian fiel, nachdem ein Speer seine Rippen durchbohrt hatte.

Natürlich kamen nicht alle der irischen Krieger um. Diejenigen, die beim Angriff weiter hinten waren, konnten rechtzeitig wenden. Als sie so viele ihrer eigenen Männer vernichtet sahen und ihnen klar wurde, wie groß die Truppe der gegnerischen Dänen war, drehten sie um und flüchteten.

Leider hatten mein Vater und König Frial, beides tapfere Männer, den Angriff geführt. Innerhalb weniger blutiger Momente wurden alle umgebracht, die den Piraten Lösegeld für meine Freiheit bezahlt hätten.

Wir Gefangenen warteten den ganzen Nachmittag gut bewacht neben dem Flussbett, während die Dänen das Schlachtfeld plünderten und den Leichnamen ihre Wertsachen, ihre Waffen und manchmal sogar ihre Kleider abnahmen. Wir standen da und schauten verzweifelt und wie betäubt zu, ohne einen Laut von uns zu geben, bis der Abt Aidan die Mönche zu Gebeten für die Toten anleitete. Dann fanden die Piraten unter den Toten zwei Männer mit Stirnreifen aus Gold, und Hrorik erkannte deren Bedeutung. Er brachte Aidan und mich zu der Stelle, an der sie lagen, und wir bestätigten, dass es sich bei den Toten um meinen Vater und König Frial handelte. Danach sprach Hrorik, dann deutete er auf mich, um Aidan zu verstehen zu geben, dass er seine

Worte für mich übersetzen sollte.

,Der Stammesfürst sagt, dass es ihm für dich leid tue wegen des Todes deines Vaters, aber so sei eben der Krieg.' sagte Aidan. ,Er meinte auch, dass es schwierig werde, wenn niemand mehr da sei, um dein Lösegeld zu zahlen.' Dem Abt schien es unwohl zu sein, als er die letzten Worte sprach. Das war berechtigt, da sie mich rasend machten.

Ich antwortete, während Aidan für Hrorik übersetzte. ,Schwierig? Es ist weit mehr als schwierig', sagte ich ihm. ,Euer Sieg wird uns beide teuer zu stehen kommen. Auf diesem Schlachtfeld liegt nicht nur mein Vater, sondern auch mein Verlobter und dessen Vater. Mein Schicksal ist besiegelt. Bisher war ich eine Prinzessin, aber jetzt werde ich Sklave und werde wohl als Sklave sterben. Ich kann nur beten, dass der Tod mich bald findet. Ihr habt nur Lösegeld verloren, mir dagegen wurde das Herz aus der Brust gerissen.'

In der Nacht feierten die Dänen mit einem großen Gelage am Ufer des Flusses, an dem ihr Schiff festgemacht war. Sie brieten das Fleisch der getöteten Pferde und tranken tief aus den Bierfässern, die aus dem Kloster zu tragen sie die Mönche gezwungen hatten.

Wir Gefangenen wurden gezwungen, uns in einer engen Gruppe neben dem von den Dänen aufgebauten Lagerfeuer zusammenzudrängen, um das die Piraten jetzt herumlagen. Unter den Gefangen waren auch über zwanzig Menschen, die schon vor dem Angriff auf das Kloster in die Gewalt der Piraten geraten waren, vor allem Frauen, aber auch einige Kinder. Die Nordmänner hatten wohl entlang des ganzen Ufers geplündert, während sie flussaufwärts segelten.

Während das Gelage sich bis in die Nacht hinzog, verließen mehrmals Dänen den Kreis ihrer Kumpane und taumelten hinüber zu den Gefangenen, wo sie in die verängstigten Gesichter starrten und die eine oder andere der weiblichen Gefangenen in den Schatten des Feuers zerrten, von wo Schluchzen und gelegentliche Schreie zu vernehmen waren. Nachdem dies mehrmals passiert war, offenbarte sich die Schwierigkeit, von der Hrorik gesprochen hatte.

Der Pirat, der mich im Kloster gefunden hatte, ein hochgewachsener, schlaksiger Däne mit einer dreckigen braunen Wolltunika über der Hose und langen, schmierigen schwarzen Haaren, die ihm bis zur Schulter hingen, stand auf und drängte sich in die Menge der Gefangenen. Er blieb vor mir stehen und sprach einige Worte. Er hätte unmöglich erwarten können, dass ich ihn verstehen würde, aber er war eindeutig betrunken und womöglich hatte das Bier seinen Verstand benebelt.

‚Was will er?', fragte ich Aidan in einem ängstlichen Flüsterton, obwohl ich es im Herzen wusste.

‚Er sagt, dass du mit ihm gehen musst', sagte Aidan. ‚Da niemand mehr dein Lösegeld bezahlen kann, bist du jetzt sein Eigentum.'

Hrorik, der auf der gegenüberliegenden Seite des Feuers gesessen hatte, stand auf und schritt zu uns hinüber. Er und mein Entführer stritten sich eine Weile, während ihre Stimmen lauter und ungehaltener wurden. Schließlich schüttelte der schwarzhaarige Däne den Kopf, brüllte ein letztes Wort und packte mich am Arm, um mich hochzuzerren. Schluchzend bettelte ich ihn an, mich in Ruhe zu lassen, obwohl er natürlich nichts von dem verstehen konnte, was ich sagte.

Plötzlich gab Hrorik ihm mit dem Handrücken eine Ohrfeige ins Gesicht. Der Mann stolperte rückwärts und schrie Hrorik wütend an. Was auch immer er sagte, es brachte ein grimmiges Lächeln in Hroriks Gesicht. Dann drehten sich beide Männer um und stapften davon.

‚Was ist passiert?', fragte ich Aidan.

‚Der Stammesfürst bot dem anderen Piraten an, dich ihm abzukaufen. Aber obwohl er einen immer höheren Preis bot, lehnte der schwarzhaarige Däne ab. Dann ohrfeigte ihn der Stammesfürst. In ihrem Volk ist das eine tödliche Beleidigung. Der andere Däne hatte keine Wahl, er musste seinen Führer herausfordern. Sie sind jetzt dabei, sich zu bewaffnen.'

Der Kampf währte nur kurz. Mein Entführer war mit Speer und Schild bewaffnet und hatte auch ein langes Messer in seinen Gürtel gesteckt. Er hatte weder Helm noch Rüstung. Wahrscheinlich war er zu arm, um sich diese Bewaffnung zu leisten. Auch Hrorik trug keine Rüstung, vielleicht, um den Kampf gerechter erscheinen zu lassen. Er trug nicht einmal einen Schild. Er schritt nur mit einem Schwert bewaffnet in den Kreis der Piraten um das Feuer, aber der schlanke Däne hatte eindeutig Angst. Er wich rückwärts vor Hrorik im Kreis herum zurück, während Hrorik ihn verfolgte. Plötzlich sprang mein Entführer mit einem wilden Schlachtruf vor uns schwang seinen Speer in Richtung von Hroriks Brust. Hrorik attackierte ebenfalls und schlug den Speer mit der flachen Seite seines Schwerts beiseite. Mit seiner freien Hand griff er den Rand des Schildes seines Gegners und schleuderte den Schwarzhaarigen mit einem kräftigen Ruck zu Boden. Als dieser sich bemühte, wieder auf die Füße zu kommen, schwang Hroriks Schwert nach unten, und der Kampf war beendet.

Kurz danach näherte sich Hrorik und bahnte sich einen Weg durch die Gefangenen, die sich gegen die nächtliche Kälte eng zusammengedrängt hatten. Ich versteckte mich hinter dem Abt, denn ich befürchtete, dass Hrorik den gewonnenen Preis jetzt einfordern wollte. Aber als er uns erreicht hatte, stand er nur über mir und hielt einen schweren wollenen Umhang vor sich. Nachdem ich ihn vorsichtig entgegengenommen hatte, sprach er kurz mit Aidan und kehrte dann zur Feier um das Feuer zurück.

Abt Aidan und ich wickelten den Umhang um unsere Schultern, dankbar für die Wärme. ,Was hat er gesagt?', fragte ich.

,Er sagte, die Nacht sei kalt, und der Umhang würde dich warm halten.'

,Ist das alles, was er gesagt hat?', fragte ich argwöhnisch.

,Er sagte, du musst dir keine Sorgen mehr machen. Ich soll dir sagen, dass er Hrorik heißt und dass du jetzt unter seinem Schutz stehst.'

Am nächsten Morgen ruderten die Dänen mit ihrem Schiff flussabwärts zum Meer. Als sie die Küste erreichten, setzten sie die Segel und steuerten das Schiff in Richtung der offenen See. Die anderen weiblichen und auch einige der männlichen Gefangenen fingen an zu weinen und zu jammern. Ich dagegen war still. Ich hatte für solche Zurschaustellung von Emotionen keine Kraft mehr. Stattdessen schaute ich stumm zu, wie die grünen Hügel Irlands langsam in der Ferne verschwanden, bis ich sie nicht mehr sehen konnte. In meinem Herzen wusste ich, dass ich meine Heimat nie wieder sehen würde.

Abt Aidan wurde sehr aufgewühlt, als wir das Land hinter uns ließen. Verzweifelt rief er Hrorik zu und erinnerte ihn daran, dass die Kirche Lösegeld für seine Freiheit zahlen würde. Hrorik, der das Lenkruder bemannte, ignorierte ihn, bis wir außer Sichtweite des Landes waren. Dann rief er ein anderes Mitglied der Besatzung zu sich, um die Lenkung des Schiffes zu übernehmen, und ging zu Aidan, der entmutigt und still zwischen den anderen Gefangenen neben mir saß.

Hrorik ging neben uns in die Hocke und sprach. Als er fertig war, erzählte mir Aidan, was er gesagt hatte. ‚Dieser herzlose Pirat wird mich doch nicht mehr freikaufen lassen. Er sagt, dass er meine Kenntnis der verschiedenen Sprachen der Menschen nützlich findet, und hat sich entschieden, mich für sich als Sklaven in seinem Haushalt zu behalten. Er will auch, dass ich dir die Sprache der Nordmänner beibringe.‘

Hrorik sprach erneut kurz mit Aidan, dann schaute er mich erwartungsvoll an.

‚Der Stammesfürst bittet dich, ihm deinen Namen zu sagen, damit er die Aussprache lernen kann‘, berichtete mir Aidan.

‚Derdriu‘, sagte ich. Da Hrorik verwirrt schien, wiederholte ich etwas langsamer meinen Namen: ‚Derdriu‘.

Hrorik nickte. ‚Derdriu‘, sagte er mehrmals leise.

Dann sprach er eine kurze Weile schneller mit Aidan und stand auf, als ob er gehen wollte.

‚Der Stammesfürst befahl mir, sofort mit deinem Unterricht zu beginnen', sagte Aidan bitter. ‚Er hofft, dass er direkt mit dir sprechen kann, wenn unsere Reise beendet ist. Damit wir schnellere Fortschritte machen, werden wir beide an Bord des Schiffes keine andere Pflichten haben.'

Ich schaute Hrorik ungläubig an. ‚Soll ich glauben, dass nur Konversation von mir verlangt wird?'

Der Abt sagte nichts. Hrorik gab ihm zu erkennen, dass er meine Worte übersetzen sollte, und wartete ungeduldig, bis er sich fügte. Als Aidan fertig war, antwortete Hrorik brüsk. ‚Wenn wir das Land erreichen, wirst du auch eine Sklavin in meinem Haushalt sein', übersetzte Aidan. ‚Dort arbeiten alle, auch ich. Du wirst dich um meine Kinder kümmern. Ihre Mutter ist vor Kurzem gestorben.' Aidan schien verlegen zu sein, hielt kurz ein, fuhr aber dann fort. ‚Du sollst wissen, er versteht deine Ängste. Wenn er dich mit Gewalt nehmen wollte, hätte er es längst getan. Das ist nicht sein Wunsch. Er sagt, in dieser Sache verstehe er sein eigenes Herz und seinen eigenen Kopf nicht. Du bist nämlich sehr schön, und er ist es gewohnt, sich das zu nehmen, was er sich wünscht.'"

Meine Mutter hielt kurz inne und trank etwas Wasser aus einer Tasse, die sie ans Bett gebracht hatte. Ihre Erzählung erstaunte mich. Der Mann, den sie beschrieb, hatte nichts von dem Hrorik, den ich kannte, und das sagte ich ihr auch. Für mich war Hrorik ein Mann, der sich wenig um die Wünsche anderer kümmerte, und der für sich einforderte, was wollte, wenn er es wollte.

„Deshalb wollte ich dir das alles erzählen", antwortete sie. „Was auch immer Hrorik sonst war, oder was er geworden ist, er ist dein Vater. Ich will nicht, dass du dein Leben in dem Glauben verbringst, du seist ein Bastard, der das Resultat einer Vergewaltigung ist, wenn du doch ein Kind bist, das in Liebe gezeugt wurde."

„In Liebe!", entfuhr es mir. Das überstieg meine Vorstellungskraft. „Wie ist das möglich?"

„In jenen Tagen hatte Hrorik die großen Ländereien noch nicht, die er als Mitgift von Gunhild erhalten hat. Damals besaß er nur einen kleineren Hof im Norden am Limfjord. Obwohl der Hof klein war, hatte er eine wohnliche Gemütlichkeit, die in diesem größeren Gutshof fehlt.

Bis wir Hroriks Anwesen erreichten, konnte ich bereits einige stockende Sätze in der Sprache der Nordmänner von mir geben. Hrorik war dermaßen begierig, sich mit mir zu unterhalten, dass sich meine Sprachkenntnisse durch die ständige Übung schnell verbesserten. Er freute sich sehr über einfache Dinge, zum Beispiel, wenn er mir die Namen für Pflanzen und Bäume, verschiedene Tiere, Lebensmittel oder Ackergeräte beibrachte. Seine Freude daran war so offensichtlich, seine Art so sanft und gütig, dass auch ich anfing die Zeit zu genießen, die wir zusammen verbrachten. Gleichzeitig plagten mich Schuldgefühle, dass ich überhaupt etwas anderes als Hass für den Mann empfinden konnte, der für den Tod meines Vaters verantwortlich war.

Als ich seine Sprache immer besser beherrschte, erzählte mir Hrorik von seinem Leben. Stolz berichtete er von den Leistungen seiner zwei jungen Kinder, Harald und Sigrid. Er sprach auch über ihre Mutter, Helge. Hrorik und Helge hatten sich seit ihrer Kindheit gekannt, und ihre Familien hatten schon immer erwartet, dass die beiden heiraten würden. In seinen Erzählungen war sie eine fröhliche Frau, die er achtete und an der er Gefallen hatte. Sie starb an einem Fieber, als Harald und Sigrid fünf Jahre alt waren, in dem Winter vor dem Raubzug nach Irland, in dessen Verlauf ich gefangen genommen wurde.

Meine Pflichten auf Hroriks Hof waren überschaubar. Vor allem sollte ich ein Mutterersatz für Harald und Sigrid sein. Für sie zu sorgen war keine Last für mich, da es umgängliche und liebevolle Kinder waren, und mit der Zeit verlor ich mein Herz an sie. Das bereitete mir keine Schuldgefühle, da ihre Hände im Gegensatz zu denen ihres Vaters nicht mit Blut befleckt waren. So wurde ich wie eine Mutter in Hroriks Familie, aber nicht mehr als das. Hrorik behandelt mich fast so, wie ein Bruder mit einer geliebten Schwester umgehen würde, mit großer Freundlichkeit und Zuneigung, aber mehr nicht.

Dann kam die Nacht, die alles änderte. Wir hatten ein fröhliches Abendessen, lachten viel und tranken zu viel. Wenn keine Gäste da waren, wie an jenem Abend, bestand Hrorik darauf, dass ich mit ihm am Tisch aß, obwohl ich nur eine Sklavin war. In dieser Nacht gesellte sich auch Abt Aidan zu uns, und es waren seine Erzählungen – manche recht derb – aus seiner Zeit als fränkischer Händler und Seemann, die unsere Fröhlichkeit verursacht hatten.

Ich brachte Harald und Sigrid ins Bett, während die Küchensklaven die Reste des Abendessens wegräumten. Als ich fertig war, sah ich, dass Hrorik noch alleine am Tisch saß, und ich ging zu ihm. Sein Gesichtsausdruck war trübsinnig geworden.

,Wo ist Eure Fröhlichkeit von vorhin geblieben?', neckte ich ihn.

,Meine Gedanken sollten wohl lieber unausgesprochen bleiben, damit sie nicht missverstanden werden', antwortete er.

Die Ausgelassenheit des Abends und vielleicht auch die Menge, die ich getrunken hatte, machten mich keck. ,Missverstanden?', fragte ich. ,Haltet Ihr mich noch für eine solch schlechte Schülerin Eurer Sprache?'

,Es ist die Sprache meines Herzen, die ich dir beibringen möchte.' Er atmete tief ein und ließ die Luft langsam wieder aus. ,Derdriu, kommst du heute Nacht in mein Bett?', fragte er schließlich.

Seine Worte überraschten und erschraken mich, und das zeigte sich wohl in meinem Gesichtsausdruck, denn er schaute bestürzt weg. Als er sich mir wieder zuwandte, hielt er die Augen gesenkt. ,Ich muss wissen, welche Gedanken dir bei meinen Worten durch den Kopf gegangen sind, dass du so dreinblickst.'

Ich erforschte vorsichtig meine Gedanken und mein Herz, bevor ich antwortete. ,Mein erster Gedanke war meine Erinnerung an den Tag, an dem ich gefangen genommen wurde', sagte ich wahrheitsgemäß. ,Und welche Angst ich hatte, dass ich vergewaltigt werden würde. Ich hasste Euch und Eure Männer für das, was

Ihr getan hattet, und für das, von dem ich befürchtete, dass Ihr es noch tun würdet.'

Hrorik schlug mit der Faust auf den Tisch, und von der anderen Seite der Halle schaute der Abt beunruhigt in unsere Richtung.

„Danach war ich eine Zeitlang still", sagte Mutter. „Ich suchte weiter in meinen Gedanken und tiefer in meinem Herzen. Ich war überrascht, als ich merkte, dass die Wut, die ich so lange auf Hrorik gefühlt hatte, abgenommen hatte.

‚Der andere Gedanke, der mir in den Sinn kam', sagte ich ihm dann: ‚war: wieso hat es so lange gedauert, bis Ihr mich fragt?'"

Meine Mutter lächelte, und ich konnte sehen, dass sie in ihren Erinnerungen weilte.

„Die anschließende Nacht war viel schöner als ich jemals gedacht hätte", sagte sie. „Es gab viele weitere Nächte und auch Tage in den folgenden drei Jahren, die süß und schön waren. Du wurdest in dieser Zeit geboren, weniger als ein Jahr, nachdem ich das erste Mal mit Hrorik das Bett geteilt hatte."

„Was ist geschehen?", fragte ich. „Was hat sich geändert?"

„Ich dachte, Hrorik wollte mich zur Frau nehmen. Ich glaubte, er würde mich befreien und wir würden heiraten und du stündest als sein Sohn neben Harald. Doch dann führte er einen großen Raubzug gegen Dorestad, die fränkische Handelsstadt an der Küste von Friesland, und nutzte dabei Kenntnisse der Wehranlagen, die er in Gesprächen mit Aidan über dessen Leben unter den Franken erhalten hatte. Dorestad wurde eingenommen und geplündert, und alle, die an dem Raubzug beteiligt waren, kamen reich zurück. Männer hofierten Hrorik und erzählten ihm, wenn sein Reichtum und sein Ruhm als Stammesfürst weiter wachse, sei er sicher dazu bestimmt, eines Tages vom König zum Jarl ernannt und Herrscher einer ganzen Region zu werden.

Leider stiegen Hrorik die schmeichelhaften Worte zu Kopf. Ein Stammesfürst namens Orm war im Raubzug gegen Dorestad umgekommen und seine Frau war nun eine reiche Witwe. Sie hieß Gunhild und ihr Vater Eirik war ein wohlhabender Jarl, der auf der Insel Fyn wohnte. Eiriks Söhne waren alle tot, und es war allgemein angenommen worden, dass der König nach Eiriks Tod Gunhilds Mann Orm an dessen Stelle zum Jarl ernennen würde. Hrorik liebte mich, aber er machte Gunhild den Hof, um ihr Vermögen und die Hoffnung auf den Titel ihres Vaters zu erlangen.

An dem Tag, an dem Hrorik und Gunhild heirateten, zerriss es mir das Herz. Ich hätte dort neben ihm stehen sollen, nicht sie. Du hättest in Hroriks Familie als Sohn anerkannt werden sollen, nicht Toke, ihr Sohn aus ihrer ersten Ehe. Stattdessen sind wir Sklaven geblieben.

Armer Hrorik. Der Jarl Eirik lebt noch und Hrorik ist jetzt tot. Er opferte unser Glück, ohne die Belohnung dafür zu bekommen. Obwohl er Gunhild mit Respekt behandelte, merkte sie bald, dass sein Herz nicht ihr gehörte. Sie stritt sich oft mit ihm und wollte, dass er mich verkauft, aber er weigerte sich. Nach einer gewissen Zeit kam er wieder in mein Bett. Möglicherweise hoffte er, dass unser altes Glück zurückkehren würde, aber die Liebe, die ich einst für ihn empfunden hatte,

70

war einer tiefen Bitterkeit gewichen."

Meine Mutter hielt kurz inne und streichelte sanft meine Wange mit ihrem Handrücken.

„Jetzt verstehst du, mein Sohn, jetzt kennst du die Wahrheit über das Leben, das ich mit deinem Vater geteilt habe. Da er dein Vater ist, hast du viel von ihm, und es ist gut, dass du die Geschichte kennst."

Sie irrte sich. Ich hatte die Worte meiner Mutter gehört, aber ich verstand trotzdem nicht. So weit meine Erinnerungen zurückreichten, kannte ich die Liebe zu meiner Mutter, und sie hatte mir gegenüber auch immer Liebe gezeigt und sich zärtlich um mich gekümmert. Eine solche Liebe verstand ich. Auch Sklaven, die so gut wie nichts ihr Eigen nennen, können eine solche Liebe spüren. Aber ich konnte nicht verstehen, wie eine Frau irgendetwas außer Angst und Abscheu für einen Mann verspüren konnte, der sie aus ihrer Heimat geraubt, ihren Vater umgebracht und sie zur Sklavin gemacht hatte. Es war mir ein Rätsel, wie meine Mutter jemals Hrorik hatte lieben können. Für mich war klar, dass er sie niemals geliebt hatte, denn sonst hätte er sie nicht betrogen, indem er Gunhild heiratete und meine Mutter und mich zu einem Leben als Sklaven verdammte. So zeigt man keine Liebe.

Obwohl Hrorik mich vor seinem Tod befreit hatte, glaubte ich nicht, dass ich jemals mit Zuneigung an ihn würde denken können. Die vielen Jahre der Sklaverei wogen einfach zu schwer und meine Mutter und ich hatten zu viel und zu lange unter ihm gelitten. Meine Mutter hatte ihm vielleicht vergeben, aber ich würde es niemals tun.

5

Ein Scheiterhaufen

Am Mittag des zweiten Tages unserer Arbeit waren das Totenschiff und das Todeshaus fertiggestellt. An beiden Enden des Umrisses des Schiffes, das im dicken Torf der Bergkuppe ausgestochen war, hatten wir fast mannshohe Steine in die Erde eingelassen. Sechs Männer – Harald, Ubbe, Fasti, Hrut, Ing und ich – waren nötig gewesen, um die Steine an ihre Positionen zu wuchten. Die beiden Steine stellten die Steven des Totenschiffes dar, so wie die nach oben gezogene Verlängerung des Kiels die Steven eines wirklichen Langschiffes waren. Kleinere Felsbrocken, etwa kniehoch und eine Armlänge auseinander, zeichneten die gewölbten Seiten des Schiffes vom Heck zum Bug nach.

An der Stelle, an der Fasti, Hrut und Ing ein Viereck in der Mitte des Schiffes ausgegraben hatten, hatten wir eine einfache Hütte aus Baumstämmen gebaut. Sie hatte keine Fenster und einen einzigen niedrigen Eingang. Im Innern hatten wir an der Wand gegenüber der Tür eine Bahre aufgeschichtet. Sie bestand aus lose aufeinandergestapelten Holzscheiten und dicken Ästen, bei denen die Zwischenräume zwischen den größeren Balken mit dünnen Zweigen und Gestrüpp ausgestopft waren. Oben auf der hüfthohen Bahre lag eine Pritsche für die Leichen aus unebenen Planken, die mit Umhängen bedeckt waren. An die Außenwände des Todeshauses lehnten wir Bündel aus trockenem Holz bis zum

72

Dach. Angezündet würde das Feuer so groß werden, dass es meilenweit zu sehen wäre.

Ich hatte hart gearbeitet, hatte Steine getragen und Holz gehackt. Meine Hoffnung war, hart genug zu arbeiten, um die Gedanken daran, was nach Abschluss unserer Arbeit geschehen sollte, zu verdrängen. Doch es war vergebens. Ständig drängten sich mir Bilder meiner Mutter in den Kopf. Ich war dabei, ihren Scheiterhaufen zu bauen. Sie lebte noch, aber ich bereitete ihre Bestattung vor. Ich hatte das Gefühl, in einem bösen Traum gefangen zu sein, aber ich hatte nicht die Macht, aufzuwachen.

Solche Gedanken belasteten Harald offensichtlich nicht. Er stand da, die Hände in die Hüften gestemmt, und begutachtete das Resultat unserer Arbeit.

„Es ist gut geworden", sagte er und drehte sich zu mir. „Bei Lindholm Hoje in der Nähe des Limfjords, dort, wo Hroriks Volk zuerst siedelte, nachdem es aus dem Land der Norweger nach Süden gekommen war, gibt es ein ganzes Feld von Totenschiffen aus Stein. Es ist eine ganze Flotte Gestorbener, die aus dieser Welt in die nächste gesegelt ist. Das ist ein eigenartiger, einmaliger Anblick."

Ubbe hatte uns mit dem Todeshaus geholfen, nachdem wir mit den Steinen für das Gerüst des Schiffes fertig waren. Harald rief ihm zu. „Es ist getan. Schicke Boten zu den Dorfbewohnern. Die Bestattung wird heute Nachtmittag stattfinden, wenn sich die Sonne gegen den Horizont neigt; danach gibt es den Leichenschmaus."

Dann schaute er mich an.

„Es ist nicht mehr viel Zeit", sagte er. „Sigrid und

ich müssen Hroriks Leichnam vorbereiten. Du solltest zu deiner Mutter gehen."

Ich fand meine Mutter in ihrer Kammer mit Haralds Schwester Sigrid – die jetzt auch meine Schwester war, wie mir einfiel. Beide machten den Eindruck, geweint zu haben, aber sie wischten ihre Wangen ab, als sie mich kommen sahen, und ihre Stimmen waren fröhlich.

Meine Mutter trug das neue rote Kleid, das sie genäht hatte. Sie hob den Saum, um mir das Unterkleid zu zeigen.

„Schau her, Halfdan. Sigrid gab mir dieses feine Unterkleid aus weißem Leinen." Sie berührte ihren Hals. „Und siehst du diese Halskette aus Bernstein? Auch diese Kette hat sie mir geschenkt."

„Das sind nur Kleinigkeiten", sagte Sigrid. „Du hast Harald und mir Liebe gegeben, als wir klein waren, zwei Kinder, die jüngst ihre Mutter verloren hatten und einsam und verängstigt waren. Das ist durch kein Geschenk aufzuwiegen."

Die Augen meiner Mutter standen voller Tränen.

Sigrid umarmte sie und hielt sie fest. „An diesem Tag, in dieser Welt und der nächsten, wirst du deine rechtmäßige Stelle an der Seite meines Vaters einnehmen. Darf ich dich heute Mutter nennen?"

Meine Mutter öffnete den Mund, aber sie brachte kein Wort heraus. Sie nickte, ihre Augen immer noch feucht mit Tränen. Dann fingen beide Frauen zu weinen an. Ich stand still und betreten daneben und wusste nicht, was ich tun sollte. Dann küsste Sigrid meine Mutter auf beiden Wangen und trat einige Schritte zurück.

Sie drehte sich zu mir und zeigte mir ein tränenreiches Lächeln. „Derdriu und ich haben auch etwas für dich."

Ein Stapel zusammengefalteter Kleider lag am Fußende des Betts meiner Mutter. Ein Stück nach dem anderen gab meine Mutter sie mir. Es waren eine Tunika aus weißem Leinen mit Stickereien um den Hals und unten an den Ärmeln, eine dunkelgrüne Hose aus Wolle, ein Ledergürtel mit einer silbernen Schnalle und ein kurzer Umhang aus grauer Wolle mit einer großen, runden Fibel aus Silber in Form einer phantasievollen Schlange, um den Umhang festzustecken.

„Wir hatten keine Zeit, neue Kleider zu machen", sagte Mutter. „Diese sind von Harald für dich. Sie sind in einem guten Zustand und überhaupt nicht abgetragen. Sigrid hat mir geholfen, sie zu ändern, damit sie dir passen."

„Wir wollten nicht, dass du dem Fest in den Fetzen eines Thralls beiwohnst", fügte Sigrid hinzu.

„Ich … ich danke Euch – dir", stammelte ich. Ich hatte mir noch keine Gedanken über mein eigenes Äußeres gemacht, bis Sigrid es erwähnte. Ich hätte mich bei der Bestattung blamiert, wenn ich meine zerrissene, dreckige Tunika getragen hätte, die einzige Kleidung, die ich besaß. Ich hätte wohl auch Harald und Sigrid beschämt. Eine gnadenlose Stimme in mir fragte sich auch, ob das der wahre Grund für meine neuen Kleider war. Ich war vielleicht befreit, aber in meinem Herzen lebte der misstrauische Geist des Sklaven weiter.

Sigrid umarmte mich. „Ich freue mich, dich Bruder zu nennen", flüsterte sie.

Sie ließ mich los und kehrte sich zu meiner Mutter. „Du willst bestimmt die Zeit, die dir noch bleibt, mit Halfdan verbringen." Dann stand sie auf und eilte davon.

Mutter holte tief Luft und ließ sie langsam wieder entweichen.

„So, ist es jetzt Zeit?", fragte sie.

Ich schaute verlegen nach unten. „Bald. Die Arbeit ist getan. Boten wurden geschickt, um die Dorfbewohner herbeizurufen."

Was sagt man seiner Mutter, wenn sie bald sterben soll, um sein eigenes Leben zu verbessern? Ich war wie gelähmt und sagte nichts.

Mutter legte ihre Haube aus Leinen ab, zog die Nadeln aus ihren Haaren und ließ sie über ihren Rücken herabfallen. Obwohl es Gunhild wütend machte, hatte Hrorik ihr erlaubt, ihre Haare wachsen zu lassen, im Gegensatz zu den anderen Sklaven, deren Haare kurz geschoren waren. Mutter trug sie allerdings hochgesteckt und unter ihrer Haube versteckt. Gunhild sollte man nicht unbedacht ärgern.

„Würdest du mir die Haare kämmen, Halfdan?" fragte sie. „Ich werde sie heute offen tragen, wie eine irische Prinzessin an einem Festtag. Hrorik hat es geliebt, mir mit den Händen durch die Haare zu fahren. Vor Jahren, als wir noch im Norden lebten, saß er manchmal hinter mir und kämmte sie für mich. Ich würde das gerne noch einmal in diesem Leben fühlen."

Zuerst saßen wir still da, als ich den Kamm durch ihre langen Haare gleiten ließ. Sie waren schwarz und glänzend, ohne eine Spur von Grau.

Nach einer gewissen Zeit sprach sie zu mir über ihre Schulter, während ich weiter ihre Locken kämmte. „Ich habe nicht viel, was ich dir hinterlassen kann. Diese Kammer wird natürlich dir gehören. Du solltest sie auf die andere Seite der Halle versetzen, weg von den Tieren, wie es sich für deinen neuen Status ziemt. Arme Gunhild. Wie es sie ärgerte, dass ich eine Kammer hatte, wenn das keinem der Huscarls im Langhaus gegönnt war. Als Hrorik sie von Gudrod für mich bauen ließ, sollte das wohl nicht nur uns beiden nützen, sondern er wollte wahrscheinlich auch Gunhild die Peinlichkeit ersparen. Aber sie sah diese Bettkammer mitten in ihrem Haus nur als ständige Erinnerung an seine Zuneigung zu einer anderen Frau.

Mein Kamm war auch ein Geschenk von Hrorik. Er ist feinste Arbeit. Die Zinken liegen nah beieinander und fangen auch die kleinsten Läuse. Er wird dir gute Dienste leisten. Vor allem will ich aber, dass du diese zwei Sachen bekommst, denn das ist alles was ich noch aus Irland besitze."

Mutter hob ihre Haare aus dem Nacken und legte einen Lederriemen frei, an dem ein kleines, silbernes Kreuz um ihren Hals hing, das sie unter ihrem Kleid trug.

„Löse den Knoten", sagte sie.

Es kam mir unrecht vor. Ich hatte noch nie gesehen, dass meine Mutter das Kreuz abgelegt hätte. Dennoch gehorchte ich ohne ein Wort.

Nachdem ich den Riemen aufgeschnürt hatte, sagte sie: „Dreh dich um." Dann nahm sie das Halsband aus meinen Händen, legte es um meinen Hals und band den Riemen hinter meinem Nacken zu.

„Dies ist das Zeichen Jesu Christi, des einen wahren Gottes", sagte sie. „Trage es immer, und er wird hoffentlich über dich wachen und dich beschützen, auch in diesem heidnischen Land." Sie legte einen kleinen Beutel aus Robbenfell in meine Hände. „Und dies enthält die Worte des Herrn, die er während seines Lebens gesprochen hat."

Ich erkannte den Beutel. Über die Jahre hatte ich es gehasst, wenn sie ihn herausholte. Er enthielt eine kleine Schriftrolle, die über das Leben des menschlichen Gottes der Christen berichtete. Sie war unter dem Plündergut, das Hrorik vor einigen Jahren auf einem Raubzug erbeutet hatte, und er hatte sie meiner Mutter geschenkt. Wir verbrachten viele Stunden mit der Schriftrolle, während meine Mutter versuchte, mir den weißen Christus näherzubringen, und mich das Lesen, Schreiben und Sprechen auf Latein, der Sprache der christlichen Kirche, lehrte. Ich hasste den Unterricht, hasste es, das Wenige an freier Zeit, die ich als Sklave hatte, für die Lateinlektionen zu verschwenden. Wieso sollte ein Thrall lernen, die Sprache eines fremden Volkes zu lesen und zu sprechen, oder das Leben eines schwachen Gottes studieren, der in unserem Land keine Macht hatte? Wenn der weiße Christus so ein großer Gott war wie Mutter behauptete, warum hatte er sie nicht beschützt? Aber ich wusste wie hoch Mutter die Schriftrolle schätzte, und für sie bedeutete das Geschenk viel. Ich streichelte sanft das abgenutzte Leder des Beutels und schluckte.

„Eigentlich sollte ich dir etwas schenken", sagte ich, mein Blick nach unten gerichtet. Ich schämte mich, dass ich ihr nichts zu geben hatte.

Sie lächelte, streckte ihre Hand aus und legte sie auf meine, die den Beutel hielt. „Jeder Moment deines Lebens war ein Geschenk. Und jetzt ist es ein großes Geschenk zu wissen, dass du dich als freier Mann im Leben durchsetzen wirst. Du wächst zu einem rechtschaffenen Mann heran, Halfdan, und ich weiß, dass du ein gutes Leben führen wirst. Mehr kann eine Mutter eigentlich nicht verlangen."

Ein Horn ertönte von der Bergkuppe. Ein Schatten von Angst flackerte kurz über ihr Gesicht, dann zwang sie sich zu einem Lächeln, obwohl ihre Augen die Lüge ihres fröhlichen Gesichtsausdrucks und ihrer Stimme verrieten.

„Schnell", sagte Mutter. „Das ist das erste Signal für die Zeremonie. Laufe zum Badehaus und wasche den Schmutz und Schweiß deiner Arbeit weg. Du musst bei deinem Auftritt makellos aussehen, da alle zusehen werden. Uns bleibt wenig Zeit, dich vorzubereiten."

Bis das Horn das zweite Mal trauervoll erklang, war ich sauber, zumindest oberflächlich – Sklaven wurden nicht dazu angehalten zu baden und die Verwendung des Badehauses war ihnen untersagt, daher war es eine ungewohnte Übung, mich zu waschen. Als ich wieder in Mutters Bettkammer war, zog ich schnell meine feinen neuen Sachen an. Sie kämmte mir die Haare und befestigte den Umhang mit der silbernen

Fibel an meiner linken Schulter.

„Ich hätte früher daran denken müssen, deine Haare in Ordnung zu bringen", sagte sie, und versuchte, sie um mein Gesicht herum zu arrangieren. „Dieser kurze, zottelige Haarschnitt ist der eines Thralls, nicht eines Fürstensohns. Aber wir haben keine Zeit. Wenn deine Haare wachsen, kannst du Sigrid bitten, sie für dich zu schneiden. Es wäre eine schwesterliche Aufgabe."

Ich konnte mir nicht vorstellen, Sigrid um so etwas zu bitten. Ich fürchtete, sie würde bei dem bloßen Gedanken zurückschrecken. Aber meiner Mutter sagte ich nichts.

Wie umarmten uns, und ich konnte fühlen, wie sie zitterte. Konnte sie auch fühlen, wie ich zitterte?

Als wir aus der Tür des Langhauses traten, legte meine Mutter ihre Hand in meine und drückte fest zu. Sie hielt ihren Kopf erhoben und blickte geradeaus, während wir gingen. Als wir das letzte Mal so zusammen Hand in Hand gingen, schaute ich auf sie, auf den Boden, auf die Menschen, die sich auf dem Hügel versammelten – nur nicht auf das Totenschiff, unser Ziel.

Die Sonne schien noch hell, doch die Schatten wurden länger, während sie sich dem Horizont näherte und der Nachmittag zu Ende ging. Eine leichte Brise bewegte das Gras, als Mutter und ich den Hügel hinaufstiegen. Über uns kreisten zwei Möwen, die sich gegenseitig zuriefen; vielleicht hatte die Menschenmenge, die sich auf dem Hügel versammelt hatte, ihre Neugier geweckt.

Die meisten Dorfbewohner waren bereits da und standen zusammen auf der Landseite des Schiffes, sodass sie über das Schiff aufs Meer schauen konnten. Als meine Mutter und ich langsam und bedächtig den Hang emporschritten, eilten einige Nachzügler an uns vorbei, die unterwegs waren, um sich der Versammlung anzuschließen. Sie starrten uns an, sprachen aber nicht. Auf der Kuppe trennten sich unsere Wege. Die Verspäteten gesellten sich zu den bereits versammelten Dorfbewohnern und den Angehörigen des Gutshofs. Mutter und ich gingen zum Eingang des Todeshauses. Ich hatte das Gefühl, dass meine Beine vom Rest meines Körpers abgekoppelt waren, und meine Schritte waren langsam und ungelenk, wie Bewegungen in einem Traum. Ich wünschte, es wäre wirklich ein Traum, ein Alptraum, und ich könnte aufwachen.

Harald und Sigrid warteten kurz vor dem Eingang auf uns. Mit ihnen war Ase, Ubbes Frau. Sie war eine Schamanin, die heimische Priesterin der Göttinnen Freyja und Frigg. In der einen Hand hielt sie einen Stab, in den magische Runen und Symbole geschnitzt waren, und um ihre andere Hand war etwas geschlungen. Nach einem Augenblick merkte ich, dass es sich um einen geknoteten Gurt handelte. Ich blickte zu meiner Mutter und sah, dass sie ebenfalls den Gurt anstarrte.

„Ase muss verschwinden", sagte sie. „Ich lasse mich nicht erdrosseln, wie ein Opfer für Eure heidnischen Götter."

Ase schaute Harald fragend an. Er nickte, und sie ging zu der Menschenmenge, die um das Heck des steinernen Schiffes stand. Als sie an uns vorbeiging, sagte sie leise: „Gute Reise und günstige Winde, Derdriu."

Meine Mutter atmete tief ein. „Harald, man sagt, dass es in unserer Gegend niemand gibt, der so flink und zuverlässig mit einer Klinge ist wie Ihr. Als ein Abschiedsgeschenk an Eine, die Euch wie eine Mutter geliebt hat, würdet Ihr mir auf den Weg helfen?"

„Deine Bitte ehrt mich." Harald lächelte sie wohlwollend an. Ich konnte nicht verstehen, wie er lächeln konnte. Ich wusste, er musste Gefühle für meine Mutter haben, weil sie ihn und Sigrid in jungen Jahren großgezogen hatte. Sigrid hatte Mutter gesagt, dass sie sie liebte. Und jetzt sollte Harald sie umbringen. Aber sein Gesicht zeigte keine Regung. Harald war ein wahrer Krieger, der nichts fürchtete. Ich konnte nie so sein.

Meine Mutter drehte sich zu mir und wir umarmten uns – zum letzten Mal.

„Mutter …", flüsterte ich.

Sie legte ihre Finger auf meinen Lippen, um mich zum Schweigen zu bringen, dann sagte sie einfach: „Ich habe dich lieb, Halfdan."

Ich wollte ihr sagen, dass sie nicht gehen sollte, aber es war zu spät.

Mit geradem Rücken und erhobenem Kopf wandte sich Mutter zu Harald und Sigrid. Einen nach dem anderen umarmten sie sich.

„Es ist ein schöner Tag", sagte Harald. „Ein guter Tag zum Segeln."

Zusammen gingen sie Richtung Eingang des Todeshauses, Sigrid auf der rechten Seite meiner Mutter, einen Arm um ihre Taille, und Harald auf der linken, etwas hinter ihnen. Ich sah wie Harald sein Messer mit der rechten Hand aus der Scheide zog und es eng an seinem

Bein hielt, außer Sicht.

„Derdriu, erinnerst du dich an den Tag", fragte er, „als wir noch im Norden am Limfjord lebten, und du Sigrid und mich zu den großen Steinen am Strand mitnahmst, und wir Kinder zum ersten Mal im Leben angelten? Du warst mit Halfdan schwanger. Sigrid hatte einen Fisch am Haken und du halfst ihr dabei, ihn an Land zu ziehen. Es war ein sonniger Tag mit einer leichten Brise, wie heute. Bis heute ist das eine meiner liebsten Erinnerungen."

Sie gingen abwärts durch den Eingang des Todeshauses und verschwanden. Ich glaubte, ein Keuchen zu hören, und Haralds Stimme verstummte. Ich lief zum Eingang und schaute hinein. Harald hielt meine Mutter in den Armen und hob sie auf die Bahre. Hroriks Leichnam lag bereits dort, seinen Schild neben seinem Kopf und seinen Helm zu seinen Füßen. Harald legte Mutters Leichnam neben Hrorik. Als er seinen Arm unter ihrem Rücken wegzog, sah ich das Blut an seinem Ärmel. Sigrid blickte Richtung Eingang und sah, wie ich vom Türrahmen aus zuschaute. Sie stellte sich vor etwas, das auf dem Boden lag, und Harald bückte sich und hob es auf.

Als Harald mir wieder gegenüberstand, steckte seine Klinge wieder in der Scheide. Sigrid glättete das Haar, das um das Gesicht meiner Mutter lag.

„Sie schläft jetzt eine Weile", sagte er. „Sie und Hrorik ruhen sich aus, um sich auf ihre Reise vorzubereiten." An einem Lederriemen über seiner Schulter trug Harald ein Horn. Mit diesem Horn waren wir zu der Bergkuppe gerufen worden. Als Harald das Todeshaus verließ, hob er das Horn an die Lippen und blies zweimal, lang und bedächtig.

Auf Haralds Zeichen hin begann die Menschenmenge auf der Bergkuppe, sich in einem feierlichen Zug in unsere Richtung zu bewegen. Die meisten waren Menschen aus dem Haushalt des Langhauses, aber viele stammten auch aus dem Dorf, dem Hrorik als Stammesfürst vorgestanden hatte. Alle, die sich uns näherten, trugen Geschenke, mit Ausnahme derer, die Vieh führten oder trugen.

Harald bedeutete mir, dass ich mit Sigrid und ihm neben dem Eingang des Todeshauses stehen sollte, um den Zug der Geschenküberbringer zu begrüßen.

„Es ist unsere Pflicht, die Geschenke anzunehmen und uns für die damit ausgedrückte Ehre zu bedanken", erklärte er. „Wir sind Hroriks Nachkommen."

Als Erste kam Gunhild. Sie trug Hroriks schwersten Wintermantel, zusammengefaltet wie ein viereckiges Kissen. Es war ein prächtiges Kleidungsstück aus dicker, grüner Wolle, in das entlang des Saums eine Borte aus roter Seide eingenäht war. Auf dem Mantel lagen Hroriks Schwert in der Scheide sowie weitere persönliche Gegenstände: ein Kamm aus Silber mit Zinken aus Elfenbein, ein schöner silberner Kelch und ein kleiner Lederbeutel in der Art, die Männer benutzen, um Feuerstein und Pyrit zum Feuermachen mitzuführen.

Sie hielt vor uns an, aber schaute nur Harald an, als sie sprach. „Ich bin Gunhild, Ehefrau von Hrorik Starkaxt. Ich bringe meinem Mann sein Schwert, damit er es in den Hallen von Walhalla stolz tragen kann. Ich bringe auch andere Geschenke, damit sein Aufenthalt dort behaglich ist."

Ich schaute ihr nach, als sie durch die Tür ging. Sie legte das Schwert auf Hroriks Leichnam, hob die Hand, die ihm noch geblieben war, und legte sie um den Griff, sodass er ihn auf seiner Brust umklammerte. Den gefalteten Mantel benutzte sie als Kissen für seinen Kopf, dann legte sie die anderen mitgebrachten Gegenstände zwischen seine Leiche und die meiner Mutter. Sogar im Tod versuchte sie, die beiden zu trennen.

„Auf Wiedersehen, Hrorik", sagte sie leise. „Du warst nicht der beste Ehemann, den eine Frau sich wünschen konnte, aber du hast mich nie geschlagen, und dank dir war unser Leben immer angenehm. Eine gute Reise. Möge der Met in Walhalla süß und stark sein."

Nachdem sie aus dem Todeshaus kam, ging sie zu Harald und stellte sich neben ihn, um die übrigen Trauernden begrüßen zu helfen. Sigrid nahm meine Hand und ging mit mir ins Todeshaus hinunter; dann bedeutete sie mir, dass ich im Eingang stehen sollte. Als die anderen Trauergäste einer nach dem anderen mit ihren Geschenken vortraten, nahm Harald ihre Opfergaben an, reichte sie an mich weiter und ich gab sie Sigrid, die sie auf der Bahre aufbaute.

Es gab viele Geschenke. Sigrids Magd Astrid, die auch in der Küche arbeitete, brachte als Geschenke von Sigrid und sich zwei Holzteller, oben darauf zwei Tassen aus Ton, ein kleines Messer, einen Löffel und einen kleinen Kochtopf. Sie seufzte und schüttelte ihre müde Arme, nachdem Harald ihr die Geschenke abgenommen hatte.

Einige Dorfbewohner brachten Hühner und Enten

sowie eine Gans, deren Hälse alle schon umgedreht waren. Andere brachten Käse, in Tuch eingewickelte Butterscheiben und Krüge frischer Milch. Gunulf, ein Huscarl mit einem großen Bauernhof im Dorf, der für seine Braukunst bekannt war, brachte ein kleines Fass Bier. Hrorik hatte sein Bier geliebt. Er würde Gunulfs Geschenk sicher weitaus mehr schätzen als die Milch.

Ingrid, eine Küchensklavin, die eine von Mutters besten Freundinnen gewesen war, brachte das einzige Geschenk für Mutter – Nähzeug, das aus zwei Knochennadeln und etwas Wolle und Garn bestand und in ein Stück Stoff eingewickelt war. Für eine Sklavin, die so gut wie nichts besaß, war es ein außergewöhnliches und großzügiges Geschenk. Obwohl ich dadurch einen bösen Blick von Gunhild erntete, erlaubte ich Ingrid, in das Todeshaus einzutreten und ihr Geschenk selbst in Mutters Hand zu legen. Sie beugte sich vor und gab Mutter einen Abschiedskuss auf die Wange, und als sie sich zum Gehen wendete, sah ich, dass ihre Augen voller Tränen waren.

Beim Überreichen der Opfergaben an Harald sagte jeder der Schenkenden: „Gute Winde und eine sichere Fahrt, Hrorik Starkaxt." Harald antwortet jedes Mal: „Vielen Dank. Die Geschenke und Wünsche werden ihm die Reise erleichtern."

Die Tiere wurden als Letzte gebracht, in einem kleinen Pulk, angeführt von Ubbe, dem Aufseher. Ubbe hatte ein Messer in einer Scheide am Gürtel, einen Sax mit einer langen, dünnen Klinge. Als er sich uns näherte, verließ Sigrid das Todeshaus und schaute von außerhalb des Steinkreises neben dem Eingang zu. Ich schloss mich ihr an.

Zuerst kam der Thrall Hrut, der ein Schaf an einem Seil führte – oder vielmehr zerrte. Das Schaf blökte ängstlich, als er es herunter ins Todeshaus schleppte. Ubbe folgte dicht dahinter, und kurz danach verstummte das Schaf. Hrut eilte wieder hinaus.

Ubbe hinkte zum Eingang, und vom Messer in seiner Hand tropfte Blut. Er winkte Ing heran, der ein Ferkel in den Armen hielt, das quiekte und sich wand. Ing blieb mit angstvollem Gesicht an der Schwelle stehen, und weigerte sich, weiterzugehen. Das Schweinchen zappelte wild in seinen Armen und wühlte mit der Schnauze in seinem Bart. Ubbe griff ungeduldig nach dem Schwein und trug es unter einem Arm in das Grab. Ich hörte noch ein letztes, kurzes Quieken aus dem Inneren.

Kark, ein Haussklave und Hroriks Diener, brachte einen von Hroriks Hunden an einer kurzen Leine. Ich erkannte Clapa, einen tollpatschigen, gutmütigen Spaßmacher, der Hroriks Lieblingshund gewesen war. Kark kniete neben ihm und kraulte ihm das Fell hinter den Ohren. Ich gab Clapa einen freundlichen Klaps auf den Kopf, und er hechelte glücklich. Ubbe erschien wieder im Eingang des Todeshauses und pfiff. Kark ließ die Leine los, und Clapa sprang zu Ubbe und folgte ihm in das Grabmal. Nach einem kurzen, hohen Jaulen war wieder Stille.

Das letzte Tier war Hroriks Lieblingspferd. Es wurde von Fasti geführt, einem Thrall aus Svealand und dem besten Freund, den ich in meiner Kindheit hatte. Fasti kümmerte sich um die Pferde und liebte sie alle ohne Ausnahme, als ob sie Familie wären. Er hatte mir erzählt, dass er auf seiner Farm in Svealand Pferde gezüchtet hatte, bevor er gefangen genommen und versklavt wurde. Die Trauer stand ihm ins Gesicht geschrieben, als er das Pferd brachte.

Ubbe humpelte aus dem Todeshaus. Seine Arme und sein Hemd waren mit Blut besprizt. Aus eigener Erfahrung wusste ich, dass man hervorschießendem Blut nicht aus dem Weg gehen konnte, wenn man Tieren im Schlachthaus die Kehle durchschnitt.

„Das wird schwierig", sagte Ubbe, als er das Pferd betrachtete.

Wie auf Befehl fing das struppige, braune Pferd mit den wilden Augen an, nervös zu wiehern und mit dem Kopf am Seil zu zerren, wohl weil es das frische Blut gewittert hatte. Harald und Ubbe eilten hinzu und zogen das Halfter herunter.

„Schnell, du Tor, lege ihm etwas über die Augen", fauchte Ubbe Fasti an.

Fasti zog ein Stück Stoff aus seinem Gürtel und band es um den Kopf des Pferdes, sodass es nichts mehr sehen konnte. Dann streichelte er ihm den Hals und flüsterte ihm ins Ohr, bis es sich beruhigte.

Ubbe führte das Pferd, das noch zitterte aber inzwischen unter Kontrolle war, durch die seitlichen Steine des Totenschiffes bis vor den Eingang des Todeshauses. „Junge", sagte er zu mir. „Komm her. Wir brauchen deine Hilfe."

Wir stellten uns an einer Seite des Pferdes auf; Fasti an seiner Hüfte, ich in der Mitte und Harald an seiner Schulter. Ubbe stand am Kopf des Pferdes und hielt sein

Halfter.

„Alle auf einmal", sagte Ubbe. „Wenn Harald zustößt, schieben wir, damit es in den Eingang fällt. Passt auf die Hufe auf."

Ich legte meine Handflächen an die Flanken des Pferdes. Seine Haut zitterte unter meinen Händen.

Harald ließ sein Schwert langsam aus der Scheide gleiten. Ich hatte mich schon gefragt, was Ubbe vorhatte. Ein Pferd ist mit einem Messer nicht so leicht zu töten. Sein Hals ist zu dick dafür.

Harald zog seinen Arm zurück. Die polierte Klinge des Schwerts fing das Sonnenlicht ein und glänzte wie Feuer. Mit einer einzigen, flüssigen Bewegung stieß er zu und unterstützte den Stoß mit seiner Schulter und seinem ganzen Körper, sodass die Klinge des Schwerts tief in die Flanke des Pferdes eindrang und das Herz durchbohrte. Das Tier wieherte in Schmerz und Todesangst. Unter meinen Fingern konnte ich spüren, wie sich seine Muskeln verkrampften.

Ubbe riss die Leine nach unten und warf seine Schulter gegen den Kopf des Pferdes, um ihn nach unten zu zwingen. „Jetzt!"

Fasti und ich beugten uns vor und drückten gegen das todgeweihte Tier. Es taumelte einen Schritt zur Seite und versuchte, sich mit seinen Beinen an uns abzustützen, dann knickten die Beine aber ein und das Pferd fiel gegen die Wand des Todeshauses. Harald hatte seinen Schwertarm immer noch ausgestreckt und stand still wie eine Statue, und als das Pferd fiel, glitt das Schwert aus seinem Körper und Blut strömte aus der klaffenden Wunde.

Wir vier verharrten einen Moment und atmeten schwer, als wir auf das gefallene Geschöpf starrten. Seine Brust hob sich als es keuchend einige letzte Atemzüge tat, bevor sein Geist seinen Körper verließ. Mir kam der Gedanke, dass Hroriks Tod eine ganze Kette von Todesfällen hervorgebracht hatte. Tiere und sogar meine Mutter mussten sterben, um ihn im Tod zu ehren. Das war der Lauf der Dinge, das wusste ich; auch im Jenseits müssen Stammesfürsten ja Tiere und Getreue und Besitztümer haben, um ihre Zufriedenheit zu gewährleisten, und der Tod eines großen Mannes verändert immer das Leben der Hinterbliebenen. Dennoch hoffte ich, dass der Pfad von Hroriks Sterbebett nicht mit noch mehr Blut befleckt werde und das Sterben ein Ende haben möge.

„Fasti", sagte Ubbe keuchend. „Nimm das übrige Holz zusammen mit den anderen Sklaven und schichte es auf das Pferd und in den Eingang hinter ihm. Die Flammen müssen auch seine Leiche verzehren."

Ich schlich zur Tür und schaute am Pferd vorbei ein letztes Mal auf meine Mutter. Sie sah friedlich aus. Ich hoffte, sie war es auch.

Fasti ging an mir vorbei und warf einen Arm voller Unterholz und geschnittener Äste in den Eingang und versperrte mir die Sicht. Meine Mutter war weg.

Harald beugte sich herab und entfernte das Stoffstück, das um die Augen des Pferdes gebunden war. Er wischte damit die Klinge seines Schwerts ab, bevor er es in die Scheide steckte, dann warf er den blutigen Fetzen auf das aufgestapelte Kleinholz.

„Wir müssen jetzt auf die andere Seite gehen", sagte er und lief um das Steinschiff. Gunhild, Sigrid, Ubbe und ich folgten ihm, obwohl ich nicht wusste, was wir taten. Während wir gingen, traten die freien Männer des Haushalts und des Dorfs aus der Menge vor und formten einen Kreis um das steinerne Totenschiff, mit einer Lücke direkt hinter dem Heck. Wir nahmen dort unsere Plätze ein, sodass der Kreis geschlossen war. Wir schauten über das Schiff hinaus aufs Meer, das in der Ferne unter uns funkelte und schimmerte, als die bewegte Oberfläche die Strahlen der untergehenden Sonne einfing.

Alle, die den Kreis bildeten, waren Männer. Gunhild und Sigrid standen in der Nähe. Zu ihren Füßen lagen einige große Tonkrüge und das Trinkhorn mit der silbernen Fassung, das Hrorik bei Festmahlen benutzt hatte.

Auf dem Boden neben dem großen steinernen Achtersteven lagen zwei Fackeln aus langen Ästen, um deren Enden in Robbentran getränkte Zweige und Moos gebunden waren. Harald kniete neben den Fackeln und verwendete den Feuerstein und das Pyrit aus dem Beutel an seinem Gürtel, um Funken auf eine Fackel zu schlagen, bis das ölige Moos Feuer fing. Mit dieser Flamme zündete er die zweite Fackel an und gab sie mir.

„Wir sind die Söhne Hroriks", sagte er. „Es ist unsere Aufgabe, ihn auf seine Reise zu schicken."

Harald und ich gingen in entgegengesetzte Richtungen um das Todeshaus. In regelmäßigen Abständen hielten wir unsere Fackeln an das Unterholz und die Äste, die gegen die Wände gestapelt waren. Zwischen den größeren Holzstücken war viel trockenes Kleinholz, das die Flammen begierig aufnahm. Bis wir uns auf der gegenüberliegenden Seite trafen, reichten die Flammen bis zum Dach, und die Stimme des Feuers war bereits ein tiefes Fauchen.

Als Harald und ich unsere Plätze im Kreis wieder eingenommen hatten, hob Sigrid einen Tonkrug hoch und füllte das Trinkhorn, das Gunhild hielt. Das gefüllte Horn reichte sie Harald.

Harald nahm das Horn in beide Hände und hielt es über den Kopf. Laut genug, dass alle es hören konnten, rief er zum Himmel: „Dies ist Met, das Getränk der Götter, eines ihrer vielen Geschenke an die Menschheit. Wir bieten es Euch nun an, damit Ihr mit uns auf Hrorik Starkaxt und Derdriu trinkt und ihnen eine gute Reise gewährt. Vater Odin, heißt diesen Krieger in Eurer Festhalle willkommen!"

Harald goss etwas Met auf den Boden und hob das Horn erneut. „Ich trinke auf Hrorik Starkaxt, Fürst der Dänen, einen leidenschaftlichen Krieger und geschickten Führer. Im Kampf erschlug seine Axt seine Feinde wie die Blitzstrahlen, die Thor aus dem Himmel schleudert. Durch seine weisen Entscheidungen kamen wir zu vielen erfolgreichen Raubzügen und machten alle große Beute. Hrorik nahm erstmals Dorestad ein, das Handelszentrum der Franken - ein großer Sieg mit reicher Beute. Ich trinke jetzt auf Hrorik, meinen Vater, und Derdriu, seine Begleiterin, eine Prinzessin aus Irland, eine Frau von großer Schönheit und eine geliebte Pflegemutter."

Harald führte das Horn an die Lippen, und als es leerte, riefen die Männer im Kreis: „Auf Hrorik und Derdriu!"

Harald reichte das Horn wieder an Gunhild, und Sigrid füllte es erneut. Diesmal hielt Gunhild selbst das Horn in die Luft. „Ich bete zu den Göttern, diesem Schiff günstige Winde und eine sichere Reise zu gewähren." Dann schüttete sie wie Harald etwas Met auf die Erde.

„Auf Hrorik", sagte sie, als sie das Horn erneut hob. „Weiser Stammesfürst und tapferer Krieger, der niemanden fürchtete. Im Kampf erfolgreich und beim Teilen der Beute großzügig. Es wird viel Zeit vergehen, bis die Dänen wieder seinesgleichen haben werden."

In den Worten, die Gunhild nicht sagte, glaubte ich wieder die bleibende Bitterkeit in ihrem Herzen zu erkennen. Sie beschrieb Hrorik als großen Führer und Krieger, als kühnen und schlauen Beutefahrer. Ihren Worten nach zu urteilen, hätte sie einer seiner Krieger sein können, anstatt seiner Frau. Sie sprach nicht von Liebe oder ehelicher Zuneigung, sie lobte nicht seine Eigenschaften als Vater, obwohl er eine Zeit lang ihren Sohn aus erster Ehe bei sich aufgenommen und großgezogen hatte. Und meine Mutter erwähnte sie überhaupt nicht, die Frau, die starb, damit ihr Mann in der Halle der Götter im Jenseits nicht allein sein würde. Eine Frau mit mehr Großmut hätte Dankbarkeit für Mutters Opfer für Hrorik ausgedrückt, Gunhild aber nicht.

Sigrid füllte das Horn ein drittes Mal, und Gunhild reichte es mir. Ich hielt es hoch, während alle Augen auf mich gerichtet waren. Ich hoffte, meine Stimme würde nicht zittern oder sich überschlagen aus Angst, vor so vielen Menschen zu sprechen.

„An alle Götter", rief ich. „An Odin, Gott meines Vaters, und an den weißen Christus, Gott meiner Mutter:

möget Ihr diesem Schiff eine sichere Reise gewähren."

Ich schüttete Met auf den Boden. Glücklicherweise war das Horn nach meinem Opfer an die Götter nicht mehr so voll; meine Hände zitterten, als ich es wieder hob.

„Auf Derdriu", sagte ich. „Tochter von Caidoc, einem König in Irland. Sie war meine Mutter, und eine liebevollere Mutter hat es nie gegeben. In diesem Land war sie nur ein Thrall. Von ihr werden niemals abends um das Feuer Lieder gesungen, wenn Geschichten von mutigen Taten erzählt werden. Dennoch war sie genauso mutig wie ein Krieger, der einen Schild trägt und ein Schwert schwingt. Sie opferte ihr Leben, damit ich frei sein konnte und von meinem Vater als Sohn anerkannt wurde. Als die Zeit für ihren Tod gekommen war, ging sie ihm erhobenen Hauptes bereitwillig entgegen. Auf Derdriu und ihren Mut und ihre Liebe!"

Die Zustimmung der Männer hallte durch den Kreis. „Auf Derdriu!", riefen sie, als ich trank. Ich leerte das Horn und reichte es an Gunhild zurück.

Dann merkte ich, dass die Männer mich immer noch erwartungsvoll anschauten. Harald beugte sich zu mir und flüsterte: „Dein Trinkspruch brachte deiner Mutter viel Ehre, das war eine rechtschaffene Geste. Aber du musst auch einen Trinkspruch auf Hrorik ausbringen. Er war dein Vater und unserer Stammesfürst. Wenn du das nicht tust, entehrst du ihn und dich selbst."

Sigrid schenkte wieder Met in das Horn ein. Ich nahm es und hielt es wieder hoch. Ich zerbrach mir den Kopf, um Worte zu finden, denn in meinem Herzen hatte ich keine freundlichen Gefühle für meinen Vater.

„Auf Hrorik. Ich kann ihn nicht als Krieger oder Führer loben, da ich ihn nicht als solchen gekannt habe. Bis zu den letzten Stunden vor seinem Tod kannte ich ihn nur, wie ein Sklave seinen Herrn kennt. Er war nur einen Augenblick lang ein Vater für mich. Aber das weiß ich von Hrorik: für meine Mutter hatte er freundliche Gefühle, Zuneigung, und vielleicht sogar Liebe, und dafür erhebe ich meinen Met auf Hrorik und trinke auf ihn. Auf Hrorik!"

„Auf Hrorik!", schallte es zurück, wobei die Begeisterung gedämpft war. Vermutlich gefiel mein Trinkspruch nicht allen. Gunhild auf jeden Fall nicht; ihr Ärger darüber war ihr ins Gesicht geschrieben. Mir war das egal. Ich weigerte mich, bei der Bestattung meiner Mutter zu lügen und den Mann zu ehren, der ihren Tod verlangt hatte.

Das Todeshaus war jetzt von Flammen umschlungen. Eine dunkle Rauchsäule stieg über ihm empor und trug die Seelen meiner Mutter und von Hrorik in den Himmel. Hoch über der Bergkuppe fing der Wind den Rauch ein und trug ihn hinaus aufs Meer in einem immer länger werdenden Schleier.

Das Trinkhorn wurde immer weiter in der Runde herumgereicht. Lange bevor das Todeshaus endlich in einem Funkenregen in sich zusammenfiel, war mir schwindlig von dem ganzen starken Met. Zu dieser Zeit waren die letzten Spuren der Rauchfahne und das Geisterschiff, das mit meiner Mutter und meinem Vater darauf segelte, weit hinaus auf Meer getrieben, verloren in der zunehmenden Dunkelheit. Als ich dem Geist meiner Mutter zusah, wie er unsere Gefilde verließ, hatte ich nicht das Gefühl, dass alle meine Träume wahr geworden wären. Stattdessen war es mir, als ob ich alles verloren hätte.

6

Lehrstunden

Ich kann mich kaum an die Einzelheiten des Fest-
mahls nach der Bestattung erinnern, obwohl es das erste
Fest war, das ich als freier Mann besucht hatte, und
daher hätte es eigentlich eine neue, aufregende Erfahrung sein sollen. Harald bestand darauf, dass ich neben
ihm saß, und er sorgte dafür, dass mein Becher immer
gefüllt war. Er war wohl der Meinung, dass ein benebel-
ter Kopf besser für mich sei als ein trauerndes Herz.
Seine Strategie ging an jenem Abend auf, aber der
darauffolgende Tag war etwas ganz anderes.

Ich wachte quer über das Bett ausgestreckt in der
Bettkammer meiner Mutter auf, vollständig bekleidet
und ohne Erinnerung daran, wie ich dort hingekommen
war. Ich hatte Kopfschmerzen, die alles übertrafen, was
ich jemals zuvor erlebt hatte, und mein erster Gedanke
war, zu meiner Mutter zu gehen und sie um ein Mittel
zur Linderung zu bitten. Dann kamen in mir plötzlich
die Erinnerungen des vorigen Tages hoch. Ich würde
meine Mutter niemals wiedersehen. Sie war tot. Sogar
ihre Leiche war fort, verzehrt von den Flammen. Die
Unabänderlichkeit dieser Tatsache traf mich wie das
Gewicht eines großen Steins, der auf meine Brust drückte. Ich hatte früh gelernt, keine Tränen zu vergießen – ein
Thrall darf nicht schwach sein, aber vor allem darf er
nicht schwach erscheinen. Aber an diesem Morgen
weinte ich, für sie und für mich.

Ich trug noch meine neuen festlichen Kleider. Heute waren sie mir verhasst als Symbol des Tauschs, den meine Mutter für mich gemacht hatte. Ich zog sie aus und kleidete mich in die grobe, beschmutzte Tunika, die ich als Sklave getragen hatte. Es schien mir, dass ich nichts Besseres verdient hatte.

Obwohl der Morgen längst angebrochen war, schliefen die meisten Haushaltsmitglieder noch ihren Rausch vom Fest aus. Einzelne Sklaven bewegten sich leise im Langhaus und beseitigten die Trümmer und Reste der gestrigen Feier. An der Feuerstelle nahm ich mir einen halben Laib Brot, eine Schale mit weichem Käse und einen großen Holzkrug, den ich mit kühlem Wasser aus einem an einem Dachbalken hängenden Wasserschlauch füllte. Dann schwankte ich hinaus in das grelle Sonnenlicht und ging zur Bergkuppe hoch.

Innerhalb des steinernen Umrisses des Totenschiffes war nur noch ein großer Haufen Asche übrig, in dem hier und da einige dunklere Flecken Holzkohle zu sehen waren. Die Eckpfosten des einstigen Todeshauses waren als verkohlte Stümpfe erkennbar. Irgendwo unter der Asche lagen die verbrannten Knochen meiner Mutter und von Hrorik sowie die der Tiere, die an ihrer Leichenbahre geopferte worden waren.

Fasti, Hrut und Ing waren bereits dabei, den Aschehaufen mit der Erde zu bedecken, die sie vor zwei Tagen ausgehoben hatten. Die Sklaven hatten zwar am Festmahl zu Ehren von Hrorik und meiner Mutter teilgenommen und jeder von ihnen hatte sogar einen Krug Bier bekommen, doch das war gestern. Heute waren sie wieder bei der Arbeit, denn das Leben eines

Thralls besteht nur aus Mühsal. Ich hielt Abstand zu ihnen, denn an diesem Morgen hatte ich kein Bedürfnis nach menschlicher Nähe.

Ich ging wieder zurück zu der Stelle, an der die grasbewachsene Bergkuppe in den Wald überging, und ließ mich am Rande der Baumgrenze nieder. Das Essen und das Wasser besänftigten meinen Magen und linderten den Schmerz in meinem Kopf etwas, aber mein Herz drohte zu brechen. Visionen meiner Mutter quälten mich. Zu spät fiel mir so viel ein, das ich ihr gern gesagt hätte, so viel, für das ich ihr hätte danken sollen.

Kurz vor Mittag waren Fasti und die anderen mit ihrer Arbeit fertig. Sie hatten die ausgestochenen Streifen der Grasnarbe auf die mit Erde bedeckte Asche gelegt, sodass ein niedriger, grasbewachsener Hügel mitten im Totenschiff entstanden war.

Kurz nachdem sie weggegangen waren, kam Harald in Sicht und stieg den Hügel hinauf zu meinem Sitzplatz. „Ich habe dich gesucht. Fasti sagte mir, dass ich dich hier finden könne."

„Sie ist weg", sagte ich. „Und ihr Tod war meinetwegen."

Harald setzte sich neben mich auf den Boden und schaute auf das Totenschiff und das Meer dahinter. „Es ehrt Derdriu, dass du um sie trauerst. Aber es mindert ihre Ehre, wenn du dir die Schuld gibst. Die Entscheidung war allein die ihre. Es war ihr Wunsch, dass du den Status erhältst, der dir von Geburt her zusteht, und dass du der Sohn eines Stammesfürsten wirst. Es war ihre Wahl, ihr Leben zu geben, um ihren Wunsch zu erfüllen. Ihr Tod wird bedeutungslos, wenn du nicht das ergreifst, was sie dir gegeben hat."

Ich musste zugeben, dass in Haralds Worten eine gewisse Wahrheit lag. Obwohl ich Mutters Wahl bedauerte, wäre es falsch, diese Wahl zu entwerten. Ich wünschte mir, mehr mit ihr sprechen zu können, ihr sagen zu können, wie sehr ich sie lieb hatte, jetzt, da es zu spät war. Nun mussten meine Taten für mich sprechen. Ich musste mich mit aller Kraft zu dem machen, was sie für mich gewollt hatte: zum Sohn eines Stammesfürsten und vielleicht einmal selbst zu einem bedeutenden Mann. Ich hoffte, dass sie es im Jenseits auf irgendeine Weise erfahren würde.

„Was soll ich tun?", fragte ich Harald. „Wie ergreife ich das Geschenk meiner Mutter?"

„Wir haben tatsächlich eine schwierige Aufgabe vor uns. Dein ganzes Leben warst du ein Thrall. Jetzt musst du schnell ein Krieger werden. Du hast noch viel zu lernen. Junge Männer in deinem Alter haben sich normalerweise schon seit Jahren in den Kriegskünsten geübt. Glücklicherweise kann ich dir einiges beibringen, sonst wäre es schwer aufzuholen."

Ich schaute Harald an. Er war alles, was ich insgeheim je werden wollte. Er war hochgewachsen und gutaussehend, hatte ein fröhliches Gemüt und war ein großer und furchtloser Krieger. Fast alle, Männer wie Frauen, mochten Harald, und er wiederum war mit allen befreundet, mit Ausnahme derer, die seine Ehre verletzten. Solche Männer brachte er natürlich um.

Ich fühlte keine Verbitterung ihm gegenüber, keinen Zorn, dass er meine Mutter getötet hatte. Ich verstand, dass er es nur gut mit ihr gemeint hatte. Ihr

Schicksal war besiegelt, als sie ihre Abmachung mit Hrorik traf. Harald hatte es ihr nur einfacher gemacht, als er ihren Tod so schnell und schmerzlos wie möglich vollzog. Wie konnte ich verbittert sein? Wahrscheinlich war Haralds Handeln sogar ein Akt der Liebe.

„Hegst du Groll gegen mich?", fragte ich plötzlich.

Die Frage schien ihn zu verwirren. „Wieso sollte ich?"

„Durch Hroriks Vermächtnis wirst du gezwungen, einen Sklaven als Bruder zu akzeptieren."

Harald bedachte meine Worte eine Weile, bevor er antwortete. „Ich hatte es bisher nicht in diesem Licht betrachtet. Mein Vater bat mich auf seinem Sterbebett, für dich zu sorgen und dich auszubilden. Es wäre für mich eine Ehrlosigkeit, wenn ich den letzten Wunsch meines Vaters nicht erfüllen würde."

Seine Antwort überzeugte mich nicht. „Aber was fühlst du im Herzen? Deine Ehre wird vielleicht dafür sorgen, dass du mich als Bruder behandelst, aber du wirst es mir womöglich dennoch verübeln, dass du einen ehemaligen Sklaven als ebenbürtig behandeln musst. Mein ganzes Leben war ich für dich ein Thrall. Wirst du mich unbewusst immer als Thrall betrachten?"

„Ubbe und Gunhild führen das Anwesen", sagte Harald. „Ich habe den Umgang mit den Sklaven immer ihnen überlassen. Wenn du ein schlechter Arbeiter gewesen wärst, faul oder vorlaut, dann hätte ich dich vielleicht eher bemerkt und würde dich, wie du sagst, in meinem Herzen nicht willkommen heißen. Aber soweit ich mich erinnern kann, warst du immer fleißig und hast nicht aufbegehrt.

Es waren die Nornen, die dein Schicksal gewebt und bestimmt haben, dass du als Thrall geboren wurdest. Jetzt haben sie das Gewebe deines Lebens geändert, und du bist ein freier Mann geworden. Kein Mann wählt sein Schicksal selbst. Diese Macht haben wir nicht. Wir können nur auf das reagieren, was die Nornen uns in den Weg legen. Wieso sollte ich dich für ein Schicksal verachten, das nicht deine Schuld war?

Und noch etwas. Meine Mutter starb, als ich sehr jung war. Ich habe kaum eine Erinnerung an sie. Deine Mutter, Derdriu, hat mich und meine Schwester Sigrid großgezogen, und sie ging so liebevoll mit uns um, als wenn wir ihre eigenen Kinder gewesen wären. Ich hatte sie sehr lieb. Du bist der Sohn von ihr und Hrorik. Es ist gut, dass du mein Bruder bist."

Harald war ein guter Mann. Mein Herz war nicht so offen und großzügig wie seins. Ich war froh, dass er sich nicht um die Führung des Anwesens und der Sklaven gekümmert hatte. Ich war froh, dass er mich nie für meine Vergehen geschlagen hatte, denn wenn er es getan hätte, hätte ich es wohl nie vergessen können. Ich wusste, ich würde Gunhild ihre zahlreichen Grausamkeiten mir und meiner Mutter gegenüber nie verzeihen. Obwohl ich ihr jetzt ebenbürtig war und wir uns höflich gegenübertreten mussten, brannte der Zorn über die Züchtigungen, die sie angeordnet oder selbst vollzogen hatte, doch weiterhin in meinem Herzen.

„Glaubst du, dass ich es kann?", fragte ich Harald.

Harald schien wieder etwas verwirrt zu sein. „Was kann?"

„Sohn eines Stammesfürsten sein. Krieger werden.

Ich bin ja nur ein Thrall."

„Es ist das Schicksal, das die Nornen dir jetzt zugedacht haben", antwortete er. „Die Fügungen, die die drei Schwestern für uns weben, sind manchmal eigenartig und verzwickt. Derdriu wurde als Tochter eines Königs geboren, aber sie lebte den Großteil ihres Lebens als Sklavin, so wie sie auch starb. Du wurdest als Sklave geboren, aber jetzt bist du aufgestiegen und wirst als Sohn eines Stammesfürsten anerkannt. Adliges Blut fließt in deinen Adern. Der Vater deiner Mutter war ein König der Iren, und sie war eine Prinzessin. Dein Vater war ein großer Stammesfürst der Dänen. Dass du eine Zeitlang ein Thrall warst, war nur eine Laune des Schicksals, gewebt von den Nornen. Du hast mehr Anrecht auf den Adelsstand als die meisten Menschen, die frei geboren sind."

Harald stand auf und streckte sich, dann bot er mir seine Hand an. Ich nahm sie, und er zog mich hoch. Als ich stand, schwankte ich ein bisschen, und das erneute Pochen in meinem Kopf ließ mich zusammenzucken. Ich kniff die Augen gegen den Schmerz zusammen und verzog das Gesicht.

„Met ist süß im Becher an der Festtafel, aber am Morgen danach kann er bitter sein", kommentierte Harald, als er meinen Gesichtsausdruck bemerkte. „Wir fangen morgen mit deiner Ausbildung als Krieger an. Heute Nachmittag fahren wir mit einem kleinen Boot auf den Fjord hinaus. Ich brauche auch etwas Wind und Salzluft, um nach dem gestrigen Gelage einen klaren Kopf zu bekommen. Während wir segeln, erzähle ich dir von meinen Erinnerungen an Derdriu, aus der Zeit, als du noch ein Säugling warst, und sie wie eine Mutter für mich und Sigrid war."

Harald hatte nicht geprahlt, als er gesagt hatte, ich hätte Glück, ihn zum Lehrmeister zu haben. Die meisten freien Dänen, auch Stammesfürsten wie Hrorik, waren in erster Linie Landwirte, und sie verbrachten mehr Zeit im Jahr damit, ihre Höfe zu bewirtschaften als zu plündern. Obwohl niemand beim Beutezug ein begeisterterer Krieger war als Hrorik, genoss er doch auch die körperliche Arbeit beim Erzeugen des Ertrags auf seinem Grund und Boden, und wenn er zu Hause war, konnte man ihn oft Seite an Seite mit den Sklaven auf den Feldern finden.

Harald dagegen genoss die bäuerliche Arbeit nicht. Denn obwohl er sich an der Arbeit beteiligte, wenn alle Hände benötigt wurden, wie etwa bei der Ernte, galt seine ganze Leidenschaft der Kampfkunst und dem Krieg, und er übte ständig. Er war zwar erst zwanzig Jahre alt, aber er war ohne Frage der beste Schwertkämpfer in der Region und manche meinten, sogar der beste in ganz Dänemark. Er hatte bereits fünf Zweikämpfe bestritten und gewonnen; das war mehr als viele Männer in einem ganzen Leben ausfochten. In drei Kämpfen hatte er seinen Gegner getötet; zwei davon waren Berserker, die als gefährliche Mörder betrachtet wurden.

Meine erste Lektion, teilte Harald mir mit, sei es, das richtige Schneiden mit dem Schwert zu erlernen. Innerlich stöhnte ich, zeigte aber meine Enttäuschung nicht im Gesichtsausdruck. Wenn ich Jahre versäumter

Ausbildung wettmachen sollte, müsste ich sicherlich an einem weiter fortgeschrittenen Punkt beginnen. Ich war mir sicher, dass ich wusste, wie man scheidet, da ich bereits mit einer Axt sehr gewandt war – ich konnte schneller einen abgelagerten Eichenstamm durchschlagen als manch ein erwachsener Mann. Eichenholz war sicherlich schwieriger zu durchtrennen als Fleisch. Daher erwartete ich, dass meine erste Lektion nicht lange dauern würde.

Wir fingen früh morgens an und zogen über die Felder, bis wir an eine Stelle an der Grenze des Waldes ankamen, an der viele junge Bäume versuchten, das gerodete Land wieder zurückzuerobern. Ausgewachsene Bäume hatten hier viele Samen gestreut. Der Durchmesser der Sprösslinge reichte von der Dicke eines Fingers bis zur Stärke des Handgelenks eines Mannes.

Harald trug ein abgenutztes Schwert in einer groben Scheide. „Das habe ich der Leiche eines Franken in Friesland abgenommen", erklärte er. „Griff und Scheide sind nichts Besonderes, aber die Klinge ist aus gutem Stahl, der sich leicht schärfen lässt und sehr schnitthaltig ist. Ich benutze es zum Trainieren. Verwende nie ein edles Schwert, um Holz zu schneiden, nicht einmal kleine Triebe." Sein Gesichtsausdruck war ernst. „Schwerter sind nicht für diesen Zweck gemacht. Durch den wiederholten Aufprall kann sich der Griff lockern und die Klinge kann beschädigt werden."

Harald zog das Schwert aus der Scheide und benutzte die Schneide, um an einer Stelle etwas höher als meine Schulter ein kleines Stück Baumrinde abzuschaben. Dann reichte er mir das Schwert.

„Dieser Baum ist ein Feind, der dir gegenübersteht. Die markierte Stelle ist sein ungeschützter Hals. Trenne ihm mit einem Schlag den Kopf vom Leib."

Ich hatte noch nie ein Schwert in den Händen gehalten. Ich wog das Schwert in meiner Hand, bis es sich bequem anfühlte. Die Markierung im Visier, hob ich das Schwert auf Schulterhöhe wie eine Axt, holte aus und schlug mit der ganzen Kraft meines Arms und meiner Schulter zu. Die Klinge traf etwas über der von Harald geritzten Markierung und blieb im jungen Baum stecken, nachdem sie den Stamm etwa zur Hälfte durchtrennt hatte. Die Wucht des Aufpralls brachte die Klinge zum Vibrieren und stauchte meine Schulter.

Wenn es eine Axt gewesen wäre, hätte das Gewicht der Klinge den jungen Baum durchschlagen – das sagte ich mir zumindest. Vielleicht wurde das Schwert als Waffe überschätzt.

„Das Schwert erfordert Geschicklichkeit und Präzision", sagte Harald. „Seine Klinge ist dünn und scharf. Es ist nicht sehr wirksam, wenn es nur mit brachialer Gewalt verwendet wird, wie die Axt eines Holzfällers. Hast du den Aufprall in der Klinge gespürt?"

Ich nickte.

„Wenn du mit dem Schwert richtig schneidest, gibt es keine Erschütterung durch das Schwert bis in den Arm. Du hast mit deiner ganzen Kraft zugeschlagen, nicht wahr?"

Ich nickte wieder.

„Hättest du deinen Gegner verfehlt, hätte die Kraft deines Schwungs deinen Arm weit außer Position gebracht und der Gegner hätte dich getötet, bevor du deine Stellung wiedererlangt hättest. Ein korrekt ausgeführter Hieb kann mit weniger Kraft mehr Schaden anrichten. Deine Schläge müssen stark genug sein, um zu töten, wenn sie treffen, aber leicht und schnell genug, damit du dich neu positionieren und verteidigen oder schnell wieder zuschlagen kannst, wenn dein Hieb nicht sitzt."

Harald nahm den Griff des Schwerts und zog es aus dem Stamm des jungen Baums. „Noch etwas. Wenn du dein Ziel schräg triffst, statt gerade wie du es getan hast, und dann beim Kontakt das Schwert leicht zurückziehst, kann die Klinge das Ziel eher durchschneiden, anstatt es nur zu hacken."

Während er die letzten Worte sprach, ging Harald vor dem Baum in Positur. Dabei war sein linker Fuß nach vorn gesetzt, sein Körper leicht zur Seite gedreht und sein rechter Fuß nach hinten geschwungen. Sein linker Arm lag vor seiner Brust, als ob er einen unsichtbaren Schutzschild trug. Das Schwert hielt er leicht in der rechten Hand, nah an seinem Körper etwas oberhalb der Gürtellinie, und die Klinge zeigte nach oben.

Auf einmal sprang die Klinge hervor, als ob sie sich aus eigenem Antrieb bewegte, und glitt quer durch den jungen Baum. Sie durchtrennte den Stamm schräg genau dort, wo die Rinde abgekratzt war. Kaum war die Klinge durch das Holz gefahren, schwang Harald das Schwert in einer Schleife über seinen Kopf und wieder nach unten und traf den Baum auf der anderen Seite eine Handbreit unter dem ersten Schnitt, wo es den Stamm erneut sauber durchschlug. Der abgeschnittene Teil des Baums hatte gerade angefangen, seitwärts zu Boden zu kippen, als Harald die Richtung seiner Klinge wieder änderte und den Schössling mit einer Rückhandbewegung nach oben ein drittes und letztes Mal durchtrennte, dieses Mal auf Hüfthöhe.

Von Ehrfurcht ergriffen, starrte ich auf die zu Boden fallenden Stücke des Baums.

„Siehst du jetzt, wie wichtig es ist, die korrekte Art des Schneidens zu lernen?", fragte Harald.

Ich nickte stumm.

„Es gibt noch etwas, das du über ein Schwert wissen musst. Die Schneide eines Schwerts muss dünn und scharf sein, damit sie Kleider, Fleisch und Knochen durchtrennen kann. Eine scharfe Klinge kann hervorragend schneiden, aber sie ist für nichts anderes bestimmt.

Wenn du es irgend vermeiden kannst, solltest du nie eine andere Klinge mit deinem Schwert parieren. Dazu hast du deinen Schild. Manchmal hast du natürlich keine Wahl. Ein Hieb kann aus einer unerwarteten Richtung kommen, wenn dein Schild an der falschen Position ist, oder vielleicht musst du dich verteidigen, wenn du keinen Schild trägst. Wenn du einen Schwertangriff mit der eigenen Waffe abwehren musst, sorge dafür, dass die gegnerische Klinge auf die flache Seite deines Schwerts trifft und nicht auf die Schneide. Die flache Seite ist glatt und hart, und eine gegnerische Schneide wird abgleiten und sich nicht verhaken. Wenn zwei Schwerter Schneide gegen Schneide aufeinandertreffen, ist das Beste, was passieren kann, dass beide Schneiden stark beschädigt werden. Schlimmstenfalls kann eine Klinge brechen, auch eine besonders gut geschmiedete."

* * *

Drei volle Tage übte ich Hiebe, bis ich alle jungen Bäume in der Umgebung des Hofs kleingeschnitten hatte. Nach dem ersten Tag trug ich einen großen, runden Schutzschild, während ich trainierte. Harald zeigte mir, wie ich ihn in der Mitte hinter dem Schildbuckel am Griff zu halten hatte und wie die Länge des Riemens über meiner Schulter und meinem Genick einzustellen war, damit auch meine Schulter etwas von dem Gewicht trug und der Schild herunterhängen konnte, wenn ich ihn nicht gerade im Kampf benötigte.

„Fürs Erste", erklärte Harald, „möchte ich, dass du deinen Schild wie für den Einzelkampf trägst. Halte ihn gekippt, etwa so, mit der unteren Kante nach vorne und der oberen schräg in Richtung deines Kopfs geneigt und ducke dich dahinter. Dadurch wird die Schutzwirkung des Schildes weiter von deinem Körper weg verlagert als bei einer geraden Haltung. Diese Haltung hilft auch dabei, die Schläge deines Gegners als Streifhiebe abgleiten zu lassen, anstatt einen direkten Treffer zu bekommen, der deinen Schild beschädigen oder sogar durchschneiden könnte. In einem Schildwall muss man den Schild natürlich oft gerade halten, da es kaum Bewegungsspielraum gibt und jeder die Kameraden, die neben ihm kämpfen, schützen muss. Das werden wir später üben. Die Schlacht unterscheidet sich in vielerlei Hinsicht vom Einzelkampf. Du musst lernen, auf beide Arten zu kämpfen."

Obwohl ich für mein Alter groß war und meine Muskeln an harte Arbeit gewöhnt waren, waren meine

Arme und Schultern beim Training mit Harald am Ende des Tages immer müde, und ich war jedesmal froh über die hereinbrechende Abenddämmerung. Aber auch bei Nacht gingen die Lektionen in anderer Art weiter. Sigrid und Harald brachten mir die Tischmanieren eines Adligen bei, Manieren, die ich als Thrall nie gelernt hatte. Und zu jedem Abendessen tranken wir Bier.

„Du bist jetzt ein Krieger von edler Geburt", erklärte Harald. „Wenn du mit anderen zu Abend isst, werden sie Bier, Met, vielleicht sogar Wein auftragen. Es ist wichtig, dass du lernst, Alkohol zu vertragen, damit du dich nicht zum Narren machst, wenn er serviert wird."

Jede Nacht, nachdem wir im Langhaus gegessen hatten und der Tisch abgeräumt war, erzählten mir Harald und die anderen Huscarls – Hroriks Krieger, die jetzt Haralds Männer waren – von Schlachten, in denen sie gekämpft oder von denen sie gehört hatten. Sie stellten Reihen von Nüssen auf den Tisch, um die Positionen der Heere und ihre Bewegungen darzustellen, und erklärten mir die Taktik, die die Feldherren angewendet hatten, um den Sieg zu erringen, oder die Fehler, die sie begangen hatten, die zur Niederlage führten.

Am Morgen des fünften Tags nach der Bestattung verkündete Harald, dass wir jetzt Zweikämpfe üben würden. An diesem Tag waren unsere „Schwerter" lange, dünne Holzlatten aus Eiche, die zur Polsterung mit Wolle und dann mit Leder umwickelt waren. Zwei abgenutzte Helme und zwei Schilde vervollständigten unsere Ausrüstung.

Den ganzen Morgen übten wir langsam Schlag und Gegenschlag. „Greif mich am Kopf an", sagte Harald, oder, „ziele mit einem Hieb auf meine Beine." Ich schwang meine Waffe wie angewiesen, mit halber Kraft und geringer Geschwindigkeit, und er führte vor, wie man den Angriff mit dem Schild abwehrte und einen Gegenangriff anschloss. Dann griff Harald mich in gleicher Weise an, und ich übte Abwehr und Gegenangriff.

Mittags ruhten wir uns kurz aus und stärkten uns mit ein paar Scheiben Butterbrot und durstigen Zügen kalten Wassers.

Als wir fertig waren, grinste Harald. „Und jetzt, kleiner Bruder, fängt dein richtiges Training an."

Nachdem wir uns wieder bewaffnet hatten, stellte sich Harald mir gegenüber. „Halfdan, verteidige dich!"

Er kam mit erhobener Waffe auf mich zu. Ich erinnerte mich an seine Worte: „Abstand ist der Schlüssel sowohl zur Abwehr als auch zum Angriff. Du kannst nichts treffen, was außer Reichweite ist." Ich wich zurück, während er sich vorwärts bewegte, meine Augen auf sein Holzschwert gerichtet.

Auf einmal machte er einen Ausfallschritt und richtete einen Schlag auf meinen Kopf. Ich schwang meinen Schild hoch, schlug sein Schwert zur Seite und setzte einen tiefen Hieb auf sein gestrecktes Bein. Harald riss seinen eigenen Schild nach unten, um meinen Angriff zu blockieren, dann sprangen wir beide außer Reichweite zurück.

Harald lachte auf. „Hervorragend, Halfdan, hervorragend!"

Als nächstes fing er an, sich in einem Kreis um mich herum zu bewegen. Ab und zu täuschte er mit einer Schulterbewegung einen Angriff an, während er meine Reaktion aufmerksam verfolgte. Ich konzentrierte mich auf seinen Schwertarm, der sich ja bewegen musste, wenn er ernsthaft zuschlagen wollte.

So hatte ich mir das zumindest vorgestellt. Doch ohne sein Schwert zu bewegen, stürmte Harald auf mich zu. Zu spät wich ich zurück und wartete weiter auf den Angriff. Als er kam, war jedoch das Schwert nicht daran beteiligt, denn Harald rammte mich mit seinem Schild, und ich landete krachend auf dem Boden. Als ich mich bemühte, wieder auf die Füße zu kommen, schwang er endlich seinen Schwertarm. Verzweifelt versuchte ich, seine Klinge mit meiner abzuwehren, aber mitten im Schlag änderte Harald die Zielrichtung und die Eichenlatte krachte auf meinen Unterarm. Obwohl die Holzklinge gepolstert war, nahm mir der Schmerz kurz den Atem, und meine Waffe entglitt meinem Griff. Im Bruchteil einer Sekunde fiel ein weiterer Schlag scheppernd auf die Seite meines Helms und streckte mich zu Boden, wo ich ganz wirr im Kopf liegen blieb.

Harald lachte wieder. Es klang wie aus weiter Ferne. „Sei nicht entmutigt, kleiner Bruder. Es gehören viele blaue Flecken dazu, die Fertigkeiten eines Kriegers zu erlernen. Dies war eine wichtige Lektion. Alles – ein Schild, ein Helm, ein Tritt, auch ein Stein oder eine Handvoll Erde – kann für einen Angriff verwendet werden. Wenn du dich ausschließlich auf die offensichtlichen, sichtbaren Waffen konzentrierst, wie zum Beispiel das Schwert deines Gegners, läufst du Gefahr, anders angegriffen zu werden. Wenn das ein richtiger Kampf gewesen wäre, und mein Schwert aus Stahl anstatt aus Holz, hätte mein erster Schlag deinen Arm abgetrennt und mit meinem zweiten hätte ich deinen Hals getroffen und nicht deinen Helm."

In den darauffolgenden Tagen musste ich weitaus mehr harte Schläge einstecken als all die Prügel, die ich als Thrall bekommen hatte. Aber immer gingen damit Haralds herzliches Lachen und eine Erklärung oder Lektion einher und daher waren die Schmerzen erträglich. Diese Tage gehörten sogar zur glücklichsten Zeit meines Lebens, denn während wir zusammen arbeiteten, kamen Harald und ich uns näher – als Brüder und als Kameraden. Harald lachte oft, lobte mich und schien tatsächlich meine Gesellschaft zu genießen. Insgeheim war er schon immer mein Held gewesen. Jetzt war er auch mein Bruder, und was noch besser war, er war offensichtlich erfreut, dass ich sein Bruder war.

Ich lernte schnell. Nach zwei Wochen konnte ich mich erfolgreich der meisten Angriffe Haralds erwehren, mit Ausnahme der hartnäckigsten und geschicktesten. Eine Woche später war ich zum ersten Mal siegreich.

Während wir eine Pause machten, um Wasser zu trinken und Atem zu holen, heckte ich einen Plan aus. Wir hatten gerade einen ungewöhnlich langen Schlagwechsel beendet, schnell und heftig, ohne einen Treffer zu landen, bis Haralds Holzschwert schließlich doch dumpf auf meine Rippen schlug. Meine Finger tasteten vorsichtig meine neueste Wunde ab und Harald legte seinen Kopf in den Nacken und nahm einen kräftigen Schluck Wasser. Dann schaute er mich an und lächelte.

„Du schaust sehr ernst drein. Über welches gewichtige Thema denkst du nach?"

„Das Ungleichgewicht", antwortete ich. „Ich habe viele blaue Flecken und du hast keine."

Wie es seine Gewohnheit war, lachte Harald. „Betrachte sie als Zeichen der Zuneigung, kleiner Bruder. Meine brüderlichen Gefühle für dich sind derart gewachsen, dass dein Körper mit den Beweisen dafür übersät ist."

Ich band meinen Helm fest und stand auf. „Sie sind ein Zeichen der Zuneigung, das ich dir auch gern zukommen lassen möchte."

Wir gingen in Angriffsposition und ich griff mit einem abwärts gerichteten Hieb Haralds Beine an. Mit einer Bewegung seines Schildes nach unten blockte er, während er gleichzeitig sein Schwert in einem hohen Bogen schwang, in Richtung meines Kopfs.

Aber mein Angriff war ein Täuschungsmanöver gewesen, mit wenig Kraft dahinter. Als Harald seinen Schild senkte, um meinen Schlag zu parieren, drängte ich nah heran, hakte den Schild mit meinem Schwertarm ein und hielt ihn fest an meine Brust gedrückt, damit er unbeweglich wurde. Anstatt seinen Angriff mit meinem Schild seitlich abzuwehren, hob ich den Schild über meinen Kopf wie ein Dach, sodass Haralds Hand und Klinge flach darauf prallten. Es sah wohl wie ein ungeschicktes Abblocken aus, entstanden aus Verzweiflung. Das jedenfalls hoffte ich. Mit gewohnter Schnelligkeit schwang Harald seine Klinge um die Kante meines Schildes, um einen Treffer zu setzen, da meine Seite durch mein ungewöhnliches Manöver frei und ungeschützt war.

Ausnahmsweise war ich schneller. Ich hielt meinen

Schild weiterhin waagerecht und schlug damit gerade nach vorn. Die Kante traf die Vorderseite von Haralds Helm mit einem Klingeln wie eine Glocke. Er schielte und taumelte zurück und seine Arme sanken schlaff an seinem Körper herab. Ich stürzte vor und rammte ihm die Spitze meines gepolsterten Schwerts in den Bauch sodass der Atem aus ihm herauszischte. Dann vollendete ich meinen Sieg mit einem Schlag auf seinen Rücken, als er sich krümmte.

Nachdem Harald sich gesammelt hatte und wieder bei Verstand war, wirkte er noch begeisterter über meinen Sieg als ich. Abends im Langhaus erzählte er den Menschen die Geschichte immer wieder: Sigrid, Ubbe, den anderen Huscarls und allen, die bereit waren, zuzuhören.

„Halfdan ist in der Tat ein geborener Krieger", sagte er bei jeder Wiederholung. „Das war keine Kampftaktik, die ich ihm beigebracht habe."

Lange nachdem das Geschirr und die Essensreste weggeräumt waren und die übrigen Haushaltsmitglieder ihre Betten aufgesucht hatten, saßen Harald und ich am Tisch mit einem schönen fränkischen Tonkrug voll Bier zwischen uns. Wir hatten den Krug mehrmals nachgefüllt, da Harald in jener Nacht überaus gut gelaunt und redselig war.

„Ich muss dir mein Schwert zeigen", sagte er auf einmal. „Es ist besonders schön, sehr außergewöhnlich."

Harald schwankte zu seiner Bettkammer und kam mit einem langen, schmalen, in Robbenfell gewickelten Bündel zurück. Er packte es aus und legte ein langes Schwert in einer Scheide frei. Ich hatte es oft von seinem

Gürtel hängen sehen, hatte ihm aber nicht viel Aufmerksamkeit geschenkt. Die Scheide war aus Holz und mit butterweich gegerbtem Hirschleder ummantelt, das dunkelbraun gefärbt war. Das Ortband, das die Spitze der Scheide bedeckte und schützte, sowie das Mundblech, an dem die Klinge in die Scheide gesteckt wurde, waren aus Silber geformt und mit einem komplexen Muster ineinander verschlungener Schlangen dekoriert. Drei breite Bänder aus grün gefärbtem Rindsleder verzierten die Scheide in regelmäßigen Abständen. An dem Band direkt unter dem Mundblech waren zwei Schlaufen zum Tragen befestigt.

Der Griff des Schwerts war einfacher als ich es von einer solch edlen Waffe erwartet hätte. Ich hatte Schwerter gesehen, die von Hrorik und anderen getragen wurden, deren Hefte reich geschnitzt und mit Silber, Kupfer oder Gold dekoriert waren. An Haralds Schwert bestanden Parierstange und Knauf aus einfachem Eisen, obwohl ich meisterhafte Arbeit erkennen konnte. Der Schmied hatte keine Hammerabdrücke oder Verwerfungen zurückgelassen, und die Oberfläche des Metalls war glatt und hochglanzpoliert. Die Parierstange war einfach und gerade, so lang wie mein längster Finger, und verjüngte sich an beiden Enden zu einer Spitze. Der Griff war aus Holz, das mit Leder umwickelt war, und der Knauf bestand aus zwei großen Eisenstücken. Der Teil des Knaufs, der dem Griff am nächsten war, bestand aus einer weiteren Stange, die ähnlich gestaltet war wie die Parierstange, aber nur halb so lang. An diese Stange war mit zwei schweren Nieten ein ovales Stück Eisen angeheftet und in die populäre Form von drei Bögen geschmiedet. Die Oberfläche des Eisens an der Parierstange und am Knauf war mit einem einfachen Muster aus kleinen eingelassenen Löchern dekoriert, die durch die Schmiedearbeit geschwärzt waren.

„Das hier ist Biss", sagte Harald und zog die Klinge aus der Scheide. Ich erkannte sofort, dass er Recht hatte; es war tatsächlich ein sehr schönes Schwert. Die Klinge war damasziert. Sie war hergestellt worden, indem Stangen aus Stahl und Eisen aufeinandergelegt, bei hoher Temperatur zu einem einzigen Stück Metall zusammengeschmiedet und dann übereinander gefaltet wurden. Dieser Prozess wurde Hunderte Male wiederholt, bis das Metall der Klinge aus Tausenden dünner Schichten aus Stahl und Eisen bestand. Solche Klingen galten als fast unzerbrechlich und ihre Schneiden waren an Schärfe und Beständigkeit unübertroffen.

Seit ich zehn Jahre alt war, hatte ich Hroriks Schmied Gunnar unterstützt, wenn er Hilfe dabei brauchte, das Schmiedefeuer anzuheizen. Es gehörte zu den Vorteilen, die ich wegen meiner flinken Hände und meiner schnellen Auffassungsgabe hatte. Gunnar hatte mir vom Damaszieren und den so hergestellten legendären Schwertern erzählt. Natürlich beherrschte Gunnar die Technik nicht – er sagte, dass nur wenige, speziell ausgebildete Schwertschmiede vor allem tief im östlichen fränkischen Königreich über dieses Können verfügten. Gunnar war dennoch in der Metallbearbeitung bestens ausgebildet und konnte schnell Werkzeuge für den Hof, einfache Waffen oder Beschläge für Zaumzeug, Schiffe und anderes herstellen. Mit der Zeit hatte er mir alles beigebracht, was er konnte.

„Hrorik brachte dieses Schwert an sich, als er den ersten großen Überfall auf die fränkische Handelsstadt Dorestad anführte", erklärte Harald. „Als sie die Stadt plünderten, stieß Hrorik auf den Laden eines Schwertschmieds und nahm alles darin als Beute. Das meiste waren fast fertige Schwerter in guter Qualität, aber nichts Außergewöhnliches. Darunter waren allerdings auch fünf Damaszenerklingen wie diese – nur die Klingen, nicht die fertigen Schwerter. Ein Mann, der sich eine solche Klinge leisten konnte, würde auch die Gestaltung und Verzierung des Hefts selbst aussuchen wollen. Der Besitzer des Ladens händigte Hrorik bereitwillig die Schwerter im Tausch gegen sein Leben aus und erzählte Hrorik, dass die fünf Klingen von einem berühmten Schmied am Rhein stammten, weit im fränkischen Gebiet.

Zwei der Klingen behielt Hrorik für sich. Eine dritte überreichte er im gleichen Jahr dem König der Dänen. Die letzten beiden schenkte er zwei Stammesfürsten, die ihn beim Überfall auf Dorestad begleitet hatten. Großzügige Geschenke können Bündnisse schmieden.

Aus einer der Klingen, die Hrorik behielt, ließ er ein Schwert für sich machen. Das war das Schwert, das ihn auf der Reise im Totenschiff nach Walhalla begleitet hat. Es ist vom Feuer seiner Bestattung verzehrt worden und wird keinem anderen Mann dienen. Diese Klinge schenkte mir Hrorik beim Julfest im Jahr meines achtzehnten Geburtstags. Ich machte mir viele Gedanken zur Gestaltung des Griffs. Ich erwog eine reiche Verzierung mit Silber für die Parierstange und den Knauf, wie bei Hroriks Schwert, aber letztendlich entschied ich mich für einfaches, aber hochwertig verarbeitetes Eisen, um die Reinheit des Zwecks einer so schönen Waffe zu unterstreichen."

Harald reichte mir den Griff des Schwerts über den Tisch. „Nimm es in die Hand."

Ich konnte aus der Größe der Waffe schließen, dass dieses Schwert mindestens so schwer sein musste wie das Übungsschwert, mit dem ich so viele kleine Bäume erlegt hatte, aber es wirkte nur halb so schwer.

Bei meinem überraschten Gesichtsausdruck grinste Harald breit. „Das Geheimnis liegt in der Ausgewogenheit. Der Schwertschmied in Haithabu, der mir das Heft machte, musste drei Versionen des Knaufs schmieden, weil ich die ersten beiden abgelehnt hatte. Dieser Knauf hat genau das Gewicht, um die Masse der Klinge auszugleichen, damit das Schwert ausbalanciert in der Hand liegt. Bei einer perfekten Ausgewogenheit wirkt das Schwert leichter als es tatsächlich ist, und man kann schneller zuschlagen und reagieren."

In dieser Nacht war Harald in Hochstimmung. Er trank viel Bier, und da er ausschenkte und seine gute Laune ansteckend war, trank auch ich viel. Ich bemerkte eine kleine Änderung in seiner Haltung mir gegenüber, aber es dauerte sehr lange, bis ich erkannte, woran es lag. An diesem Abend – und auch danach – sprach Harald mich als „Halfdan" oder „mein Bruder" an. Die Worte „kleiner Bruder" kamen nicht mehr über seine Lippen.

7

Der Bogen

In den darauffolgenden Tagen übten wir weiter mit
Schilden und den gepolsterten Schwertern, und ich
wurde zunehmend besser. Für mich vergingen die
Wochen wie im Fluge, schneller als je zuvor, und um uns
herum änderte sich die Umgebung. Wenn man die Tage
seit dem Julfest zählte, hätte es noch Winter sein sollen,
aber überall waren schon Zeichen des Frühjahrs zu
sehen. An den Ästen der Bäume wuchsen schon Knospen, die darauf warteten, sich zu neuen Blättern zu
öffnen. Im Himmel über uns zogen täglich Vogel-
schwärme vorbei, die in den Norden zurückkehrten,
nachdem sie den Winter im Süden verbracht hatten. Die
ersten Austriebe des Frühanbaus sprießten als grüne
Reihen aus der Erde und wurden von den Sklaven unter
Ubbe vorsichtig gepflegt. Die Menschen um uns begrüß-
ten die Zeichen des wieder erwachenden Lebens, während Harald mir Lektionen im Töten und in der Kriegsführung erteilte.

Harald fing jetzt an, den Unterricht zu variieren.
Ich lernte mit dem Speer zu kämpfen. Dafür verwendeten wir einen langen Holzschaft, an dessen Ende ein
gepolsterter Ledersack gebunden war. Ich lernte, dass
man durch schnelle Stöße mit dem Speer oft rascher zum
Ziel kam als mit dem Hieb eines Schwerts und dass die
Reichweite des Speers weitaus größer war. Ich merkte
aber auch bald, wie wichtig es beim Speerkampf war,

den Abstand zu wahren, vielleicht sogar wichtiger als beim Schwertkampf. Denn sobald es einem Schwertkämpfer glückte, in den Bereich innerhalb der Reichweite der Speerspitze vorzudringen, wurde ein Speer so wirkungslos, dass sein Träger genauso gut auch unbewaffnet sein könnte.

Manchmal zog Harald den Aufseher Ubbe und andere der Huscarls am Hof hinzu. Wir formierten zwei kurze Schildwälle mit je vier Männern und fochten den ganzen Tag Scheingefechte mit gepolsterten Waffen aus, damit ich lernen konnte, in einer Reihe mit Kriegern zu beiden Seiten neben mir zu kämpfen.

Eines Nachmittags ritt ein Fremder auf das Anwesen und schaute uns eine Weile vom Pferd aus beim Fechten zu. Er trug eine Brünne, sein Helm war an seinen Sattel gebunden und sein Schild über seinen Rücken geschlungen. Harald unterbrach unser Training, und wir gingen hinüber zu dem wartenden Fremden. Harald und ich waren beide in einfache wollene Tuniken gekleidet, und wir trugen abgenutzte Übungshelme und Schilde sowie gepolsterte Holzschwerter. Obwohl wir eindeutig Krieger waren, sahen wir wohl eher aus wie einfache Huscarls.

„Seid gegrüßt", rief der Fremde als wir uns ihm näherten. „Ich heiße Arnulf und bringe eine Nachricht für euren Stammesfürsten, Hrorik, von seinem Verwandten, Horik, König der Dänen." Ich bemerkte, dass er einen einzelnen rot gefärbten Pfeil in der Hand hielt.

Auch Harald beäugte den Pfeil. Er schnallte seinen Helm ab und nahm ihn ab, dann wischte er sich mit dem Unterarm den Schweiß von der Stirn. „Ihr habt noch eine lange Reise vor Euch, wenn Ihr eine Nachricht für Hrorik habt", antwortete er. „Er weilt jetzt mit den Göttern in Walhalla."

Haralds Worte überraschten den Fremden offensichtlich, aber er zeigte keine Betrübnis. Vielleicht führten ihn seine Aufgaben zu vielen Stammesfürsten. Unter den kriegerischen Dänen war der gewaltsame Tod ja keine Seltenheit.

„Wann und wie ist er gestorben?", fragte er. „Das wird der König wissen wollen. Er hatte keine Kenntnis davon, als er mich auf die Reise schickte, aber ich bin schon viele Tage unterwegs und bin weit gereist."

„Er wurde in England verletzt", sagte Harald. „Wegen des milden Winters sind wir früh mit einer großen Mannschaft auf Raubzug gegangen. Unsere Flotte zählte vierzig Schiffe. Es überrascht mich, dass der König davon nichts weiß, denn einer der Stammeshäuptlinge war Haakon, ein Sohn des Königs. Nur wenige auf der vom Unglück verfolgten Reise haben überlebt. Ist Haakon davongekommen?"

Der Reiter schüttelte den Kopf. Jetzt zeugte sein Gesichtsausdruck doch von Bestürzung. „Das weiß ich nicht. Wir wussten natürlich von dem Beutezug, mit dem er gesegelt ist. Ein Kamerad von mir war dabei. Sie sind aber noch nicht so lange unterwegs, dass wir auf Haakons Heimkehr gewartet hätten. Eure Neuigkeiten sind sehr ernst. Ihr müsst mir mehr erzählen, damit ich es an den König weitertragen kann. Falls Haakon und seine Krieger möglicherweise gefallen sind, wird der König es wissen wollen."

„Ihr müsst müde sein, wenn Ihr so weit gereist

seid", sagte Harald. „Ich bin Harald, der älteste Sohn von Hrorik, und dies ist mein Bruder Halfdan. Dies sind jetzt meine Ländereien. Ihr seid eingeladen, Eure Reise zu unterbrechen und Euch hier auszuruhen. Ich werde Euch alles erzählen, was ich über den Raubzug nach England weiß, obwohl ich nicht mit Gewissheit sagen kann, ob Haakon einer der Männer war, die dort ihr Ende fanden."

Abends nach dem Essen saßen wir um die größte Feuerstelle und tranken, während Harald die Geschichte der Unglücksreise nach England erzählte.

„Ihr tragt den roten Pfeil, der die Stammesfürsten zum Kriegsdienst für den König ruft", sagte Harald, nachdem er mit seiner Erzählung fertig war. Es war sowohl Feststellung als auch Frage.

Arnulf nickte. „Ja. Der König beruft einen Kriegsrat ein. Alle seine Jarle und viele große Stammesfürsten werden zusammengerufen. Hrorik gehörte zu den Stammesfürsten, deren Rat gesucht war. Der König überlegt, gegen die Franken in den Krieg zu ziehen. Reisende aus den fränkischen Ländern haben berichtet, dass die fränkische Könige sich gegenseitig bekriegen und so ihre eigene Abwehr schwächen."

Es überraschte mich, dass Arnulf von fränkischen Königen in der Mehrzahl sprach. Ich wusste wenig über die Franken – für Sklaven war es unnötig, fremde Könige und Länder zu kennen, und Haralds Lektionen waren bisher auch nicht darauf eingegangen. In den vergangenen Jahren hatte ich dennoch in den abendlichen Erzählungen von den Franken gehört. Sie waren die mächtigsten Feinde der Dänen. Ich wusste wie alle Dänen, dass unsere Heimat vor vielen Jahren von deren König Karl überfallen worden war, dessen Eitelkeit so gewaltig war, dass er sich der Große nannte. Auch dass die Dänen von Karls Sohn, der seine Nachfolge angetreten hatte, angegriffen worden waren, war mir bekannt. Wegen dieser alten Erzählungen hatte ich aber immer geglaubt, dass die Franken nur einen König hatten, und das sagte ich auch Harald.

„Jahrelang stimmte das", sagte er. „Aber jetzt ist es nicht mehr so. Der alte König Karl regierte sämtliche Gebiete der Franken. Er war ein harter Kriegsherr, der viele Sachsen, die einst südlich von uns lebten, erschlug und ihre Länder für sein eigenes Volk an sich riss. Auch sein Sohn war ein tapferer Krieger und regierte das fränkische Königreich allein. Die Enkel des alten Königs konnten sich jedoch nicht einigen, wer nach dem Tod ihres Vaters regieren sollte. Sie teilten das Gebiet der Franken in drei Königreiche auf, für jeden Sohn eins."

Arnulf nickte. „Aber sie sind gierige Männer, und alle drei träumen immer noch davon, der einzige König der Franken zu sein, und deshalb bekämpfen sie sich ständig. Es ist eine gute Sache, wenn der Feind sein eigenes Blut vergießt und sich schwächt, bevor man selbst überhaupt angreift."

„Vielleicht sollten wir diesem Rat beiwohnen, Bruder, und König Horiks Kriegspläne anhören", sagte mir Harald und stieß mir grinsend den Ellbogen in die Rippen. „Wir könnten den Franken zeigen, was du in deinen Lehrstunden gelernt hast."

„Das wird nicht möglich sein", sagte Arnulf.

Harald starrte ihn kalt an. Es war ein eigenartiger

Wesenszug von Harald: normalerweise konnte man seine Gemütslage ohne Schwierigkeit in seinem Gesicht ablesen, weil er offen und aufgeschlossen war. Aber wenn er dachte, dass jemand seine Ehre verletzt hatte – was kaum jemand wagte – verschwand jede Gefühlsregung aus seinem Gesicht und seiner Körperhaltung. Ich hatte es nur einmal erlebt, als Toke, Gunhilds Sohn aus ihrer ersten Ehe, noch auf unserem Hof gewohnt hatte. Zwischen Toke und Harald gab es keine Bruderliebe. Allerdings hatte Toke zu niemandem und nichts Zuneigung. Er war ein Berserker.

„Seit Hroriks Tod bin ich jetzt der Stammesfürst", sagte Harald mit ausdrucksloser Stimme. „Wieso sollte ich nicht den Rat an seiner Stelle besuchen?"

„Der König will nur einen kleinen Rat zusammenrufen", antwortete Arnulf. „Seine Jarle und einige Stammesfürsten, deren Meinung er schätzt. Euer Name steht nicht auf der Liste. Es tut mir leid, das soll keine Beleidigung sein. Es steht nicht in meiner Macht, Euch anstelle Eures Vaters Hrorik einzuladen. Ich bin aber sicher, dass Euer Schwert und Eure Männer willkommen sein werden, wenn der Rat den Krieg beschließt."

„Zweifellos." Danach sagte Harald nichts mehr. Kurz darauf entschuldigte er sich und ging zu Bett.

Arnulf reiste früh am nächsten Morgen ab. Den ganzen Tag schien Harald verstimmt, und seine Laune wurde auch am nächsten Tag nicht besser. Es war eine Seite von ihm, die ich zuvor noch nie gesehen hatte. Während unserer Kampfübungen lachte oder lächelte er nicht, wie er es sonst stets tat. Stattdessen setzte er mir grimmiger Miene mit Hieben und Stößen zu.

Alle Haushaltsmitglieder konnten Haralds brodelnden Zorn spüren, und wir fühlten uns alle unbehaglich. Am zweiten Abend unternahm Sigrid beim Essen den Versuch, ihn aufzumuntern.

„Ich hätte gerne einmal wieder Wild." Sie seufzte. „Ich bin es leid, gepökeltes Schweinefleisch und Räucherfisch zu essen. Es kommt mir vor, als hätten wir den ganzen Winter nur davon gelebt."

Gunhild, die neben der Feuerstelle stand, fügte hinzu: „Auch ich hätte gern frisches Wildfleisch. Vielleicht könnten du und Halfdan zur Abwechslung etwas Nützliches tun und auf die Jagd gehen."

Das sah Gunhild ähnlich. Sigrid hatte gehofft, Harald von seinem Groll wegen der gefühlten Kränkung seiner Ehre abzulenken, aber bei dem Versuch zu helfen, hatte Gunhild es geschafft, ihn zu beleidigen.

Harald hatte bereits viel getrunken. Er leerte das Bier in seinem Becher und stellte ihn mit einem dumpfen Schlag auf den Tisch. Er rülpste laut in Gunhilds Richtung. Sie runzelte die Stirn und drehte sich weg, was ihn offensichtlich erfreute. Sigrid lächelte, aber ich glaubte, Nervosität hinter dem Lächeln zu erkennen.

„Na dann, Halfdan", sagte Harald. „Da meine Schwester Lust auf Wild hat, werde ich wohl morgen damit anfangen müssen, dir das Bogenschießen beizubringen. Das wird schwierig. Der Bogen ist keine einfache Waffe. Für den Anfang kann ich dich zumindest die Grundlagen des Schießens mit Pfeil und Bogen lehren, dann machen wir eine Pause im Unterricht und gehen auf die Jagd. Hoffentlich finden wir ein Reh, und ich kann dir zeigen, wie es gemacht wird."

Sigrid und Gunhild versteckten ihr Lächeln hinter ihren Händen, aber das Bier in seinem Bauch und Kopf hielt Harald davon ab, es zu bemerken.

„Ich zeige dir meinen Bogen", fügte Harald an und verließ den Tisch. Kurz darauf kam er mit seinem Bogen zurück und reichte ihn mir. „Ist er nicht schön?"

Ich schaute ihn kurz an, legte ihn auf den Tisch, und fuhr mit dem Essen fort. Es war ein gut gemachter Bogen, er reichte Harald bis zur Schulter und hatte breite, flache Wurfarme, die schräg zum runden Griff in der Mitte zuliefen. Ich hätte ihn aber nicht *schön* genannt.

„Es ist ein guter Bogen", sagte ich zwischen zwei Bissen. „Das sollte er auch sein. Schließlich habe ich ihn hergestellt."

Harald lehnte sich zurück und runzelte die Stirn. „Wie kann das sein? Seit Jahren macht der Zimmermann Gudrod alle Pfeile und Bögen für unseren Haushalt. Er hat diesen Bogen gemacht. Er hat Hroriks Bogen gemacht. Er fertigt alle Bögen für die Huscarls hier."

Ich schüttelte den Kopf. „Als ich ein junger Bursche war, zeigte mir Gudrod, wie man einen Stab aus einem Baumstamm herausarbeitet und aus dem Stab einen Bogen anfertigt. Er zeigte mir, wie man Schäfte abspaltet und daraus Pfeile macht. Er zeigte es mir, weil ich geschickte Hände habe und er einen Helfer anlernen wollte, der ihm bei den Zimmererarbeiten auf diesem Hof zur Hand gehen konnte. Nachdem er mir alles beigebracht hatte, sagte er mir, dass ich den versteckten Bogen im Holz besser finden könne als er. Seit über drei Jahren bin ich derjenige, der jeden Bogen in diesem

Haushalt hergestellt hat."

Harald schaute mich verwundert an. Es überraschte mich nicht, dass er das nicht gewusst hatte. Die Angelegenheiten eines Thralls hatten ihn nie interessiert. Ich war für Harald so gut wie durchsichtig, bis ich sein Bruder wurde.

„Na gut, für die morgigen Lektionen und danach bei der Jagd kannst du Hroriks Bogen benutzen. Den hast du auch gemacht?", fragte er. Ich nickte. Er schüttelte den Kopf. „Ein Thrall, der Bögen macht. So etwas habe ich noch nie gehört. Es ist wohl ein Glück für uns, dass du keinen für dich selbst gemacht hast."

Ich grinste. „Warte, ich zeige dir meinen Bogen." Ich verließ das Langhaus und lief zur Tischlerhütte, wo Gudrod den Bogen verstaut hatte, den er mir erlaubt hatte, für mich herzustellen. Seit ich befreit worden war, hatte ich nicht daran gedacht, ihn ins Langhaus zu bringen.

Es war etwas über ein Jahr her, seit Gudrod mir erlaubt hatte, meinen eigenen Bogen anzufertigen. Ich hatte einen Langbogen gewählt. Gudrod hatte einen solchen Bogen und zeigte mir, wie er hergestellt wird. Es sei schwieriger, die Wurfarme zu formen, erklärte er, weil sie statt flach zu sein eine Biegung hätten. Sie müssten vorsichtig vom Griff zur Spitze getillert werden, um sich ebenmäßig zu biegen, wenn der Bogen gespannt war. Bei einer solchen Form mussten die Wurfarme länger sein, damit man den Bogen ruckfrei und gleichmäßig spannen und kraftvoll schießen konnte. Laut Gudrod fanden viele Männer die Länge unhandlich und benutzten lieber einen flachen Bogen, obwohl ein gut gemachter Langbogen weiter und mit größerer Wucht schießen konnte.

Ich hatte meinen Bogen sehr liebevoll gefertigt; für mich als Thrall war er das einzig Wertvolle, das ich besaß. Er war aus Eibe, wie alle unserer Bögen, und von einer Spitze zur anderen maß er zwei Handspannen länger als ich. Den Griff in der Mitte hatte ich mit Leder umwickelt. Die Enden der Wurfarme hatte ich mit Spitzen aus Horn abgedeckt, die für die Sehne einge-kerbt waren. Die Hornenden hatte ich sehr spitz gefer-tigt, und den Ansatz, an dem sie mit dem Wurfarm verbunden waren, hatte ich mit einem schmalen ge-hämmerten Ring aus Bronzeresten dekoriert, das der Schmied Gunnar mir gegeben hatte. Beim letzten Detail hatte Gudrod gelächelt. „Du zimmerst einen Bogen, der für einen Jarl geeignet wäre", sagte er. „Sei vorsichtig. Wenn du Aufmerksamkeit auf diesen Bogen ziehst, wirst du ihn wahrscheinlich verlieren."

Mir war klar, dass Gudrod dabei das Risiko ein-ging, Hroriks Unmut auf sich zu ziehen, wenn bekannt geworden wäre, dass er einem Sklaven erlaubt hatte, eine Waffe zu besitzen. Sklavenhalter fürchten sich immer vor einem Sklavenaufstand. Ich vermute, dass Gudrod es erlaubt hatte, weil wir eine gemeinsame Leidenschaft für die Arbeit mit Holz hatten, das Finden des Objekts, das im Holz versteckt lag. Gudrod hatte keine Söhne, mit denen er seine Leidenschaft teilen konnte. Für den Fall, dass der Bogen je entdeckt würde, hatte er mir eingeschärft, dass wir behaupten müssten, es sei seiner und dass er mir nur erlaubt habe, ihn zu benutzen.

Mein Bogen blieb ein streng gehütetes Geheimnis, in das zuerst nur Gudrod und ich eingeweiht waren. Wann immer wir Zeit hatten, nahm er mich mit in den Wald außer Reichweite neugieriger Augen und brachte mir das Schießen bei. Unter Gudrods Führung lernte ich schnell, und es wurde bald offensichtlich, dass ich ein Auge fürs Zielen und eine Affinität zum Bogen hatte, sodass ich mit der Zeit ein besserer Schütze wurde als mein Lehrer.

Bald war ich soweit fortgeschritten, dass ich Niederwild schießen konnte – Vögel, Eichhörnchen, Kaninchen und dergleichen. Mit solchen kleinen, beweglichen Zielen zu üben beschleunigte meinen Fortschritt mit dem Bogen noch mehr. Binnen Kurzem brachten wir bei fast jedem Ausflug in den Wald Fleisch mit, das Gudrod zur Speisekammer des Hofs beisteuerte. Der scharfsinnige Ubbe war der erste, der hinter unser Geheimnis kam. Gudrod war wohl zuvor nie als besonders eifriger oder erfolgreicher Jäger aufgefallen. Ubbe war zuerst beunruhigt, dass ich derjenige war, der mit Gudrods schönem neuen Bogen schoss. Dennoch erlaubte er uns, unsere Ausflüge fortzusetzen, und ließ schließlich zu, dass ich alleine im Wald jagen durfte. Seltsamerweise hatte ich dies Gunhild zu verdanken. Sie hatte gern zur Abwechslung Wild auf dem Speiseplan, und da Hrorik für üblich ihr Genörgel ignorierte, richtete sie ihre Beschwerden an Ubbe, Hroriks Aufseher, und klagte über den mangelnden Fleiß und das schlechte Jagdkönnen der Männer auf dem Anwesen. Ubbe hatte bemerkt, dass ich immer mit Wild aus dem Wald zurückkam, und er kam zu dem Schluss, dass Gunhild am schnellsten ruhig zu stellen

war, wenn er mich von meinen anderen Pflichten frei-
stellte und in den Wald schickte, wann immer sie zu ihm
kam. Ich war natürlich sehr froh darüber. Allein im
Wald zu sein war die einzige Freiheit, die ich kannte. Mit
der Zeit entdeckten auch Sigrid, ihre Magd Astrid und
sogar Gunhild – die drei Frauen, die für die Essenszube-
reitung für Hroriks Tafel zuständig waren – die wahre
Quelle des Wilds, das auf den Tisch kam, aber auch sie
schwiegen, weil sie nicht auf das frische und abwechs-
lungsreiche Fleisch auf dem Speiseplan verzichten
wollten.

Als ich in die Halle des Langhauses zurückkehrte,
reichte ich Harald stolz meinen Bogen. Das Spannen
erforderte mehr Kraft als bei den meisten Bögen, aber
mir fiel es leicht, weil ich bei jeder Gelegenheit geübt
hatte. Das einzige, was ich mehr liebte als meinen Bogen,
war meine Mutter. Auch an den Tagen, an denen Ubbe
mich nicht auf die Jagd in den Wald schickte, schlich ich
abends nach der Arbeit in die Tischlerei, zog den Bogen
aus seinem Versteck, hängte die Sehne ein und übte in
der dunklen Hütte das Spannen, indem ich mit imaginä-
ren Pfeilen Ziele anvisierte, die ich durch die offene Tür
zur Gesicht bekam.

Aufgeregt wartete ich, während Harald den Bogen
prüfte. Er fuhr mit den Händen an den langen Wurf-
armen entlang, spürte wie glatt und stark sie waren,
berührte die Hornspitzen und fühlte ihre Schärfe, rieb
die dekorativen Bänder aus Bronze mit dem Daumen.
Ich war stolz auf meinen Bogen und nahm an, dass er
Harald gefallen würde und dass auch er stolz auf meine
Fertigkeiten wäre. Aber als er mich über den Tisch

anschaute, war sein Gesichtsausdruck merkwürdig.

„Ein sehr, sehr schöner Bogen, Halfdan", sagte er. „In der Tat sehr schön. Dieser Bogen enthält eine wichtige Lektion für dich. Eines Tages wirst du Ländereien besitzen und Sklaven für die Feldarbeit haben. Wenn du sie nicht ständig überwachst, werden sie dich bei jeder möglichen Gelegenheit bestehlen."

Ich spürte, wie das Blut aus meinem Gesicht wich, und ich hatte das Gefühl, einen Schlag in die Magengrube bekommen zu haben. Seit dem ersten Tag, an dem Harald mein Bruder wurde, war ich ihm dankbar dafür, dass er mich bereitwillig trainierte. Langsam hatte ich auch Vertrauen zu ihm entwickelt, dann Freundschaft, dann schließlich Zuneigung. Jetzt ergriff mich aber kalte Wut, wobei es mir vorkam, als ändere sich Harald vor meinen Augen. Ich sah nicht mehr den besten Freund und liebevollen Bruder mir gegenüber sitzen, sondern nahm ihn mit den Augen eines Thralls wahr, der seinen Besitzer betrachtet. Er gehörte zu denen. Er war anders als ich und würde es immer sein.

„Nein, Harald", sagte ich mit ruhiger Stimme. „Das ist nicht die Lektion hier. Die Lektion ist, wenn man seine Sklaven kaum besser als Vieh behandelt, wird man von ihnen nichts Besseres erwarten können. Ein Thrall ist ein Mensch, kein Tier. Jeder ist anders. Wie andere Menschen haben manche besondere Talente und Gaben. Aber du und andere deiner Art, die Menschen ihr Eigentum nennen, werden erst dann den wahren Wert ihrer Sklaven erkennen, wenn sie die Weisheit und Güte haben, sie wie Menschen zu behandeln, sie zu ermutigen, ihre Talente zu entdecken und anzuwenden. Dein ganzes Leben hast du das nicht sehen können. Du lebst dein bequemes Leben nur deshalb, weil es sich auf die undankbare Arbeit deiner Sklaven stützt, aber du hast nicht einmal den Anstand, sie als Menschen anzuerkennen.

Ich habe diesem Haushalt nichts gestohlen, als ich diesen Bogen machte. Bevor ich meine Hände auf das Ausgangsmaterial legte, war es ein wertloses Stück Holz. Du hast bestimmt nicht die Fähigkeit, daraus einen Bogen zum Leben zu erwecken. In deinen Händen hätte es nur den Wert eines Stücks Brennholz gehabt. Was habe ich von dir gestohlen, Harald? Ein Stück Holz? Und als du Wildgans oder Ente oder Hase verspeist hast, wo glaubst du ist das hergekommen? Ich habe sie mit diesem Stück Brennholz gejagt, oft in den frühen Morgenstunden vor der Dämmerung, als du noch warm im Bett lagst und deinen Rausch ausgeschlafen oder dich mit einer Küchensklavin vergnügt hast."

Ich hatte keinen Appetit mehr. Ich stand auf und trug meine Schale zu einem der Hunde und gab ihm den Rest meines Abendessens.

Der Saal war still, und niemand außer mir bewegte sich. Niemand sprach so mit Harald. Niemand. Er war ein fröhlicher und gutgelaunter Mann, außer wenn er meinte, seine Ehre sei verletzt worden. Dann war seine Wut furchterregend, denn sie konnte tödlich sein. Die Küchensklaven starrten mich schockiert an, und Sigrid saß still wie Stein, mit erschrocken aufgerissenen Augen.

Endlich sprach Harald.

„Halfdan", rief er, seine Stimme streng. „Komm her."

Er blickte mich grimmig an. Langsam bereute ich meine Worte. Ich hoffte, dass mein Wutausbruch mich nicht die Zuneigung meines Bruders gekostet hatte. Oder vielleicht sogar meine Heimat oder mein Leben. Ich ging langsam zu ihm hinüber und stand vor ihm, während er noch am Tisch saß.

Sein Gesicht fing an, rot anzulaufen. Ich fürchtete, das war ein sehr schlechtes Zeichen.

Dann zuckten seine Schultern auf und ab, und einen Moment später lachte er laut los. Tränen liefen ihm die Wangen hinunter.

„Ich konnte es nicht mehr zurückhalten", keuchte er. Da wurde mir klar, dass sein Zorn vorgetäuscht war. Er wollte mich im Scherz erschrecken. Es war ihm gelungen.

Als Harald endlich aufhören konnte zu lachen und sich beruhigt hatte, fuhr er fort. „Du hast Recht. Meine Worte waren ungerecht. Heute bist du der Lehrer, nicht ich." Er lachte wieder. „Aber dein Gesichtsausdruck, als dir klar wurde, was du gesagt und getan hattest ..."

Diesmal lachten wir alle mit Harald – ich, Sigrid, die Küchensklaven, sogar Gunhild. Danach waren auch die letzten Spuren des Zorns verflogen, den Harald seit Arnulfs Besuch mit sich herumgetragen hatte.

Harald hob meinen Bogen wieder auf und schaute ihn an. „Gut, ich nehme an, das bedeutet, dass ich dir das Bogenschießen jetzt doch nicht beibringen muss, bevor wir auf die Jagd gehen. Dann versuchen wir morgen, ein Reh für Sigrid zu finden."

* * *

Am nächsten Morgen weckte ich Harald lange vor dem Morgengauen.

„Sicherlich schlafen die Rehe zu dieser Zeit noch", sagte er, als ich ihn wachrüttelte. „Wir sollten ihrem guten Beispiel folgen."

Harald war nie ein passionierter Jäger. Wenn er doch auf die Jagd ging, bevorzugte er es, wenn Hunde oder Sklaven die Rehe, Wildschweine oder anderes Wild in seine Richtung trieben. Heute hatte ich tatsächlich vor, den Lehrer zu spielen und ihm die Fähigkeiten eines echten Waldläufers zu zeigen. Wenn ich als Thrall in den Wald geschickt worden war, um Essen zu besorgen, hatte ich keine Hunde, die das Wild aufspürten, und keine Sklaven, die auf das Unterholz schlugen, um es zu mir zu treiben. Ich musste mich auf meinen Augen und Ohren und auf meinen Verstand verlassen. Ich hatte gelernt, sie gut einzusetzen.

Ich holte Brot, Käse und einen kleinen Trink-schlauch. Als Harald endlich aus dem Langhaus trat, wartete ich schon mit Bogen und Köcher.

„Wo sind die anderen?", fragte er. „Wo sind die Hunde?"

„Es gibt keine anderen. Nur du und ich gehen auf die Jagd."

„Aber wie finden wir die Rehe?"

„Ich werde eines für uns aufspüren", sagte ich und brach auf. Während wir gingen, aß Harald die Vorräte, die ich mitgebracht hatte.

„Wenn es später im Jahr wäre, wenn die Aussaat schon länger zurückläge, könnten wir im Wald in der Nähe des Felds jagen", erklärte ich. „Dann kommen die

Rehe in der Dämmerung häufig aus dem Wald und fressen die angebauten Pflanzen. Aber die erste Pflanzung sprießt noch kaum aus dem Boden und der Anreiz für die Rehe ist gering, sich aus dem Schutz der Bäume zu trauen. Wir werden tiefer im Wald jagen müssen.

Im Spätwinter und Anfang des Frühjahrs ist Futter knapp. Das Rotwild scharrt auf dem Boden unter Eichen auf der Suche nach Eicheln, die unter gefallenen Blättern versteckt sind, oder fressen zarte grüne Knospen von Zweigen, die gerade erst sprießen, oder Binsen und Gräser neben Bächen. Wir folgen heute dem Bach, der zum Fjord am Fuße des Hügels vom Totenschiff führt. An seinem Ufer im Wald gibt es größere Eichenbestände. Ich glaube, das ist eine gute Stelle, um Rehe zu suchen."

„Wie hast du die Gewohnheiten der Waldbewohner gelernt, Halfdan?", fragte Harald.

„Gunhild und Sigrid haben gern Abwechslung im Speiseplan. Gelegentlich gingen du, Hrorik und die Huscarls auf dieJagd, und wenn ihr Glück hattet, brachtet ihr Wildbret oder Wildschwein zurück. Aber von euch jagte niemand gern Hasen oder Wildgeflügel oder sonstiges Niederwild. Für euch war das kein erhabener, anständiger Zeitvertreib. Allerdings genießen Gunhild und Sigrid solche Kost – und was das betrifft auch du.

Als ich noch ein kleiner Junge war, schickte Ubbe mich manchmal in den Wald, um Fallen für Kaninchen zu stellen. So sparte er die Tagesarbeit eines erwachsenen Thralls ein. Damals begann ich, den Wald und seine Kreaturen kennenzulernen. Später, nachdem Gudrod mir das Bogenmachen und -schießen beigebracht hatte, fing ich an, die Waldbewohner mit Pfeil und Bogen zu jagen. Bis dahin hatte ich gelernt, mich im Wald so lautlos zu bewegen wie die Tiere selbst."

„Wusste Ubbe von deinem Bogen?", fragte Harald.

„Letztendlich, ja. Aber er war froh, eine Quelle für Wild in der Speisekammer zu haben, wenn kaum jemand anders vom Hof dazu beitrug. Wann immer Ubbe meine Dienste als Jäger benötigte, hielt ich mich so lange wie möglich im Wald auf. Es war der einzige Ort, wo ich frei war."

„War es schwierig, ein Thrall zu sein?", fragte Harald. „Es fällt mir schwer, es mir vorzustellen."

„Wenn du nur die Dinge tun könntest, die dir Gunhild oder Ubbe befehlen, während um dich herum andere das tun können, worauf sie gerade Lust haben, wäre das schwer für dich?"

Harald war lange still, bis er endlich antwortete. „Ich glaube, ich könnte es nicht aushalten. Ich hätte womöglich jemanden umgebracht." Er grinste. „Wahrscheinlich Gunhild. Zumindest vorerst. Dann vielleicht noch andere. Es wäre unerträglich, immer gesagt zu bekommen, was ich tun soll." Er wechselte das Thema. „Wie oft hast du Rotwild erlegt?"

„Noch nie", antwortete ich. „Du, Hrorik und die Huscarls aßen Ente, Hase oder Gans, ohne euch über deren Herkunft zu wundern, aber wenn auf einmal Hirsch oder Reh auf den Tisch gekommen wäre, ohne dass von euch jemand auf der Jagd gewesen ist, hätte das zu viele Fragen aufgeworfen, die Ubbe schwer hätte beantworten können. Ich habe dem Rotwild aber oft nachgestellt, stundenlang, weil ich es gerne beobachte. Ich habe viel über ihre Gewohnheiten erfahren."

Zum ersten Mal, seit ich ihn heute Morgen geweckt hatte, sah Harald glücklich aus. „Also zumindest was Hirsch und Reh betrifft, bin ich der erfahrenere Jäger von uns beiden. Ich habe viele erlegt."

Ich lächelte, sagte aber nichts.

Wir gingen eine Weile schweigend, bis Harald wieder sprach. „Es muss schwer gewesen sein. All die Jahre hast du Fleisch für Hroriks Tafel erlegt, aber als Thrall durftest du davon nichts essen."

Ich fühlte wie mein Gesicht rot anlief. „Na ja", sagte ich nach ein paar Augenblicken. „Du musst Sklaven immer im Auge behalten, sonst werden sie dich bei jeder Gelegenheit bestehlen. Wenn mir Ubbe sagte, Gunhild bräuchte vier Hasen, erlegte ich fünf und briet einen im Wald. Ich aß vom dem Fleisch bis ich satt war, wie ein freier Mann, dann brachte ich die Reste heimlich meiner Mutter. Gunhild wusste nichts davon, und wenn Ubbe etwas ahnte, war es ihm egal."

Wir hatten jetzt die Stelle erreicht, an der der Bach aus dem Waldsaum floss, deshalb schwiegen wir nun und bewegten uns leise, als ob wir zusammen mit den anderen Tieren in den Wald gehörten. Eine leichte Brise wehte stromabwärts in unsere Gesichter als wir am Bach entlang gingen und trug unseren Geruch aus dem Gebiet, in dem wir jagen wollten, fort.

Im Wald waren die meisten Äste der Bäume noch grau und nackt, aber einige ungeöffnete Knospen an den Zweigen waren Vorboten des Laubes, das sich bald zeigen würde. Mit der Morgendämmerung hellte sich der Himmel zunehmend auf und wir konnten damit immer weiter stromaufwärts sehen.

Kurz vor uns blockierte die steinige Schulter eines kleinen Bergs den Bachlauf, sodass das Waser einen weiten Umweg um die Felsen machen musste. Als wir den Fuß des Bergs umrundeten, sah ich in weiter Ferne auf der gegenüberliegenden Seite des Bachs einen Hirsch, der in der Erde unter einer Gruppe von Eichen scharrte.

Ich berührte Harald am Ärmel, legte einen Finger auf die Lippen und deutete auf den Hirsch in der Ferne. Langsam und lautlos zogen wir uns wieder hinter die Felsen zurück. Harald kroch auf Händen und Knien, bis er über die Erhebung blicken und den Hirsch sehen konnte.

Über seine Schulter flüsterte er mir zu: „Bei den Göttern, Halfdan, das ist ein stattlicher Hirsch. Sigrid wird uns als Helden feiern, wenn wir ihn nach Hause bringen, denn sie liebt Hirschfleisch. Ich wünschte, wir hätten Sklaven, die ihn zu uns hertreiben könnten. Wir müssen wohl hinter diesem Felsgrat bleiben und versuchen, uns nahe genug für einen Schuss an ihn heranzupirschen. Leicht wird das aber nicht."

Während er sprach, zog ich einen Pfeil aus dem Köcher und legte ihn in die Sehne ein. Ich holte tief Luft und atmete wieder aus, stand langsam auf und zog die Sehne mit der rechten Hand zurück, während ich mit dem linken Arm den Bogen nach vorne streckte, bis er vollständig gespannt war.

Harald bemerkte meine Bewegungen aus dem Augenwinkel und drehte sich zu mir um, als ich in Abschussstellung war. Er riss die Augen auf, als ob er Zeuge einer entstehenden Katastrophe würde. „Nein,

Halfdan, nein!", flüsterte er. „Es ist zu weit!"

Es war fürwahr sehr unwahrscheinlich, dass ich aus dieser Entfernung treffen würde. Ich hätte es wohl nicht versucht, hätte ich nicht so ein starkes Verlangen gehabt, meinen Bruder zu beeindrucken. Ich nahm den Hirsch ins Visier, dann seine Schulter, dann ein kleines Büschel Fell hinter seinem gebeugten vorderen Bein. Als ich nicht mehr genauer zielen konnte, gab ich den Pfeil frei.

Eine gefühlte Ewigkeit flog der Pfeil durch die Luft. Als der Hirsch das Schwirren der Sehne hörte, hob er den Kopf und blickte stromabwärts in unsere Richtung, um die Quelle des Geräuschs auszumachen. Mir kam es vor, als ob er mir genau in die Augen schaute. „Mögen die Götter deinen Geist beschützen", flüsterte ich.

Der Pfeil fand sein Ziel. Der Hirsch drehte sich, als ob er fliehen wollte, schwankte, und fiel zu Boden.

Harald schwieg, als wir zu der Beute gingen. Der Pfeil hatte das Tier durchbohrt. Harald stand über dem Kadaver und schaute zurück zum Vorsprung des Hügels, von wo aus ich geschossen hatte.

„Halfdan, mein Bruder", sagte er endlich. „So einen Schuss habe ich noch nie gesehen. Seinesgleichen kenne ich auch nicht in Lied oder Sage. Ich kenne keinen Mann, der so etwas hätte vollbringen können. Ich weiß nicht, was deine Bestimmung ist. Niemand weiß, welches Schicksal die Nornen für einen weben. Aber ich glaube, dass du von den Göttern berührt wurdest und dass du eine große Gabe hast. Davon bin ich überzeugt."

8

Toke

Als Harald und ich aus dem Wald kamen und den Hirsch zwischen uns an einem dicken Ast trugen, den wir dafür abgeschnitten hatten, wurden wir wie Helden gefeiert, die von einem langen Abenteuer zurückkehrten. Sigrids Magd Astrid, die Trinkschläuche am Bach füllte, als wir erschienen, lief zum Langhaus und rief nach Sigrid und Gunhild. Als sie durch die Tür kamen und uns sahen, klatschten sie aufgeregt in die Hände. Sigrid, die eine ausgespro¬chene Abneigung gegen Trocken-fisch und gepökeltes Schweinefleisch hatte – die Basis-zutaten für unsere Mahlzeiten seit Harald mit meinen Lektionen angefangen hatte – rannte zu uns und tanzte um den Hirsch. Während wir ihn zur Schlachthütte brachten, wo er gehäutet und zerlegt werden sollte, plante sie schon, was sie daraus machen wollte.

„Er ist so groß!", sagte sie. „Ich werde die langen Lenden das Rückgrat entlang in Teig einwickeln und mit Bier und Kräutern backen. Von diesem Hirsch werden die Lenden allein genug Fleisch liefern, um uns alle satt zu machen."

Mittlerweile hatten sich Ubbe und andere um uns versammelt. Harald erzählte die Geschichte von dem Schuss, der den Hirsch erlegt hatte, wobei er etwas übertrieb. Ich zog mein Messer, kauerte mich neben den Hirsch und fing an, einen Schnitt neben dem Brustbein zu machen.

Ubbe legte eine Hand auf meine Schulter, um mich zurückzuhalten. Er beugte sich vor und sprach leise in mein Ohr. „Lass das Fasti machen. Das ist Arbeit für einen Thrall."

Er winkte Fasti heran, der dann Ubbes langes Messer aus dessen Hand nahm und sich neben den Kadaver hinkniete. Mit einem schnellen Schnitt der Klinge öffnete er den Bauch des Hirschs und fing an, die Eingeweide herauszuziehen. Dabei wandte er seinen Blick von mir ab, als ich mein Messer abwischte und wegsteckte. Ich wich seinem Blick ebenfalls aus. Es kam mir befremdlich und falsch vor, dass mein alter Freund die Arbeit machen musste, die eigentlich meine hätte sein sollen.

Ich stand auf und schaute mich um. Offensichtlich hatte niemand außer Ubbe meinen Fehler bemerkt. Denn es war eindeutig ein Fehler gewesen: ich war ein freier Mann, aber ich hatte mich wie ein Sklave verhalten.

Harald lachte und redete mit Sigrid. Astrid kam aus dem Langhaus mit zwei Humpen Bier. „Erfrischung für die zurückgekehrten Jäger!", rief sie mit einem strahlenden Lächeln. Ihre Hand verweilte einen Moment, als sie beim Übereichen des Krugs Haralds berührte.

Gunhild hatte es möglicherweise auch bemerkt. Sie wickelte die Hirschleber in ein Tuch und gab sie Astrid. „Hier. Nimm dies und gehe hinein", befahl sie ihr. „Schneide sie in Stücke, spieße sie auf angespitzte Stäbe und lege noch Holz in der Kochstelle nach. Wir werden jetzt als besonderen Leckerbissen gebratene Hirschleber speisen, um die erfolgreiche Jagd zu feiern. Geh jetzt an die Arbeit."

Harald lehnte seinen Kopf zurück und leerte seinen

Humpen in einem langen, ununterbrochenen Zug. Als er fertig war, rülpste er, klopfte mir auf den Rücken und lachte. „Das Leben ist schön, nicht wahr, mein Bruder? Es ist noch Vormittag, aber du hast mich früh geweckt und hart herangenommen. Heute werden wir uns für den Rest des Tages eine Pause von deinem Training gönnen. Das ist richtig so, da du heute der Lehrer warst. Zudem würde ich gern das Badehaus aufsuchen, um die Kälte des Waldes aus meinen Knochen zu vertreiben, und danach vielleicht einen Mittagsschlaf machen. Ich habe in den letzten Wochen hart gearbeitet, um dir alles beizubringen, was man als Krieger wissen muss. Es ist viel Stoff."

Das Badehaus war als Seitenflügel an das Langhaus angebaut. Während der Holzbadezuber mit geheiztem Wasser gefüllt wurde, entkleideten Harald und ich uns und wuschen uns zitternd mit Waschlappen und kaltem, frischem Wasser aus einem Becken ab. Nachdem wir sauber waren, ließen wir uns bis zum Hals dankbar in das dampfende Wasser des Zubers sinken.

Sigrid kam mit einer schwerbeladenen Platte herein. „Heute habe ich vor, euch beide wie Könige zu behandeln. Ihr habt mich gerettet. Wenn ich noch einen Bissen Stockfisch hätte essen müssen, wäre ich bestimmt daran erstickt."

Sie reichte jedem von uns einen silbernen Becher. Er wärmte meine Hand.

„Ich habe Met mit Gewürzen aufgewärmt", erklärte sie. Dann gab sie jedem von uns einen Holzspieß mit Hirschleberstücken, die über dem offenen Feuer gebraten worden waren. Heiße Säfte liefen mir das Kinn herunter, als ich die frische Leber hungrig vom Spieß abbiss.

Nachdem er mit Fleisch und Met fertig war, stieg Harald aus dem Wasser und wickelte sich in seinen Umhang. Seine restlichen Kleider hob er vom Boden in einem Bündel auf. Sein langes, blondes Haar hing nass und tropfend seinen Rücken herunter, und unterhalb des Saums des Umhangs waren seine Beine und Füße nackt. Aber seine Brust war stolz geschwellt, und mit einer Würde, die sein Aussehen Lügen strafte, wandte er sich Sigrid zu. „Danke, Schwester, für das königliche Mahl, das du uns bereitet hast." Dann sah er mich an und fügte hinzu: „Mein Lehrer, mit Eurer Erlaubnis werde ich jetzt den Schlaf suchen, dessen Ihr mich heute morgen beraubt habt."

Ich hatte keinerlei Neigung, das Bad zu verlassen. Der gewürzte Met und das heiße Wasser linderten die Schmerzen, blauen Flecken und steifen Muskeln wochenlanger Übungsgefechte.

Ein kleines Feuer brannte in der Feuerstelle des Badehauses und darüber hing ein Eisenkessel an einem Dreifuß. Sigrid nahm den Kessel von der Feuerstelle und leerte mehr Wasser in den Zuber.

„Gib mir deinen Becher", sagte sie. „Ich schenke dir nach."

Als sie wieder zurückkam, trug sie einen Stapel Kleider in einem Arm. Sie gab mir den Met. „Ich habe wieder genäht. Du brauchst mehr als deine alte Tunika und das Festgewand, das ich dir bereits gemacht habe."

Sie hielt das erste Kleidungsstück hoch, einen langen Umhang aus dicker, grauer Wolle. „Ich habe ihn aus unserem dicksten Webstoff gemacht, um dich bei schlechtem Wetter zu schützen. Das Fett in der Wolle führt dazu, dass der Regen außer in den stärksten Stürmen davon abperlt. Und diese silberne Ringfibel zum Verschließen gehörte Vater. Sie stammt aus Irland und ist im Stil von Derdrius Volk. Ich bin mir sicher, Vater hätte gewollt, dass du sie bekommst. Und hier ist eine Tunika, die ich für dich gemacht habe, ebenfalls aus Wolle, nur leichter. Ich habe sie nicht gefärbt, sondern grau gelassen wie den Umhang. Ich weiß, wie gern du im Wald bist, und ich dachte, dass die natürliche Farbe der Wolle besser in den Wald passt. Aber diese Hose habe ich braun gefärbt – du kannst nicht ganz in grau herumlaufen. Schließlich habe ich Ubbe beauftragt, dir diese neuen Schuhe zu machen."

Ich befühlte die Schuhe. Der Schaft war aus Hirschleder und sehr weich. Die Sohle bestand aus dickster Stierhaut vom Rücken des Tiers. Ubbe war bei Lederarbeiten unübertroffen auf dem Hof. Ich hatte noch nie solche Schuhe besessen, da er keine Schuhe für Sklaven machte.

Meine Mutter hatte mich mein ganzes Leben lang geliebt und hatte mich vor den Schmerzen des Lebens so gut geschützt, wie sie konnte. Aber niemand hatte mich je so mit Geschenken überschüttet wie jetzt Sigrid.

„Sigrid, ich kann die Worte nicht finden, dir zu danken. Es ist nicht nur, dass ich nicht weiß, was ich sagen soll, ich weiß nicht einmal, was ich denken soll. Ich bin solche Großzügigkeit nicht gewöhnt."

„Denke einfach, dass du eine Familie hast, dass ich deine Schwester bin und dass dies ein Ausdruck schwesterlicher Zuneigung ist."

Nachdem sie diese Worte gesprochen hatte, lächelte mich Sigrid an. Eine Familie. Das war ein ungewohnter Gedanke. Ich hatte nie eine richtige Familie gehabt. Der neue Zustand gefiel mir.

Zuvor, als Thrall, war mein einziges Zugehörigkeitsgefühl das Wissen, das ich Hrorik gehörte, dass ich sein Eigentum war. Aber jetzt gehörte ich einer Familie an. Ich hatte einen Bruder und eine Schwester. Es war eine ganz andere Art der Zugehörigkeit. Wir waren einander durch Zuneigung verbunden, nicht durch Besitzrechte.

Ich betrachtete meine Schwester, als sie mich anlächelte. Vom Aussehen her war Sigrid ganz anders als meine Mutter – die einzige andere Person, die mich je geliebt hatte. Meine Mutter war nur durchschnittlich groß, mit rabenschwarzem Haar und grauen Augen. Sigrid war hochgewachsen und schlank wie Harald, ihr Zwillingsbruder. Ihr Haar war das Gold des Sonnenlichts am frühen Morgen, heller noch als Haralds Haare, und ihre Augen waren ein tiefes Blau.

„Darf ich eine persönliche Frage stellen, Schwester?"

„Natürlich", antwortete sie. „Zwischen Bruder und Schwester sollte Offenheit herrschen."

„Du besitzt solche Schönheit, sowohl im Aussehen als auch im Geist, und als Tochter eines berühmten Stammesfürsten genießt du einen hohen Stand. Wieso bist du noch nicht verheiratet?"

Sigrid lachte vergnügt. „Vielleicht weil ich nur selten solche charmanten Worte gehört habe, und ganz

gewiss nie von einem jungen Mann, der nur eine Armlänge entfernt sitzt und keine Kleider trägt."

Ich errötete und sank tiefer ins Wasser.

„Ich sage dir den wahren Grund", fuhr sie fort, und
lächelte über meine Verlegenheit. „Ich kann mich kaum
an meine richtige Mutter erinnern, die starb, als ich sehr
jung war. Deine Mutter, Derdriu, war die einzige Mutter,
die ich je kannte. Auch später, als Vater Gunhild ehelichte und ich älter wurde, hatte ich sie weiterhin sehr gern.
Sie war eine Sklavin und ich eine Herrin, und das wussten wir beide. Wir konnten einen solchen Standesunter-
schied nicht ignorieren, besonders mit Gunhild als
Herrin des Hauses. Obwohl es vieles gab, das wir nicht
teilen konnten, lebte in unseren Herzen unsere Freundschaft und Zuneigung weiter.

Derdriu hat mir oft die Geschichte erzählt, wie die
Liebe zu Vater langsam in ihrem Herzen gewachsen ist,
wie die Beziehung zwischen ihnen wie eine Knospe im
Frühjahr aufgeblüht ist – bis Gunhild kam. Ich habe mit
eigenen Augen das Glück gesehen, das die Liebe einem
Mann und einer Frau schenken kann. Und mit Vater und
Gunhild habe ich miterlebt, wie unglücklich eine arran-
gierte Ehe ohne Liebe sein kann. Ich entschloss mich,
mich nur mit einem Mann zu vermählen, den ich liebte."

Ich staunte darüber, wie viel mehr Sigrid über meine Mutter gewusst hatte – ihre Gefühle, Träume, Enttäu-
schungen – als ich. War ich ein so schlechter Sohn
gewesen, so gefangen in meinen eigenen Wünschen und
Bedürfnissen, dass ich nie an jene von Mutter gedacht
hatte? Mutter hatte mir alles gegeben, sogar ihr Leben,
und ich hatte ihr dafür kaum etwas zurückgegeben.

Sigrid fuhr fort. „Ich erinnere mich genau an den Abend, an dem ich Vater meine Entscheidung mitteilte. Beim Abendessen hatte er von einem Stammesfürsten auf der Insel Fyn erzählt, der eine Frau suchte. Ich hatte erwartet, dass Vater zornig sein würde, da er zu Wutanfällen neigte, wenn jemand ihm den Gehorsam verweigerte, und ich wusste, dass eine angebahnte Ehe für ihn von großem Vorteil sein könnte, weil sie ihm einen neuen Verbündeten brächte. Es war nicht das erste Mal, dass er laut darüber nachgedacht hatte, wer für mich eine vorteilhafte Partie sein könnte. Aber anstatt Verärgerung zeigte sich Traurigkeit in seinem Gesicht. Dann nahm er meine Hände in seine, küsste mich auf die Stirn und gab mir seinen Segen. ‚In dieser Angelegenheit solltest du in der Tat deinem Herzen folgen', sagte er. Ich glaube, er hat so reagiert, weil er bereute, seinem eigenen Herzen nicht gefolgt zu sein. Bis jetzt hat mein Herz nicht gesprochen, also bin ich nicht verheiratet."

Hrorik war mir immer so vorgekommen wie ein Bär, der mitten in seinem Winterschlaf geweckt wurde. Das Bild, das Sigrid und meine Mutter von ihm zeichneten, passte überhaupt nicht dazu. Ich fragte mich, welche anderen Wahrheiten, die hinter dem lagen, was ich zu sehen glaubte, ich noch falsch verstanden hatte.

„Und Harald?", fragte ich. „Wieso ist er noch nicht verheiratet?"

Sigrid lachte wieder. „Ich vermute, es werden noch viele Jahre vergehen, bevor Harald bereit ist, die Verantwortung des Ehelebens auf sich zu nehmen. Er scheint das weibliche Geschlecht wie einen Teller Köstlichkeiten zu betrachten, die er versuchen möchte, und es fehlt ihm nicht an willigen Partnerinnen, die dem nachgeben. Zurzeit gilt seine Zuneigung Astrid. Wenn du Harald in den vergangenen Wochen nicht so beschäftigt hättest, wüsste ich nicht, wie ich sie lange genug von seinem Bett ferngehalten hätte, damit sie ihre Hausarbeit macht."

Was Sigrid mir sagte, war natürlich keine Überraschung. Es ist schwierig, in einem Langhaus Geheimnisse zu haben.

Sigrid stand auf und rückte ihre Schürze zurecht. „Ich muss den Braten vorbereiten. Wenn du mit deinem Bad fertig bist, wäre ich sehr glücklich, wenn du die neuen Kleider tragen würdest. Ich möchte sehen, wie sie dir passen."

Mein Bad – und wohl der gewürzte Met – machten mich entspannt und faul. Nachdem ich mich angezogen hatte, machte ich es mir auf der Bank an der Wand des Langhauses bequem und schaute zufrieden zu, wie Sigrid und Gunhild den Hirschbraten am Hauptfeuer zubereiteten. Plötzlich flog die Tür auf und Ing eilte herein. Es schnappte einen Moment nach Luft, bevor er keuchte: „Ubbe schickt mich. Er hat Hrut zum Dorf gesandt, um die Bewohner zu warnen. Ein Schiff ist unter vollen Segeln in den Fjord eingelaufen. Wo ist Harald?"

Die Türen zu Haralds Bettkammer schwangen leicht auf und zwischen ihnen kam sein Kopf zum Vorschein. „Was für ein Schiff?", fragte er.

„Ich konnte es nicht genau erkennen", sagte Ing,

was niemanden überraschte. Seine Sehkraft war bekanntermaßen schlecht. Wenn ein Bussard in der Höhe schwebte, konnte er ihn selten sehen, auch wenn man darauf zeigte. „Aber Ubbe sagte, dass es sich zu schnell bewegte, um ein Handelsschiff zu sein. Er war sich sicher, dass es ein Langschiff sein musste."

Haralds Kopf verschwand wieder. Kurz danach kam er nur mit einer Hose bekleidet heraus. Er stand neben seiner Bettkammer, zog seine Tunika über den Kopf, setzte sich auf die Bettkante, um seine Schuhe anzuziehen, und schnürte sie bis zu den Knöcheln. Unterdessen eilten drei Huscarls des Hofs herein, liefen zu ihren Schilden und Waffen, die an der Wand hingen, und nahmen ihre Schwerter herunter. Einer von ihnen holte auch Ubbes Schwert.

Harald stand auf und schnallte seinen eigenen Schwertgurt um. „Halfdan", rief er mir zu. „Hol deinen Bogen und deinen Köcher und folge mir zum Ufer." Harald rannte bereits aus der Tür.

Als ich an der offenen Tür von Haralds Bettkammer vorbeilief, um meinen Bogen zu holen, sah ich, wie Astrid drinnen ihre Kleider ordnete.

Harald und die drei Huscarls liefen nicht mehr, gingen aber immer noch schnell. Ich holte sie ein, bevor sie das Ufer erreichten.

„Glaubst du, dass es Seeräuber sind?", fragte ich. „Solltest du nicht Rüstung und Schild dabei haben?"

Harald schüttelte den Kopf. „Das ist unwahrscheinlich. Es wäre nicht klug, sich am helllichten Tag unserer Küste zu nähern, in einem Gebiet, in dem andere Dörfer und Höfe nicht allzu weit entfernt sind. Es ist vielleicht ein Bekannter von Hrorik oder ein Schiff, das auf Raubzug war und jetzt Beute zum Verkaufen oder Tauschen hat."

„Warum habt ihr dann eure Schwerter geholt?"

„Er weiser Mann hat seine Waffen immer bei sich und ist immer vorsichtig, wenn er durch eine Tür geht, solange er nicht weiß, was dahinter ist. Wir wissen nicht, wer sich auf diesem Schiff befindet. Würden wir ihm unbewaffnet begegnen und nicht wie vorsichtige und wachsame Männer, wäre unsere Lässigkeit vielleicht eine Versuchung für die Besatzung, der sie nicht widerstehen könnten."

Ubbe stand auf einer kleinen Anhöhe neben den Bootshäusern und schirmte seine Augen mit einer Hand ab. „Ich glaube, ich erkenne das Segel. Es sieht aus wie das Seeross." In seiner Stimme klang Abscheu.

Harald blickte in Richtung des Schiffes und kniff die Augen zusammen. „Ubbe, du hast die Augen eines Falken. Jetzt, wo du es sagst, kann ich gerade so das Muster des Segels erkennen." Er seufzte. „Bruder Toke ist zurück."

Er drehte sich um und sah, dass Sigrid und Gunhild in einiger Entfernung in der Nähe des Langhauses standen. „Gunhild!", rief er. „Dein Sohn ist zurück."

Es war fast zwei Jahre her, seit Toke den Hof verlassen hatte. Ich konnte mich noch genau erinnern. Es war ein harter Winter mit vielen schweren Schneefällen gewesen, und wegen des Wetters konnten wir oft das Langhaus nicht verlassen. Es war für uns alle eine harte Zeit, aber ganz besonders für Toke. Er war ein Berserker, und die Dunkelheit lastete in diesem Winter besonders schwer auf ihm.

Manche glauben, dass Berserker nicht wirklich Männer sind, sondern Gestaltenwandler. Sie verkehren gelegentlich als Menschen unter uns, aber in der Dunkelheit der Nacht können sie sich in Bestien verwandeln. Der Grund dafür, dass Berserker solch ein schwieriges Wesen haben und so wild im Kampf sind, liege in der Natur der Bestie, heißt es. Ich persönlich glaube nicht daran, aber es ist nicht zu leugnen, dass Berserker nicht wie andere Menschen sind. In der Hitze des Gefechts haben sich viele Männer schon einmal in einem Blutrausch verloren. Aber bei einem Berserker ist es, als ob die Raserei immer da ist, knapp unter der Oberfläche, und wie ein großer Hecht unter der Wasseroberfläche lauert, um jederzeit zuzuschnappen.

In diesem Winter hatten die Mehrheit der Sklaven und auch einige Huscarls Tokes Fäuste zu spüren bekommen, wenn er einen schweren Wutanfall hatte. Toke und Harald waren oft gereizt und aggressiv gegeneinander, aber es kam nie zum Schlagabtausch.

Als Tokes Schiff sich uns schnell näherte, erinnerte ich mich ich an den Vorfall zwischen Toke und Hrorik, der in Tokes Abreise endete. Es fing spät in einer Nacht an, nachdem Toke – wie so oft – viel zu viel getrunken hatte und Astrid allein und nichtsahnend gefunden hatte. Mit einer Hand hielt er ihr den Mund zu, damit sie nicht schreien konnte, zerrte sie in den Stall und nahm sie dort brutal gegen ihren Willen. Danach flüchtete das Mädchen weinend und schreiend zu Sigrid, die daraufhin wutentbrannt Hrorik weckte.

Als Hrorik ihn konfrontierte, lachte Toke ihm geradewegs ins Gesicht und forderte Hrorik heraus, etwas gegen die Vergewaltigung zu tun. Zu der Zeit war Toke bereits eine riesige, bullige Gestalt von einem Mann, obwohl er nur ein Jahr älter war als Harald. Ich glaube, in dieser Nacht wurde Hrorik zum ersten Mal bewusst, dass Toke in einem Kampf ohne Waffen vielleicht gewinnen könnte. Mir fällt kein anderer Grund ein, weshalb er Toke nach dessen unverschämter Herausforderung nicht angegriffen hatte. Jedenfalls bestand Hroriks einzige Reaktion darin, zu brüllen und zu drohen. Toke antwortete auf dieselbe Weise.

Die Atmosphäre im Haus blieb danach vergiftet, aber erst einige Wochen später brach die Gewalt wieder aus. Eines Nachmittags, als meine Mutter im Stall die Nester der Hühner auf Eier überprüfte, traf sie dort auf den herumlungernden Toke, der wieder betrunken war. Er hatte wohl nicht mit so viel Gegenwehr von einer solch kleinen Frau gerechnet. Als er sie von hinten mit seinen rohen Händen packte und ihr Kleid zerriss, drehte Mutter sich um und zerkratzte sein Gesicht so tief, dass sie ihm lange, blutende Wunden in seinen Wangen zufügte und ihm vorübergehend die Sicht nahm. Sie riss sich los, aber Toke brüllte wütend und stürmte ihr hinterher wie ein zorniger Bär.

Mutter zog eine Heugabel aus einem Heuhaufen, drehte sich um und stach Toke damit in den Oberschenkel, als dieser ihr gerade mit dem Handrücken ins Gesicht schlug. Sie wurde fast bewusstlos und stolperte zurück, sodass sie auf etwas Heu auf dem Boden vor dem Heuschober fiel. Sie wäre Toke hilflos ausgeliefert gewesen, wenn er seinen Angriff fortgesetzt hätte, aber seine Wunde lenkte ihn von der Verfolgung ab.

Ich war in der großen Halle des Langhauses, als Mutter weinend aus dem Stall hereinstolperte und ihr zerrissenes Kleid mit einer Hand zusammenhielt. Ihr Gesicht war rot und schwoll von Tokes Schlag bereits an. Hrorik und Harald saßen am großen Tisch in der Nähe des Feuers und spielten Hnefatafl, während Sigrid, Gunhild und Astrid das Abendessen an der Herdstelle vorbereiteten. Ich saß in der Nähe und rupfte eine Ente.

Alle Blicke gingen zur Tür des Stalls, als wir Mutter weinen hörten. Sigrid ließ den Topf, den sie in der Hand hielt, zu Boden fallen und lief zu ihr. Hrorik saß regungslos und still, aber ich sah, wie sich sein Gesicht immer dunkler rot färbte. Als Sigrid Mutter in unsere Nähe gebracht hatte, stieß er in einem erstickten Flüstern ein einziges Wort aus. „Wer?"

„Toke", keuchte Mutter. Als sie seinen Namen sprach, erschien Toke fluchend im Eingang zum Stall und hielt sein Bein, um das Blut zu stoppen. Er hinkte durch die Halle zu seiner Bettkammer. Gunhild sah, dass er verletzt war, schrie erschrocken auf und lief zu ihm.

Hrorik stand vom Tisch auf und ging schweren Schrittes zu seiner eigenen Bettkammer. Als er wieder herauskam, trug er sein Kriegsbeil. Der Griff war so lang wie das Bein eines Mannes und die Klinge – obschon dünn und leicht – hatte eine breite, gebogene Kante mit der Spannweite einer Männerhand.

Toke lag quer ausgestreckt auf seinem Bett mit aus der Kammer auf den Boden ragenden Beinen und fluchte zornig. Seine Hose war heruntergezogen, und Gunhild kniete vor ihm und verband seine Wunde mit einem Streifen Stoff, den sie vom Saum ihres Kleids abgerissen hatte. Sie schaute hoch und sah, wie sich Hrorik mit der Axt näherte.

„Nein, Hrorik, nicht!", rief sie und lief zu ihm, um ihn abzufangen. Mit einem Arm fegte er sie so kräftig weg, dass sie zu Boden fiel. Alle im Langhaus – die Huscarls auf den Bänken an den Seitenwänden, die Sklaven bei der Arbeit – starrten bewegungslos, wie festgefroren. Ich war sicher und hoffnungsvoll, dass ich gleich erleben würde, wie Toke in kleinen Stücke gehackt würde. Ich konnte nicht wegschauen.

Als Hrorik die Bettkammer erreichte, schwang er die Axt seitwärts in einem großen Bogen mit einem mächtigen Hieb, der die Seitenplanken der Bettkammer kurz unterhalb des Dachs zerschmetterte und Toke mit Holzsplittern überschüttete. Toke versuchte aufzustehen, bevor Hrorik die Axt erneut schwingen konnte, aber Hrorik trat ihn ins Gesicht und schleuderte ihn wieder zurück aus Bett. Hrorik schwang die Axt wieder, einmal, zweimal, dreimal und hackte auf die Seiten und die Hinterwand ein, während Toke in der Kammer kauerte. Als alle Seitenbretter der Kammer durchschlagen waren, stürzte das Dach auf Toke herab.

Hrorik hob einen Fuß hoch und stampfte mit seinem Absatz auf die Bretter über Tokes Brust. Ich meinte, ein dumpfes Schnaufen unter dem zerschlagenen Holz zu hören.

„Hör mir zu!", brüllte Hrorik als er sich nach vorne lehnte um nahe an Tokes Gesicht zu sein. „Seit ich deine Mutter ehelichte, habe ich dich wie meinen eigenen Sohn großgezogen und versucht, dir immer Freundlichkeit entgegenzubringen. Aber du bist in meinem Haus wie ein wildes Tier. Du hast vor nichts und niemand Respekt. Ich dulde das nicht mehr. Ich überlasse dir als Abschiedsgeschenk das kleinere meiner Schiffe, das Seeross. Es ist weit mehr als du verdienst. Morgen reist du damit ab. Danach hast du kein Recht mehr, Ansprüche an mich zu stellen. Wenn du nicht gehst, wenn du es vorziehst, hierzubleiben und weiter Unruhe zu stiften, werde ich mich das nächste Mal nicht zurückhalten. Dann wird Blut fließen."

Die darauffolgende Nacht war angespannt. Meine Mutter schlief überhaupt nicht. Sie saß neben der Feuerstelle und unterhielt das Feuer. Ich blieb bei ihr und half. Als ich neben ihr saß, sagte ich, sie solle keine Angst haben und versicherte ihr, ich würde nicht zulassen, dass ihr etwas geschehe. Es war ein leeres Versprechen, denn auch ich hatte Angst. Ich hoffte, Toke würde uns in Ruhe lassen, da ich seiner Kraft machtlos ausgeliefert wäre. Die meisten erwachsenen Männer hätten gegen ihn keine Chance, und ich war nur ein Kind. Toke hatte mich schon oft geschlagen, nur aus Freude daran, jemandem wehzutun; daher hatte ich keine Illusionen, dass ich uns gegen ihn verteidigen könnte.

Am nächsten Tag segelte Toke mit einer Rumpfmannschaft von nur zehn Männern fort. Keiner von Hroriks Huscarls, die in Tokes Nähe gewohnt hatten, wollte ihn begleiten. Seine dürftige Mannschaft stammte allesamt aus dem Dorf und bestand aus unzufriedenen Söhnen, die mit ihren Eltern in Streit lebten, oder jüngeren Brüdern, die zu Hause kaum eine Zukunft hatten.

Weder Hrorik noch Harald noch Sigrid verabschiedete sich an jenem grauen Wintertag von Toke. Nur Gunhild kam zum Ufer, um bei seiner Abreise dabei zu sein. Nur Gunhild und ich. Aus Neugier war ich zum Kai geschlichen und hatte mich hinter einer Ecke des Bootshauses versteckt, um zuzuschauen.

„Wo wirst du hingehen?", hörte ich Gunhild jammern. „Wie überlebst du mit einer solch kleinen Mannschaft?"

„Wir werden überleben", fauchte er. „Wir segeln nach Dubh Linn in Irland. Ich habe gehört, dass es dort nicht an Männern mangelt, die den Mut zu kämpfen haben. Ich werde meine Mannschaft in Dubh Linn vervollständigen."

Auf Tokes Befehl verwendeten seine Männer die Ruder, um das Schiff vom Anlegeplatz wegzuschieben. Vom Land her blies ein steifer Wind. Sie hatten die Rahe gehoben, damit das Segel sich bauschen und füllen konnte, und zogen die Schoten, um das Segel für den Wind zu trimmen. Das Schiff bewegte sich fort und legte an Geschwindigkeit zu, während Toke im Achtersteven am Ruderblatt stand. So lange ich ihn noch erkennen konnte, stand er bewegungslos am Steuerruder und schaute nicht zurück.

Ich hatte gehofft, ihn nie wieder zu sehen. In den folgenden zwei Jahren war er nicht zurückgekehrt. Ich fragte mich, wieso er jetzt zurückgekommen war.

Als sich das Schiff näherte, konnte ich die Detailarbeit des vergoldeten Holzpferdekopfs auf dem Vordersteven erkennen, von dem das Seeross seinen Namen hatte. Er war von Gudrod dem Schreiner geschnitzt worden und feinste kunstvolle Arbeit, die einerseits wie ein Pferd aussah, ein vertrautes Tier, aber gleichzeitig wild und gefährlich erschien, wie etwas Fremdes und Fantastisches.

Ein Wesen ganz anderer Natur – weitaus erschreckender und gefährlicher als eine geschnitzte Statue – befand sich im Achterschiff. Dort stand Toke neben seinem Steuermann, mit vor der Brust verschränkten Armen.

Im Gegensatz zu Harald, der schlank und geschmeidig war und eher einer Katze ähnelte, hatte Toke den Körperbau, das Gemüt und die Kraft eines Bären. Seine Schultern und seine Brust waren so breit, dass sein Kopf, der über ihnen saß, mir zu klein für seinen Körper vorkam. Vielleicht ging es Toke genauso, denn er hatte seinen schwarzen Bart und seine Haare wachsen lassen, und sie wehten ungebunden und wild um seinen Kopf wie eine Mähne.

Je näher das Schiff kam, desto besser konnte ich die Schätze erkennen, die Toke zur Schau trug. Danach zu urteilen waren die letzten zwei Jahre für ihn sehr lukrativ gewesen. Silberne Ringe hingen an beiden Ohren und mehrere silberne Armreife zierten seine kräftigen Handgelenke. Um seine Oberarme trug er Torques aus dickem verdrillten Silberdraht. Wenn er einen Hals gehabt hätte, wäre er bestimmt auch mit einem silbernen Halsreif verziert gewesen. Insgesamt trug Toke so viel Edelmetall, das es zum Lösegeld für einen Stammesfürsten gereicht hätte. Zu dem ganzen Schmuck trug er eine ärmellose Tunika aus grobem, braunen Bärenfell, die über dem tiefrot gefärbten Hemd und der gleichfarbigen Hose aus Wolle zusammengegurtet war, und hohe, schwarze Stiefel.

Tokes Schiff steuerte direkt den Anlegeplatz an. Der Rote Adler, Hroriks Schiff – das jetzt Haralds war – war vor einiger Zeit an Land gezogen und im Schutz des Bootshauses gelagert worden. Tokes Mannschaft sah raubeinig aus, aber sie hatte das Schiff gut im Griff und brachte es sanft und reibungslos an den Anlegeplatz. Ubbe wies zwei unserer Männer an, beim Festmachen zu helfen.

Nur Toke ging von Bord. Er stolzierte die Planken des engen Kais herunter, und wir grüßten ihn, wo der Steg das Ufer traf.

Harald nickte kühl. „Toke. Ich hatte gedacht, dass wir uns vielleicht in England wieder begegnen würden, aber das Schicksal wollte es anders."

„Sohn", fügte Gunhild hinzu, „dein Vater ist tot."

Toke starrte Gunhild – die Mutter, die er zwei Jahre lang nicht gesehen hatte – kalt an. „Mein Vater starb schon vor Jahren, bei dem ersten großen Angriff auf Dorestad. Ich habe aber gehört, dass der Mann, den du geheiratet hast, gestorben ist oder im Sterben liegt, und dass der Rote Adler deshalb beim Kampf gegen die Engländer die Flucht ergriffen und alle anderen der dort Kämpfenden ihrem Schicksal überlassen hat."

Die Zeit hatte Toke eindeutig nicht milder gestimmt. Ich hasste ihn – und ich fürchtete ihn.

Sigrid stand dicht hinter mir. Ich fühlte, wie ein Ruck durch ihren Körper ging, als Toke behauptete, dass der Rote Adler vom Kampf geflohen war. Harald hatte

Männer bereits für weitaus weniger getötet.

Wir standen still und warteten, was als nächstes geschehen würde. Sogar Gunhild schien entsetzt.

Toke hatte seine Arme in die Hüften gestemmt und wartete feixend auf eine Reaktion von Harald. Harald wiederum verharrte bewegungslos mit ausdruckslosem Gesicht und starrte Toke an, als ob er sich gerade überlegte, wo er am besten zuschlagen sollte.

Auf einmal lächelte Harald, als ob er keine Beleidigung vernommen hätte. „Wie hast du Nachricht von dem Gefecht erhalten? Seit jenem Tag habe ich mich oft gefragt, wie viele andere Schiffe der Falle entkommen sind."

Hinter mir hörte ich, wie Sigrid langsam erleichtert ausatmete. Toke schaute etwas verwirrt, als ob er unsicher sei, wie er Haralds Reaktion deuten solle, da dieser weder Zorn wegen der Beleidigung noch Furcht wegen der implizierten Herausforderung zeigte.

„Zwei weitere Schiffe sind an diesem Tag den Engländern entkommen", sagte Toke endlich. „Ein Teil der Mannschaft eines dieser Schiffe sah, wie Hrorik Blut triefend auf den Roten Adler gehievt wurde. Nach deren Berichten vermutete ich, dass er tot war, oder zumindest dem Tode nahe."

„Hrorik starb in der Nacht, nachdem wir unsere Heimat erreicht hatten", sagte Harald ruhig. „Warum bist du hier? Willst du ihm jetzt an seinem Grab den Respekt und die Ehre erweisen, die du ihm im Leben nie gezollt hast?"

Toke spukte geräuschvoll auf den Boden. „Zwei Tage nach der Schlacht fanden unsere Schiffe aus Dubh

Linn die zwei übriggebliebenen dänischen Schiffe, die gegen die Engländer gekämpft hatten, und wir schlossen uns zusammen. Die englischen Truppen hatten sich bereits zurückgezogen, aber wir plünderten und verwüsteten die Gegend. Wenn ich Hrorik eine letzte Ehre zu erweisen hatte, habe ich das dadurch getan, dass ich englisches Blut auf ihrem Boden vergossen habe."

Harald lächelte ohne eine Spur von Belustigung. „Wenn du dem Toten schon die Ehre erwiesen hast, wieso bist du dann hier? Auch wenn Hrorik nicht mehr hier ist, kannst du kaum erwartet haben, willkommen zu sein."

Die Unverblümtheit der Frage schien Toke zu überraschen. „Bestreitest du, dass dies jahrelang auch mein Zuhause war?", polterte er.

„Ich bestreite nichts. Mit deinen Taten hast du die Wahl getroffen, hier nicht mehr zu Hause zu sein."

„Ich bin gekommen, um zu sehen, ob es eine Erbschaft gibt", sagte Toke.

Harald schüttelte den Kopf und lächelte verächtlich. „Du strebst eine Erbschaft von einem Mann an, von dem du sagst, er sei nicht dein Vater, sondern nur der Mann, der deine Mutter geheiratet hat? Einem Mann, den du beleidigt und weder geehrt noch respektiert hast – obwohl er dich wie einen Sohn erzogen und anständig behandelt hat? Von einem Mann, der dich schließlich von seinem Land verbannt und dir die Rückkehr ausdrücklich untersagt hat – du erwartest eine Erbschaft? Du hast eine seltsame Sicht der Welt, Toke. Deine Reise war umsonst. Deine einzige Erbschaft von Hrorik ist das, was dich hergebracht hat – das Seeross. Indem er dir das

Schiff schenkte, bewies Hrorik, dass er wahrlich ein besserer Mann und Pflegevater war, als du verdient hättest."

Harald und Toke starrten einander finster an. Sie hassten sich, hatten sich seit Jahren gehasst. Als beide noch Knaben waren, hatte Toke – auch damals schon ein kleiner Tyrann – schonungslos auf Harald herumgehackt, der schmächtiger war und noch lange nicht so kräftig. Die Prügel hatten in dem Jahr aufgehört, als Harald neun wurde und nicht mehr versuchte, seine Kräfte an Toke zu messen.

An einem Nachmittag, nachdem Toke Harald eine blutige Nase geschlagen und ihn wieder einmal zu Boden geprügelt hatte, stand Harald auf und hielt einen Stein so groß wie die Faust eines Mannes in der Hand, den er Toke ins Gesicht schleuderte. Toke fiel bewusstlos auf den Rücken. Harald sprang ihm auf die Brust, hob den Stein auf, und fing an, Tokes Gesicht und Kopf blutig zu schlagen. Nur Tokes dicker Schädel und Hrorik, der einschritt und Harald wegzog, retteten Tokes Leben. Er war einen ganzen Tag bewusstlos, und in seinem Gesicht waren noch immer Narben von den Schlägen zu sehen.

Die Erinnerung an diesen Kampf schätzte ich in den folgenden Jahren, als Toke anfing, mich zu drangsalieren. Er schikanierte alle, die kleiner waren als er oder ihn fürchteten, aber er schien einen besonderen Hass auf mich zu haben. Vielleicht lag es daran, dass ich seine Niederlage und Demütigung durch Harald miterlebt hatte. Durch jenen Kampf wurde mir zum ersten Mal klar, dass Toke nicht unbesiegbar war, dass er geschlagen werden konnte. Es war auch das erste Mal, dass ich bemerkte, dass hinter Haralds sanfter Art die Bereitschaft zum Töten lauerte, wenn er entsprechend provoziert wurde.

Gunhild trat hervor. „Du willst doch nicht Toke wegschicken, ohne ihm heute Nacht die Gastfreundschaft unseres Hauses anzubieten?", fragte sie Harald. „Sogar für einen völlig Fremden, der so weit gereist ist, würdest du das tun. Toke ist mein Sohn. Ich habe ihn seit zwei Jahren nicht mehr gesehen. Schicke ihn nicht weg. Erlaube ihm und seinen Männern, hier zu bleiben und sich auszuruhen, nur diese eine Nacht. Es nicht zu tun, würde ein schlechtes Licht auf dich werfen."

Harald seufzte. Es gab Verhaltensregeln für die Gastfreundschaft. Meiner Meinung nach hätte er sie ignorieren sollen. Harald war höflicher als ich es gewesen wäre, und auch mutiger.

„Du und deine Männer können heute Nacht hier rasten", sagte er zu Toke. „Ihr könnt mit uns im Langhaus zu Abend essen. Aber ihr schlaft auf eurem Schiff und brecht im Morgengrauen auf."

Harald wandte sich zu mir. „Komm, Halfdan, gehen wir zurück ins Langhaus. Wir müssen etwas besprechen."

Zum ersten Mal seit er an Land gekommen war schaute Toke mich erstaunt an. „Ich sehe, es hat einige Änderungen gegeben, seit ich weg bin. Jetzt tragen Sklaven feine Kleider und Waffen. Ich war immer der Meinung, dass Hrorik seinen Haushalt zu nachlässig führte, aber das ist sogar für mich eine Überraschung."

Sigrid legte ihren Arm um meine Schulter. „Half-

163

dan ist ein freier Mann und unser Bruder. Hrorik erkannte ihn als seinen Sohn an, bevor er starb."

„Der alte Trottel." Toke schüttelte angewidert den Kopf. „Je mehr Ferkel an der Zitze saugen, um so weniger Milch für alle. Und die Mutter des Jungen?"

„Sie begleitete ihn auf seiner letzten Reise auf dem Totenschiff", antwortete Sigrid.

„Das", sagte Toke, „ist schade. Was für eine Verschwendung. Jetzt, wo der alte Mann aus dem Weg ist, hatte ich mich richtig darauf gefreut, Derdriu bei diesem Besuch besser kennenzulernen."

Ich spürte, wie mir die Zornesröte ins Gesicht stieg. Als er meine Reaktion bemerkte, warf Toke seinen Kopf in den Nacken und brüllte vor Lachen. Wenn ich Haralds Können und Mut besessen hätte, hätte ich Toke in diesem Moment herausgefordert und ihn auf der Stelle am Ufer getötet. Ich hatte aber weder Haralds Können, noch seinen Mut. Ich hatte nur Zorn – meine Hände zitterten davon. Aber stärker noch als mein Zorn war meine Furcht. Toke jagte mir immer noch Angst ein. Ich wusste, dass ich seinen Beleidigungen ausgeliefert war, genau wie vor Jahren seinen Prügeln. Hätte ich Toke zu einem Duell herausgefordert, stand es außer Frage, dass ich sterben würde.

Toke wandte sich an seinen Steuermann. „Snorre, du bleibst vorerst mit den Männern beim Schiff. Ich gehe zum Langhaus, um mit meiner Mutter zu plaudern."

Zum ersten Mal bemerkte ich die Fracht des Schiffes. Etwa zwanzig Frauen und Mädchen und vielleicht halb so viele Männer waren in der Mitte des Schiffes zusammengedrängt und an Ketten gebunden.

Toke sah, wie ich sie anstarrte. „Es sind Sklaven, Junge. Wie du einer warst. Wie du noch sein solltest. Wir haben sie in England gefangen genommen. Wir sind auf dem Weg zum Sklavenmarkt in Birka, um sie zu verkaufen. Blonde Frauen bringen den besten Preis von Käufern aus den arabischen Königreichen."

„Die Männer sehen aus wie Krieger", bemerkte Ubbe. „Solche Männer werden schlechte Sklaven."

„Die Svear kaufen sie", antwortete Toke. „Sie bevorzugen Sklaven mit starken Rücken, um das Eisenerz abzubauen."

Ich sah die Gefangenen in Tokes Schiff an. Sie waren dreckig, ihre Haare waren verheddert und verfilzt und viele der Männer hatten frische Wunden und blaue Flecken. Ich wusste aus Erfahrung, dass Toke keine Gelegenheit ausließ, Sklaven mit den Fäusten oder der Peitsche zu traktieren. Die Gefangenen blickten mit Verzweiflung und Angst in den Augen zurück. Ich wandte mich von ihnen ab. Es gab nichts, was ich oder sonst noch jemand für sie tun konnte. Sie gehörten jetzt Toke. Die Bestimmung, die die Nornen für sie gewebt hatten, hatte ihr Schicksal besiegelt.

Nachdem wir in das Langhaus zurückgekehrt waren, zog sich Toke mit Gunhild in ihr Schlafgemach zurück. Harald hatte sie nach Hroriks Tod nicht darum gebeten, aus dem Zimmer auszuziehen, obwohl er als Herr des Anwesens das Recht hatte, das Privatzimmer für sich zu nehmen. Bis jetzt war er mit seiner Bettkammer zufrieden.

Harald setzte sich an den Tisch neben der Feuerstelle. „Sigrid, Halfdan, gesellt euch zu mir. Es gibt eine

Familienangelegenheit, die wir besprechen müssen."

Ich setzte mich gegenüber von Harald an den Tisch. Sigrid brachte Becher und einen Krug Bier. Nachdem sie die Becher gefüllt und verteilt hatte, setzte sie sich neben Harald.

„Es geht um Folgendes", sagte Harald zu mir. „Sigrid weiß es schon, aber es wird Zeit, dass du es auch erfährst. Ich hatte gehofft, dass ich die Zeit dafür selbst auswählen könnte, aber durch Tokes Ankunft habe ich es nicht mehr in der Hand. Ich vermute, dass Gunhild Toke gerade jetzt erzählt, was ich dir gleich erzählen werde.

Hrorik hatte nach unserer Rückkehr aus England nicht viel Zeit, bevor er starb. In der Nacht vor seinem Tod gab er Anweisungen für die Aufteilung seines Besitzes. Gunhild gab er das Recht, so lange auf diesem Anwesen zu leben, wie sie will, bis sie stirbt oder wieder heiratet. Sie besitzt auch eine kleine, mit Platten aus Elfenbein und Silber dekorierte Holztruhe, die er in Dorestad erbeutet und Gunhild zu ihrer Hochzeit ge- schenkt hatte. Bevor er starb, erlaubte er ihr, die Truhe mit Schmuck, Silbermünzen und anderen Wertsachen ihrer Wahl aus seinem Hort zu füllen. Gunhild sollte als Erste die Wahl aus seinen Reichtümern haben, bevor jemand anders einen Anteil nahm."

Sigrid nickte. „Und das hat Gunhild auch getan. Sie suchte aus, was sie wollte, und füllte ihre Truhe."

„Hrorik überließ Sigrid das Paar kleiner Truhen aus geschnitztem Holz, die er in Irland erbeutet hatte. Auch sie sollte beide mit Schmuck und Münzen nach Wunsch füllen, nachdem Gunhild ihre Wahl getroffen hatte. Die

Truhen voller Wertsachen sollten ihre Aussteuer sein.

Das Anwesen und den Roten Adler gab Hrorik mir", fuhr Harald fort. „Außerdem alles, was von seinem Schatz übrig blieb, nachdem seine anderen Vermächtnisse verteilt waren."

„So ist es." sagte Sigrid. „Ich habe meinen Anteil ebenfalls schon genommen."

Ich verstand nicht, wieso sie mir das alles erzählten. Es hatte doch nichts mit mir zu tun.

„Hrorik hinterließ auch dir etwas, Halfdan", sagte Harald. „Er besaß noch ein kleines Anwesen im Norden von Jütland, am Limfjord, obwohl er in den letzten Jahren nur selten dort war. Dieses Anwesen hat Hrorik dir vermacht."

Ich starrte Harald verdutzt an und konnte vor Überraschung keinen klaren Gedanken fasen. Ich hatte nicht erwartet, dass Hrorik mir zusätzlich zu meiner Freiheit noch etwas geben würde. Es wollte mir nicht in den Kopf. Ich, ehemals ein Thrall, besaß jetzt Land? Und nicht nur Land, sogar ein Anwesen?

Auf einmal drang Tokes wütende Stimme aus Gunhilds Schlafgemach. „Wieso ich wütend bin?", brüllte er. „Wieso verstehst du das nicht, Mutter? Dein Mann hat mir nichts hinterlassen! Nichts! Aber er hat einem Sklaven Ländereien vermacht!"

Gunhilds Antwort war laut genug, dass wir jetzt auch sie hören konnten. „Er gab dir ein Schiff, Toke. Und du bist außerdem der einzige Erbe meines Vaters, Jarl Eirik, der riesige Ländereien auf der Insel Fyn besitzt. Wenn mein Vater stirbt, gibt der König vielleicht alles dir."

„Von wegen!", schrie Toke. „So wie es aussieht, will der Alte ewig leben. Und es ist nicht ausgeschlossen, liebe Mutter, dass du noch einmal heiraten und Bälge gebären wirst, mit denen ich die Erbschaft teilen müsste. Der Mann, den du heiratest, könnte dann auch die Gunst des Königs erwerben und als Jarl geeigneter erachtet werden als ich. Ich habe nicht die Geduld, mich am Hof bei einem König einzuschmeicheln."

Und auch nicht die Manieren, dachte ich. Innerhalb einer Woche am Hof eines Königs würde Tokes aggressives Verhalten zweifellos dazu führen, dass sein Kopf auf einem Spieß am Hinrichtungsplatz endete.

„Toke scheint sehr unglücklich mit der Verteilung von Vaters Besitz zu sein", bemerkte Sigrid.

Harald zuckte die Schultern. „Toke ist ein Berserker. Seit er ein kleines Kind war, begleitet ihn die Dunkelheit. Er ist meistens ein unglücklicher Mensch, ob er einen Grund hat oder nicht."

Eine Zeitlang war Tokes und Gunhilds Gespräch wieder ruhiger, sodass wir es von unserer Position aus nicht mehr verstehen konnten. Dann übertönte Tokes zorniges Gebrüll wieder die Geräusche des Langhauses. „Du hast Hroriks Schwert verbrannt? Du hast nicht an mich gedacht? Dieser Haushalt ist voller Narren."

„Ja", antwortete Gunhild, und auch ihre Stimme war jetzt laut und schneidend vor Zorn. „Hrorik trug sein Schwert bei seiner letzten Reise. Ich habe es selbst auf seinen Leichnam gelegt. Er war ein großer Stammesfürst und Krieger. Es gebührt ihm, in Walhalla standesgemäße Waffen zu tragen."

Dies war vielleicht das einzige Mal, dass Gunhild

Hrorik in meiner Hörweite verteidigte. Toke hatte ein besonderes Talent: Er konnte jeden verprellen, sogar seine eigene Mutter. Das Abendessen versprach, düster zu werden.

Ich kann die Mahlzeit an diesem Abend nicht als Festmahl beschreiben, obwohl wir es normalerweise so nennen würden, wenn wir Gästen unsere Gastfreundschaft anboten. Die Atmosphäre war von Anfang an angespannt. Gunhild versuchte, das Beste daraus zu machen. Sie ließ ein fettes Schaf schlachten und bereitete aus Gerste und dem Hammelfleisch einen gehaltvollen Eintopf zu. Zudem servierte sie Fleisch von den Keulen des Hirsches. Der Hirschbraten, der für Sigrid so etwas Besonderes war und den sie so gerne gekocht hatte, wurde am Haupttisch serviert, an dem Harald, Sigrid, Gunhild, Ubbe, seine Frau Ase und ich, sowie Toke und sein Steuermann Snorre saßen.

Von Anfang an ging alles schief. Als die Männer aus Tokes Mannschaft am Langhaus eintrafen, trugen sie ihre Waffen. Harald stand in der Tür und ließ sie nicht herein.

„In diesem Haus ist es nicht üblich, so gerüstet zu Abend zu essen, als ob jederzeit ein Angriff abgewehrt werden müsse", sagte er Toke. „Deine Männer müssen ihre Waffen ablegen, bevor sie eintreten können."

„Das ist nicht die Sitte in Dubh Linn", entgegnete Toke. „Wir sind Krieger, und wir erwarten als solche behandelt zu werden."

„Ihr seid nicht in Dubh Linn", antwortete Harald.

„Ihr seid unter meinem Dach und unterliegt den Regeln meines Hauses. Tretet nicht ein, wenn ihr euch nicht damit abfinden könnt. Als Anführer darfst du dein Schwert tragen, aber deine Männer müssen ihre Waffen hier lassen, sonst sind sie unter diesem Dach nicht willkommen."

Beide starrten sich eine Zeitlang zornig an. Dann gab Toke ein Zeichen, und seine Männer legten ihre Waffen auf einen Stapel neben der Tür und traten hintereinander ein. Die großen Tische waren entlang der langen Seite der Halle aufgestellt, und an jedem Tisch saßen unsere Huscarls auf der einen und Tokes Männer auf der anderen Seite. Bevor er seinen Platz am Haupttisch einnahm, ging Harald zu seiner Bettkammer, holte sein Schwert hervor und befestigte es an seinem Gürtel.

Harald versuchte gar nicht erst, ein Gespräch zu führen. Seine Geduld mit Toke schien aufgebraucht zu sein, und seine Stimmung war gefährlich, wie ein Topf Wasser kurz unterhalb des Siedepunkts. Snorre versuchte, mit Sigrid in ein Gespräch zu kommen, aber da seine Bemühungen hauptsächlich aus anzüglichen Blicken und suggestiven Bemerkungen bestanden, entschuldigte sich Sigrid bald, um Astrid an der Herdstelle zu helfen.

Ich saß zwischen Harald und Ubbe. Ubbe war für gewöhnlich wortkarg, aber er überraschte mich, indem er Toke mit vielen Fragen über Irland und zu Details seiner Beutezüge dort beschäftigte. Offensichtlich schmeichelte Toke diese Aufmerksamkeit, denn er gab gerne Geschichten seiner Heldentaten zum Besten. Er ließ uns sogar wissen, dass er sich in Dubh Linn langsam einen Namen als talentierter Skalde machte, und stand auf, um ein kurzes Gedicht vorzutragen:

Irische Wölfe
Im Rudel schnell trabend
Ihre Zähne gewetzter Stahl
Jagen die Seefahrer
Überfallen Nordmänner
Fangen sie
Weit weg von Meeres Ross.
Zu spät entdecken die Wölfe
Sie haben einen Bären
In die Enge getrieben
Er fällt das Rudel an
Und malt die grünen Hügel
Rot mit Wolfsblut.

Nach dem Vortrag klatschten unsere Männer höflich, während Tokes Mannschaft jubelte und auf ihn trank. Sogar Harald wirkte widerwillig beeindruckt. Hoffnung kam in mir auf, dass der Abend ohne Zwischenfälle vorbeigehen würde.

Es sollte nicht sein. Auf einmal hörten wir zornige Stimmen von einem anderen Tisch in der Halle. Ein rothaariger Norweger aus Dubh Linn war offensichtlich über eine Bemerkung eines unserer Huscarls verärgert und hatte ihm Bier aus seinem Becher ins Gesicht geschüttet. Unser Mann, Ulf mit Namen, reichte über den Tisch, packte die Haare des Mannes mit beiden Händen und knallte seinen Kopf auf den Tisch in das Essen auf seinem Teller.

Der Norweger sprang fluchend auf. Er zog ein langes Messer aus seinem Gürtel und stieg auf den Tisch.

Harald stand auf. „Steck die Waffe wieder ein!", brüllte er.

Der Mann schaute Harald an, zögerte und wandte sich an Toke.

Harald zog sein Schwert halb aus der Scheide. „Sofort einstecken oder du stirbst!"

Mit vor Wut gerötetem Gesicht steckte der Mann seine Klinge wieder ein und stieg vom Tisch herab.

Toke stand auf und schlug mit der Faust auf den Tisch. „Kein Mann erteilt meinen Männern Befehle außer mir!"

Einige unserer Huscarls zogen sich langsam von den Tischen zurück, um ihre an den Wänden hängenden Waffen schneller erreichen zu können. Männer aus Tokes Mannschaft, die in der Nähe der Tür saßen, beäugten den Stapel ihrer Waffen.

„Ich bin Herr des Hauses, Toke!", warnte Harald mit schneidender Stimme. „Unter diesem Dach erteile ich Befehle, wie es mir beliebt. Sei vorsichtig und strapaziere meine Geduld nicht."

Toke legte seine Schwerthand auf den Griff seines Schwerts, blieb aber stehen und zog es nicht. Er schaute sich in der Halle um, als ob er die Stärke seiner Mannschaft gegenüber unseren Männern abwägte. Toke hatte mehr Männer, aber viele unsere Huscarls waren bereits an ihre Waffen gelangt und hatten sie an sich genommen.

Ich verließ den Tisch und stahl mich die Wand entlang zu meiner Bettkammer. Mein Magen drehte sich vor Angst um und meine Hände zitterten. So schnell ich

172

konnte warf ich den Riemen meines Köchers über die Schulter, spannte die Sehne meines Bogens und legte einen Pfeil ein. Seit Harald und ich mit meinen Lehrstunden begonnen hatten, wusste ich, dass ich eines Tages an wirklichen Kämpfen teilnehmen würde – und töten musste anstatt nur zu üben. Aber ich hatte nie gedacht, dass es innerhalb unseres eigenen Langhauses so kommen würde.

Ich bewegte mich durch die Schatten, bis ich eine klare Sichtlinie durch die Halle auf die Tür hatte, wo die Waffen von Tokes Mannschaft lagen. Wenn es zum Kampf kommen sollte, war ich mir sicher, dass Harald versuchen würde, es mit Toke aufzunehmen. In meinen Augen lag die Gefahr darin, dass Tokes Männer ihre Waffen erreichen könnten, bevor unsere in Unterzahl stehenden Männer sie töten konnten.

Ich sah, dass Ubbe bereits Stellung neben den Waffen eingenommen hatte und einen Speer in der Hand balancierte. So wie wir beide standen, konnte von Tokes Männer niemand lebend an seine Waffe gelangen – es sei denn, sie stürmten alle gleichzeitig.

Toke stand lange unschlüssig, während er Harald zornig musterte und sich dann wieder in der Halle umschaute, als ob er immer noch die Stärke beider Seiten abwägte. Seine Augen trafen meine, und er versuchte, mich so lange anzustarren, bis ich wegschaute, aber ich hielt seinem Blick stand.

Auf einmal herrschte er seine Männer an: „Zurück zum Schiff! Die Luft in diesem stinkenden Loch verursacht mir Übelkeit."

Der erste von Tokes Männern erreichte die Tür und

bückte sich, um sein Schwert aufzuheben. Ubbe drückte die Spitze seines Speers an den Hals des Mannes und sagte: „Weitergehen. Wir bringen die Waffen ans Ufer, wenn ihr alle wieder an Bord eures Schiffes seid."

Inzwischen hatten unsere Huscarls einen bewaffneten Korridor von der Mitte der Halle zur Tür gebildet. Einer nach dem anderen gingen Tokes Männer zwischen ihnen hindurch und hinaus in die Dunkelheit. Toke verließ das Langhaus als letzter.

Als er die Tür erreichte, rief ihm Harald zu. „Du bist hier nicht willkommen, Toke. Du wirst bei Tagesanbruch aufbrechen. Und komme nie wieder."

Toke starrte ihn zornig an, ohne etwas zu sagen, dann stapfte er hinaus in die Dunkelheit. Nachdem er weg war, war das einzige Geräusch in der Halle Gunhilds leises Weinen.

In der Nacht entzündeten wir ein großes Feuer auf der Anhöhe über dem Anlegeplatz und wachten die ganze Nacht, für den Fall, dass Toke eine Niederträchtigkeit plante. Womöglich befürchtete Toke dasselbe; wir sahen immer wieder Wachposten, deren Waffen im Licht unseres Feuers schimmerten.

Als die Schwärze der Nacht sich in Grau auflöste und die Luft unbewegt war und der Morgennebel auf dem Wasser lag, legte das Seeross vom Anlegeplatz ab. Die Ruder durchbrachen die Oberfläche des Wassers in regelmäßigen Zügen, und das Schiff glitt durch den Nebel aus dem Fjord und entschwand unseren Blicken. Ich atmete erleichtert auf, als es nicht mehr zu sehen war.

9

Haralds Tanz

Der Vorfall mit Toke führte dazu, dass unsere Huscarls und die Männer des benachbarten Dorfs sich Gedanken darüber machten, wie es mit dem Zustand ihrer Waffen stand. Nach dem Kampf in England, der für Hrorik und viele andere zum Verhängnis geworden war, hatten viele Überlebende Helme mit Dellen oder anderen Beschädigungen und Schilde, die neu beplankt werden mussten, oder deren Kanten oder Buckel beschädigt waren, sodass sie repariert oder ersetzt werden mussten. Viele hatten Speere im Kampf verloren. Darüber hinaus mussten viele Arbeitsgeräte für den Bauernhof und den Haushalt neu hergestellt oder repariert werden. Anstehende Arbeiten waren lange Zeit nicht erledigt worden, weil Gunnar, der Schmied des Hofs und einer von Hroriks Huscarls, im Kampf gegen die Engländer umgekommen war.

Seit ich zehn Jahre alt war, bestand meine Aufgabe auf dem Hof vor allem darin, Gunnar und dem Zimmermann Gudrod zu helfen. Gudrod hatte mich als erster beschäftigt. Ich hatte ihm bei der langwierigen Aufgabe zugeschaut, Pfeilschäfte von einem Holzblock abzuspalten und zu hobeln, und er hatte mir erlaubt, es selbst auszuprobieren. Wir waren beide überrascht, wie schnell sich meine Hände an die Arbeit gewöhnten, und bald betraute Gudrod mich mit immer mehr Aufgaben. Gunnar sah, wie ich mit Gudrod arbeitete, und als ein für ihn arbeitender Thrall eines Tages ungeschickt den Griff eines Hammers abbrach, borgte er mich für den Tag von Gudrod aus. Er war so angetan von meiner Lernbegierde und meiner Fertigkeit beim Umgang mit dem heißen Metall, dass er zu Ubbe ging und ihn fragte, ob ich nicht auch für ihn als Assistent arbeiten könnte.

Seitdem nutzten beide Männer meine Dienste. Mit der Zeit brachten sie mir alles bei, was sie von ihrem Handwerk verstanden. Im Dorf kannte niemand außer Gunnar und nun auch mir die Kunst des Schmiedens. Deshalb fiel die Verantwortung jetzt auf meine Schultern, zumindest bis Harald einen neuen Schmied für seinen Haushalt finden konnte.

Ubbe überredete Harald, meine Kampfausbildung kurz zu unterbrechen, da meine Fähigkeiten als Schmied bitter benötigt wurden. Ubbe bat mich, jemand aus dem Haushalt auszuwählen, der mich als Assistent unterstützen konnte, damit die Arbeit schneller erledigt wurde und damit ich meine Kenntnisse des Schmiedehandwerks weitergeben konnte. Mein Lehrling musste jemand sein, der bereit war, Befehle von mir anzunehmen und auszuführen. Das schloss meinem Gefühl nach unsere Huscarls aus. Ich war erst seit Kurzem ein freier Mann und sie waren mir bis vor Kurzem übergeordnet gewesen. Einen Huscarl zu befehligen würde mir nicht behagen. Mein Gehilfe musste auch jemand sein, der intelligent genug war, um die komplexen Vorgänge und Geheimnisse rund um das Schmieden von Eisen zu erlernen. Damit konnte ich auch die meisten unserer Sklaven ausschließen, denn ein ganzes Leben lang nur das zu tun, was einem gesagt wurde, stumpft den

Verstand ab.

Ich wählte Fasti aus, der während meiner Kindheit freundlich zu mir gewesen war. Er war einmal ein freier Mann gewesen, der seine eigenen Ländereien bewirtschaftet hatte; daher wusste ich, dass er eigenständig denken konnte. Fasti war dankbar und lernbegierig; er wusste, dass seine Chancen, eines Tages die Freiheit zu erlangen, deutlich steigen würden, wenn er ein begehrtes Handwerk meisterte.

Sechs Tage lang arbeiteten wir so hart wie die Zwerge, die im Herzen der Berge wohnen. Fasti betrieb den Blasebalg, damit das Feuer heiß blieb, und ich arbeitete mit Hammer und Zange am Amboss. Während wir arbeiteten, brachte ich ihm immer neue Techniken bei. Ich zeigte ihm, wie heißes, rot-orange glühendes Eisen biegsam wie ein grüner Zweig wird, wie zwei ausreichend erwärmten Eisenstücke zusammengehämmert und miteinander verbunden werden können, wie man das erwärmte Eisen abschreckt, damit es hart wird, oder wie man die Härte langsam wieder aus dem Eisen entfernt, indem man es erwärmt und langsam abkühlt.

Wir reparierten Messer, Sensen, Beilklingen, einen Eisenkochtopf, Helme und Metalteile für Schilde. Wir fertigten auch viele neue Spitzen für Speere und Pfeile an. Daraus lernte Fasti am meisten, weil ich ihm zeigte, wie man die Kraft der Hitze und der Kohlen des Feuers nutzt, um aus einem Stück unbearbeitetem Roheisen Stahl herzustellen und diesen dann mit verschiedenen Schlägen des Hammers zu formen, bis daraus eine Waffe wächst, wie ein Baum aus der Erde sprießt.

Die Männer hatten Gunnar immer für seine geleistete Arbeit bezahlt, manchmal mit Silberstücken, aber öfter durch Tauschhandel. Ich hatte keine Ahnung, was ich für meine Dienste verlangen sollte, da ich als Thrall nie etwas gekauft oder verkauft hatte. Ich überließ es Ubbe, mit der Dorfbevölkerung über die Preise für die gewünschte Arbeit zu feilschen.

Am sechsten Tag beendete Harald unsere Arbeit. „Ich habe deine Abwesenheit lange genug ertragen", sagte er. „Ich habe Pläne, die nicht länger warten können. Ich möchte zum Limfjord und dem Anwesen im Norden reisen. Es gehört jetzt dir. Eigentlich wollte ich mit dir eine Inspektionsreise dorthin machen und dich erst nachdem du die Ländereien gesehen hast damit überraschen, dass sie jetzt dir gehören, denn der Hof liegt sehr schön und ist eine Freude für die Sinne. Aber als Toke hier war und seinen Anteil verlangte, war mir klar, dass ich dich von deiner Erbschaft in Kenntnis setzen musste, bevor du durch Tokes zornige Anschuldigungen davon erfahren hättest. Obwohl ich dich jetzt nicht mehr mit Hroriks Geschenk überraschen kann, sollten wir trotzdem aufbrechen, um dein Anwesen zu inspizieren. Die Natur ist im Frühling immer am schönsten.

Ich war ganz aufgeregt bei der Aussicht, verreisen zu können. Bis vor Kurzem war ich Eigentum, der Besitz eines anderen. Ich konnte es nicht fassen, dass ich – der ehemalige Sklave Halfdan – jetzt einen Hof besaß.

Harald wollte zu Wasser reisen. „Wir können deine Lektionen auf der Reise fortsetzen", sagte er. „Ich kann damit anfangen, dir Kenntnisse über das Meer und die Winde zu vermitteln und dir das Segeln beizubringen. In unserem Volk gibt es kaum freie Männer deines Alters, und wahrscheinlich keine von deinem Status, die nie eine Seereise unternommen haben."

Die Dinge, die ich als freier Mann eigentlich wissen sollte, schienen kein Ende zu nehmen.

Es war geplant, im kleinen Boot des Roten Adlers zu reisen. Da durch die Reise kein Gewinn erzielt werden sollte, wollte Harald nicht so viele Männer aus dem Haushalt und dem Dorf abziehen wie der Rote Adler benötigt hätte.

Vier Huscarls unseres Haushalts sollten mit uns reisen. Dabei waren Odd, Rolf, Lodver und Ulf, der einem von Tokes Männern das Abendessen direkt vom Teller eingeflößt und damit fast einen Kampf verursacht hatte. Alle brachten ihre volle Kriegsausrüstung – Schild, Helm und Waffen – und verstauten alles im Boot. Rolf brachte zudem ein schweres Lederwams mit kleinen angenieteten Metallplatten und Ulf eine Brünne. Auch Harald brachte seine Brünne, die sorgfältig in eingefettete Wolle gewickelt und in einen Robbenfellbeutel gepackt war, sowie Helm, Schild, Speer und sein Schwert, Biss.

Er gab mir einen Schild, den Helm, den ich in unseren Übungskämpfen benutzt hatte, und ein Schwert in einer Scheide. „Dieses Schwert ist fast eine Handlänge kürzer als die meisten Schwerter, und die Klinge besteht nicht aus Gärbstahl wie die von Biss. Aber es ist solide gefertigt und aus Stahl gemacht, der flexibel genug ist, nicht zu brechen, und hart genug, um die Kantenschärfe zu halten. Auch vom Gewicht her ist es ausgeglichen. Es dürfte gut genug sein, bis wir dir etwas Besseres besorgen können. Du solltest auch deinen Bogen mitbringen."

Ich zog das Schwert aus der Scheide. Die Klinge war breit, sogar breiter als Haralds Biss, und maß etwa drei Finger. Im Gegensatz zu Biss und den meisten anderen langen Schwertern, deren Klingen sich vom Griff bis zur Spitze verjüngen, verliefen die Kanten des Schwerts, das Harald mir gegeben hatte, gerade, bis sie ganz am Ende abknickten und in einer breiteren Spitze endeten. Eine große Blutrille verlief die ganze Länge des Schwerts entlang, um es leichter zu machen. Die Parierstange bestand aus einem einfachen Stab aus Bronze. Der Griff bestand aus mit Leder umwickeltem Holz, und der Knauf war ein spitzer, bronzener Bogen, der schwer genug war, um die Klinge auszubalancieren. Ich testete die Klinge – sie war sehr scharf.

„Es überrascht mich, dass es so gut in der Hand liegt, da es keine Abschrägung hat", sagte Harald. „Es liegt wahrscheinlich daran, dass die Klinge kurz und der Knauf groß und schwer ist. Die Ausgewogenheit gibt ihm eine Schnelligkeit, die die kurze Klinge zum größten Teil wettmacht. Ich glaube, es ist das beste Ersatzschwert, das wir haben. Ich bin mir aber sicher, dass es nicht dein letztes sein wird." Er grinste. „Ich nehme an, dass du einmal ein edles, namhaftes Schwert für eine besondere Heldentat gewinnen wirst."

Es war mein erstes Schwert, und ich mochte es.

„Warum reisen wir so schwer bewaffnet?", fragte ich.

„Wir sind nur sechs Männer in einem kleinen Boot,

die eine lange Reise auf sich nehmen. Es gibt genügend Männer an Land und auf See, die uns für unsere Waffen oder sogar nur für die Kleider, die wir tragen, umbringen würden. Wir haben auch einen weiteren Grund. Vor vier Jahren habe ich zum ersten Mal einen Mann getötet, den Sohn eines Stammesfürsten namens Ragnvald, der am Limfjord wohnt. Der Zweikampf war fair und es gab Zeugen seiner Beleidigungen, aber seine Familie war wegen seines Todes unversöhnlich. Im gleichen Jahr brachten sie den Fall vor das Limfjord-Thing und versuchten zu erreichen, dass ich geächtet werde, oder dass Hrorik zumindest Wergeld zahlen sollte. Aber ihr Anliegen war unbegründet und wurde abgelehnt. Dennoch bin ich immer vorsichtig, wenn ich am Limfjord bin, falls Ragnvald und seine Männer auf mich stoßen und Rache üben wollen."

Ich fragte mich, ob ich jemals ein Krieger wie Harald werden würde. Er schien furchtlos zu sein, vollkommen selbstsicher. Was würde ich tun, wenn mich einmal ein anderer Mann beleidigen sollte? Würde ich meinen Stolz unterdrücken und die Beleidigung schlucken, wie ich es bei Toke getan hatte, oder würde ich kämpfen, um meine Ehre zu verteidigen? Und wenn ich kämpfen sollte, würde ich gewinnen?

Ich hatte nicht viel zu packen. Ich nahm die Pfeile aus Hroriks Köcher und füllte damit meinen eigenen, weil ich nur noch wenige hatte. Ich ließ meine Festkleider und die grobe Sklaventunika in meiner Bettkammer zurück und trug die neuen Kleider, die Sigrid für mich hatte nähen lassen. Am Gurt trug ich Feuerstein und Pyrit in einem Lederbeutel, den ich gemacht hatte, sowie eine zusätzliche Bogensehne und den Kamm meiner Mutter, eingewickelt in einem Stück Wollstoff. Der Kamm war eher ein Erinnerungsstück als ein Werkzeug zum Entwirren meiner Haare, da sie ohnehin noch viel kürzer waren als die der meisten freien Männer.

Am nächsten Morgen stachen wir früh in See. Hroriks Anwesen – das jetzt Haralds war – lag südlich der Spitze Jütlands, dem dänischen Festland. Dort erstreckt sich eine Landzunge ins Meer nördlich der Inseln Samsø, Fyn und Sjaelland. Auf der geschützten südlichen Seite der Landzunge lagen viele Fjorde mit mehreren kleinen Dörfern und Anwesen von Stammesfürsten, und dort befand sich auch unsere Heimat. Als wir in Richtung der Fjordmündung segelten, trug eine lebhafte Brise kühle Luft über das Wasser, und ich war für den dicken Wollmantel dankbar, den Sigrid mir gemacht hatte.

Unser Fjord und die Wälder der Umgebung markierten die Grenzen der Welt, die ich bisher gekannt hatte. Als wir die Mündung des Fjords passiert und die offene See erreicht hatten, hatte ich das Gefühl, dass ich die Schwelle zur ganzen Welt überschritten hatte, einer Welt, die ich als Thrall nie zu sehen bekommen hätte. Der Wind wurde stärker, und unser kleines Boot tänzelte und schwang in der langen Dünung auf und ab, wie ein Pferd, das gerade aus dem Stall geführt wird und ungeduldig gegen die Zügel kämpft. Die Sonne schien hell und die Luft roch frisch und salzig. Rolf schleppte eine Angelschnur hinterher, während wir segelten, und im

Laufe des Tages fing er drei große Fische. Ich erfuhr auf dieser Reise, dass Angeln Rolfs große Leidenschaft war.

Wir blieben immer in Sichtweite des Festlands. Wir hatten den ganzen Tag Gegenwind und kamen nur langsam voran, aber diese Widrigkeit nutzte Harald, um mir das Kreuzen und das Segeln nahe am Wind beizubringen.

Am Spätnachmittag passierten wir den letzten Fjord und umrundeten eine Halbinsel der Landzunge, die das Ende der geschützten südlichen Seite darstellte. Als wir uns nach Norden wendeten, wurde die Küste nun einförmig und ohne Einschnitte. Nach einer kurzen Strecke erreichten wir einen menschenleeren Strand, den Harald für die Nacht ansteuerte. Wir zogen unser Boot auf den Strand, drehten es auf die Seite und machten unser Feuer dahinter, wo es sowohl vor dem Seewind als auch vor Blicken von vorbeifahrenden Schiffen geschützt war. Mit dem Segel, dem Mast und den Rudern errichteten wir einen Unterschlupf vor dem Feuer.

Zum Abendessen brieten wir Rolfs Fische an Spießen über dem Feuer und teilten einen Schlauch mit starkem, dunklem Bier. Der Wind hatte die Wolken weggetrieben, und über uns funkelten die Sterne wie Juwelen am Himmel. Ihr Licht war so hell, dass ich im Dunkeln leicht sehen konnte, wenn ich mich vom Feuerkreis entfernte, um mich zu erleichtern – obwohl der Mond nur als dünne, silberne Sichel am Himmel stand.

„An was denkst du?", fragte Harald, nachdem wir gegessen hatten.

Ich lag auf dem Rücken im Sand und starrte in den Himmel. „Ich dachte, dass der Himmel immer noch der gleiche ist, obwohl sich die Welt für mich so unglaublich geändert hat. Wie kann eine solche Veränderung stattfinden, und der Himmel beachtet es nicht?"

Ulf lachte. „Die Taten der Menschen sind für den Himmel so wichtig wie das Treiben von Ameisen für uns."

Bei seinen Worten fiel ein Stern mit einem langen Lichtschweif vom Himmel.

„Manche glauben, dass der Himmel Zeichen und Omen über Dinge enthält, die auf Erden noch nicht geschehen sind", sagte Harald. „Ubbes Frau Ase, die Priesterin der Freyja und Odins Frau Frigg ist, weiß viel mehr über die Götter als die meisten von uns, und kann Zeichen in den Sternen lesen. Sie würde beispielsweise sagen, diese Sternschnuppe sage den Fall eines großen Mannes voraus."

Ulf schüttelte den Kopf. „Du kannst solche Sachen gerne glauben. Meiner Meinung nach stirbt dauernd irgendwo ein großer Mann, mit oder ohne Sternschnuppe. Wenn ich zu viel auf die Geschehnisse am Himmel starre, die ich nicht beeinflussen kann, übersehe ich womöglich ein Zeichen hier auf der Erde, das mich vor etwas warnt und das ich beachten kann."

„Die Götter ignorieren die Menschen nicht", sagte Harald. „Wenn wir sie nicht mit Opfergaben ehren, werden sie zornig. Und manchmal begünstigen sie den einen oder den anderen, ohne einen für uns ersichtlichen Grund."

„Es ist gut, dass du das glaubst, Harald", antwortete Ulf. „Nun, da Hrorik tot ist, bist du das geistliche Oberhaupt von Hof und Dorf. Es ist mir recht, dass du für uns mit den Göttern verhandelst. Ich beschränke meine Geschäfte lieber auf Menschen und ihre Angelegenheiten. Aber jetzt beschränke ich mich auf das Schlafen. Es war ein langer Tag."

Am nächsten Morgen gab es Brot und Käse zum Frühstück, und Rolf röstete einige Haselnüsse in den Kohlen des Feuers. Bevor ich zulangen konnte, legte Harald eine Hand auf meinen Arm und hielt mich zurück. „Du solltest besser nicht essen", sagte er. „Das Meer hier ist nie ruhig, und mit dem starken Wind heute wird es besonders rau. Du bist noch nie auf hoher See gesegelt. Du solltest warten und sehen, wie es auf dich wirkt."

Obwohl mein Magen vor Hunger knurrte, befolgte ich seinen Rat.

Den ganzen Tag hielten wir Kurs nach Norden. Wie Harald vorhergesagt hatte, hatten wir raue See. Unser kleines Boot bäumte sich auf und schlug in die schweren Wellen. Bis zum späten Vormittag hatte ich Haralds Warnung verstanden. Mein Magen bewegte sich mit den Wellen und ich fühlte mich sterbenskrank. Rolf, Ulf und die anderen machten Witze darüber, ob die Farbe meines Gesichts nun dem Grün des Meeres glich. Kurz vor Mittag fand der Fisch vom Abendessen seinen Weg zurück ins Meer. Danach wickelte ich mich in meinen Mantel, zog den Saum über den Kopf und lag, alles um mich herum ignorierend, wie ein Häufchen Elend unten im Boot.

Als sich gegen Abend der Himmel dunkler färbte,

fühlte ich mich etwas besser. Ich richtete mich auf, schaute um mich herum, und krächzte: „Habe ich etwas verpasst?"

Harald lächelte. „Nur den weiten, leeren Himmel, die changierenden Farben des Wassers, wenn die Sonne durch die Wolken hervorlugt, den schwebenden Flug der vielen Seevögel. Du hast die Friedlichkeit des Meeres verpasst."

Ich glaubte nicht, dass das alles das Übel einer Seereise wert war, und das sagte ich. Ich lehnte mich an die Seite des Boots und stöhnte. „Ich glaube, ich bin nicht als Seemann geeignet."

Ulf lachte. „Wir haben alle bei unseren ersten Seereisen die Seekrankheit durchgemacht. In den meisten Fällen hat man sie einmal und dann nie wieder. Du hast es fast hinter dir."

Offensichtlich hatte Ulf recht. Bis wir die Küste erreicht und einen einfachen Eintopf aus gepökeltem Schweinefleisch und Gerste in einem Eisentopf über dem Feuer zubereitet hatten, war mein Appetit zurückgekehrt.

Wir schlugen unser Lager auf einem kahlen, windgepeitschten Strand auf, wo die nach Norden verlaufende Küste in westliche Richtung abbog.

„Wir haben eine große Landspitze umrundet, die auf dieser Seite des Festlands in das Meer herausragt", sagte Harald. „Im Roten Adler hätten wir diesen Punkt nach einem Tag erreicht. Dennoch haben wir von hier aus nur noch höchstens zwei Tage zu segeln, vielleicht auch weniger, bis wir die Mündung des Limfjords erreichen."

* * *

Wir erreichten das östliche Ende des Limfjords am frühen Nachmittag des zweiten Tages. Bis dahin waren wir alle der Untätigkeit und des beengten Raums in dem kleinen Boot überdrüssig.

„Der Limfjord ist ein wundersamer Ort", sagte mir Harald, als wir in die Mündung hineinfuhren. „Hier an seinem Ende ergießt er sich durch eine Öffnung ins Meer, die nicht breiter als ein Fluss ist, aber er zieht sich quer durch fast ganz Jütland. Und an einigen Stellen im Landesinneren ist er so breit, dass ein Mann die andere Seite nicht sehen kann. Es erstreckt sich so weit, dass wir den Gutshof erst morgen erreichen werden, und das ist weniger als die Hälfte seiner Gesamtlänge. Ase hat mir einmal erzählt, dass sie glaubt, dass Freyr und Freyja dem ersten Mann und der ersten Frau der Jüten, den Vorfahren der Dänen, eine Heimat am Limfjord gaben, und dass wir Dänen uns während einer Zeit jenseits der Erinnerung von dort aus auf ganz Jütland und die Inseln ausgebreitet haben."

Das Herz wurde mir schwer als ich hörte, dass wir unser Ziel heute nicht mehr erreichen würden. Ich hatte genug von der Seereise.

„Seht!", sagte Rolf auf einmal und zeigte auf eine Baumgruppe vor uns an der Südseite des Fjords. „Rehe, die zum Trinken ans Ufer kommen."

Ich glaubte nicht, dass die Rehe kamen, um Salzwasser zu trinken, aber das sagte ich Rolf nicht. Nach vier Tagen in einem kleinen Boot war es mir egal, weshalb sie dort waren. Vielleicht kamen sie wegen der

Aussicht.

„Harald", flüsterte ich. „Steuere schnell ans Ufer und warte dort. Wenn du das machst, werde ich uns frisches Fleisch beschaffen. Niemand soll sich bewegen oder Lärm verursachen. Wenn ihr mich flussaufwärts am Ufer seht, segelt dahin, wo ich bin."

Die Männer schauten Harald an. Sie fragten sich wohl, warum ich Befehle erteilen konnte. Aber Harald nickte. „Gut, das machen wir. Dann warten wir auf dein Signal."

Als der Kiel den Grund streifte, ließ ich mich mit Bogen und Köchen langsam über Bord gleiten. Sobald ich den Wald erreicht hatte, bespannte ich den Bogen und bewegte mich in einem weiten Bogen zunächst von Ufer weg und dann langsam und versteckt in Richtung der Stelle, an der wir die Rehe gesehen hatten. Die Gerüche und Klänge des Waldes und der feste Boden unter den Füßen waren mir willkommener als ein Becher Bier einem müden Reisenden.

Ich war weit vom Ufer entfernt, als ich einen kleinen Bach überquerte, der zum Fjord floss. Ich bemerkte einen schmalen Pfad am anderen Ufer, dessen Boden keine Spur von gefallenen Blättern oder Farnkraut aufwies. Ich wusste, dass der Pfad durch den regelmäßigen Durchgang der Waldtiere entstanden war. Frische Spuren von Rehen, die in Richtung Fjord gegangen waren, waren in der weichen Erde sichtbar. In meiner Hand zerbröselte ich einige Blätter und ließ sie fallen. Die Brise war zwar sehr schwach, wäre aber genug, um meinen Geruch flussabwärts zu tragen. Ich konnte dem Pfad also nicht folgen, da meine Witterung vor mir ankommen würde.

Ich zog mich so weit in die Bäume zurück, dass ich möglichst weit weg vom Bach und dem Pfad war und immer noch von der Seite zielen konnte, wenn die Rehe vom Wasser zurück in die Sicherheit des tiefen Waldes kamen. Ich war mir sicher, dass sie über diesen Pfad zurückkehren würden. Der Wald war ihr Zufluchtsort, und der Pfad war durch ihre häufigen Wanderbewegungen entstanden. Harald konnte den Himmel und das Meer lesen, aber ich kannte den Wald und die Gewohnheiten seiner Bewohner. Ich nahm einen Pfeil aus dem Köcher und legte ihn an die Sehne an, dann ging ich in Hockstellung hinter einem Baum und wartete. Ich blieb ruhig wie ein Stein. Mit meinem grauen Umhang, der mich umgab, sah ich einem Stein wahrscheinlich auch sehr ähnlich.

Am späten Nachmittag trat ich aus dem Wald ans Ufer und gab Harald und den anderen neben dem Boot das Signal. Sobald sie am Strand gelandet waren, wo ich wartete, sagte Harald zu Odd und Lodver. „Folgt Halfdan und helft ihm, das erlegte Reh herzuholen."

„Er hat sich noch nicht geäußert", widersprach Lodver. „Wie kannst du wissen, ob er Erfolg hatte?"

„Wenn Halfdan zum Jagen in den Wald geht, gibt es Fleisch", sagte Harald. „Das ist so sicher wie der Sonnenaufgang am Morgen."

Haralds Lob und Vertrauen in meiner Fähigkeit erfüllte mich mit Stolz, aber ich bemühte mich, es nicht zu zeigen. Ich war jetzt ein freier Mann und ein Krieger unter anderen Männern. Harald hatte mir beigebracht, dass ein Krieger Lob von seinem Stammesfürsten mit Würde entgegennimmt.

Nachdem ich das Reh erlegt hatte, war Harald in Hochstimmung. Er richtete es am Bug des Boots mit dem Kopf auf dem Vordersteven auf, so als ob es der Drachenkopf eines Schiffes sei. Er und Ulf machten Witze darüber, wie wir jetzt unseren kleinen Kutter nennen sollten. Aufgrund der Zeit, die wir für die Reise benötigt hatten, bestand Ulf darauf, dass nur „Langsamer Rehbock" passend sei. Auch ich musste über die Witze lachen, aber ich spürte ein leises Unbehagen. Ich wusste, dass der Wald lebte und mit einer Wildheit ausgestattet war, die Menschen weder sehen noch verstehen konnten. Irgendein Gott oder ein Geist des Waldes hatte uns großzügig eines seiner Lebewesen überlassen, um unseren Hunger zu stillen. Es war ungebührlich von uns, das Tier jetzt zur Zielscheibe unseres Spotts zu machen. Ich wollte etwas sagen, aber sie waren erfahrene Krieger, und ich konnte sie kaum in die Schranken weisen.

An diesem Abend brieten wir die Leber und die besten Fleischstücke über dem Feuer und spülten sie mit dem letzten Rest des Biers herunter, das Harald für die Reise mitgebracht hatte. Früh am folgenden Morgen, kurz nachdem wir aufgebrochen waren, schienen warme Sonnenstrahlen durch die Wolken. Ulf grinste und schubste Harald mit dem Fuß an. „Zeichen und Omen des Himmels, Harald. Die Sonne scheint auf Halfdans ersten Besuch auf seinen neuen Ländereien."

Während wir den Fjord entlangsegelten, sagte mir Harald die Namen der Führer und Stammesfürsten, an deren Dörfern und Höfen wir vorbeifuhren. Die meisten Siedlungen waren am südlichen Ufer, wo der Wald dichter war als auf der nördlichen Seite des breiten Gewässers. Bei einem Hof steuerte er ganz auf die andere Seite des Fjords, sodass wir nahe am anderen Ufer waren, als wir vorbeisegelten.

„Der Hof gehört dem Stammesfürsten Ragnvald, von dem ich dir schon erzählt habe", sagte er. „Auf dieser Seite des Fjords wird er nicht erkennen können, wer im Boot sitzt."

Ich wünschte mir, Harald würde sich in das Boot ducken, damit er nicht so leicht zu sehen wäre. Ich schlug es aber nicht vor, denn ich wusste, dass das für Harald nicht infrage käme. Es könnte als Zeichen vor Furcht gedeutet werden, und selbst wenn Harald jemals Furcht empfand, zeigte er sie nie. Ich hatte allerdings Angst. Angst um Harald, denn er hatte einen mächtigen Feind, der ihn umbringen wollte. Ich hatte bis dahin niemals daran gedacht, dass Harald einmal sterben könnte. Ich wollte, dass er ewig lebte. Er war mein Bruder und ein guter Freund, und ich wollte ihn nicht verlieren, nachdem wir uns gerade erst gefunden hatten.

Gelegentlich fuhren wir an anderen Wasserfahrzeugen vorbei. Die meisten waren kleinere Boote wie unseres und viele der Insassen fischten. Ein größeres, mit Waren in Tonnen und Ballen beladenes Schiff segelte an uns vorbei; das große Segel trieb es viel schneller voran, als wir fahren konnten.

Seit wir von unserem Hof aufgebrochen waren, hatte Rolf jeden Tag seine Leine ins Wasser gehängt. An diesem Vormittag hatte er einen merkwürdigen Köder aus dem Schwanz des von mir erlegten Rehs gebastelt. Jetzt döste er in der warmen Sonne, während die Leine im Wasser hinter dem Boot hergezogen wurde. Auf einmal wurde ihm der Stock, auf den er die Leine gewickelt hatte, aus den Händen gerissen. Er zuckte und drehte sich unkontrolliert am Boden des Boots, während die Leine abgespult wurde. Ulf griff nach ihm.

„Vorsichtig!", rief Rolf. „Die Leine darf nicht reißen!"

Ulf gab ihm den Stock. „Nimm du ihn. Ich weiß nicht, was du geangelt hast, aber es ist sehr kräftig."

Rolf ließ den Stock langsam in seinen Händen drehen und drückte mit dem Daumen auf ihn, um zu steuern, wie schnell die Leine ausgegeben wurde, und so seinen Fang zu ermüden. „Bei Thors Hammer! Ich hatte gehofft, dass ich mit diesem Köder etwas Größeres fangen könnte, aber es fühlt sich an wie ein Seeungeheuer!"

„Oder vielleicht ein großer Baumstamm?", sagte Ulf.

Nach einem zähen Kampf erwies es sich weder als Baumstamm noch als Ungeheuer, sondern als Lachs – ein sehr großer Lachs, länger als der Arm eines Mannes.

„Da wird sich der alte Mann freuen", sagte Rolf. „Wir bringen ihm sowohl frischen Lachs als auch Wild."

Ulf nickte. „Ja, Aidan liebt gutes Essen."

Ich schaute Harald überrascht an. Aidan war ein irischer Name, und ich hatte bisher nur von einem Mann mit diesem Namen gehört. „Aidan?", fragte ich. „Meine Mutter erzählte mir von einem Mann dieses Namens."

Harald seufzte. „Bis wir unser Ziel erreichen, werde

ich wohl keine Überraschungen mehr übrig haben. Dies ist der Aidan, von dem deine Mutter sprach. Er ist jetzt sehr alt, aber rüstig. Aidan arbeitet als Aufseher des Hofs, so wie Ubbe auf meinem Hof."

„Aber wie?", fragte ich. „Er ist ein Thrall. Mutter sagte, er wurde beim gleichen Angriff in Irland gefangen genommen wie sie."

„Als junger Mann lebte Aidan viele Jahre unter den Franken in der Handelssiedlung Dorestad nahe der Küste südlich von Friesland", erklärte Harald. „Als Hrorik davon erfuhr, stellte er Aidan oft Fragen zu der Siedlung, zu ihrer Lage am Fluss und zu den Verteidigungsmaßnahmen, die die Franken zu ihrem Schutz getroffen hatten. Aidan dachte, Hrorik wäre nur neugierig, und ahnte nicht, wie Hrorik die Informationen verwenden würde. Vielleicht dachte er, Dorestad sei zu mächtig, um eingenommen zu werden. Die neu erworbenen Kenntnisse verwendete Hrorik, um die anderen Stammesfürsten davon zu überzeugen, sich ihm bei einem Angriff anzuschließen, und um die Attacke zu planen. Der Überfall war ein großer Erfolg, da es das erste Mal war, dass Dorestad eingenommen wurde, und die Stadt reich an Beute war. Der Raubzug brachte Hrorik großen Ruhm und Reichtum."

Ulf nickte. „Alle Besatzungsmitglieder der Schiffe kamen mit viel Beute zurück. Es war ein grandioser Überfall, der lange in Erinnerung bleiben wird."

„Um Aidan für seine Hilfe zu belohnen – obwohl er gar nicht helfen wollte – ließ Hrorik ihn frei. Später, nachdem Hrorik in Besitz des größeren Hofs im Süden gekommen war, ernannte er Aidan zum Aufseher dieser

Ländereien, die nicht so groß und daher nicht schwer zu verwalten sind."

Offensichtlich hatte mein Vater Reichtum und Ruhm weit höher geschätzt als Liebe. Aidan wurde mit seiner Freiheit belohnt, nachdem er Hrorik unwissentlich bei seinem erfolgreichen Überfall geholfen hatte, aber meine Mutter, die nur ihre Liebe anzubieten hatte, blieb eine Sklavin bis zu ihrem Tod. Wie Kohlen eines mit Asche belegten Feuers, die wieder entflammen, wenn sie freigelegt werden, flammte meine Bitterkeit über den Tod meiner Mutter erneut auf. Daher war ich wütend, als wir den Hof kurz nach Mittag endlich erreichten. Harald merkte, dass etwas nicht stimmte, und versuchte mehrmals, mit mir ins Gespräch zu kommen, aber mürrisch ging ich nicht darauf ein.

Ich hatte vermutet, dass ich Aidan wegen der Leiden meiner Mutter unsympathisch finden würde, aber es war schwer, ihn nicht zu mögen. Er war ein kleiner, fröhlicher Mann mit einem runden Bauch und funkelnden Augen. Oben war sein Kopf kahl, aber hinten und an den Seiten hatte er einen vom Wind zerzausten Saum weißer Haare. Er redete ohne Pause und hielt nur inne, um seine Worte mit einem Lachen zu unterbrechen oder Atem zu holen.

„Harald!", rief er, nachdem wir aus unserem Boot ausgestiegen waren und es ans Ufer unter dem Langhaus gezogen hatten. Unsere Beine waren steif von der Reise. „Wenn ich gewusst hätte, dass ihr kommt, hätte ich ein Festmahl vorbereitet. Ich hätte deine Leibspeise bestellt – sämtliche jungen Frauen der Region." Er warf seinen Kopf in den Nacken und lachte. Als nächstes fiel sein Blick auf Rolfs Lachs. „Bei allen Heiligen in Irland! Ihr habt Jonas Wal gefangen!"

Rolf schien verwirrt. „Es ist ein Lachs, Aidan. Ein großer Lachs, sicher, aber kein Wal."

Aidan lachte wieder. „Das hat sich auf eine Geschichte über einen riesigen Fisch, der einen Mann ganz schluckt, bezogen. Ich werde euch heute Abend die Geschichte erzählen, während wir im Namen Jonas Rache an diesem riesigen Fisch üben, den ihr mitgebracht habt."

„Wir haben auch Wild", sagte Harald. „Hier ist der Jäger, der es dir bringt."

Zum ersten Mal schaute Aidan mich an. Ihm fiel das Kinn herunter, und er war kurz sprachlos.

„Schau nur dieses Gesicht an", sagte er sanft. „Du kannst kein anderer als Derdrius Junge sein. Und deine Kleider! Du bist eindeutig kein Thrall mehr."

Ohne Warnung fiel er mir um den Hals und umarmte mich. Er sah zwar alt aus, aber er war überraschend stark. Er hob mich vom Boden hoch und wirbelte mich im Kreis herum, sehr zur Freude von Harald, Ulf und den anderen. Dann setzte er mich wieder ab und trat einen Schritt zurück.

„Ach, Halfdan, Halfdan! Lass mich dich ansehen!" Dann wandte er sich an Harald. „Ist es endlich geschehen? Gunhilds Stolz hat ihr nicht mehr erlaubt, Hrorik mit einer anderen zu teilen, und sie hat sich von ihm scheiden lassen? Hrorik und Derdriu sind endlich verheiratet? Ich fand es immer eine merkwürdige Sitte von euch Nordmännern, einer Frau zu erlauben, die Ehe zu beenden, aber in diesem Fall muss ich mit ganzem

Herzen sagen, dass ich froh bin, dass es so ist."

Haralds Ausdruck wurde ernst. „So ist es nicht gekommen, Aidan. Hrorik ist tot, und auch Derdriu. Sie segelte mit ihm auf dem Totenschiff."

Aidans Gesicht wurde kreidebleich. „O du lieber Gott", flüsterte er. „O du lieber Gott. Ich liebte sie wie eine Tochter." Er fiel auf die Knie, faltete die Hände vor seinem Gesicht und schaute zum Himmel. „O himmlischer Vater, segne die unsterbliche Seele von Derdriu, die im Glauben an Jesus Christus getauft und erzogen wurde. Ihr Leben war voller Elend und sie starb weit weg von ihrer Heimat in einem fremden Land. Bitte beschützte sie jetzt bei dir im Himmel."

Ich fragte mich, ob meine Mutter lieber im Himmel des weißen Christus oder in den Methallen von Walhalla mit Hrorik weilte. Wenn ihr Walhalla lieber war, hoffte ich, dass Aidans Gebet sie nicht soeben meinem Vater entrissen hatte. Ich wusste nicht, wie mächtig christliche Gebete waren – ob sie auf jemanden im Jenseits wirken konnten. Auf jeden Fall hatten die Gebete meiner Mutter zum weißen Christus in diesem Leben im Land der Dänen wenig Wirkung gehabt.

Meine Mutter hatte mich über den weißen Christus gelehrt und zu überreden versucht, ihn anzubeten. Er hörte sich aber nicht wie ein mächtiger Gott an. Er war überhaupt nicht wie die Götter, die in unserem Dorf verehrt wurden, wie Thor, der Gott der Stürme, oder Odin, der Gott des Kriegs, des Todes und der Weisheit, oder sogar Frigg, die Göttin der Heilkunde und der Ehe. Der weiße Christus schien keine besonderen Mächte zu besitzen. Obwohl meine Mutter sagte, er sei ein Gott der

Liebe, ging es bei ihm nicht um die Liebe zwischen Mann und Frau, wie bei der Göttin Freyja. Für mich klang es, als sei er ein Gott der Zuneigung anstatt der Liebe, und vielleicht auch der Güte und der Vergebung. Dies waren sicher gute Dinge, aber sie waren nicht mächtig.

Wir saßen auf einer Bank vor dem Langhaus und tranken Bier aus Holzkrügen, die von einem Dienstmädchen auf Aidans Geheiß gebracht worden waren. Harald erzählte von der Schlacht in England, von der Heimreise, als Hrorik im Sterben lag, von dem Handel, den meine Mutter mit ihm abschloss, und von der Bestattung.

Aidan hörte ruhig zu, aber als Harald fertig war, stieß er ein lautes Stöhnen aus. „Das ist schrecklich, schrecklich. Es ist das geschehen, was ich all die Jahre befürchtet habe. Für mich ist die Zeit gekommen, die Strafe für meine Sünden zu zahlen. Ich habe aber nie geahnt, dass die liebe, herzensgute Derdriu auch Teil der Buße sein würde."

Ich hatte keine Ahnung, wovon der alte Mann redete. Offensichtlich zog er sehr schnell Schlüsse, ohne eine durchdachte Grundlage dafür zu haben.

Aidans Worte waren auch für Harald verwirrend. „Was für einen Unsinn redest du da?", fragte er stirnrunzelnd. „Was hat Derdrius Tod mit dir zu tun?"

„Die Wege meines Gottes sind unergründlich", antwortete Aidan.

„Anscheinend gehört dazu, den Verstand alter Männer zu verwirren", schlug Ulf vor.

„Von welchen Sünden sprichst du?", fragte ich.

„Ich half diesen Ungläubigen, die christliche Stadt

Dorestad einzunehmen. Dabei habe ich meinem Gott gelobt, ihm mit meinem Leben zu dienen und seinem Volk ein Hirte zu sein. Stattdessen half ich den Wölfen, in ihre Festung einzudringen und Gottes Schützlinge zu nehmen. Seither quält es mich, und ich habe darauf gewartet, dass die Rache Gottes mich heimsucht."

Es erstaunte mich, dass Aidan glauben konnte, Mutters Handel mit Hrorik und ihr mutiger Tod, mit dem sie mich aus der Sklaverei befreit hatte, könnten etwas mit ihm zu tun haben. Meiner Ansicht nach bildete er sich ein, viel wichtiger zu sein, als er war.

„Dann wirst du noch weiter warten müssen", sagte ich ihm. „Meine Mutter wählte ihr Schicksal aus freien Stücken, weil sie mich als freien Mann und Hroriks anerkannten Sohn sehen wollte. Ich vermute, sie hat auch deshalb die Reise mit dem Totenschiff gewählt, weil sie dadurch endlich ihren rechtmäßigen Platz neben Hrorik einnehmen konnte, was ihr in dieser Welt verweigert wurde. Setze ihre mutigen und großzügigen Taten nicht herab, indem du behauptest, sie hätten etwas mit dir zu tun."

„Der Herr sei uns gnädig", sagte Aidan. „Dann ist es noch schlimmer als ich dachte. Ich bin davon ausgegangen, sie sei als heilige Märtyrerin gestorben, dass sie keine Wahl hatte. Siehst du nicht, mein Junge? Es gibt keine Walhalla. Es gibt nur Himmel und Hölle, und wenn Derdriu ihr Leben freiwillig in einer heidnischen Zeremonie geopfert hat, befürchte ich, dass ihre Seele ewig zur Hölle verdammt ist."

Aidans letzte alberne Äußerung trieb mich über die Schwelle von der Verärgerung zum Zorn. Aber bevor mir eine Antwort einfiel, sprang Harald auf und brüllte: „Sei still! Das ist Gotteslästerung!" Etwas ruhiger – aber immer noch mit zorniger Stimme – fuhr er fort. „In all der Zeit, seit du Irland verlassen hast, hat Hrorik es geduldet, dass du deine Religion ausübst. Wir haben deinen merkwürdigen Glauben an den weißen Christus zugelassen. Wir haben niemals deinen Gott beleidigt, obwohl er fürwahr schwach und unmännlich erscheint, da er nie ein Krieger war, und er es ohne Kampf zugelassen hat, dass er gefangen genommen und ermordet wurde. Aber du gehst jetzt eindeutig zu weit, wenn du sagst, Walhalla existiert nicht. So ein Geschwätz lasse ich nicht zu. Wie kannst du das wissen? Du hast das Jenseits nie gesehen. Aber wenn die Priester unserer Götter hören, was du für einen Unsinn erzählst, riskierst du wohl, es schneller zu erleben. Seit dem Tod Hroriks bin ich jetzt Oberpriester unseres Dorfs. Es liegt in meiner Verantwortung, dass die Götter gewürdigt und verehrt werden, wie es sich geziemt. Solche Albernheiten, wie du sie gerade geäußert hast, können ohne Weiteres die Götter zornig machen. Ab jetzt will ich nie wieder von deiner Religion hören. Wenn du sie unbedingt noch ausüben willst, dann tu es nachts in deinem Bett, alleine."

Der Anfang unseres Besuchs schien unter keinem guten Stern zu stehen.

Harald atmete tief ein und schüttelte den Kopf. Er füllte seinen Becher mit Bier und trank fast alles in einem langen Schluck. Dann rülpste er und seufzte. „Bier kühlt die Feuer des Zorns", verkündete er.

Ich hatte eigentlich eher gesehen, wie es in Män-

nern die Wut entfachte, aber es schien gerade keine gute
Zeit, Harald zu widersprechen.

Er wandte sich wieder zu Aidan, der ihn nervös anschaute. „Komm", sagte Harald, seine Stimme wieder
ruhiger. „Wir dürfen nicht streiten. Dies soll ein glückli-
ches Ereignis sein. Hrorik hat diesen Hof Halfdan hinterlassen, als Geschenk eines Vaters an seinen Sohn. Deshalb sind wir gekommen – damit Halfdan seine neuen
Ländereien inspizieren kann."

Harald war wie der Gott des Donners, Thor, dessen
Zorn den Himmel mit Dunkelheit und Gewalt füllen
konnte – und doch strahlte kurze Zeit später die Sonne
wieder. Als wir unseren Rundgang über den Hof begannen, tat Harald so, als ob er niemals wütend gewesen sei.
Mit der Zeit überwand Aidan seine Angst nach Haralds
Ausbruch und verhielt sich ebenso.

Der Hof lag an einer kleinen Bucht des Limfjords.
Die Bäume hier waren vor langer Zeit gerodet worden,
und der Wald bildete einen Kreis um die Rodung wie
schützende Arme. Ein schmaler Bach floss mitten durch
die Felder hindurch und mündete in die Bucht. Auf einer
Seite der Bucht ragte eine große Felsplatte aus dem
Wasser und lehnte gegen das Ufer.

„Da." Harald zeigte auf den großen Felsbrocken.
„Als Kinder saßen Sigrid und ich auf dem großen Stein.
Wir haben geangelt und hielten Ausschau nach vorbeifahrenden Schiffen. Es war deine Mutter Derdriu, die
uns das Angeln beibrachte, dort auf dem Felsen."

Der sandige Strand, auf dem wir unser Boot an
Land gebracht hatten, lief das Ufer entlang vom Ende
der Felsplatte bis zur Bachmündung.

„Aidan, erinnerst du dich, wie du mir eines Sommers ein Spiellangschiff geschnitzt hast, und wie ich es von diesem Strand aus auf die Reise geschickt habe?"

Harald und Aidan zeigten mir die Weiden, die Felder und das Langhaus des Hofs. Überall rief sich Harald lange zurückliegende Erinnerungen wieder ins Gedächtnis, in denen er und Sigrid als Kinder eine Rolle spielten, und in denen manchmal auch meine Mutter vorkam. Es war, als ob er Geister aus seiner Vergangenheit sah, die wieder lebendig wurden, als wir ihre Lebensorte durchliefen. Ich sah keine. Ich erfuhr, dass ich hier geboren war, aber in mir lebten keine Erinnerungen an diesen Ort mehr.

Das Langhaus war viel einfacher und kleiner als das auf dem Hof im Süden. Auf Haralds Hof waren die Stallungen für die Tiere und das Badehaus in separaten Flügeln, die von den Seiten des Haupthauses wegführten. Hier gab es nur ein langes, rechteckiges Gebäude. Der Stall befand sich an einem Ende und nahm etwa ein Drittel des Raums ein. Er war vom Wohnbereich durch eine Holzwand getrennt. Die Bauform war einfach und funktional, aber der Wohnbereich roch noch viel mehr nach Tieren als in Haralds Langhaus.

Dieses Langhaus war auf der Seite des Flusses, auf der auch der große Felsen stand, mit Blick auf die Bucht gebaut. Nahe der Mitte einer der langen Seiten des Gebäudes befand sich der Haupteingang, der den Blick auf den Strand freigab. An der Stallseite des Langhauses war eine weitere Tür für die Tiere angebracht. Häufig benutzte Pfade führten vom Haus zum Aborthäuschen am Rande des Waldes sowie zu den beiden Viehweiden des Bauernhofs.

Neben Aidan und seiner Ehefrau – einer molligen, freundlichen Frau namens Tove, die im Nachbardorf aufgewachsen war – wohnten acht Huscarls, fünf davon mit ihren Familien, und sechs Sklaven auf dem Hof. Sie wirkten wie kräftige, fleißige Menschen, aber sie waren eindeutig Bauersleute und nichts anderes. Ich hatte keine Kriegsbande geerbt; Hroriks Krieger lebten mit ihm auf seinem Hof im Süden. An den Wänden des Langhauses hingen die Schilde der Huscarls, aber die einzigen sichtbaren Waffen waren ein paar kurze Handbeile und einige Bögen und Speere, die vermutlich seit vielen Jahren ausschließlich für die Jagd benutzt worden waren.

Ich konnte nur hoffen, dass die mangelnde Kriegs-ausrüstung – und die Abwesenheit von Männern mit einem Hang, sie zu benutzen – ein Zeichen dafür war, dass der Limfjord eine sichere und friedliche Gegend war. Ich war noch nicht Krieger genug und ganz sicher nicht in der Lage, eine Kriegsbande zu führen. Aber ich ertappte mich auch bei dem Gedanken, dass ich viel-leicht nicht aus dem Holz geschnitzt war, aus dem Krieger gemacht sind. Bei der ruhigen Friedlichkeit des kleinen Hofs konnte ich nicht umhin, davon zu träumen, hier zu leben und das einfache Leben eines Bauern im Einklang mit den Jahreszeiten zu führen. Auf einem Bauernhof, der mir gehörte, statt als Thrall ausschließlich für andere zu arbeiten, könnte es ein gutes Leben wer-den.

Nachdem wir die Felder und Weideflächen besich-tigt hatten und ich die Bewohner des Bauernhofs kennengelernt hatte, entschuldigte sich Aidan und kehrte zum Langhaus zurück, um die Vorbereitungen für das Festmahl zu unseren Ehren zu beaufsichtigen. Ulf und Rolf zogen sich ebenfalls ins Langhaus zurück, um die Badeecke aufzusuchen, während Lodver und Odd sich an einem Ringkampf mit einigen Huscarls des Hofs beteiligten.

Harald nahm meinen Arm. „Es gibt noch etwas, das ich dir zeigen möchte."

Wir gingen einen Karrenweg entlang, der zuerst den flachen Bach überquerte und dann wie eine Grenze zwischen dem Rand der Felder und dem dunklen Überhang des Waldes verlief. Nach einer Weile änderte sich die Richtung des Pfads und führte in den Wald hinein. Nachdem wir uns eine kurze Strecke vom offenen Gelände entfernt hatten, kamen wir zu einem bewaldeten Hügel neben dem engen Fahrweg.

Harald verließ den Weg. „Hier", sagte er, als er mich durch die Bäume hinauf zur Bergkuppe führte. Hier waren die Bäume gerodet, und auf der Anhöhe standen vier Totenschiffe, ähnlich dem, das wir für Hrorik und meine Mutter errichtet hatten.

„Dies sind die Grabstätten unserer Vorfahren", sagte Harald. Er deutete auf das Totenschiff, das uns am nächsten war. „Hier wurde Hroriks Vater Offa verbrannt und dort drüben ist Gorm, Hroriks Vaters Vater. Offa ist als alter Mann im Schlaf gestorben. Aber Gorm starb, als er noch in den besten Jahren war – an einem Fieber, das von einer im Zweikampf zugezogenen Wunde herrührte, die nicht heilte.

Diese Grabstätte links von uns ist das Totenschiff

von Haldar Graumantel, der von Vestfold auf der anderen Seite des Meeres im Land der Norweger an den Limfjord kam. Er war der Erste unseres Stammes, der sich hier niederließ. Er heiratete die Tochter eines Stammesfürsten und war Vater von Gorm. Haldar war ein großer Krieger, aber er wurde eines Winters von Wölfen getötet. Hrorik erzählte mir die Geschichte, wie sein Vater sie ihm erzählt hatte. In jenem Winter war das Wetter besonders streng. Es gab viele Schneestürme und streckenweise war der Limfjord zugefroren. Die Kälte und der starke Schneefall trieben die Rudel aus den Tiefen des Waldes bis zu den Bauernhöfen und Dörfern, wo sie Nahrung suchten. Haldar war eines Tages allein auf der Jagd und die Wölfe haben ihn gefunden und getötet. Als die Männer des Hofs die zerfleischten Reste seiner Leiche fanden, waren um sie herum die Kadaver von vier Wölfen. Er starb kämpfend, und seine Mörder zahlten einen hohen Preis."

Harald zeigte auf das Totenschiff, das am weitesten von uns entfernt war. „Die letzte Grabstätte gehört Harald, nach dem ich benannt bin. Er war Hroriks Bruder. Er starb als junger Mann, als er die Siedlungen des Limfjords gegen einen Angriff von vier Schiffen der Svear und Gauten verteidigte. Wenn er nicht so mutig gewesen wäre, hätte niemand im Langhaus überlebt."

Vor mir lagen die Grabstätten von großen Männern und Stammesfürsten. Ihr Blut floss in meinen Adern. Ich fragte mich, ob die Geister dieser Männer nachts noch auf dieser Bergkuppe als Draugr umherwanderten – wandelnde Tote, deren Seelen noch an diese Welt gebunden waren und die in ihren Grabhügeln lebten. Oder waren diese Totenschiffe jetzt nur noch Steine, die die Stelle markierten, von der aus sie ihre Reise ins Jenseits angetreten hatten?

Abends beim Festmahl bestand Harald darauf, dass ich den Ehrenplatz am Tisch einnahm. „Du bist jetzt Herr des Hauses", sagte er. „Dieser Platz steht dir rechtmäßig zu."

Ich nahm den Platz nur widerwillig ein. Es kam mir fremd vor, irgendwie falsch. Es war ein Tag voller seltsamer Erfahrungen gewesen. Ich war durch Felder und Weiden gelaufen, die mir, Halfdan, gehören sollten – und dabei war ich erst vor kurzem noch ein Thrall. Jetzt saß ich an der Tafel im Langhaus, am Kopf des Haupttisches. Vor nur einigen Wochen wäre es für mich unmöglich gewesen, überhaupt an der Tafel zu speisen; ich wäre unter den Sklaven gewesen, die die Reste bekommen hätten.

Aidan und seine Frau Tove hatten eine aufwendige Mahlzeit vorbereitet. Als er unter den Franken und den Iren gelebt hatte, hatte Aidan viele Gewürze und Kochmethoden kennengelernt, die bei den Dänen unbekannt waren. In unserem Volk war die Zubereitung von Speisen vor allem Sache der Frauen, aber Aidan arbeitete an der Feuerstelle so hart wie ein Küchensklave. Mit Tove zerlegte er das Fleisch in kleine Stücke und kochte es in fränkischem Wein und ausgesuchten Kräutern so lange, bis das Fleisch kaum gekaut werden musste, so zart war es. Aidan servierte auch dünn geschnittene Scheiben vom Lachs ohne Gräten, die in einer Guss-

eisenpfanne mit Butter angebraten und auf Brot ange-
richtet waren.

„Morgen Abend essen wir den Rest von diesem
großen, wunderbaren Fisch", versprach er. „Ich werde
ihn in Bier tränken und langsam kochen, so wie ich es in
Dorestad gelernt habe. Morgen werde ich dich auch ins
Dorf mitnehmen und dich dem Volk dort vorstellen."

Zu dem Wild und dem Fisch gab es viele andere
Köstlichkeiten. Aidan und Tove waren begnadete Köche.
Es war ohne Zweifel die herrlichste Mahlzeit, die ich je
gegessen hatte. Das Essen spülten wir mit einem exzellenten Met herunter, der bereits viele Monate gelagert
war.

Nachdem wir uns satt und weit darüber hinaus gegessen hatten und unsere Mägen wegen unserer Maß-
losigkeit grollten, stand Harald auf. „Heute ist ein
besonderes Ereignis", kündigte er an. „An diesem Tag
nimmt Halfdan, Sohn von Hrorik, dieses Anwesen in
seinen Besitz."

Alle erhoben ihre Becher und jubelten unstet und
leicht betrunken. „Halfdan!", riefen sie und tranken. Die
Dienstsklaven huschten hin und her und füllten die
leeren Becher nach.

„Es gibt einen weiteren Grund, wieso dieser Tag
etwas Besonderes ist", fuhr Harald fort. „Es ist der dritte
Neumond nach dem Julfest. Vor fünfzehn Jahren gebar
Derdriu Halfdan auf diesem Bauernhof im dritten Monat
nach dem Julfest. Er ist jetzt fünfzehn Jahre alt und hat
damit das Mannesalter erreicht."

Diesmal hörte ich kaum die die Hochrufe, die
durch den Raum hallten. Ich war überwältigt. Als Thrall

konnte ich niemals weiter schauen als von einem Tag zum nächsten. Im Gegensatz zu freien Männern und Frauen können Sklaven nicht mündig werden. Die Geburtsmonate von Besitztümern werden nicht gefeiert. Aus Gewohnheit hatte ich nicht anders gedacht, seit ich meine Freiheit erlangt hatte.

Dann merkte ich, dass Harald wieder zu sprechen angefangen hatte. „Ich habe erst vor kurzem begonnen, Halfdan als mein Bruder zu betrachten. Aber in dieser Zeit habe ich ihn gut kennengelernt. Hrorik vertraute mir Halfdan und seine Ausbildung an. Ich habe schnell bemerkt, wie bedauerlich es ist, dass wir unsere Leben nicht schon seit dem Tag seiner Geburt als Brüder geführt haben."

Ich spürte Tränen in den Augen. Verlegen senkte ich den Kopf, um sie zu verbergen. Ich hoffte, dass Mutter Haralds Worte hören konnte und wusste, welchen Segen mir ihr Opfer gebracht hatte.

Harald legte ein in Robbenfell gewickeltes Bündel auf den Tisch vor mir. „Hier ist ein Geschenk von mir, mein Bruder Halfdan, als Erinnerung an deinen Geburtstag, an das Erreichen des Mannesalters und an meine Freude, dass wir Brüder sind."

Im Fell eingewickelt war ein Dolch. Die Parierstange war ein kurzer Stab aus poliertem Stahl, der sich an beiden Enden zu Spitzen verjüngte. Der Griff bestand aus warmem, dunklem Holz, das glatt poliert war, und der Knauf war aus gegossenem Silber mit einem komplexen Muster aus Schiffen, Figuren und Runen. Die Scheide war aus mit weichem Leder ummanteltem Holz gefertigt und hatte einen Streifen in Öl getränktes Fell um den mit Metall umrandeten Hals. Als ich Klinge aus der Scheide zog, erkannte ich den wahren Wert des Dolchs. Die Klinge war damasziert, und auf der Oberfläche spielten geheimnisvolle, geschwungene Muster, wie die Strömungen eines Flusses, die im Stahl gefangen waren. Als ich die Klinge sah, wusste ich, dass Harald sie als Gegenstück zu seinem Schwert Biss gekauft haben musste. Er erwies mir eine große Ehre, indem er mir diesen Dolch schenkte.

Wir feierten bis spät in die Nacht. Wie er versprochen hatte, erzählte Aidan uns die Geschichte des Wals, der einen Mann verschluckt hatte. Da er darauf bestand, dass die Geschichte wahr war, diskutierten wir lange darüber, ob jemand so etwas überleben könnte. Ulf war der Meinung, auch wenn man es überlebte, würde man hinterher dermaßen stinken, dass kein Mensch es ertragen würde, sich dem Überlebenden zu nähern. Harald trug ein langes und ergreifendes Gedicht über einen Krieger vor, der in einer Schlacht heldenhaft gegen eine große Übermacht kämpfte, und wir tranken viel auf ihn und aufeinander. Es war eine wunderbare Nacht, die mir immer in Erinnerung bleiben wird.

Ich wurde in den frühen Morgenstunden von jemandem geweckt, der mich wachrüttelte. Langsam wurde mir bewusst, dass es Harald war, aber ich war von dem getrunkenen Met und dem nicht geschlafenen Schlaf noch so angeschlagen, dass ich nicht richtig wach wurde. Harald ging weg, und ich war fast wieder eingeschlafen, als mir jemand einen Eimer kaltes Wasser über den Kopf leerte. Ich zuckte hoch und hustete das Wasser aus.

„Wach auf, Halfdan!" Harald hockte neben mir. „Und bleib ruhig. Wir sind in Gefahr. Hol deine Waffen und komm zu mir ans Feuer."

Die Reste des Abendfeuers lagen auf der Herdstelle; es waren jetzt fast nur noch glimmende Kohlen, aber um den letzten Holzklotz züngelten noch kleine Flammen. Im gedämpften Licht konnte ich sehen, dass überall in der Halle weitere Schläfer geweckt wurden. Sie holten ihre Waffen und kamen nach und nach in die Mitte der Halle.

Nachdem alle da waren, sprach Harald leise zu uns. „Möglicherweise befinden sich Feinde draußen, um das Langhaus herum. Ulf, erzähl uns, was du gesehen hast."

„Ich wachte mit dem Gefühl auf, Wasser lassen zu müssen und vielleicht auch mehr", sagte Ulf. „Ich ging durch den Stall und wollte den Pfad zum Aborthäuschen nehmen, aber bevor ich aus den Schatten des Stalleingangs getreten war, hörte ich Stimmen und blieb stehen. Nach einer Weile sah ich sie – dunkle Gestalten von Männern, die sich am Waldrand hinter dem Aborthäuschen versteckten. Hätten sie nicht unvorsichtigerweise ihre Position verraten, wäre ich jetzt bestimmt tot und würde in einer Lache aus Pisse und Blut liegen. Ich beobachtete sie einige Zeit. Nach einer Weile trat einer aufs freie Feld heraus und winkte mit dem Arm, als ob er jemandem am anderen Ende des Langhauses ein Signal geben wollte. Die Nacht ist zwar mondlos und dunkel, aber ich konnte im Licht der Sterne das Schimmern seines Helms und seiner Speerspitze sehen und erkennen, dass er einen Schild trug. Wir sind von bewaffneten Männern umzingelt."

Die Frau eines der Huscarls gab ein leises Wimmern von sich. Tove hielt ihr mit der Hand den Mund zu, um dem Geräusch ein Ende zu setzen. „Ruhe!", flüsterte sie.

Harald und Ulf trugen bereits ihre Kettenhemden. Während Ulf von der Gefahr erzählt hatte, war Rolf in sein Lederwams geschlüpft und hatte die Riemen festgezurrt. Die Männer, die Helme besaßen – nur zwei vom Hof am Limfjord – zogen sie über den Kopf und banden die Riemen unter dem Kinn fest. Ich tat es ihnen nach, dann bespannte ich meinen Bogen.

„Halfdan - du, Ulf, Lodver und ihr drei", sagte Harald, während er auf die drei Huscarls des Hofs deutete, die mir am nächsten standen. „Bewacht den Haupteingang hier in der Halle. Er ist so schmal, dass die Feinde nur einzeln hereinkommen können. Rolf, Odd und der Rest von Euch, ihr kommt mit mir. Wir müssen den Stall verteidigen. Wer einen Bogen hat, soll ihn mitbringen. Wir werden sie in dieser Nacht brauchen."

Harald und seine Männer gingen in Richtung Stall. Ulf befahl Aidan, das Feuer mit Asche zu bedecken, damit es im Langhaus möglichst wenig Licht gab. Dann brachte Aidan die Frauen, Kinder und Sklaven an die Seite des Langhauses gegenüber dem Stall. Dort kippten sie einen Tisch auf die Seite, stellten ihn quer in eine Ecke des Raums und versteckten sich dahinter.

Ein Huscarl, den Harald mir zugewiesen hatte, trug Bogen und Köcher. Ich hoffte, er konnte damit umgehen.

„Wie heißt du?", fragte ich ihn. Er war mir gestern schon vorgestellt worden, aber ich wusste seinen Namen nicht mehr.

„Fret", antwortete er.

„Fret, wir werden gleich diese Tür aufmachen, um zu sehen, was draußen vor sich geht. Falls Feinde auf uns warten, wäre es gut, wenn du und ich sie möglichst auf Distanz halten könnten."

Für die Männer draußen wären wir in den Schatten im Inneren des Langhauses versteckt, aber ich hoffte, dass wir im fahlen Licht der Sterne erkennen könnten, wo sie lauerten.

Ich schüttelte den Kopf und versuchte, die letzten Schlaffetzen loszuwerden. Ich fühlte mich noch immer träge von dem Met, den ich beim Festmahl getrunken hatte, und musste mich zusammenreißen, um mich auf meine Aufgaben zu konzentrieren. Vielleicht war das auch gut so, denn da ich so damit beschäftigt war, aufmerksam zu sein, kam ich nicht dazu, Angst zu haben.

Die Öffnungsrichtung des Haupteingangs war nach innen. Nachdem wir unsere Positionen eingenommen hatten, gab ich Ulf das Zeichen, die Tür zu öffnen. Fret und ich standen mit eingelegten Pfeilen eine Speerlänge von der Tür entfernt und etwas zur Seite. Es war die richtige Entscheidung, nicht direkt vor dem Eingang zu stehen – nur Momente, nachdem Ulf die Tür aufgemacht hatte, flogen zwei Pfeile durch die Öffnung und schlugen in der gegenüberliegenden Wand ein.

Ich spähte angestrengt in die Dunkelheit hinaus, konnte aber anfangs nichts sehen. Auf einmal hörte ich vom Stall her den unterdrückten Schmerzensschrei eines

Mannes, gefolgt von Kriegsrufen und dem Aufprall von Metallklingen. Bei diesem Klang sprang eine dunkle Masse vom Boden vor uns nur einen kurzen Speerwurf vom Eingang entfernt auf und raste auf uns zu. Mir wurde klar, dass unsere Angreifer nach vorne gekrochen waren und versteckt in den Schatten vor dem Langhaus liegend auf das Signal zum Angriff gewartet hatten.

Ich zielte auf Kniehöhe auf die angreifenden Männer und ließ einen Pfeil fliegen. Jemand schrie vor Schmerz auf und fiel seitlich hin. Fret schoss auch, aber ich hörte, wie sein Pfeil nutzlos gegen einen Schild prallte.

„Schieß nach unten, auf ihre Beine!", rief ich ihm zu.

Ich legte schnell den nächsten Pfeil ein und spannte den Bogen. Die Angreifer waren jetzt nahe genug, dass ich sogar in der Dunkelheit Details erkennen konnte. Ein Mann mit einem glänzenden Helm und einem Kettenhemd führte den Angriff, während er einen wortlosen Kriegsschrei brüllte. Er bezahlte seine Kühnheit mit dem Leben. Mein Pfeil streifte die obere Kante seines Schildes und traf ihn in den Mund. Er fiel nach vorne, wurde durch die Wucht seines Ansturms weitergetragen und prallte auf die Wand des Langhauses.

Lodver und ein Huscarl des Hofs kauerten neben der Wand auf der rechten Seite des Eingangs, während Ulf und ein weiterer Huscarl gegenüber von ihnen auf der anderen Seite der Tür bereitstanden. Als der erste Angreifer die Schwelle erreichte, trat Ulf hervor und blockierte den Weg – weit genug zurück, dass ein Mann eintreten konnte, aber nur einer.

Ein Krieger mit blonden Haaren in zwei langen Zöpfen, die hinten unter seinem Helm hervorhingen, sprang herein. Er wehrte Ulfs Schwert mit seinem Schild ab und griff mit seinem Speer an. Mit seinem Schild schlug Ulf den Vorstoß zurück. Dann rammte Lodver, der noch versteckt in den Schatten neben der Wand stand, seine Speerspitze in den Rücken des Mannes und tötete ihn.

Die Angreifer lernten schnell. Niemand folgte dem toten Kameraden durch die Tür. Stattdessen blieben die Männer draußen und schmiegten sich an die Wände, wo Fret und ich sie nicht sehen konnten. Einige stachen mit ihren Speeren durch den Eingang in die Dunkelheit zu beiden Seiten. Der Huscarl neben Lodver schrie auf und taumelte zurück, an der Schulter verletzt.

Draußen lief auf einmal ein Mann vor die Tür und holte mit dem Speer aus, um ihn zu werfen.

„Ulf, runter!", rief ich. Er warf sich auf den Boden und rollte seitwärts ab, und der Speer flog über ihn hinweg. Als Antwort darauf schoss ich einen Pfeil und traf den Speerwerfer ins Gesicht. Er fiel lautlos rückwärts. Auch Fret schoss und traf einen weiteren Feind, der versucht hatte, in niedriger Höhe in den offenen Eingang hineinzuspringen und Lodver mit seinem Speer zu erreichen. Bei seinem Angriff hatte er sich hinter seinen Schild geduckt, aber sein Nacken und seine Schultern waren dennoch ungeschützt.

Auf einmal drehten sie sich um und rannten davon. Fret und ich schossen weiter, während sie flohen. Mit einem Pfeil in den Rücken brachte ich einen Mann zur Strecke. Ich hörte einen weiteren Schrei nach einem

Schuss von Fret, bevor sie alle außer Sichtweite waren.

Ulf krabbelte auf Händen und Knien wieder in Deckung auf der linken Seite des Eingangs. Der Huscarl, der auf Ulfs Seite gestanden hatte, ging einen Schritt zur anderen Seite der Tür, wo sein verwundeter Gefährte sich an die Wand lehnte und von Lodver untersucht wurde. Als den offenen Eingang passierte, flog ein Pfeil aus der Dunkelheit, traf ihn in die Seite und brachte ihn zu Boden. Ulf packte den Mann an den Beinen und zog ihn zurück in die Schatten. Bis ich sie erreichte, hatte Ulf ihn gegen die Wand des Langhauses gelehnt. Der Verletzte stöhnte vor Schmerzen und umklammerte den Pfeil, der in seiner Seite steckte. Nur etwa die Hälfte des Schafts sowie die Befiederung waren zu sehen.

Aidan gesellte sich zu uns. „Ich kenne mich etwas mit Heilkunst aus", sagte er. „Ich kümmere mich um ihn."

Ulf zog ihn zurück. „Ein anderer von euren Männern bekam einen Speer in die Schulter. Kümmere dich zuerst um ihn. Er kann uns in diesem Kampf noch helfen. Dieser Mann ist für die heutige Schlacht erledigt, möglicherweise sogar für immer."

Ulf wandte sich zu mir und klopfte mich auf die Schulter. „Du schießt mit deinem Bogen schnell und zuverlässig. Wenn wir mehr von deiner Sorte hätten, wäre ich viel zuversichtlicher, dass wir den Sonnenaufgang noch erleben werden."

Er wirkte ruhig. Wenn die Gefahr ihm Angst machte, versteckte er es gut. Allerdings wurde ich durch seine Worte in Schrecken versetzt. Ulf gehörte zu Haralds erfahrensten Kriegern. Wenn er um uns besorgt war, mussten wir wirklich in großer Gefahr sein. Eine Welle der Übelkeit wühlte den Inhalt meines Magens auf. Ich hoffte, dass ich mich nicht übergeben und mich blamieren würde. Ich spürte Schweißperlen auf meine Stirn. Ich wischte sie mit dem Ärmel meiner Tunika weg und war dankbar, dass die Dunkelheit des Langhauses die Zeichen meiner Angst vor den anderen verbarg.

Der vom Pfeil getroffene Huscarl ächzte leise. Eine Frau war jetzt an seiner Seite und versuchte, ihm Wasser zu geben. Er hustete, verschluckte sich daran und schüttelte den Kopf als Zeichen, dass sie aufhören solle.

Harald kam aus dem Stall herein. Er rang nach Luft und hielt kurz inne, um Atem zu holen, bevor er sprach. „Da drinnen war es sehr mühsam. Sie erreichten die Tür zum Stall ungefähr zur gleichen Zeit wie wir, und einige erkämpften sich den Zugang zum Inneren. Fürs Erste haben sie sich aber zurückgezogen."

„Habt ihr Verluste?", fragte Ulf.

Harald nickte. „Ja, zwei tot, einer verletzt. Einer der hiesigen Huscarls erreichte als erster die Tür des Stalls. Er wurde überrascht, als die Angreifer durch die Tür brachen. Er wurde von einem Speer im Hals getroffen. Eine Axt spaltete den Schädel eines anderen Huscarls, als wir in der Dunkelheit neben dem Eingang kämpften, und Odd wurde am Bein verletzt, kann jedoch noch kämpfen. Aber sechs Feinde liegen tot auf dem Boden des Stalls."

„Sie zahlen einen Preis", sagte Ulf. „Aber ich befürchte, dass sie mehr Männer als Zahlungsmittel haben als wir. Ein Huscarl des Hofs liegt im Sterben und ein anderer ist verletzt." Er zeigte auf mich. „Halfdan ist ein

Mann, den man bei einer Schlacht gern an seiner Seite hat. Wir haben während des Angriffs und des Rückzugs mindestens vier Eindringlinge getötet und einige weitere verletzt. Die meisten fielen Halfdans Bogen zum Opfer."

Harald streckte die Hand aus und legte sie auf meine Schulter. „Das ist wirklich großes Lob, wenn es von Ulf kommt, mein Bruder. Er hat bereits viele Kämpfe gesehen. Ich bin stolz auf dich."

Ich war zu erschüttert, um erfreut zu sein, obwohl ich mich später an Haralds Worte erinnern und etwas Trost in ihnen finden würde.

„Was werden die Angreifer als nächstes machen?", fragte ich.

„Sie werden versuchen, uns auszuräuchern", antwortete Harald. „Sie werden wohl keinen Angriff mehr wagen, nachdem sie so große Verluste erlitten haben."

„Sind es Räuber?", fragte ich.

Harald schüttelte den Kopf. „Das glaube ich nicht. Es gab keine fremden Räuber am Limfjord seit dem Raubzug vor vielen Jahren, bei dem Hroriks Bruder gestorben ist. Der Aufschrei den Fjord entlang war groß, und alle vier Schiffe mit Svearn und Gauten wurden vernichtet. Seither hat es niemand mehr gewagt. Ich befürchte, dass Ragnvald dahinter steckt." Er seufzte. „Wenn es sich tatsächlich um persönliche Rache gegen mich handelt, können wir vielleicht noch freies Geleit für die Frauen, Kinder und Sklaven aushandeln, bevor sie wieder angreifen. Er wird vielleicht nicht einwilligen, aber ich muss es versuchen."

Harald trat seitlich neben den Eingang und rief laut durch die Tür. „Ich möchte mit eurem Anführer reden!"

Nach einiger Zeit antwortete eine Stimme aus der Dunkelheit. „Wer möchte mit mir sprechen?"

„Ich bin Harald Hroriksson. Seid Ihr der Anführer dieser Kriegerbande?"

„Ich spreche für ihn", kam die Antwort. Ich fragte mich, wieso ihr Anführer nicht für sich selbst sprach.

Harald knurrte grimmig. „Ich erkenne die Stimme nicht. Vielleicht versucht Ragnvald, seine Rolle hier geheim zu halten." Er rief erneut. „Wir haben Frauen, Kinder und Sklaven im Langhaus. Sie sind nicht an diesem Streit beteiligt. Werdet Ihr ihnen freies Geleit gewähren?"

„Schicke sie heraus", antwortete die Stimme.

„Ich brauche das Versprechen Eures Anführers", verlangte Harald. „Er muss schwören, dass sie unversehrt bleiben und dass Ihr sie nicht gefangen nehmt."

Es folgte lange Stille. Harald brach das Schweigen endlich wieder selbst. „Was auch immer Euer Streit mit uns ist, die Frauen und Kinder haben Euch keinen Schaden zugefügt. Es macht Euch keine Ehre, sie zu verletzen."

Endlich kam eine dumpfe Stimme, eine andere als die erste. „Ich bin der Anführer dieser Männer. Ich schwöre. Schicke sie jetzt heraus, wenn sie überhaupt gehen sollen. Ich werde mit dem Angriff nicht viel länger warten."

Es gab viele Tränen unter den Frauen, als sie sich verabschiedeten. Harald drängte Aidan dazu, sie zu begleiten, da er kein Krieger war, aber er antwortete: „Ich bin kein Thrall. Mein Platz ist mit dir und Halfdan und den anderen Männern."

217

Harald versammelte die Kinder und fragte: „Wer von euch kann am schnellsten laufen?"

Ein Junge, der etwa zehn Jahre alt aussah, schaute die anderen an und sprach dann. „Das bin ich, Herr."

Harald kniete neben ihn. „Gut, mein Junge. Wie heißt du?"

„Cummian."

„Er ist mein Sohn", sagte Aidan.

„Warst du schon einmal im Dorf, Cummian?", fragte Harald. „Den Fahrweg neben den Feldern entlang und dann durch den Wald?" Der Junge nickte. „Du musst für uns sehr tapfer sein, Cummian, und sehr, sehr schnell. Die Angreifer da draußen erlauben jetzt den Frauen, Kindern und Sklaven, das Langhaus unverletzt zu verlassen. Sobald du kannst, musst du dich in der Dunkelheit heimlich davonmachen und ins Dorf laufen. Sag ihnen, dass Fremde gelandet sind und das Langhaus angreifen. Dein Vater ist hier mit mir und den anderen Männern und wartet darauf, dass du uns Hilfe bringst."

Die Frauen, ihre Kinder und die sechs Sklaven verließen den Eingang des Langhauses in einem ängstlichen Haufen. Nachdem sie im Freien waren, wurden nacheinander vier Fackeln angezündet, zur rechten Hand, wo sich die Arbeitsschuppen befanden.

„Hier entlang!", rief eine Stimme. „Kommt ins Licht und in die Sicherheit."

Neben dem ersten Arbeitsschuppen schaute ein riesiger Krieger, der eine Fackel trug, hinter einer Ecke hervor. Im Licht der Fackel sah ich, dass sein Kopf und sein Helm mit dunklem Stoff in Form einer Kapuze umwickelt war, die sein ganzes Gesicht mit Ausnahme seiner Augen verdeckte. Während ich zusah, rief er erneut mit heiserer Stimme: „Hier entlang!" Auch wenn sie von dem Stoff gedämpft war, erkannte ich doch die Stimme des Anführers, der seinen Eid aus der Dunkelheit gesprochen hatte.

Unsere Frauen, Kinder und Sklaven verschwanden hinter der Ecke des Arbeitsschuppens aus unserem Blickfeld und ins willkommene Licht der Fackeln. Der Anführer der Angreifer trat nun hinter den Schuppen zurück, sodass ich ihn nicht mehr sehen konnte.

Dann brüllte auf einmal seine Stimme. „Tötet sie alle! Es darf niemand überleben, um diese Geschichte zu erzählen!"

Es dauerte nur Momente. Wir konnten die Schreie hören, aber so gut wie nichts sehen. Ich sah eine Frau – sie sah wie Tove aus – die in unser Blickfeld taumelte und die Hände auf einen größer werdenden Blutfleck vorne auf ihrem Kleid drückte. Ein Krieger mit einem Schwert erschien hinter ihr und metzelte sie nieder.

Aidan schob mich beiseite und rannte aus der Tür mit einer Breitaxt in der Hand. „Eidbrecher!", schrie er. „Eidbrecher!" Ulf packte ihn am Ärmel, um ihn aufzuhalten, aber er riss sich los. Als er sich dem Arbeitsschuppen näherte, flog ein Pfeil aus der Dunkelheit und durchbohrte seine Brust. Selbst vom Langhaus aus konnte ich hören, wie er sein Ziel traf. Aidan gab ein gurgelndes Geräusch von sich und fiel, mit dem Gesicht nach unten. Im flackernden Licht der Fackeln glänzte nass die blutige Pfeilspitze, die aus seinem Rücken herausragte.

Plötzlich tauchte Cummian auf. Er musste wohl

Reißaus genommen haben, als das Gemetzel angefangen hatte, denn er kam vom Strand her und sprintete mal in diese, mal in die andere Richtung, während er versuchte, einem stämmigen Krieger mit einem blutigen Schwert auszuweichen, der ihn verfolgte. Der Krieger stolperte und fiel, und Cummian drehte sich um und hetzte direkt Richtung Langhaus.

„Lauf, Junge, lauf!", rief Ulf, um ihn anzuspornen.

Der Führer der Angreifer, der einen langen Speer über der Schulter trug, trat hinter der Ecke des Arbeitsschuppens hervor. Während wir entsetzt zuschauten, holte er aus und warf. Der Speer traf den Jungen mitten im Rücken. Die blutige Speerspitze und ein fast ellenlanges Stück des Schafts ragten plötzlich vorne aus seiner Brust heraus. Die Wucht des Einschlags riss Cummian von den Füßen und schleuderte ihn kurz durch die Luft, bis er mit dem Gesicht nach unten und wild zuckenden Armen und Beinen auf dem Boden landete und die Spitze des Schafts sich in die Erde grub.

Es schien unmöglich, aber der Junge lebte noch. Seine Schreie und sein Stöhnen drangen von der Stelle herüber, wo der Speer ihn am Boden festgenagelt hatte.

Ich zog einen Pfeil aus dem Köcher. Er war für die Jagd, und seine Spitze war breit und scharf. Damit konnte ich Cummians Leiden beenden. Ich war dabei, ihn in die Sehne einzulegen, aber dann rammte ich den Pfeil in den Boden vor mir.

Der Führer der Angreifer bewegte sich in Hockstellung unter der Deckung seines Schildes in Cummians Richtung. Fret legte einen Pfeil an und zog die Sehne zurück.

„Nein", sagte ich. „Er soll näher kommen."

Ich nahm einen anderen Pfeil, der ursprünglich Hrorik gehört hatte und den ich mitgebracht hatte, um meinen Köcher zu füllen. Ich hatte ihn vor langer Zeit nach Hroriks Vorgaben angefertigt. Der Pfeil war nicht für die Jagd, sondern speziell für den Krieg konstruiert, und die Spitze war lang, schmal und sehr scharf, damit sie Rüstungen und Schilde durchbohren konnte.

Der Anführer erreichte Cummian. Er hob die Fackel in einer Hand hoch und begutachtete seinen Treffer. Mit der anderen Hand ergriff er den Speerschaft, stellte einen Fuß auf den Rücken des Jungen und riss den Speer heraus. Cummian schrie ein letztes Mal, dann lag er still.

Ich hatte gehofft, dass meine Gelegenheit kommen würde, wenn er den Speer herauszog, und so war es auch. In einer Hand hielt er die Fackel und in der anderen den Speer; daher musste er seinen Schild loslassen, sodass dieser vom Riemen über seiner Schulter hing. Die Deckung seines Schildes reichte nun von seinem Hals hinunter zu den Oberschenkeln, aber er lag jetzt flach an seinem Körper an und wurde nicht mehr weg von seinem Körper gehalten.

Die Entfernung war zu groß und die Lichtverhältnisse nicht gut genug, um auf sein Gesicht zu zielen. Ich zog die Sehne ganz zurück, zielte auf seine Brust und gab den Pfeil frei.

Der Mann musste bemerkt haben, dass er sich zur Zielscheibe gemacht hatte – trotz der Dunkelheit und der Entfernung zum Langhaus. Er konnte unmöglich auf das Schwirren meiner Sehne reagiert haben, da er sich im gleichen Augenblick bewegte, in dem ich den Pfeil losließ. Er schleuderte die Fackel auf die Seite und machte einen Schritt in die andere Richtung. Sein Handeln rettete ihm das Leben, aber es war zu spät, um meinem Schuss ganz auszuweichen. Ich hörte den Aufprall des Pfeils auf die Holzplanken seines Schildes. Als er vor Schmerz laut aufschrie, wusste ich, dass mein Pfeil seinen Schild und sein Kettenhemd durchbohrt hatte.

„*Jetzt*, Fret", sagte ich. Er löste seinen Pfeil, und ich schoss ein zweites Mal auf die bullige Figur, die in der Dunkelheit versuchte, gebückt in Deckung zu gehen. Da wir keinen weiteren Schrei hörten, wusste ich, dass wir danebengeschossen hatten.

Zunächst passierte für kurze Zeit nichts. Dann ertönte die Stimme des Anführers durch die Nacht und klang jetzt durch den Zorn und Schmerz noch heiserer. „Ihr da drinnen! Ich werde euch rösten wie Ratten am Spieß!" Seinen eigenen Männern rief er zu: „Setzt das Langhaus in Brand!"

Vier Männer verließen kurz die Deckung des Arbeitsschuppens. Jeder hielt einen Bogen, dessen Pfeil vorne mit einem brennenden Bündel versehen war. Sie spannten und schossen, und die Brandpfeile flogen durch die Nacht. Funken strömten hinter ihnen her wie Sternschnuppen. Ich konnte hören, wie sie dumpf im Strohdach über unseren Köpfen aufschlugen.

„Ich kenne diese Stimme", sagte Harald. „Aber wer ..."

„Dafür ist keine Zeit, Harald!", rief Ulf. Er schlug die Tür zu und verriegelte sie. „Von der Stalltür ist der Wald näher als von hier. Wir müssen versuchen, von dort zu entkommen."

Rauch sickerte bereits durch das Dachstroh.

Ich deutete auf den verletzten Huscarl, der an der Wand des Langhauses lehnte. „Was ist mit ihm?" Inzwischen war er kaum mehr bei Bewusstsein.

„Wir können ihn nicht tragen", sagte Ulf. „Das würde uns zu sehr aufhalten. Wir können nur dafür sorgen, dass er nicht bei lebendigem Leib verbrannt wird."

Er zog sein Messer, kniete sich neben den verletzten Mann und durchschnitt ihm mit einem schnellen Zug seiner Klinge die Kehle.

Im Stall quiekten und schrien die Tiere vor Angst. Rolf erschien im Eingang zwischen dem Stall und dem Haupthaus und rief: „Das Dach über unseren Köpfen brennt. Die ersten Funken fallen schon herunter. Wenn das Stroh Feuer fängt, werden die Tiere wahnsinnig."

„Zum Stall!", sagte Harald. „Solange wir sie noch kontrollieren können, benutzen wir die Tiere als Schutzschild."

Im Stall bäumten sich die Pferde auf und traten gegen die Wände. Hühner flogen wild herum und prallten auf Männer, Tiere und Wände. Über uns öffnete sich ein Loch im Dach, dessen Ränder von den Flammen gefressen wurden. Brennendes Dachstroh fiel in den Pferch für die Schafe. Rolf warf sein Umhang darüber und trat die Flammen aus.

Der Stall füllte sich rasch mit Rauch. Meine Augen brannten und ich musste bei jedem Atemzug husten. Ich befürchtete, wenn wir viel länger in dem Rauch und den Flammen bleiben müssten, würde ich genau wie die

223

Tiere vom Schrecken übermannt werden.

„Halfdan!", rief Harald. „Die Pferde sind viel zu verängstigt, um uns eine Hilfe zu sein. Öffne die Tür, und dann treiben wir sie hinaus! Hoffentlich denken unsere Angreifer, dass sie Reiter tragen. Falls sie aus der Deckung kommen, um die Pferde zu stoppen, sollten Fret und du so viele töten, wie ihr könnt!"

Ulf und ich hoben den schweren Holzbalken, mit dem die breite Stalltür verriegelt war. Ulf trug ihn zurück zu den anderen Männern, die neben den Ochsen standen. Sobald ich den Türflügel aufstieß, schwirrten Pfeile aus der Nacht herein. Ein Pferd wurde getroffen und schrie vor Schmerz.

Rolf öffnete die Boxen für die Pferde. Sie mussten nicht getrieben werden. Sich aufbäumend und ausschlagend strömten sie aus der Stalltür.

Wie Harald vorhergesagt hatte, rannten vier oder fünf Männer aus der Deckung der Bäume in Richtung der fliehenden Pferde. Fret erlegte einen Mann, der sich mit einem halb gespannten Bogen vom Waldrand her bewegte. Ein anderer rannte schnell hinter den Pferden her, warf seinen Speer und traf das erste Pferd hinter der Schulter. Mein Pfeil durchbohrte ihn gerade als das Pferd taumelte und zu Boden fiel. Die übrigen Krieger drehten sich um und liefen zurück in Deckung, aber ich streckte noch einen weiteren mit einem Pfeil nieder, der ihn tief am Rücken traf, kurz bevor er die Bäume erreichte.

Der Stall war jetzt voller Rauch, und immer mehr brennendes Dachstroh fiel um uns herum von dem wachsenden Loch im Dach über uns. Ich blieb in der

Nähe des Eingangs, um Luft zum Atmen zu finden. Ein Hahn mit brennenden Flügeln flog an mir vorbei und krachte in eine Wand.

„Halfdan, zu mir!", rief Harald.

Er und Ulf hatten die Querlatte der Stalltür wie ein breites Joch über die Nacken zweier Ochsen gebunden. Zwischen den beiden großen Tieren war ausreichend Platz für uns.

„Wir werden die Ochsen als unseren Schildwall benutzen, solange sie noch leben", sagte Harald. „Wenn wir es bis zu einem Speerwurf zu den Bäumen schaffen, ist jeder auf sich selbst gestellt und muss um sein Leben laufen. Vielleicht können einige von uns in der Dunkelheit der Bäume entkommen."

Wir drängten uns zwischen die beiden Ochsen. Ich wickelte meinen Umhang zu einer langen, lockeren Rolle und drapierte ihn über eine Schulter, sodass er über meine Brust und meinen Rücken hing. Dann öffnete ich meinen Gürtel und schnallte ihn über die gerollten Enden meines Umhangs eng an meinem Körper wieder fest. Der dicke Stoff würde vielleicht etwas Schutz bieten. Ich hatte mein Schwert noch nicht gezogen und es hing an meiner linken Seite von meinem Gurt. Mein Köcher wurde von einem langen Riemen über der Schulter auf Höhe meiner rechten Hüfte gehalten, und dicht daneben befand sich der Dolch, den Harald mir erst vor wenigen Stunden geschenkt hatte. Ich warf den Schild über meinen Rücken und zog den Riemen fest, dann nahm ich mit gespanntem Bogen meine Stellung zwischen den Ochsen ein.

„Los jetzt!", rief Harald.

Rolf stand hinten in unserer Festung auf Hufen. Er schlug mit der flachen Seite seines Schwerts auf die Flanken der Ochsen, und die schwerfälligen Tiere bewegten sich ins Freie, während sich unser kleiner Trupp dazwischen duckte. Rolf und ein Huscarl des Hofs gingen rückwärts gewandt in Höhe der Hinterbeine der Ochsen und positionierten ihre Schilde so, dass sie sich etwas überlappten und uns vor Geschossen von hinten schützten.

Als wir im Freien waren, atmeten wir gierig die frische Luft. Das ganze Dach des Langhauses stand jetzt in Flammen. Im lodernden Feuerschein bewegten wir uns durch ein Gelände, das taghell erleuchtet war und in dem das Feuer wie eine rasende Bestie brüllte. Hinter uns blökten hilflos die Schafe, die noch in ihrem Pferch eingesperrt waren.

Wir hatten kaum den Stall verlassen, als Pfeile aus den Bäumen angeflogen kamen und auf den Ochsen aufprallten, der dem Wald am nächsten war. Das arme Tier grunzte bei jedem Treffer, stapfte aber weiter.

Ich konnte die Bogenschützen, die auf uns schossen, nicht sehen aber aus der Richtung der Pfeile konnte ich ungefähr schließen, wo am Waldrand sie sich versteckt hatten. Ich rief Fret zu, er solle meinem Beispiel folgen. Dann sprang ich kurz hoch, verschoss einen Pfeil über den Rücken des Ochsen in Richtung der Bäume und ging wieder in Deckung, bevor die Pfeile der Feinde mich treffen konnten. Bei meinem dritten Schuss wurde ich mit einem Schmerzensschrei aus den Bäumen belohnt.

Fret war zwischen den Ochsen versteckt geblieben

und schaute mir zu. Mein Erfolg schien ihn jedoch zu ermutigen, und er stand auf und spannte seinen Bogen. Ein Pfeil der Feinde steifte über den Rücken eines Ochsen und traf ihn mitten in den Hals. Fret schwankte einen Schritt und fiel, während er verzweifelt nach dem Pfeil griff und an seinem Blut erstickte. Ich schritt über seinen sich krümmenden Körper hinweg, als unser langsamer Haufen sich vorwärts bewegte.

Hinter mir rief Rolf eine Warnung. „Sie kommen von hinten!"

Ich schaute über meine Schulter zurück und sah Krieger, die um die Ecke des Langhauses liefen. Das waren wohl die Angreifer von der Vorderseite des Gebäudes.

„Runter, Rolf!", schrie ich. Nachdem er in Hockstellung gegangen war, schoss ich über ihn hinweg und fällte den vordersten Feind mit einem Pfeil in die Brust. Die beiden Krieger direkt hinter ihm warfen ihre Speere, dann duckten sie sich hinter ihre Schilde. Während sie warfen, ließ ich schnell einen weiteren Pfeil folgen, ohne zu zielen. Er zischte harmlos zwischen ihnen hindurch.

Die Speere waren auf den Ochsen auf der dem Wald abgewandten Seite des Gespanns gerichtet. Bisher war er noch nicht verwundet worden. Ein Speer hätte eine Lende durchbohrt, aber Rolf stellte seinen Schild in den Weg und fing damit das Geschoss ab. Der Speer war mit großer Kraft geworfen worden, und die Spitze zersplitterte die dünnen Holzplanken und ragte fast einen Fuß aus dem Schild heraus. Der andere Speer beschrieb einen steilen Bogen und landete etwas hinter der Schulter im Rücken des Ochsen. Er brüllte vor

Schmerzen, und hinter uns hörte ich Jubelgeschrei.

Ich legte noch einen Pfeil ein, aber etwas fiel mir schwer in den Rücken und schlug ihn von der Sehne. Ich schaute verärgert über meine Schulter – und starrte in das Gesicht eines toten Mannes. Ein Huscarl des Bauernhofs mit einem aus dem Hinterkopf herausragenden Pfeil war gegen meinen Rücken gesackt. Seine Augen waren weit aufgerissen und sein Mund klaffte in scheinbarer Überraschung auf. Ich schüttelte seine Leiche ab, und sie rutschte auf den Boden.

Der von einem Speer getroffene Ochse sank ächzend auf die Knie, während Blut aus seinen Nüstern und seinem Mund quoll. Der andere Ochse blieb ebenfalls stehen, da er durch den Balken über seinem Nacken mit dem sterbenden Ochsen verbunden war. Er war ohnehin ebenfalls schwer verwundet – über ein Dutzend Pfeile hatten ihn bereits getroffen. Während er dort stand, flogen vier weitere Pfeile aus den Bäumen auf ihn zu. Das unglückselige Tier stöhnte laut auf, und seine Beine brachen unter ihm weg. Unsere Flucht war vorerst gestoppt.

Im Licht des brennenden Langhauses konnte ich sehen, dass der Wald, der uns am nächsten war, voller feindlicher Krieger war. Ihre Gesichter zeichneten sich hell gegen das dunkle Laub der Bäume ab und ihre Helme funkelten im flackernden Licht. Fürs Erste attackierten sie nicht, aber Pfeile flogen weiterhin vom Waldrand auf uns zu. Wir drängten uns eng zusammengepresst zwischen die Ochsen und kauerten unter unseren Schilden, sodass die Pfeile kaum Wirkung zeitigten.

Für den Augenblick waren wir geschützt, aber wir waren eingekesselt und zahlenmäßig hoffnungslos unterlegen. Keiner aus unserer Gruppe, die aus dem Süden hierher gereist war, war bisher gefallen, obwohl Odd am Bein verletzt war. Von den Huscarls dieses Hofs – Männer mit weniger Kampferfahrung als Haralds Männer – lebten nur noch drei. Sobald unsere Feinde sich ausreichend neu formiert hatten, um einen koordinierten Angriff zu starten, waren wir dem Untergang geweiht.

Hinter uns begannen die Krieger, die von der Vorderseite des Langhauses gekommen waren, sich zu formieren. Es würde nicht mehr lange dauern.

„Sie greifen bald an, Harald", sagte Ulf. „Aus beiden Richtungen. Und wir sind nur noch zu neunt."

Harald drehte seinen Kopf hin und her, um unsere Lage zu prüfen. „Da, rechts", sagte er und zeigte in die Richtung. „Seht ihr die niedrige Steinmauer zwischen der Weide und den Feldern? Wir können versuchen, sie zu erreichen. Unsere Feinde werden erwarten, dass wir direkt in den Wald entkommen wollen, weil er näher ist. Die Mauer ist in der entgegengesetzten Richtung, aber wenn wir sie erreichen, kann sie uns Schutz bieten, während wir uns zurückziehen, da sie zum Wald hinläuft."

Harald lehnte sich zu mir herüber und flüsterte mir ins Ohr. „Ich glaube nicht, dass wir die Mauer erreichen. Falls ich dir die Anweisung gebe, dass du laufen sollst, musst du tun, was ich dir sage. Laufe so schnell du kannst, und schaue nicht zurück."

„Nein!", sagte ich. „Du bist mein Bruder. Ich werde

bei dir bleiben und mit dir kämpfen. Falls wir sterben, sterben wir zusammen."

„Jemand muss überleben, um uns zu rächen", sagte Harald. „Wenn du den Wald erreichst, werden sie dich nie fassen. Dort bist du unübertroffen. Das musst du für mich tun, für uns alle. Überlebe und räche uns."

Ulf hatte die Unterredung gehört und nickte. „Was Harald von dir verlangt, ist keine Schande, Halfdan. Das Sterben wird mir leichter fallen, wenn ich weiß, dass jemand überlebt, der den Blutzoll einfordern kann. Lege jetzt deinen Bogen zur Seite und mache dich bereit, mit Schwert und Schild zu kämpfen. Von jetzt an wird es ein Nahkampf."

Trotz Ulfs Worten legte ich meinen Bogen nicht ab. Falls ich den Wald erreichte, würde ich ihn brauchen. Stattdessen ließ ich den Schild von meinem Rücken gleiten und fasste sowohl den Griff als auch meinen Bogen in der linken Hand, während ich mit der rechten Hand mein Schwert zog.

Wir standen zusammen auf und liefen in Richtung der Mauer. Wir blieben so dicht beisammen wie wir konnten. Odds Wunde am Bein behinderte ihn jedoch, und nach einer kurzen Strecke fiel er zurück. Bogenschützen aus beiden feindlichen Gruppen zielten auf ihn. Er wurde einmal im Bein und einmal im Rücken getroffen und ging zum Boden. Während ich lief, blickte ich zurück. Odd versuchte gerade, aufzustehen, als der erste Verfolger ihn erreichte und eine große Zweihänder-Axt mit voller Gewalt in seinem Rücken versenkte.

Hätten wir uns nur mit den Angreifern aus dem Wald auseinandersetzen müssen, wären wir vielleicht erfolgreich gewesen. Wir liefen direkt von ihnen weg und sie hätten uns wahrscheinlich nicht rechtzeitig eingeholt. Aber die Angreifer, die von der Vorderseite des Hauses kamen, waren uns näher. Quer kommend schnitten uns die fünf schnellsten feindlichen Krieger nur einen Speerwurf von der Mauer entfernt den Weg ab und stellten sich uns entgegen.

Wir krachten im Laufschritt gegen sie. Rolf zerrte den Speer heraus, der seinen Schild durchbohrt hatte, und warf ihn nach dem nächsten Krieger, als wir auf sie trafen. Der Mann hob seinen Schild, um das Geschoss abzulenken, aber bei seiner Bewegung schwang Harald sein Schwert Biss nach unten und zerteilte die Beine des Feindes über den Knien. Ohne Unterbrechung des Schwungs änderte er die Richtung seines Schwerts mit einem Rückhandstoß nach oben, der durch den Schwertarm des Kriegers schlug, der neben seinem fallenden Gefährten stand und gerade ausgeholt hatte.

Ein großer Krieger mit einem Helm aber ohne Kettenhemd schwang sein Schwert in einem Überhandschlag in meine Richtung. Ich ließ meinen Bogen fallen, ging auf ein Knie und hob meinen Schild über den Kopf, um den Schlag abzufangen. Dann stieß ich mit meinem Schwert unter seinen Schild hindurch nach oben in seine Leistengegend. Schreiend krümmte er sich und fiel rückwärts auf den Boden, während er seine Hände auf die Wunde drückte. Ich krabbelte wieder auf die Füße.

Auch Ulf tötete einen Feind, aber die Gefallenen hatten mit ihrem Tod Zeit für die restlichen Verfolger gewonnen, die uns jetzt einholten. Wie ein Wolfsrudel stürzten sie sich auf uns und schlugen und stachen von allen Seiten auf uns ein. Innerhalb weniger Augenblicke waren Lodver und die letzten drei Huscarls des Hofs gefallen.

„Halfdan, bleib an meiner Seite!", rief Harald.

Rolf ging zu Boden – mit einem Speer durch den Hals und einem von einem Schwerthieb halb abgeschnittenen Bein. Harald wirbelte und drehte sich und schien überall auf einmal zu sein. Er sprang nach rechts und stieß Biss nach vorne, dann schwang sein Schwert nach hinten, und zwei Angreifer waren getroffen. Sein Schild bewegte sich scheinbar mit einem Eigenleben durch die Luft – blockierte, wehrte ab, fälschte ab – und Biss schoss immer wieder aus der Deckung hervor, hackte nach Händen, schlug nach Beinen und Armen, um unsere Angreifer fernzuhalten. Die Klinge pfiff durch die Luft, als Harald den gefährlichen, blutgetränkten Stahl hin und her schwang.

„Ulf, halte mir den Rücken frei!" Dann wirbelte Harald in Richtung der Steinmauer und versuchte, uns einen Weg freizuschlagen.

Drei weitere Verfolger hatten sich uns in den Weg gestellt und standen nun Seite an Seite vor uns, um uns den Fluchtweg zu versperren. Harald täuschte einen Angriff nach links an und schlug dann nach dem Krieger in der Mitte. Der Mann parierte und holte zu einem Gegenschlag aus, aber Harald war schon weg. Er duckte sich und wich zurück, als der rechte Krieger mit einem Speer nach ihm stach.

Als der Krieger links von ihm einen Ausfallschritt machte und nach Harald schwang, stieß ich mein Schwert auf seine Brust, aber mein Stoß wurde von seinem Kettenhemd abgefälscht, sodass die Spitze abrutschte. Er schwang seinen Schild, und die Kante traf mich so schwer am Handgelenk, dass mir das Schwert aus der Hand flog. Der Krieger hob sein Schwert über den Kopf und hämmerte es auf mich nieder. Ich blockierte ungelenk mit meinem Schild, was meinen Kopf davor rettete, gespalten zu werden, aber die Klinge zersplitterte die Kante meines Schildes, und ich verlor das Gleichgewicht. Das Gras war jetzt glatt von dem vielen Blut, und ich rutschte aus und landete hart auf dem Steiß. Ich stützte mich mit einer Hand nach hinten ab, damit ich nicht flach auf den Rücken landete; dabei fand meine Hand meinen Bogen im Gras, wo ich ihn fallengelassen hatte. Ich schwang damit nach oben und stach mit dem spitzen Ende ins Auge meines Angreifers, der gerade dabei war, sein Schwert aus meinem Schild zu reißen, um mich damit wieder anzugreifen.

Der Mann schrie, stolperte zurück und stieß mit dem Krieger neben sich zusammen. In diesem Augenblick drehte sich Harald und setzte einen niedrigen Hieb auf die Füße des unverletzten Mannes, dann riss er Biss nach oben und stach in seinen Mund, als der Gegner gerade seinen Schild gesenkt hatte, um den Angriff auf seine Beine abzuwehren. Der Mann taumelte zurück, Blut und Zähne spuckend. Harald sprang nach rechts und stieß seinen Schild vor, um einen weiteren Speerhieb des rechten Kriegers zu blockieren. Dann drehte er sich im Kreis und schwang Biss in einem Bogen, der im Nacken des Mannes endete, den ich verletzt hatte.

Harald zog mich auf die Füße. „Lauf!"

Hinter uns griffen Männer Ulf von drei Seiten mit

Speeren an. Er wehrte einen ab, aber die anderen beiden durchbrachen seine Abwehr und spießten ihn auf. Sie stürmten weiter vorwärts und brachten ihn zu Boden, während er vergeblich mit seinem Schwert um sich schlug und fiel. Als ich losrannte, schwang der letzte Krieger zwischen uns und der Mauer sein Schwert auf Haralds Kopf. Die Klinge glitt von seinem Helm ab. Benommen fiel Harald auf die Knie, aber er schlug mit Biss einen weiten Bogen, der die Beine des Mannes unter ihm wegschlug.

Ich hielt an und wandte mich zu Harald, der auf den Knien schwankte. Unsere Augen trafen sich einen Augenblick. „Lauf", sagte er wieder, obwohl seine Stimme diesmal kaum mehr als ein Flüstern war.

Als ich mich umdrehte und floh, stürmte eine neue Welle Angreifer von hinten auf Harald zu und stieß ihn mit dem Gesicht nach unten zu Boden. Drei Männer liefen an ihm vorbei, um mich zu verfolgen.

Zum Glück trug keiner meiner Verfolger einen Speer. Während ich lief, zielte ich auf meinen nächsten Feind und schleuderte meinen Schild nach ihm. Der Mann konnte ausweichen und ich traf ihn nicht, aber zumindest hatte ich dadurch meinen Vorsprung um einige wichtige Schritte ausgebaut.

Ich war jünger und schneller als die Männer, die hinter mir her waren, und ich trug weder Rüstung noch Schild. Die Angst verlieh mir Flügel. Zwei meiner Verfolger fielen schnell zurück. Aber der dritte, der meinem Schild ausgewichen war, blieb mir mit dem gleichen Abstand auf den Fersen, ohne dass er Boden gewann oder verlor. Als wir uns der Steinmauer näherten, griff ich blindlings nach einen Pfeil im Köcher an meiner Hüfte. Ich übersprang die niedrige Mauer mit einem Satz. Sobald ich auf dem Boden auf der anderen Seite gelandet war, drehte ich mich um und legte den Pfeil ein. Zum Zielen war keine Zeit; mein Verfolger war dicht hinter mir. Ich hatte gerade noch Zeit, den Bogen zu spannen und den Pfeil abzuschießen, aber mein Schuss saß. Der Pfeil zischte von meinem Bogen in den Bauch meines Verfolgers, als er mit erhobenem Schwert über die Mauer sprang, um mich niederzustrecken. Ich warf mich zur Seite, während er mit einem überraschten Gesichtsausdruck an mir vorbeiflog und in einem ächzenden Haufen auf dem Boden aufschlug.

Weitere Feinde hatten die Verfolgung aufgenommen, doch sie waren noch ein Stück entfernt. Die beiden anderen ursprünglichen Verfolger näherten sich aber jetzt der Mauer und liefen noch schneller auf mich zu, als sie ihren Gefährten fallen sahen. Ich kauerte mich hinter der Mauer nieder und zog so schnell ich konnte einen Pfeil nach dem anderen aus dem Köcher und schoss sie ab. Zwei trafen ihr Ziel, und die beiden Männer, die mir am nächsten waren, gingen zu Boden. Ein dritter Pfeil flog auf die Krieger, die noch weiter entfernt waren. Der Mann, auf den ich gezielt hatte, wehrte den Schuss mit seinem Schild ab, aber er und die anderen um ihn herum duckten sich und suchten Schutz hinter ihren Schilden. Sie waren jetzt nahe genug, dass ich auch im Dunkeln sehen konnte, wie ihre Augen über den Kanten ihrer Schilde leuchteten.

Ich legte noch einen Pfeil ein. „Wer stirbt als nächster?", rief ich. Das wollte offensichtlich keiner; der Mann, auf den ich zuvor geschossen hatte, krabbelte hinter seinem Schild rückwärts, um den Abstand zwischen sich und meinem Bogen zu vergrößern. Kurz darauf taten es ihm seine Gefährten gleich.

Auf dem Boden hinter mir lag der jammernde und fluchende Krieger, den ich bei seinem Sprung über die Mauer getroffen hatte. Ich stach ihm seitlich in den Hals, wo das Blut dicht unterhalb der Haut strömt. Als sein Leben ihn in roten Strahlen verließ, zog ich meinen Pfeil aus seinem Körper. Dann rannte ich gebückt hinter der Deckung der Mauer los, in Richtung des dunklen, schützenden Waldes, der am Ende der Mauer lag.

10

Halfdans Flucht

Die Männer, die mich noch in einer gewissen Entfernung verfolgten, gaben zwar nicht auf, aber sie versuchten auch nicht ernsthaft, mich zu stellen. Sie fürchteten jetzt die Reichweite meines Bogens. Als ich das Ende der Mauer erreichte und im Wald verschwand, kehrten sie um und gingen zurück zu ihren Gefährten.

Ich stand einen oder zwei Schritte hinter dem Waldrand, wo ich in den Schatten versteckt war, und beobachtete die höllische Szenerie vor mir. Das Holzgerüst und die Wände des Langhauses brannten jetzt, und das Licht der Feuersbrunst beleuchtete die gerodeten Felder des Hofs. Dort wo die Leichen von Harald, Ulf und den anderen gefallenen Männern im Gras lagen, standen Gruppen feindlicher Krieger und zerrten an den Toten wie Hunde, die sich um Knochen balgten, um den Leichen Rüstung, Waffen und sogar die Kleidung auszuziehen.

Ihr Anführer erschien hinter der anderen Seite des brennenden Langhauses. Er rief nach seinen Männern und winkte mit den Armen. Obwohl er von meinem Versteck weit entfernt war, verstand ich jetzt, weshalb seine Stimme Harald bekannt vorgekommen war. Er trug den Helm und die Maske, die vorhin sein Gesicht bedeckt hatten, nicht mehr, und ein schwarzer Bart und eine lange, wilde Mähne waren jetzt zu sehen. Der Anführer der Angreifer war Toke.

Nachdem ich den Wald erreicht hatte und nach meiner Flucht wieder zu Atem kam, waren mein Gemüt und Verstand zunächst wie benommen, während ich aus den Bäumen spähte und versuchte, das Geschehene zu begreifen. Jetzt aber war die Benommenheit weg. Ich spürte wie mein Herz, mein ganzes Wesen mit Hass erfüllt wurde. *Toke!* In diesem Augenblick hätte ich ihn mit bloßen Händen und Zähnen getötet, wenn ich es gekonnt hätte, und hätte den Geschmack seines Bluts genossen. Aber es gab nichts, was ich tun konnte. Die Entfernung war für einen Bogenschuss viel zu weit. Und wenn ich jetzt aus dem Wald liefe, um ihn anzugreifen, könnte ich mir nie den Weg durch seine Männer kämpfen. Ich würde nur niedergestreckt werden, und Haralds Tod bliebe ungesühnt. In meinem Hass war ich machtlos. Aber zumindest wusste ich jetzt, wen ich töten musste.

Ich glaubte an die Götter der Dänen. Oder zumindest glaubte ich, dass sie existierten, obwohl ich nie zu ihnen gebetet hatte. Die Götter schienen mir allzu geneigt, die Wünsche der Menschen – auch bedeutender Menschen – zu ignorieren. Ich hatte schon immer meine Zweifel, ob sie die Bitten von Sklaven überhaupt hörten. Seit ich ein freier Mann geworden war, hatte ich mir nicht die Mühe gemacht, zu lernen, wie man die Götter anspricht. Wenige Menschen danken den Göttern, wenn das Glück ihnen hold ist, während viele sich an die Bewohner von Walhalla wenden, wenn alles verloren scheint. So ging es mir auch. Ich wusste zwar nicht, wie man zu den Göttern betet, aber in dieser Nacht betete ich. Ich wandte meine Gedanken und mein Herz an

Odin und suchte seine Hilfe, da er der Gott der Rache und des Todes war.

Die Eiche war Odin heilig, so viel wusste ich. Er war einmal mit einem Speer an einer großen Eiche aufgehängt gewesen und hing dort neun Tage lang, und hat es doch überlebt. Durch sein Leiden erlangte er die Kenntnis der Dichtung und der Runen, sowohl für die Götter, als auch für Menschen. Im Gedenken an seine Leiden für die Menschheit werden Opfergaben an Odin in die Äste von Eichen gehängt.

Am Waldrand wuchs eine große Eiche mit einem Stamm, dessen Umfang größer als die Spannweite von drei Männern mit ausgestreckten Armen war. Ich legte meine Arme um den Baum, presste mein Gesicht gegen die raue Rinde und sprach in sie hinein, in der inbrünstigen Hoffnung, dass der schlafende Waldriese aufwachen, mich hören, und mein Gebet an Odin weiterleiten möge.

„Vater Odin, höre diesen Eid und gib mir die Kraft und den Willen, ihn zu erfüllen." Ich sprach jedes Wort langsam und deutlich aus, falls die Sprache der Menschen für Bäume schwer zu verstehen war. „Ich schwöre, dass ich meinen Bruder Harald sowie Ulf und Rolf und Aidan und all die anderen rächen werde, die mit ihnen in dieser Nacht gestorben sind. Ich schwöre, Toke und alle, die ihm geholfen haben, zu töten. Bitte hilf mir bei dieser Aufgabe, Göttervater. Gib mir meine Rache. Lass nicht zu, dass mein Herz Frieden findet, bis mein Eid erfüllt ist."

Ich hatte keine Opfergaben, die ich in den Baum hängen konnte. Ich nahm den Dolch, den Harald mir gegeben hatte, und machte einen Schnitt in meinen Handballen. Als das Blut aus der Wunde hervorquoll, drückte ich meine Handfläche auf den Baum, sodass die Rinde es aufsaugte.

Ich spürte einen kühlen Atemzug an meiner Wange, der durch die Bäume wie eine vorbeigehende Brise flüsterte, die die Morgendämmerung ankündigt. Über mir raschelten die Blätter der großen Eiche und die Äste knarrten und schwankten. Der Baum hatte verstanden – dessen war ich mir sicher – und er würde Odin von meinem Eid berichten.

Draußen auf den Feldern hatten Tokes Männer damit begonnen, Leichen zum brennenden Langhaus zu schleifen und hineinzuwerfen. Während sie mit ihrer grausigen Arbeit beschäftigt waren, schlich ich mich wieder aus dem Wald und über die Weide. Ich bewegte mich gebückt durch die unregelmäßig verteilten Fetzen des leichten Nebels, die mit dem nahenden Tagesanbruch am Boden entstanden waren. Als ich wieder in den Bäumen auf der anderen Seite war, schlängelte ich mich durch den Wald zu der Stelle hinter dem Aborthäuschen, an der die Bäume dem Langhaus am nächsten waren. Von hier aus hatten die feindlichen Bogenschützen so viele tödliche Pfeile auf uns abgeschossen, als wir versucht hatten, aus dem Stall zu fliehen.

Im Dunkeln stolperte ich über eine Leiche. Es war einer von Tokes Bogenschützen; ein Bogen lag neben ihm und ein Köcher hing von einem Riemen über seiner Schulter. In dem Durcheinander war er wohl von seinen Gefährten vergessen worden. Inzwischen hatte ich nur noch acht Pfeile, daher nahm ich die Pfeile aus seinem

Köcher, wie auch den Pfeil, der seine Brust durchbohrt hatte – es war einer von meinen.

Gleich hinter dem Waldrand legte ich mich neben einen gefallenen Baumstamm hin, zog meinen Umhang über mich und deckte ihn mit den trockenen, toten Blättern zu, die den Boden unter den Bäumen bedeckten. Bei genauem Hinsehen wäre mein Versteck zu erkennen gewesen, da der Boden an der Stelle, wo ich die Blätter gesammelt hatte, aufgewühlt war. Aber ich war für alle versteckt, die einfach die Baumgrenze aus der Ferne flüchtig absuchten. Bei Tagesanbruch würde Toke mir hoffentlich die Gelegenheit für einen Todesschuss geben.

Die Müdigkeit hatte mich wohl übermannt, denn ich wurde durch das Schnaufen von Pferden geweckt. Es war noch die graue Stunde der Morgendämmerung. Ich linste unter dem Saum meines Umhangs hervor und sah eine große Gruppe bewaffneter Männer zu Pferde, die sich über den Feldweg näherte. Vor mir bestand das verbrannte Langhaus nur noch aus Reihen von immer noch leicht flackernden Stümpfen, die die Umrisse der Wände markierten. Sie waren alles, was von den großen Balken noch übrig geblieben war, die einst das Rahmentragwerk gebildet und das Dach gestützt hatten. Qualmende Reste von Asche und verkohltem Holz lagen dazwischen. Als ich über die schwelende Ruine hinweg schaute, sah ich, dass Tokes Schiff, das Seeross, jetzt in der Bucht vertäut war.

Dünne Rauchfahnen stiegen an mehreren Stellen aus den Trümmern des Langhauses auf und wurden gleich darauf von der morgendlichen Brise verweht, die vom Meer kam. Auch mein Leben lag in Trümmern, meine Träume waren zerstoben und verweht. Eine kurze Zeit lang war ich ein freier Mann gewesen, ein Huscarl und ein Krieger – die Erfüllung des Traums, den ich als Sklave gehegt hatte. Ich war darüber hinaus als Sohn eines Stammesfürsten anerkannt gewesen. In dieser kurzen Zeit genoss ich die Wärme und Freude einer liebevollen Familie. Eine einzige Nacht lang war ich Eigentümer dieser Ländereien und dieses Langhauses und war über Gelände gegangen, über das ich Herr war. Jetzt war ich nichts, nur ein Schatten, der sich in den Bäumen versteckte wie ein wildes Tier und auf Rache sann.

Der Anführer der herannahenden Reiter hielt eine Hand hoch, und der Trupp hielt an. Toke trat umgeben von einer Gruppe seiner Männer von seinem Schiff heran. Weder er noch seine Männer trugen jetzt Rüstung oder Schild. Stattdessen hatten sie nur ihre persönlichen Waffen bei sich, die in Scheiden oder Gürtel gesteckt waren. Als Toke sich den Reitern näherte, hielt er seine Hände mit den Handflächen nach außen hoch, um zu zeigen, dass er keine Waffen trug und in Frieden kam.

Ich hielt Ausschau nach einer klaren Gelegenheit, Toke jetzt zur Strecke zu bringen. Sie kam nicht. Ob absichtlich oder nicht, blieb Toke umgeben von seinen Männern.

Der Anführer der Reiter trug keinen Helm. Der obere Teil seines Kopfs glänzte und war frei von Haaren, aber an den Seiten und hinten hingen lange, graue Haare die zu zwei dicken Zöpfen geflochten waren, und sein grauer Bart war dick und lang. Er trug ein kurzes, ärmelloses Kettenhemd und einen Schild und war sowohl mit einem langen Speer als auch mit einem Schwert, das in einer Scheide von seinem Gürtel hing, bewaffnet. Obwohl sein Aussehen darauf schließen ließ, dass er nicht mehr jung war, ließ seine Körperhaltung keinen Zweifel zu, dass er beide Waffen sehr wohl zu verwenden wusste.

„Ich heiße Hrodgar, und ich bin Oberhaupt des Dorfs, das am Ende jenes Weges liegt", sagte er. „Wer seid Ihr? Und was ist hier passiert?"

„Ein Angriff von Räubern", antwortete Toke. „Sie brannten das Langhaus nieder und töteten die Bewohner des Hofs. Wir sahen das Licht der Flammen am Himmel, aber als wir eintrafen, war ihr schändliches Werk bereits vollendet. Wir kamen allerdings rechtzeitig, um noch etwas Rache üben."

Der Anführer der Reiter nickte einem Krieger neben sich zu. Der Mann gab seinem Pferd die Sporen und ritt zum Langhaus. In einem immer größer werdenden Kreis ritt er mehrmals um das Langhaus herum, wobei er sich aus dem Sattel lehnte und aufmerksam den Boden betrachtete.

„Räuber sagt Ihr?", fragte der alte Mann. „Es gab keine Berichte von Räubern in dieser Gegend. Wieso sollten wir Eure Geschichte glauben, anstatt anzunehmen, dass Ihr und Eure Männer dafür verantwortlich seid?"

„Hrodgar, erkennst du mich nicht? Ich bin Toke, Hroriks Sohn. Dieser Bauernhof gehört meinem Vater."

Hrodgar lehnte sich vor und starrte Toke aufmerksam an. Dann setzte er sich mit einem Knurren wieder in den Sattel.

„Bei Thors Hammer – du bist groß wie ein Bär geworden. Aber ich erkenne dich. Wie geht es Hrorik und deinem Bruder Harald?"

Toke seufzte laut auf. „Die Nachricht ist also noch nicht bis hierher vorgedrungen. Hrorik wurde Anfang des Jahres bei einem Gefecht in England während eines Raubzugs tödlich verletzt. Harald brachte ihn für die Bestattung hier im Land der Dänen zurück." Ein Raunen ging durch die Reiter.

„Das sind schlimme Neuigkeiten", sagte Hrodgar. „Hrorik war ein großer Stammesfürst und war bei den Menschen am Limfjord beliebt."

„Ich befürchte, es gibt weitere schlimme Neuigkeiten", sagte Toke. „Meine Männer und ich sind erst vor Kurzem vom gleichen Raubzug in England zurückgekehrt, und wir wollten uns hier von unserer Reise erholen. Wir hatten abends weiter unten am Limfjord Rast gemacht, aber während der Nacht bemerkten wir den Schein des Feuers am Himmel und kamen hierher, um es zu untersuchen. Wir fanden das Langhaus bereits in Flammen, aber außer den Räubern haben wir niemand mehr gesehen."

Toke drehte sich um und gab einer Gruppe von Männern, die etwas abseits neben den Arbeitsschuppen standen, ein Zeichen. Sie traten näher und schleiften zwischen sich einen sich wehrenden Mann, dessen Hände hinter seinem Rücken gefesselt waren. Er begann, in einem Dialekt zu schreien, der in meinen Ohren fremd klang. Einer von Tokes Männern versetzte ihm einen

Schlag, damit er ruhig wurde.

„Was hat er gesagt?", fragte Hrodgar. „Ich konnte seine Worte nicht verstehen."

„Er ist ein Sachse aus England", antwortete Toke. Mir war klar, dass der Mann zu den Gefangenen gehören musste, die Toke in England genommen hatte. „Ihre Sprache ist unserer sehr ähnlich, aber wegen der Aussprache klingt sie anders.

Wir haben diesen Mann im Kampf mit den Räubern gefangen genommen", fuhr Toke fort. „Er schien ihr Anführer zu sein. Ich vermute, er ist ein entflohener Sklave."

„Und die dort drüben?" Hrodgar zeigte mit seinem Speer hinter die Männer. Zum ersten Mal bemerkte ich die Reihe von Leichen im Gras hinter den Ruinen des Langhauses in der Nähe der Arbeitsschuppen. Ich vermutete, dass es sich um die Leichen von Tokes Männern handelte, die wir getötet hatten. Die Leichen unserer Toten hatten Tokes Männer in das brennende Langhaus geworfen.

„Das sind die übrigen Räuber, die wir getötet haben", antwortete Toke. „Es war ein harter Kampf. Drei meiner Männer wurden getötet und einige verwundet."

Hrodgar starrte auf das Seeross und musterte die Männer, die um Toke herum standen. „Nur drei deiner Männer wurden getötet?", fragte er. „Du reist mit einer sehr kleinen Mannschaft."

Toke zuckte mit den Achseln. „Wir haben in England einige Verluste erlitten."

Der Reiter, den Hrodgar fortgeschickt hatte, kam im leichten Galopp zurückgeritten. „An einigen Stellen hat der Boden viel Blut aufgesaugt," sagte er. „So wie es aussieht, versuchten diejenigen im Haus, durch den Stall auszubrechen, wobei sie die Ochsen dort drüben als Schutz benutzten. Nachdem die Ochsen zu Boden gegangen waren, gab es einen Kampf, der sich in Richtung der Mauer bewegte, die zwischen der Weide und den Feldern liegt. Die schwersten Kämpfe fanden einen Speerwurf von der Mauer entfernt statt. Ich vermute, dass viele Männer dort gestorben sind, und nach dem Blut am Boden zu urteilen ist mindestens einer auf der anderen Seite der Mauer gestorben."

Hrodgar schaute Toke argwöhnisch an. Toke zuckte erneut die Schultern. „Ich kann nicht sagen, was passiert ist. Ich war nicht hier, als es geschah. Als meine Männer und ich ankamen, waren die Leichen von den Räubern bereits fortgebracht und ins Feuer geworfen worden."

„Es gab eine weitere Stelle, an der viel Blut floss", fügte der Kundschafter hinzu. „Dort neben den Arbeitsschuppen ist viel Blut auf dem Boden."

„Dazu kann ich etwas beitragen", sagte Toke. „Dort haben wir mit den Räubern gekämpft und diejenigen getötet, die dort drüben liegen."

„Du erwähntest weitere schlimme Nachrichten", forderte Hrodgar ihn auf.

Toke zeigte auf den Engländer, der von zwei seiner Männer festgehalten wurde. „Siehst du sein Kettenhemd und die schöne Lederverzierung am Kragen und an den Ärmeln? Ich erkannte es – es gehörte meinem Bruder Harald. Und hier." Er nahm ein Schwert, das einer seiner Männer gehalten hatte, zog die Klinge etwas aus der

Scheide und zeigte sie Hrodgar. „Das ist ohne Zweifel Haralds Schwert. Er nannte es Biss. Dieser Abschaum hat es getragen, als wir ihn zu Boden prügelten."

Hrodgar sah aufgewühlt aus. „Wir haben keine Nachricht erhalten, dass Harald hier war. Wenn es so gewesen wäre, dann wäre er ins Dorf gekommen, um uns seine Aufwartung zu machen. Und wie hätte er den langen Weg von den Ländereien im Süden hierher reisen können? Das einzige Schiff, das ich sehe, ist deines."

Toke zeigte auf das Ufer. „Siehst du das Boot dort am Strand? Ich erkenne es. Es ist das Beiboot des Roten Adlers. Damit muss Harald hergesegelt sein. Vielleicht ist er erst gestern Abend angekommen und wollte heute das Dorf besuchen – was das Schicksal nicht mehr zugelassen hat."

Hrodgar schüttelte traurig den Kopf. „Das sind wahrhaftig düstere Neuigkeiten. Mit Harald stirbt der letzte seiner Linie, und sie waren in der Tat alle große Männer. Damit will ich dich nicht kränken, Toke. Du scheinst auf dem besten Weg zu sein, selbst einen großen Mann zu werden. Aber das Blut von Hroriks Linie fließt nicht in deinen Adern."

Toke nickte leicht mit dem Kopf. „Ich fühle mich nicht gekränkt, und ich danke dir für die Worte, die mich ehren. Es ist wahrhaftig ein schlimmes Verhängnis, dass die Linie von Hrorik, Sohn des Offa, Sohn des Gorm, an diesem Tag mit dem Tod von Harald ausgestorben ist."

Lügen gingen Toke so leicht von den Lippen. Ich wollte aufschreien, dass Hroriks Linie nicht ausgestorben war – ich lebte ja noch, und ich war ein Sohn

247

Hroriks. Aber das konnte ich natürlich nicht. Wenn ich das täte, würden mich Tokes Männer sofort umbringen. Ich hatte keinen Zweifel, dass Toke eine neue Lüge erfinden würde, die meine Behauptung und die Notwendigkeit meiner Ermordung elegant erklären würde. Aber eines Tages würde ich diese Worte sprechen. Eines Tages würde ich sie Toke ins Gesicht sagen – und dann würde ich ihn töten.

Hrodgar drehte sich im Sattel um und rief seinen Männern zu: „Wir errichten einen Erdhügel über der Asche dieses Langhauses, um Harald Hroriksson und die Menschen, die mit ihm gefallen sind, zu ehren. Morgen Nachmittag, wenn die Arbeit erledigt ist, werden wir den Leichenschmaus hier abhalten."

Er wandte sich wieder an Toke. „Mit deiner Erlaubnis möchte ich deinen Gefangenen bei der Bestattung den Göttern und den Toten als Blutopfer übergeben."

Toke nickte wieder. „Es gibt noch etwas", sagte er. „Einer der Räuber ist entkommen. Wir sahen, wie er in den Wald geflüchtet ist. Wir haben drei Pferde des Bauernhofs eingefangen, und ich habe vor, drei meiner Männer, die gute Bogenschützen sind, hinter ihm herzuschicken. Deine Männer kennen sich in dieser Gegend aus. Ich wäre dankbar für jede Hilfe, die du beisteuern könntest."

Hrodgar wandte sich zu dem Mann, der den Boden um das Langhaus untersucht hatte. Er schien bereits etwa vierzig Winter gesehen zu haben, und er hatte ein langes Gesicht mit einer spitzen Nase und bohrenden Augen. Sein Bart war mittelbraun und kurz geschnitten, und seine Haare, die etwas heller als sein Bart waren, wurden mit einem Lederriemen hinten im Nacken zusammengehalten.

„Das ist Einar", sagte Hrodgar. „Er ist der beste Spurensucher in unserem Dorf. Er kann eine Spur am Boden besser lesen als die meisten Männer Runen lesen können." Er zeigte auf einen weiteren Mann in seiner Gruppe. „Ich schicke auch Kar. Er ist der beste Bogen-schütze von uns. Einar, ich gebe dir auch meine beiden Hunde mit. Was deine Augen nicht sehen, werden ihre Nasen finden."

„Der Mann ist äußerst gefährlich", sagte Toke. „Er kann sehr gut mit dem Bogen umgehen. Von unseren drei Toten wurden zwei von seinen Pfeilen getroffen, und er ist auch für einige unserer Verletzten verantwort-lich."

„Wir jagen ihn mit Hunden und fünf mit Bögen bewaffneten Männern", antwortete Hrodgar. „Das müsste genug sein, einen einzigen Mann zu finden." Er erhob die Stimme und sprach zu seinen Männern. „Wir kehren jetzt zum Dorf zurück. Wir müssen den Tod von Harald Hroriksson verkünden und den Frauen sagen, dass sie den Leichenschmaus vorbereiten sollen."

Die Dorfbewohner wendeten ihre Pferde und be-gannen, zurückzureiten. Auch Hrodgar kehrte sein Pferd um, aber bevor er es antrieb, sprach er erneut zu Toke. „Ich komme später am Morgen mit Männern wieder, die mit der Arbeit am Grabhügel beginnen werden. Deine Mannschaft kann uns dabei helfen. Mit vielen Händen wird die Arbeit schnell erledigt sein. Einar und Kar kommen früher zurück und bringen Hunde mit. Sage deinen Männern, dass sie bereit sein sollen. Je früher die Jagd beginnt, umso näher ist die Beute."

Er trieb sein Pferd an und ritt seinen Männern hinterher. Die letzten hatten bereits den Bach erreicht.

Nachdem er sicher war, dass Hrodgar nicht mehr in Hörweite war, wandte sich Toke an einen Mann, der neben ihm stand. „Nach dem Leichenschmaus segeln wir nach Süden zum Anwesen. Wenn ihr den Jungen bis dahin noch nicht gefangen und getötet habt, reitet ihr nach Süden und schließt euch uns dort an, nachdem ihr eure Aufgabe erledigt habt."

Nach dem Abgang der Dorfbewohner gab ich jede Hoffnung auf, Toke jetzt töten zu können. Auch wenn ich erfolgreich sein sollte, würde ich Augenblicke später von seinen Männern zu Tode gehackt werden. Toke hatte nicht alleine gehandelt. Jeder in seiner Mannschaft hatte mitgemacht. Ich wollte, dass sie alle bezahlten. Ich konnte Harald und die anderen, die mit ihm gestorben waren, nur rächen wenn ich am Leben blieb. Es würde eine lange Jagd werden, aber ich schwor mir, dass sie letzten Endes alle sterben würden.

Das Problem jetzt war, die nächsten Tage zu überleben. Fünf mit Bögen bewaffnete Männer mit Hunden als Verstärkung wollten mich jagen. Sie hatten Pferde. Ich war zu Fuß. Sie hatten sicher Proviant bei sich. Ich hatte nichts und würde unterwegs irgendwie Nahrung im Wald finden müssen. Das war die ungünstige Ausgangslage für mich. Die Vorteile auf meiner Seite waren meine Fähigkeiten im Wald und mit dem Bogen. Ich hatte Angst, sehr große Angst. Ich fragte mich, ob der Hirsch oder der Eber ähnliche Angst spürte wie ich jetzt, wenn er von Jägern und Hunden verfolgt wurde.

Aber ich war kein Tier und ich durfte mich nicht wie ein Tier verhalten. Durch Angst getriebene, blinde Flucht würde mich in den Tod führen. Ich musste meine Angst bezwingen, wenn ich überleben wollte. Ich musste mich auf die wenigen Hilfsmittel verlassen, die ich hatte, und dafür sorgen, dass sie ausreichten. Und hoffen, dass Odin mein Gebet und meinen Eid gehört hatte, und sich meinem Bestreben, Harald und die anderen zu rächen, nicht verweigern würde.

Die Sonne hatte ihren Zenit schon länger überschritten, als ich in der Ferne das erste Bellen der Hunde hörte, die meine Spur verfolgten. Während ich enge Tierpfade im Schatten der Bäume entlang trabte, hatte ich mich gefragt, wie Tokes Männer es anstellen wollten, den Hunden meine Witterung zu geben. Den Dorfbewohnern die Stelle zu zeigen, an der ich in den Wald entkommen war, würde nicht zu ihrer Geschichte passen. Toke hatte Hrodgar ja erzählt, dass das Gefecht auf den Feldern bereits vorbei gewesen sei, als er und seine Männer eintrafen, und dass sie die Räuber zwischen den Arbeitsschuppen und dem Strand bekämpft hätten.

Vielleicht hatten Tokes Männer die leere Scheide gefunden, die ich beiseite geworfen hatte, oder meinen Helm. Ich hatte beide in der letzten Nacht liegen gelassen, nachdem ich den Schutz der Bäume am Ende der Steinmauer erreicht hatte. Ohne das Schwert war die Scheide nutzlos, und bei dem Helm hatte ich befürchtet, dass er flackerndes Licht reflektieren und mich verraten könnte, wenn ich wieder nahe an das brennende Langhaus zurückschlich. Diese Gegenstände trugen meine Witterung und wären genug, damit die Hunde im Wald hinter dem Langhaus hin und her schnüffeln konnten, um meine Fährte zu suchen und aufzunehmen. Würde es ein Hund oder der scharfsichtige Fährtenleser Einar sein, der die Stelle entdeckte, an der ich mich versteckt hatte, als ich Tokes Lügengeschichten zuhörte? Vielleicht bekäme Toke sogar Angst, wenn es ihm klar wurde, wie nahe ich ihm gekommen war. Spürte ein Mann wie Toke überhaupt Angst? Ich hoffte es. Ich wollte, dass ihm bewusst war, dass der Tod ihn belauerte. Ich wollte, dass es ihm jedes Mal, wenn er in der Nähe eines Waldstücks lief, unheimlich wurde, und er sich fragte, ob ich womöglich in den Schatten lauerte und auf die Gelegenheit wartete, ihn niederzustrecken.

Mit der Sonne als Orientierung lief ich in südwestlicher Richtung. Von unserer Reise entlang der Küste wusste ich, dass einige Flüsse südlich des Limfjords ins Meer flossen. Ich musste weit weg von der Küste im Landesinneren bleiben und konnte nur hoffen, dass die Wasserwege, auf die ich treffen würde, möglichst jung und schmal waren, wenn ich sie überqueren musste. Ich konnte es mir nicht leisten, auf der Seite eines Flusses, der zu breit zum Überqueren war, in der Falle zu sitzen und von meinen Verfolgern eingeholt zu werden.

Immer wenn ich im Wald auf einen Bach traf – egal wie klein – ging ich eine lange Strecke durch das Wasser, auch wenn ich dadurch vorübergehend von meiner vorgesehenen Route abkam. Jedes Mal, wenn die Hunde meine Witterung verloren, würde ich Zeit gewinnen und die Entfernung zu meinen Verfolgern vergrößern können, während sie wieder nach meiner Fährte suchen mussten.

Als es dunkel wurde, waren meine Verfolger nach dem gelegentlichen Bellen und Heulen der Hunde zu urteilen noch weit hinter mir. Ich hatte seit dem Festmahl nichts gegessen. Meinem leeren Magen erschien es viel länger her als nur die Nacht zuvor. Ich war jetzt dankbar, dass ich mich mit den wunderbaren Gerichten vollgestopft hatte, die Aidan und Tove zubereitet hatten, und ich bereute jeden Bissen, den ich auf dem Teller liegengelassen hatte, weil ich zu voll war, um sie zu essen.

Ich bezweifelte, dass meine Verfolger ihre Jagd in der Dunkelheit fortsetzen würden. Unter dem Dach der Bäume war das Schwarz so intensiv, dass es fast greifbar war. Sie würden Fackeln brauchen, um schneller voranzukommen, aber mit Fackeln würden sie sich auch leuchtend als Ziele markieren, falls ich im Hinterhalt lag. Die Dunkelheit behinderte jedoch auch meinen Fortschritt. Nachdem ich zum dritten Mal über eine nicht erkennbare Baumwurzel gestolpert und gefallen war, gab ich auf. Ich brauchte ohnehin Schlaf. In der Nacht zuvor hatte ich gekämpft – mein erstes Gefecht überhaupt – und heute hatte ich mir bei der Flucht vor meinen Verfolgern den ganzen Tag keine Erholung gegönnt, als ich zwischen Traben und Gehen abwechselte. Dies war zwar ein Tempo, das Meilen fraß und gleichzeitig Atem und Kraft schonte, aber auch mit dieser Strategie hatte ich jetzt meine Grenze erreicht, und ich war entkräftet. Die Anstrengung hatte mich körperlich geschwächt und meine Trauer um Haralds Tod hatte mich seelisch erschöpft. Wenn ich mich jetzt nicht ausruhte, ging ich das Risiko ein, zu müde zu sein, um klar zu denken. Und ich konnte mir keine Fehler leisten.

In dieser Nacht schlief ich eingewickelt in meinen Umhang, und für Wärme und Deckung hatte ich mich in einen Haufen Blätter eingegraben, die sich neben einem riesigen gefallenen Baum angesammelt hatten. Der Boden war kalt und hart. Bei jeder Brise raschelten die Blätter über mir und ich wachte erschrocken auf in der Angst, meine Verfolger hätten mich gefunden.

Mitten in der Nacht wurde ich durch ein schnüffelndes Geräusch in der Nähe geweckt. So leise wie möglich zog ich vorsichtig den Saum meines Umhangs zurück und wischte die Blätter von meinem Gesicht.

Ein tiefes, kehliges Knurren kam aus der Dunkelheit. Nur etwa sechs Schrittlängen vor mir stand ein großer Grauwolf. Er hatte meine Fährte, die bis in die Blätter führte, erkundet. Hinter ihm stand in einem Halbkreis sein Rudel und schaute in Richtung meines Verstecks.

Ich erinnerte mich an das, was Harald mir bei den Gräbern unserer Vorfahren erzählt hatte: Wölfe hatten den ersten von Hroriks Linie, der am Limfjord gesiedelt hatte, getötet. Vielleicht würden Wölfe hier in diesem dunklen Wald unserer Linie jetzt ein Ende setzen. Es schien mir die Art grausamer Laune des Schicksals, die die Nornen gerne webten.

Bevor ich mich zum Schlafen hingelegt hatte, hatte ich meinen Bogen entspannt und die Sehne abgenommen. Wenn das Rudel mich jetzt angreifen sollte, hätte ich nur meinen Dolch, um mich zu verteidigen.

Der Leitwolf hatte sich nicht bewegt. Er stand immer noch mit leicht gesenktem Kopf vor mir, während sich das Fell an seinem Rücken sträubte. Er knurrte und sah mich wachsam an. Mein Körper war noch unter meinem Umhang und den Blättern versteckt, aber er konnte riechen, dass sich vor ihm ein verhasster Mensch versteckte.

Das Fell des Wolfes war glatt und er sah gut genährt aus. Der Winter war mild gewesen, und es gab reichlich Hirsche und Rehe. Normalerweise griffen Wölfe Menschen nicht an; das kam hauptsächlich in Zeiten des Hungers vor. Andererseits schliefen Menschen normalerweise nicht alleine und ohne Lagerfeuer im Wald.

Ich erhob mich plötzlich auf die Knie und verstreute die Blätter wie in einem Windstoß. Ich fauchte den Wolf wortlos an, wobei ich meinen Bogen schwang und mit der geschärften Spitze aus Horn in seine Richtung stach. Er war außerhalb meiner Reichweite, aber ich wollte ihn eigentlich nur erschrecken. Wenn ich ihn träfe, würde das vielleicht einen Angriff provozieren.

Der große Wolf sprang schnell einige Schritte zurück, ging in Angriffsstellung und knurrte nun noch lauter. Ich knurrte mit einer Stimme zurück, die hoffentlich laut und bedrohlich klang. Als wir uns gegenüberstanden und beide Ausschau nach einem Zeichen der Schwäche oder eines unmittelbar bevorstehenden Angriffs hielten, zog ich langsam meinen Bogen vor mich, stützte ihn an meinem Knie ab, und spannte ihn.

Ich zog einen Pfeil aus dem Köcher, legte ihn ein und merkte, wie mein Selbstvertrauen zurückkehrte. Obwohl ich noch in Unterzahl war, war ich wieder ein Mann. Ich hatte die Macht, aus der Ferne zu töten. Ich stand langsam auf, sodass ich auf den Wolf herabschaute – ein Mensch, der einem Tier gegenüberstand. Er zog sich einen weiteren Schritt zurück und knurrte wieder.

Ich ließ von meinem eigenen wortlosen Knurren ab und sprach den Leitwolf an. „Du bist ein Stammesfürst unter deinesgleichen. Du besitzt die Weisheit, dein Rudel zu führen. Führe es jetzt außer Gefahr." Ich zeigte ihm den Bogen. „Du kennst die Menschheit. Du weißt, dieser Bogen enthält die Macht des Todes, der schnell und aus weiter Ferne zuschlägt. Wenn du mit deinem Rudel angreifst, sterbe ich vielleicht, aber ich töte dich zuerst, das verspreche ich. Schau mir in die Augen, und dann weißt du, dass ich die Wahrheit spreche. Du und ich haben keinen Streit. Nimm dein Rudel und geh."

Der Leitwolf blieb kauernd vor mir stehen, knurrte und fletschte seine langen Zähne. Hinter ihm lief eine Wölfin vor den anderen Wölfen des Rudels, die jetzt bewegungslos aufrecht saßen und zuschauten, unruhig hin und her. Er sollte sich endlich entscheiden. Ich musste mich konzentrieren, damit ich fokussiert genug war, schnell zu schießen, falls er spränge. Aber ungeordnete Gedanken und Ablenkungen gingen mir durch den Kopf. Ich musste Wasser lassen. Mein Hunger war zurückgekehrt. Ich fragte mich, wie Wolffleisch schmeckte.

Auf einmal drehte der Wolf sich um und verschwand mit seinem Rudel lautlos in der Dunkelheit.

Nachdem sie weg waren, begann das Zittern. Ich setzte mich wieder hin, lehnte mich an den Baumstamm und versuchte, meine Gedanken zu ordnen und meinen Mut wiederzuerlangen. Vielleicht war dies ein Omen, ein Zeichen von Odin, das mich ermutigen sollte. Wurde Odin nicht Freund der Wölfe genannt? Hatte er als Gott des Krieges nicht Schlachtfelder mit Festmählern für Wölfe, Füchse und Raben übersät? Vielleicht hatte er mir heute Nacht die Wölfe geschickt, als Zeichen, dass er meinen Eid gehört hatte und mich unterstützen würde. Der Gedanke tröstete mich ein wenig, obwohl ich eigentlich nicht daran glaubte.

Diese Nacht würde ich keinen Schlaf mehr finden. Ich sammelte meine wenigen Habseligkeiten ein und setzte meinen Weg durch den Wald fort. Mein Hunger wurde langsam ein Problem, das ich bald beheben musste.

Kurz vor der Morgendämmerung erreichte ich einen Fluss. Mit einem in den Bogen eingelegten Pfeil streifte ich das Ufer entlang und suchte nach Wild.

Im letzten Grau vor Anbruch des Morgens erreichte ich eine Biegung des Flusses. Irgendwann in der Vergangenheit war eine große Eiche, deren Wurzeln von dem fließenden Wasser unterspült worden waren, von der anderen Seite aus über den Fluss gefallen. In der Mitte des Flusses hatte sich dadurch eine Insel gebildet, die aus in den Ästen gefangenem Schlamm bestand und fast bis zu dem Ufer reichte, an dem ich stand. Der Baum musste vor langer Zeit gefallen sein, denn Gräser, niedrige Büsche und sogar ein paar kleine Bäumchen wuchsen auf der Insel.

Als ich hinter einem Dickicht am Fluss kauerte und spähte, kamen zwei Enten, die die Nacht zusammengeschmiegt im hohen Gras am Ufer der kleinen Insel verbracht hatten, dehnten ihre Flügel und watschelten hinüber zum Wasser. Eine erlegte ich mit meinem Pfeil, während die andere entkam. Sie flog tief über das Wasser und quakte eine heisere Warnung.

Die Baumkrone der großen Eiche lag am Ufer in meiner Nähe. Die Überreste ihrer Äste lagen blank wie die Rippen eines alten Skeletts, von dem das Fleisch schon seit langem verschwunden war, und ragten wirr aus dem Stamm hervor. Nur die dicksten Teile der Äste waren noch mit dem Stamm verbunden; die äußeren Enden, die kleinen Zweige und das tote Laub waren alle schon lange zerfallen.

Mit dem Baum als Brücke überquerte ich den Fluss zur Insel und beendete mein Fasten. Ich machte ein kleines Feuer und benutzte immer nur wenigen Zweige, damit keine Rauchsäule entstehen konnte. Nachdem ich die Ente gerupft hatte, briet ich das Brustfleisch über den Flammen, bis es gar war. Die Entenkeulen hob ich für eine spätere Mahlzeit auf.

Nachdem ich gegessen hatte, schaute ich mir die kleine Insel und die Umgebung genauer an. Dabei begann ein Plan in meinem Kopf Gestalt anzunehmen.

Auf der Seite des Flusses, von der ich gekommen war und wo die Krone der großen Eiche gelandet war, lagen einige Felsbrocken, die zusammen mit den Ästen den Baumstamm weit genug über der Oberfläche des

Flusses gehalten hatten, damit der Durchfluss des Wassers nicht blockiert war. Obwohl die Mitte des Flusses durch den Stamm und den in den Ästen gefangenen Schlamm aufgestaut war, lief eine tiefe und schnell fließende Wasserrinne zwischen der Insel und dem Ufer an der Seite der Baumkrone.

Auf der anderen Seite des Flusses war ein großes Gewirr aus Wurzeln und Erde mit dem Baum in den Fluss gefallen. Lange Zeit war der Fluss auf dieser Seite wohl fast komplett blockiert gewesen; von der Insel bis zum Ende der Baumwurzeln hatte sich das Flussbett mit Schlick gefüllt, sodass mir das Wasser stellenweise nur bis zu den Knöcheln reichte und niemals höher als meine Knie kam. Ich watete hinaus und schaute um die Wurzeln herum. Irgendwann hatten die Wasserwirbel eine schmale Rinne um das Ende des Wurzelknäuels ausgewaschen, und der Fluss strömte dort jetzt problemlos an den Wurzeln vorbei, obwohl er hier nicht so tief, breit oder wild war, wie an der Stelle unter der Baumkrone auf der anderen Seite der Insel.

Der Abstand vom letzten sicheren Boden neben den Wurzeln bis zum Ufer auf dieser Seite betrug nicht mehr als fünf Fußlängen. Der Baum bildete eine natürliche Brücke für einen Mann, der zu Fuß unterwegs war, obwohl sie für einen Reiter nutzlos war. Als ich wieder nach oben schaute, entdeckte ich noch etwas. Mit der Zeit war die Erde um die Wurzeln tief unter dem Stammfuß vom Regen oder der Strömung weggespült worden. Ich sah, dass eine Stelle, die ich zuerst als Schatten der Wurzelmassen interpretiert hatte, tatsächlich eine Öffnung war. Ich kletterte hoch und fand eine große Aushöhlung – groß genug, damit ein Mann sich darin verstecken konnte und für alle unsichtbar war, außer für jemand, der direkt darunter den Eingang fand.

Auf einmal konnte ich den ganzen Plan vor Augen sehen. Der Wald oder Odin – oder beide – hatten mir eine günstige Gelegenheit geschenkt. Wenn ich schlau und kühn handelte, konnte ich vielleicht meine Chancen verbessern. Für eine kurze Zeit konnte ich vielleicht vom Gejagten zum Jäger werden. Aber ich musste gleich anfangen, meine Falle zu legen, da ich eine lange Spur zu hinterlassen hatte.

Ich ließ mich von der Aushöhlung unter den Wurzeln herunter und watete durch die Untiefen zurück zur Insel. Wenn mein Plan funktionieren sollte, war es zwingend erforderlich, dass keine Spur zu meinem Versteck führte.

Ich kletterte wieder auf den gefallenen Baumstamm und kehrte zum Flussufer zurück, von dem ich gekommen war. Ich lief so schnell ich konnte zu der Stelle zurück, an der ich zuerst auf den Fluss gestoßen war. Von dort lief ich flussabwärts. Wenn meine Verfolger die Stelle erreichten, würden die Hunde Spuren in beide Richtungen entlang des Flussufers finden. Ich hoffte, dass sie durch die beiden Spuren dachten, ich sei auf der Suche nach einer Stelle, an der ich den Fluss überqueren konnte, hin und hergelaufen. Ich musste meine Verfolger dazu bringen, sich in zwei Gruppen aufzuteilen, um beide Spuren zu verfolgen. Ich wusste, dass ich es nicht mit allen auf einmal aufnehmen konnte.

Der Geist des Flusses wollte mir wohl helfen. Eine kurze Strecke stromabwärts fand ich Untiefen, wo der

Fluss langsamer strömte und sein Bett flacher war. An dieser Stelle war er nie tiefer als bis zur Hüfte, sodass er durchwatet werden konnte. Ich hinterließ klare Fußabdrücke am Ufer, die meine Verfolger nicht übersehen konnten, zog mich aus, hielt meine Kleider und Waffen über den Kopf und watete durch den Fluss.

Am anderen Ufer zog ich mich wieder an und lief parallel zum Fluss und wieder flussaufwärts. Während ich lief, schaute ich durch die Bäume hindurch, bis ich zu der Stelle kam, wo ich den großen, gefallenen Baum über den Fluss sehen konnte. Dort wendete ich mich vom Fluss weg und lief tiefer in den Wald hinein. Meine Zeit war fast um; ich konnte in der Ferne wieder die kläffenden und heulenden Hunde hören. Ich musste nicht weit diese Richtung laufen, denn nach wenigen Pfeilschusslängen fand ich ein Bächlein, das kaum mehr als ein Rinnsal war. Ich konnte keine längere falsche Fährte mehr riskieren, daher beendete ich das Täuschungsmanöver am Ufer des kleinen Bachs. Wo die Erde weich war, lief ich vorsichtig rückwärts und blieb in meinen vorherigen Fußstapfen. Ansonsten verfolgte ich meinen Weg so gut wie möglich zurück.

Als ich mich der Stelle näherte, an der meine falsche Spur vom Fluss abbog und in den Wald führte, war mir klar, dass ich einen kritischen Punkt in meinem Plan erreicht hatte. Ich musste den falschen Weg verlassen und zur Insel gelangen, aber ich musste sicher sein, dass die Hunde meine Verfolger weiter in den Wald führen würden, weg vom Fluss. Kurz vor der Stelle, an der ich den Richtungswechsel in den Wald gemacht hatte, ließ ich Wasser am Fuß eines Baums. Hoffentlich würde der starke Geruch die Hunde dorthin locken und weg von meinem richtigen Pfad. Dann folgte ich meinem Weg weiter zurück zu der Stelle, wo ich in die Tiefen des Waldes abgebogen war.

Ich stützte meinen Fuß auf einen Stein, damit in der Erde kein verräterisches Zeichen zu sehen war, dann sprang ich so weit weg von meiner Spur, wie ich konnte. Meine neue Spur, die richtige, fing etwa fünf Fuß von der alten an. Das war das Beste, was ich in der Kürze der Zeit erreichen konnte. Die Fährtensucher würden irgendwann bestimmt auch diese zweite Spur finden. Ich konnte nur hoffen, dass sie sie dann falsch interpretieren und nicht bemerken würden, was ich wirklich getan hatte. Um sie weiter zu verwirren, drehte ich mich am Ufer um und stampfte hart in die weiche Erde, sodass ein deutlicher Abdruck entstand. Wenn man die Fußabdrücke fand, würde es hoffentlich so aussehen, als ob ich vom Baum über den schmalen Flusskanal neben den Baumwurzeln ans Ufer gesprungen war.

Ich fand einen weiteren Stein, um keine weiteren Spuren meines richtigen Wegs zu hinterlassen. Von dort sprang ich vom Ufer auf das Wurzelgeflecht, kletterte über die verworrenen Arme hinunter zum Baumstamm und lief schnell in die Mitte, wo ich mich auf die Insel herunterlassen konnte.

Das Kläffen der Hunde war jetzt viel lauter. Ich nahm an, dass sie jetzt fast die Stelle erreicht hatten, an der meine Spur erstmals auf den Fluss traf und dann in zwei verschiedene Richtungen weiterging. Ich flüsterte ein Gebet an Odin mit einer Bitte um einen Sieg über meine Feinde.

Dann bemerkte ich, dass das Bellen eines der Hunde leise wurde, während der andere Hund jetzt lauter zu hören war. Meine Verfolger hatten sich aufgeteilt. Bislang funktionierte mein Plan.

Schnell band ich meine zweite Sehne an die Spitze eines kleinen Bäumchens, das in der sandigen Erde der Insel wuchs. Ich duckte mich hinter ein Gebüsch einige Fuß entfernt und zog das Ende der Sehne, bis der Jungbaum teilweise umgebogen war, dann hielt ich die Sehne am Boden fest, indem ich mit dem Fuß darauf trat. Ich nahm fünf Pfeile aus dem Köcher und steckte sie mit den Spitzen in den Sand vor mir. Mit einem sechsten Pfeil machte ich meinen Bogen bereit.

Der Hund erschien aus der Deckung des Dickichts, in dem ich mich in der Morgendämmerung versteckt und die Enten gesehen hatte. Sein plötzliches Auftauchen erschreckte mich; er suchte jetzt fast lautlos und winselte zwischendurch nur ein wenig, während sich seine Nase am Boden hin und her bewegte, als er meiner Fährte folgte. Am Ufer richtete er sich auf, legte die Vorderpfoten auf den Baumstamm und fing an, laut zu bellen. Er hatte die Stelle gefunden, wo ich früh am Morgen erstmals auf den Stamm geklettert war, um zur Insel zu gelangen.

Kurz darauf erschienen zwei Reiter. Einer war ein Mitglied von Tokes Mannschaft und der andere war der Bogenschütze Kar. Beide trugen gespannte und zum Abschuss bereite Bögen. Ich starrte auf Tokes Mann und engte meinen Blick immer mehr auf ihn ein, näher und näher, bis ich nur noch den Punkt mitten auf seiner Brust wahrnahm, an dem sein bösartiges Herz schlug.

Ich ließ die Sehne unter meinem Fuß los, und der Jungbaum schnellte hoch. Beide Männer waren ausgezeichnete Schützen. Die Pfeile flitzten durch die Äste. Hätte das Bäumchen einen Feind versteckt, wäre er jetzt tot.

Ich stand auf. Mein erster Pfeil traf Tokes Mann mitten in die Brust. Kar zog einen zweiten Pfeil aus seinem Köcher und wollte ihn in die Sehne einlegen, aber meine Pfeile steckten vor mir bereit und ich war schneller. Mein zweiter Schuss flog knapp an Kars Bein vorbei und begrub sich fast bis zu den Federn zwischen Schulter und Brust seines Pferdes.

Das Pferd bäumte sich auf, und Kar verlor seinen Bogen als er verzweifelt nach den Zügeln griff, um nicht zu fallen. Der Hund hatte mich inzwischen gesehen. Er sprang knurrend auf den gefallenen Baumstamm und jagte auf ihm in meine Richtung.

Mit einem solchen Angriff hatte ich nicht gerechnet. Ich packte einen dritten Pfeil, drehte mich schnell um und schoss, gerade als der Hund sprang. Mein Pfeil verfehlte ihn fast und traf ihn weit hinten am Rücken, bevor er gegen mich krachte und mich zu Boden warf. Ich landete auf dem Rücken, und er stand knurrend und mit langen, gefletschten Reißzähnen rittlings über mir, direkt vor meinem Gesicht. Dann wandte er sich mit einem Fauchen ab und schnappte nach dem Pfeil, der aus seiner Seite herausragte. Das rettete meinen Hals von seinen Zähnen. Ich packte sein Genick mit beiden Händen und drückte seinen Kopf nach oben. Dort hielt ich ihn mit meiner linken Hand tief in seinem dicken Fell unter seinem Kiefer, griff mit der rechten Hand nach meinem Dolch und stieß die Klinge wieder und wieder in seinen Brustkorb, bis er starb.

Während ich mich des Angriffs des Hundes erwehrte, hatte ich Kar aus den Augen verloren. Wartete er jetzt mit gespanntem Bogen auf mich, falls ich wieder auftauchte? Oberhalb des Flussufers war kein Gegner zu erkennen. Möglichst tief in Deckung bleibend befreite ich mich von dem toten Hund, fand meinen Bogen und legte einen Pfeil ein. Ich hob einen Stein auf und warf ihn ins Dickicht einige Fuß von mir entfernt. Dann stand ich mit gespanntem Bogen auf und suchte nach einer Spur meiner Feinde.

Tokes Mann lag tot am Boden. Sein Pferd war entflohen. Kars Pferd war etwas weiter vom Ufer weg zusammengebrochen und hatte das Bein seines Reiters unter sich begraben. Ich konnte sehen, wie Kar mit dem anderen Bein und seinen Armen gegen das tote Pferd trat und schob, in dem Versuch, die schwere Leiche beiseite zu bewegen.

Ich dachte an mein Gebet an Odin. Er hatte es gehört und mir den Sieg geschenkt. Ein Gott, der die Gebete der Menschen erhört, verdient Dank. Ich nahm meinen Dolch und schlitzte den Bauch des toten Hundes auf. Ich griff hinein und tastete nach dem Herzen. Als ich es fand, riss ich es heraus und schnitt es frei. Das Herz hängte ich als Blutopfer in die Äste des Jungbaums, den ich für mein Ablenkungsmanöver verwendet hatte. Hoffentlich würden die Raben, die Odins Boten waren, es dort finden.

Oben am Ufer rief Kar laut nach Hilfe. Nachdem ich meine Waffen eingesammelt und das Blut auf meinen

Händen im Fluss abgewaschen hatte, ging ich über die Baumbrücke zu der Stelle, an der er unter seinem Pferd gefangen lag. Ich hatte vor, ihn zu töten. Er hatte mich gejagt und hätte mich gnadenlos getötet. Ich hatte bereits einen Pfeil in meinen Bogen eingelegt und war bereit.

Er hatte sich auf einen Ellbogen hochgestützt und hielt eine kleine Axt in der anderen Hand. Als ich auf ihn zukam, zog er den Arm zurück, um zu werfen. Es war eine mutige Geste, aber er hatte keine Chance, schneller als mein Pfeil zu sein. Er wusste es. Ich konnte die Angst und die Gewissheit des bevorstehenden Todes in seinen Augen sehen.

Aus irgendeinem Grund rührte mich seine Angst und beruhigte die Wallung meines Bluts. Er gehörte nicht zu Tokes Mannschaft. Er war kein Mörder. Er stammte aus dem Dorf, in dem Menschen wohnten, die seit Langem Freunde von Harald und Aidan gewesen waren. Er hatte gedacht, er würde einen ihrer Mörder jagen.

„Werft Eure Axt hierher", sagte ich. „Behutsam aber schnell. Dann lasse ich Euch am Leben. Ich habe einiges zu tun und ich habe keine Lust, dabei mit einer Axt beworfen zu werden. Zwingt mich nicht dazu, Euch zu töten. Ich möchte es nicht."

„Wieso sollte ich Euch vertrauen?", fragte Kar, und seine Stimme bebte vor Angst. „Ihr seid ein Räuber und ein Mörder."

„Das bin ich nicht, aber ich habe keine Zeit, mit Euch darüber zu streiten. Denkt darüber nach: Wenn ich Euch töten wollte, könnte ich es jetzt ganz leicht, ohne Euch zu überreden, Eure Waffe niederzulegen. Bedenkt meinen Schuss aus der Deckung. Glaubt Ihr, es war ein Versehen, dass ich das Pferd statt Euch traf? Ich hätte Euch töten können. Aber ich habe nichts gegen die Männer des Dorfs. Nur gegen Toke und seine Mannschaft."

Natürlich war es eine Lüge, dass ich absichtlich sein Pferd getroffen hätte, aber das brauchte er nicht zu wissen. Der Mann starrte mich an, als ob er meine Seele in meinen Augen lesen wollte. Ich fragte mich, was er suchte und fand. Was auch immer es war, offensichtlich war es ausreichend für ihn.

Kar warf mir seine Axt vor die Füße. Sie hatte eine handliche Größe, sowohl als Werkzeug, als auch als Waffe, und ich entschied mich, sie zu behalten. Ich sammelte die Bögen von Kar und Tokes Mann auf und schlug beide mit der Axt in Stücke. Die Sehnen behielt ich und suchte die besten Pfeile in ihren Köchern aus, um sie meinem Arsenal hinzuzufügen. Die restlichen Pfeile zerstörte ich.

An der Leiche vom Tokes Mann fand ich einen Lederbeutel mit Brot und gepökeltem Schweinefleisch und einen Lederschlauch gefüllt mit Wasser. In einer Satteltasche auf Kars Pferd fand ich mehr Proviant und steckte ihn in den Lederbeutel. Dann schlang ich den Wasserschlauch über meine Schulter. Kar schaute mir dabei wortlos zu.

„Wurde Euer Bein verletzt, als das Pferd darauf fiel?"

„Ja. Ich vermute, es ist gebrochen."

Ich nickte. „Wenn die anderen das Pferd des Toten einfangen, solltet Ihr es benutzen, um zum Dorf zurückzukehren. Dies ist nicht Euer Kampf. Sagt das auch Einar."

Kar stutzte. „Woher kennt Ihr seinen Namen?"

Ich beantwortete die Frage nicht. „Und wenn Ihr wieder im Dorf seid, merkt Euch diese Worte und gebt sie an Hrodgar weiter: Süße Worte können Böses verbergen. Toke kann man nicht vertrauen. Hroriks Linie ist nicht zu Ende."

Ich konnte nicht zulassen, dass Kar den anderen erzählte, in welche Richtung ich weitergezogen war. Daher ging ich mit der Axt in der Hand zu ihm hinüber. Seine Augen füllten sich wieder mit Angst.

„Ihr habt gesagt, Ihr würdet mich nicht töten!"

„Das werde ich auch nicht." Ich drehte die Axt so, dass die Klinge nach hinten zeigte. „Aber Ihr müsst jetzt eine Weile schlafen." Dann schwang ich die Axt auf seinen Kopf, um ihn bewusstlos zu machen.

In der Ferne vernahm ich jetzt Hufschläge. Ich wollte Tokes anderen Männern eine Botschaft hinterlassen. Ich hatte nie gelernt, Runen zu lesen oder zu schreiben, aber ich kannte ein paar Zeichen. Die Rune „Hagalaz" kannte ich, weil Harald zu Hause seinen Namen in Runen in die Tür seiner Bettkammer geschnitzt hatte und ich mich an den ersten Buchstaben seines Namens erinnern konnte. Jetzt kniete ich über der Leiche von Tokes Krieger und ritzte mit der Spitze des Dolchs das Zeichen ᚼ in seine Stirn. Meine Rache war für Harald und ich wollte, dass Tokes Männer dies wussten – und Angst verspürten.

Ich steckte den Dolch wieder ein, drehte mich um, und lief über die Baumbrücke. Dann kletterte ich auf die

Insel herunter und lief zu meinem Versteck unter den Wurzeln des großen Baums.

Als ich im dunklen Schoß der Erde mitten im Herzen der Wurzeln versteckt lag, versuchte ich, mir aus den Geräuschen, die ich hören konnte, ein Bild vom Fortschritt meiner Verfolger zu malen. Pferde kamen an das Ufer in meiner Nähe auf der Seite der Wurzel. Meine Verfolger hatten wohl endlich entdeckt, wo ich von meiner falschen Fährte gesprungen und in Richtung Insel gelaufen war. Ich hatte gewusst, dass diese Spur sie nicht ewig in die Irre führen würde, aber sie hatte sie immerhin lange genug aufgehalten. Sie folgten dem Hund, der beim Laufen gelegentlich bellte. Ich hörte beunruhigte Rufe und wusste, dass sie ihre gefallenen Kameraden am Boden auf der anderen Seite des Flusses entdeckt hatten.

Ich hörte die Stimme von Einar, dem Fährtenleser aus dem Dorf, als er den anderen erklärte, was er aus den Spuren im Boden gelesen hatte. „Seht Ihr diese tiefen Fußabdrücke? Er muss vom Ende des Baums über diesen Teil des Flusses gesprungen sein."

„Aber die Spur im Wald führte nirgends hin", sagte eine andere Stimme.

„Vielleicht. Vielleicht auch nicht. Es gab viele Spuren, denen wir hätten folgen können. Mindestens eine war eine falsche Fährte, die zu einer Falle geführt hat. Vielleicht sind alle Spuren falsch, die wir bisher gefunden haben, und wir haben die richtige Fährte noch gar nicht gefunden. Wir verfolgen nicht irgendein Tier ohne Denkvermögen. Wir verfolgen einen Mann, noch dazu einen besonders gerissenen. Wenn wir nicht vorsichtig sind, werden wir die Gejagten und nicht er."

Sie galoppierten das Flussufer entlang, vermutlich zurück zu der Furt, um dort den Fluss zu überqueren und zu ihren gefallenen Gefährten zu gelangen.

Mehrmals im Verlauf des Nachmittags hörte ich das Knirschen von Schritten im Sand der Insel. Einmal hörte ich das Winseln eines Hundes auf dem Baumstamm irgendwo über meinem Kopf und eine Stimme, die ihm den Befehl gab, zurückzukommen. Ich fragte mich, wie gut Einar als Fährtenleser war. Keine echte Spur führte von meinem gestrigen Hinterhalt weg, die zeigen konnte, wie ich diese Stelle verlassen hatte. Würde er folgern, dass ich irgendwo in der Nähe versteckt war?

Sie schlugen ihr Lager am Ufer auf, nahe der Stelle, an der Kar und Tokes Mann gefallen waren. Einmal glaubte ich, zornige Stimmen zu hören, aber ich konnte die Worte nicht verstehen. Der Geruch von gebratenem Fleisch wehte über den Fluss zu meinem Versteck tief in den Wurzeln am Baumfuß, und das Wasser lief mir im Mund zusammen. Kars totes Pferd hatte ihnen ein improvisiertes Festmahl beschert. Ich musste mich mit gepökeltem Schweinefleisch, altbackenem Brot und etwas Wasser zum Abendessen begnügen. Doch zumindest war es Nahrung und ich war dankbar dafür, denn ich hatte Hunger.

Während ich in meiner engen und unbequemen Höhle lag, wunderte ich mich, wie schnell ich zum Mörder geworden war. Als Harald mir beigebracht hatte, mit Waffen umzugehen, hatte ich mich manchmal gefragt, ob ich in einem richtigen Kampf den Willen haben würde, sie gegen einen anderen zu verwenden. Als die Zeit gekommen war, hatte ich den Schritt gemacht, ohne darüber nachzudenken. Erst jetzt wurde mir klar, dass ich mich verändert hatte. Ich war geprüft worden und hatte bestanden. Ich wusste nicht einmal sicher, wie viele Männer ich getötet hatte, da ich während des Angriffs auf den Hof viele Pfeile auf Geräusche und vage Gestalten in der Dunkelheit abgeschossen hatte. Egal wie viele Männer ich umgebracht hatte, wusste ich jedoch, dass ich keinen einzigen Tod bereute. Ich war sogar begierig darauf, wieder zu töten. Viele Männer mussten noch sterben, bevor Harald und die anderen gerächt waren.

Meine Verfolger brachen nicht in der Frühe auf, sondern warteten bis zum vollen Tageslicht. Ich lächelte grimmig. Nach dem gestrigen Tag befürchteten sie wohl, in einen Hinterhalt zu geraten. Auch nachdem sie weg waren, blieb ich in meinem Versteck unter den Wurzeln des gefallenen Baums. Ich hatte für sie eine Falle gelegt. Jetzt musste ich mich davor hüten, dass sie im Gegenzug versuchen würden, mich mit einer List zu fangen.

Einige Zeit, nachdem sie ihr Nachtquartier verlassen hatten, hörte ich die Hufe ihrer Pferde wieder am Ufer auf der Wurzelseite des Baums, zu dem sie über die flussabwärts gelegene Furt gelangt waren. Auf Höhe des Baums änderten sie die Richtung und ritten in den Wald hinein.

Sie folgten einer kurzen Spur, aber der einzigen, die von der Stelle des Hinterhalts wegführte. Wie ich gehofft hatte, folgerte Einar, dass ich nach meinem Überfall aus dem Hinterhalt den Fluss über die Baumbrücke überquert hätte und in den Wald gelaufen sei. Danach sei ich eine Zeitlang durch den kleinen Bach gewatet, damit die Hunde meine Fährte verlören. Sie wussten, dass dies eine Taktik war, die ich bereits angewendet hatte, um die Hunde auf eine falsche Fährte zu locken. Jetzt würden Einar, Tokes Männer und der Hund das Ufer des Bachs in beide Richtungen auf Spuren absuchen, die ihnen zeigten, dass ich das Wasser verlassen hätte, damit sie eine neue Fährte aufnehmen konnten. Ich konnte nicht wissen, wie lange sie suchen würden, bevor Einar der Verdacht käme, dass er falsch gelegen hatte. Über kurz oder lang würde er es jedoch erkennen, wenn sie keine vom Bach wegführende Spur fanden. Ich hatte keine Zeit zu verlieren.

Seit dem Morgengrauen war ich bereit. Ich kletterte steif aus meinem Versteck, ließ mich in das flache Wasser herunter und watete in Richtung der Insel. Ich war gerade dabei, aus dem Wasser des Flusses auf die Insel zu treten, als mir etwas zu denken gab. Einige Augenblicke stand ich im Wasser und begutachtete die Szene vor mir, während ich meine Verunsicherung zu verstehen versuchte. Dann fiel es mir auf. Irgendetwas hatte mich vor dem bewahrt, was meine Augen zuerst nicht wahrgenommen hatten. Vielleicht wachte der Geist von Harald oder meiner Mutter über mich.

Irgendjemand – vermutlich Einar – hatte einen Ast genommen und damit die Fußspuren im sandigen Boden der Insel weggefegt. Auf beiden Seiten des Flusses war der Boden übersät mit kreuz und quer verlaufenden Spuren, aber neue Fußabdrücke im Sand der Insel wären ein klares Zeichen, dass jemand erneut hier gewesen war.

Ich watete durch das Wasser zurück zu der Stelle, an der die Wurzeln herunterhingen. Mit ihnen als improvisierter Leiter kletterte ich auf den Baumstamm und lief zum anderen Ufer hinüber. Am Anfang ließ ich auf dem Baumstamm noch nasse Fußspuren zurück und musste hoffen, dass sie trocknen würden, bevor Einar und die andern zurückkehrten. Als ich über die Insel ging, sah ich, dass niemand das Hundeherz heruntergenommen hatte, das ich dort als Opfer in das Bäumchen gehängt hatte. Nur ein mutiger Mann oder ein Narr wagt es, ein Geschenk an die Götter anzutasten.

Ich schaute den Kadaver des Pferdes sehnsüchtig an, als ich die Stelle passierte, wo meine Verfolger gestern ihr Lager aufgeschlagen hatten. Bei dem Gedanken an frisches Fleisch lief mir das Wasser im Mund zusammen, und ich hätte die Kraft gebrauchen können, die es mir gegeben hätte, aber ich befürchtete, dass Einar mit seinem Scharfblick erkennen würde, wenn ich Fleisch vom Kadaver abschnitt. Er würde sicherlich früh genug meine Spur finden, aber je länger er suchen musste, umso besser war es für mich. Ich ging weit genug in den Wald hinein, dass ich nicht vom anderen Ufer zu sehen war, aber noch nahe genug, um dem Flusslauf zu folgen. Dann machte ich mich trabend flussaufwärts auf den Weg.

Im Laufe des Tages kam ich zu zwei flachen Stellen, an denen der Fluss durchwatet werden konnte. Jedes Mal ging ich zum Flussufer hinunter und ins Wasser.

Dann watete ich eine Zeitlang flussaufwärts, bevor ich wieder ans Ufer ging und meine Reise auf der ursprünglichen Seite des Flusses fortsetzte. Hoffentlich würden meine Verfolger mit den falschen Spuren Zeit verlieren, wenn sie vergeblich auf dem anderen Flussufer nach meiner Fährte suchten. Mein Angriff aus dem Hinterhalt hatte meine Chancen verbessert, aber sie hatte meine Verfolger auch dichter an mich herangeführt. Ich wollte meinen Vorsprung jetzt wieder ausbauen.

Am späten Nachmittag kam ich zu einem dritten flachen Abschnitt, und erst hier überquerte ich tatsächlich den Fluss. Ich hielt meine Kleider und Waffen über den Kopf und watete durch das Wasser, das mir bis zur Hüfte reichte. Als ich fast am anderen Ufer war, hob ich die Füße und ließ mich vom Strom flussabwärts treiben, bis ich an die Mündung eines kleinen Bachs gelangte, der sich in den Fluss ergoss. Um meine Kleider und Waffen nicht nass werden zu lassen, paddelte ich nur mit einer Hand, bis ich das Ufer an der Mündung des Bachs erreichte.

Im flachen Bachbett zog ich mich wieder an. Danach briet ich meine beiden Entenschlegel über einem Feuer aus kleinen Zweigen und verspeiste sie. Es war jetzt spät am Nachmittag. Ich war müde und ich brauchte ein Lager, wo ich die Nacht verbringen konnte. Ich hatte meinen Verfolgern eindeutig einen harten Schlag versetzt, aber ich war immer noch der Gejagte, der von Jägern zu Pferde und mit einem Spürhund verfolgt wurde. Das war zermürbend. Ich musste ihnen immer weit voraus bleiben. Würden sie mich einholen, könnten sie mich einkreisen. Dann könnten sie mich mit Pfeil und

Bogen abschießen, wenn ich aus der Deckung kam, oder mich aus verschiedenen Richtungen angreifen, wie Wölfe, die ein Reh mit Scheinangriffen ermüden und schließlich reißen. So oder so wäre es mein sicherer Tod.

Bis zur Dämmerung watete ich den flachen Bach entlang. Im letzten Tageslicht sah ich einen Hügel, der sich prall und rund wie die Brust einer jungen Frau aus dem Boden des Waldes erhob. Ich verließ den Bach und trottete hinauf. Die Seiten waren steinig, aber mit einzelnen Bäumen und Unterholz bewaldet. Die Kuppe war kahl mit Ausnahme einiger niedriger Büsche und des Stumpfs einer großen Esche, die auf einer Höhe, die meiner doppelten Körpergröße entsprach, vom Blitz zerschmettert worden war. Der Baumstumpf stand über dem Gipfel wie eine einsame Wache, die den darunter liegenden Wald beschützte. Der Rest des Baums lag ausgestreckt auf der fernen Seite des Hügels wie die Leiche eines gefallen Riesen.

Ich fragte mich, was den mächtigen Gott Thor so verärgert haben konnte, dass er ein tobendes Gewitter heraufbeschworen und einen Donnerkeil geschleudert hatte, um diesen Baum zu zerstören. Hatten sich die Götter gestritten und Thor seinen Zorn am Wald ausgelassen? Es muss wohl im letzten Sommer geschehen sein, als der Baum volles Laub trug, denn einige tote Blätter hingen noch an den Zweigen. Auf der oberen Seite des gefallen Stamms waren die Äste noch unversehrt, aber darunter und seitlich davon waren sie vom Aufprall abgebrochen worden und bildeten jetzt ein dichtes Geflecht um den liegenden Baumstamm.

In der Nacht schlief ich dicht eingewickelt in meinen Umhang mit dem Rücken gegen den riesigen Stumpf. Durch das Unterholz auf der Kuppe war ich vor forschenden Blicken geschützt. Gleichzeitig hatte ich gute Sicht auf den Bach – die Richtung, aus der meine Verfolger kommen würden.

Als ich am nächsten Morgen aufwachte, wusste ich, was ich zu tun hatte. Der Plan musste mir von einem wohlwollenden Geist ins Ohr geflüstert worden sein, während ich schlief, denn er stand in meinem Kopf bereits bis ins Detail fest, als ich aufwachte.

Ich stand auf und betrachtete Boden und Wald um mich herum. Der Gipfel des Hügels war hoch genug, dass ich einen Überblick über den Wald hatte. In der Ferne bemerkte ich etwas, das wie ein Einschnitt im Wald aussah, der in einer Linie so weit verlief, wie ich sehen konnte. Dort lag wohl ein weiterer Fluss oder ein Weg. Fürs Erste lag mein Problem – und hoffentlich dessen Lösung – viel näher.

Wenn sie es nicht bereits getan hatten, würden meine Verfolger bald die Stelle finden, an der ich den Fluss überquert hatte. Nach den beiden falschen Fährten, die ich gelegt hatte, hatten sie bestimmt gelernt, das Ufer auf der gleichen Seite flussaufwärts abzusuchen, um zu sehen, ob sich meine Spur dort fortsetzen würde. Wenn sie auf jener Seite nichts fanden, würden sie den Fluss überqueren und dort weitersuchen.

Ich hatte Zeit gewonnen, indem ich im Bett des einmündenden Bachs auf dieser Seite des Flusses geblieben war. Allerdings war Einar ein Mann des Waldes und ein erfahrener und hartnäckiger Fährtensucher. Bisher hatte ich ihn nicht abschütteln können, und ich hatte keine Hoffnung, es zu tun. Wenn sie meine Fährte auf dieser Flussseite nicht fanden, war ich mir sicher, dass Einar zu dem Schluss kommen würde, dass ich den Bach verwendet haben musste, um meine Spur zu verwischen. Dann würden sie ihre Suche an dessen Ufer fortsetzen, da keine andere Route möglich wäre.

Wenn die Jäger weit genug die Bachufer aufwärts suchten, würde der Hund die Stelle finden, an der ich das Wasser verlassen hatte und diesen Hügel hinaufgestiegen war, und würde mich hierher verfolgen. Das konnte ich nicht ändern. Ich konnte nur entsprechend planen und diese Tatsache ausnutzen.

Um eine weitere Fährte für den Hund zu legen, ging ich den Hang entlang des Stamms der gefallenen Esche hinunter. Ich blieb auf der Seite, die dem Bach näher war, bis ich zu der Stelle kam, an der die Äste des großen Baums am dicksten waren. Obwohl viele beim Aufprall abgebrochen waren, ragten noch zersplitterte Stummel aus dem Stamm heraus, sodass er ein paar Handlängen über dem Boden lag.

Ich ließ mich auf den Bauch fallen. Mit den Beinen schiebend und mit den Armen ziehend schlängelte ich mich durch das Durcheinander der gebrochenen Äste unter dem Baumstamm hindurch. Als ich auf der anderen Seite angekommen war, benutzte ich die Handaxt, die ich Kar abgenommen hatte, um eine kleine Stelle nahe dem Stamm freizulegen. Ich kniete tief und versuchte hindurchzuschauen und stellte fest, dass man das Gelände auf der anderen Seite durch den Wust der Äste nicht sehen konnte. Wenn ich nicht hinausschauen konnte, konnten die Jäger auch nicht hineinschauen.

Direkt oberhalb der Stelle, an der ich unter dem Baumstamm hervorgekrochen war, ragte ein ungebrochener Ast so dick wie mein Bein heraus. Sein Ende steckte in einem kreuz und quer verlaufenden Dickicht aus Zweigen, die beim Aufprall zersplittert und in sich verknäuelt worden waren.

Ich schlug den dicken Ast mit meiner Axt kurz vor dem Astansatz ab. Er fiel schwer genau auf die Stelle, an der meine Fährte unter dem Baum hervorkam. Er würde der Hammer sein und der Boden darunter der Amboss. Von einem kleineren Ast schnitt ich zwei armlange Stücke ab. Sie sollten die Stützten für meine Todesfalle bilden.

Mit großer Anstrengung hob ich den dicken Ast auf und stützte ihn mit den beiden kleineren Ästen vorsichtig über der niedrigen Öffnung, durch die ich unter dem Baumstamm durchgekrochen war, ab. Die Ersatzsehne, die ich dem getöteten Mann abgenommen hatte, wickelte ich um die Stützen kurz unterhalb der Stelle, an der der dicke Ast auf ihnen balancierte. Den Rest der Sehne formte ich zu einer Schlinge, die ich so auslegte, dass sie die Lücke unter dem Baumstamm umrahmte. Dann bedeckte ich die Sehne mit Blättern und kleinen Zweigen. Jede Kreatur, ob Mensch oder Hund, die meiner Spur folgte, musste nun den Kopf durch die Schlinge stecken, wenn sie unter dem Baum durchkroch.

Mit der zweiten Sehne, die ich Kar abgenommen hatte, band ich drei Pfeile so um den dicken Ast der Falle, dass die Schäfte und die scharfen Metallspitzen nach unten zeigten und eine Handbreit über den Ast hinausragten. Ich konnte nicht riskieren, dass meine Falle ihr Opfer nur verletzte.

Nachdem ich fertig war, kroch ich durch die gebrochenen, verworrenen Äste, bis ich mich aus der gefallenen Baumkrone befreit hatte.

Ich hatte nicht vorgehabt, noch in der Nähe zu sein, um die Ergebnisse meines Werks zu bewundern. Ich wollte, dass meine Falle die Anzahl meiner Verfolger reduzierte, während ich weiterlief. Aber der Hund und die drei Jäger waren auf der Suche nach meiner Spur für mich unhörbar das Bachbett hinaufgekommen. Ich hatte die große Esche gerade erst hinter mir gelassen, als die Stille durch das Bellen des Hundes durchbrochen wurde. Es war nicht weit entfernt; der Hund hatte die Stelle gefunden, wo ich am Abend zuvor den Bach verlassen hatte. Der Hund bellte weiter, während er schnell den Hügel hinauflief. Hinter ihm konnte ich die aufgeregten Rufe der Jäger und das Donnern der Hufe ihrer Pferde hören.

Ich musste schnell ein Versteck finden. Ich bemerkte eine Fichte nicht weit weg von mir, deren unterste Äste fast bis zum Boden hingen wie die Röcke einer Frau. Ein Bild schoss mir durch den Kopf: Einmal hatte ich mich als kleines Kind unter den Röcken meiner Mutter versteckt, nachdem Toke mich wütend bedroht hatte. Jetzt lief ich zu der Fichte und tauchte unter die schützenden Röcke aus Ästen. Dort kauerte ich nieder und zog meinen Umhang über den Kopf. Hoffentlich würde ich unter dem grauen Mantel im Schatten des Baums als großer Stein wahrgenommen werden. Falls der Hund überlebte, würde meine List seine empfindliche Nase allerdings nicht täuschen.

Ich hielt die Falten meines Umhangs vor meinem Gesicht zusammen, ließ aber einen kleinen Schlitz offen. Ich spähte hindurch und versuchte, meine Atmung zu beruhigen.

Kurz darauf erschienen drei Reiter auf der Kuppe des Hügels. Einer davon, ein Mann aus Tokes Mannschaft, gab die Befehle. „Tord, reite auf dieser Seite des Baums hinunter. Ich reite auf der anderen Seite. Vielleicht hält er sich in den Ästen versteckt. Einar, haltet Ausschau von hier oben und warnt uns, falls Ihr etwas seht."

Der Mann, der gesprochen hatte, gab seinem Pferd die Sporen und ritt den Hügel auf der Seite hinunter, auf der ich stand. Der Hund war schon dabei, sich durch die verworrenen Äste unter dem Baum hindurch zu wühlen. Auf einmal gab er ein kurzes, lautes Kläffen von sich, dann war er still.

Der offensichtliche Anführer trug einen Helm und ein schweres Lederwams, das mit kleinen Metallplatten beschlagen war. An seiner Seite hing ein Schwert, ein Schild hing über seinem Rücken und er hatte einen Pfeil in seinen Bogen eingelegt.

„Tord, Einar", rief er nervös. „Seht ihr etwas?"

„Ich sehe nichts", rief Einar von oben.

„Habt ihr nicht den Hund gehört?", fragte der Mann namens Tord von der nicht sichtbaren Seite des Baumstamms. „Er muss im Baum sein, wenn er den Hund getötet hat. Wir müssen uns vor seinem Bogen in Acht nehmen. Vielleicht sollten wir den Baum anzünden."

Tokes Mann auf meiner Seite des Baums war jetzt nur noch etwa dreißig Schritte von mir entfernt. Wenn es Einar gewesen wäre, hätte er wohl die Stelle bemerkt, an der ich die Erde aufgewühlt hatte, als ich in mein Versteck unter den Ästen gekrochen war.

Ich erkannte jetzt sein Lederwams. Er war das Wams, das Rolf gehört hatte. Auf einmal sah ich Rolf vor meinem geistigen Auge, wie er auf unsere Reise gen Norden seine Angelschnur hinter unserem Boot herzog. Ich hoffte, es gab auch im Jenseits Fische, die man angeln konnte. Ich zog vorsichtig meinen Bogen vor mich und nahm einen Pfeil aus dem Köcher.

„Einar!", rief Tord. „Ihr seid angeblich der große Jäger. Was glaubt Ihr? Versteckt er sich in den Ästen dieses Baums?"

„Ich glaube, dass ich zwei Männer sehe, die statt Jäger zu sein jetzt zu Gejagten geworden sind", rief Einar.

„Halt's Maul, alter Narr!", brüllte der Mann, der mir am nächsten stand.

Immer noch auf den Knien unter den überhängenden Ästen der Fichte ließ ich meinen Umhang von den Schultern fallen und zog den Bogen voll aus. Tokes Mann starrte in die verworrenen Zweige um die gefallene Esche, aber er musste meine Bewegung aus dem Augenwinkel gesehen haben. Er riss sein Pferd herum und wandte sich zu mir. Ich bemerkte einen dunklen Fleck auf Rolfs Wams vom Blut aus der Wunde in seinem Hals, die ihn das Leben gekostet hatte. Tokes Mann hob seinen Bogen, aber bevor er ausziehen konnte, gab ich meinen Pfeil frei.

Die Entfernung war kurz und der Schuss einfach. Als ich den Pfeil zurückzog, hatte ich eigentlich vor, ihn mitten in die Brust zu treffen, ein tödlicher Schuss. Als ich jedoch Rolfs Blut sah, hatte ich einen Sinneswandel. Bevor ich den Schuss löste, zielte ich etwas weiter nach unten, sodass mein Pfeil eine Wunde in seinen Bauch riss. Laut schreiend vor Schmerzen ließ er seinen Bogen fallen und griff nach dem gefiederten Schaft, der auf einmal aus seinem Körper ragte.

„Das war für dich, Rolf", flüsterte ich. „Für sämtliche Fische, die du niemals fangen wirst."

Das Pferd des Mannes ging mit ihm durch, aber er schaffte es irgendwie, auf seinem Rücken zu bleiben. Noch schreiend krümmte er sich im Sattel, als es in den Wald hetzte.

Auf der anderen Seite des Baums rief Tord: „Alf! Alf! Was ist passiert?"

Ich legte einen weiteren Pfeil in meinen Bogen. Jetzt würden wohl Einar und Tord mich von zwei Seiten angreifen. Zu meiner Überraschung blieb Einar bewegungslos auf seinem Pferd oben auf dem Hügel sitzen. Sein Bogen hing ihm sogar noch auf dem Rücken.

„Es war ein Angriff aus dem Hinterhalt", rief er Tord zu. „Der Räuber ist jetzt in den Wald geflohen. Alf wurde verletzt. Sein Pferd hat ihn dorthin getragen." Er zeigte in die Richtung, in die das Pferd galoppiert war. „Schnell! Ihr müsst ihn einfangen. Er ist schwer verwundet."

Ich hörte, wie die Hufschläge von Tords Pferd leiser wurden, als er den verletzten Mann verfolgte. Einar saß noch immer bewegungslos auf seinem Pferd und schaute in meine Richtung. Ich steckte den Pfeil in den Köcher zurück und trottete in den Wald.

11

Einar

Ich wusste, dass der Mann, den ich angeschossen hatte, schwer verletzt war und wahrscheinlich sterben würde, aber eine Wunde im Bauch würde ihn nicht schnell töten. Vielmehr würde sein Tod langsam und schmerzvoll sein. Ich war froh darüber. Ich wollte, dass Toke und seine Männer für ihre Verbrechen bezahlten.

Wenn seine Gefährten seinen Tod nicht beschleunigten, würde die Verletzung des Mannes sie aufhalten. Ich hätte die Zeit dazu verwenden können, mich von meinen Verfolgern abzusetzen. Das tat ich aber nicht. Einars Verhalten hatte mich neugierig gemacht. Es hätte Feigheit sein können, weshalb er mich nicht angegriffen hatte, aber das glaubte ich nicht. Von dem wenigen, was ich von ihm gesehen hatte, schien er ein zuverlässiger, sachkundiger Mann zu sein. Hrodgar schätzte ihn hoch genug, um ihm die Jagd nach Haralds Mörder anzuvertrauen. Ich konnte mir kaum vorstellen, dass ein solcher Mann ein Feigling war.

Obwohl der Trupp, der mich jagte, mir zahlenmäßig noch zwei zu eins überlegen war, hatte ich den Verdacht, dass nur einer davon wirklich mein Feind war. Wenn meine Vermutung zutraf, musste ich meine Flucht nicht mehr fortsetzen. Es wäre dann an der Zeit, diese Jagd zu beenden und Tokes dritten Mann zu töten.

Als sich die Sonne spätnachmittags gegen den Horizont neigte und den Wald mit langen Schatten füllte, schlich ich wieder durch die Bäume zu der Stelle zurück, wo ich meinen Feinden aufgelauert hatte.

Aus der Ferne konnte ich sehen, dass alle drei Pferde auf der Bergkuppe angebunden waren. Am Fuße des Hügels schlug Einar mit einer Axt Äste von dem gefallenen Baum ab. Nach kurzer Zeit sah ich auch Tokes Mann Tord oben auf dem Hügel. Er hockte neben dem hohen Baumstumpf der großen Esche. Von Zeit zu Zeit schaute er über das Unterholz auf der Kuppe und inspizierte den Berghang und die Wälder darunter. Er suchte nach mir, aber er suchte vergebens. Ich war jetzt der Jäger, der seiner Beute nachstellte. Still und unsichtbar wie ein Wolf pirschte ich durch den Wald.

Den ganzen Nachmittag sah ich zu, wie Einar Äste schlug und zum Gipfel des Hügels schleifte. Bei Einbruch der Nacht fachten sie ein großes Feuer an und ließen es lodern. Bei diesem Anblick musste ich lächeln. Das helle Licht würde Tord vielleicht trösten und ihm Mut spenden, aber es würde ihn auch zum leichteren Ziel für meinen Bogen machen.

Als Mitternacht schon lange vorbei war – die Zeit der dunkelsten Nacht, wenn der Schlaf an den Lidern der Menschen zerrt – schlich ich den Hügel in Richtung des Feuers hinauf. Ich kroch auf dem Bauch über den Boden wie eine riesige Schlange. Ich hatte meinen Umhang, den Lederbeutel mit dem Essen und meinen Köcher neben einem Baum am Fuß des Hügels versteckt. Ich trug meinen Bogen und vier Pfeile in einer Hand, und mein Dolch und meine Axt hingen an meinem

Gürtel. Die Zeit war gekommen, die Sache zu beenden.

Tord hatte Stellung mit dem Rücken zum Baumstumpf bezogen. Mit einigen der Äste, die Einar zur Kuppe geschleift hatte, hatte er eine Barrikade um sich gebaut. Das Sattel- und Zaumzeug der drei Pferde sowie seinen eigenen Schild und den des verwundeten Mannes hatte er zum zusätzlichen Schutz vor der Wand aus Unterholz aufgebaut. Nur sein Kopf, der von einem stählernen Helm geschützt war, zeigte sich gelegentlich oberhalb seiner kleinen Festung, wenn er einen Blick nach draußen warf, um die Umgebung zu prüfen. Das müsste genügen. Sobald ich nahe genug war, würde ich diesen Kopf mit einem Pfeil an den Baumstumpf nageln.

Der Mann, den ich angeschossen hatte, lag unter einem Umhang vor Tords Barrikade in der Nähe des Feuers. Die meiste Zeit ächzte er leise, aber gelegentlich stieß er einen durchdringenden Schrei aus. Einar saß auf seinem Schild auf der anderen Seite des Feuers, gegenüber von Tords Festung. Als ich mich der Bergkuppe näherte, schrie der verletzte Mann wieder.

„Ich wünschte, er wäre einfach still", fauchte Tord. „Wieso kann er nicht endlich sterben? Könnt Ihr ihn nicht von seiner Qual erlösen?"

„Er ist Euer Gefährte", antwortete Einar. „Ihr seid für ihn verantwortlich. Tötet ihn selbst, wenn Ihr wollt, dass er stirbt."

Tord hob seinen Bogen. „Tötet ihn! Tötet ihn jetzt – oder ich erschieße Euch!"

Einar lachte grimmig in sich hinein und spuckte auf den Boden. „Was meint Ihr, wie weit Ihr in diesem Wald allein und ohne mich kommen würdet?"

„Die alte Heeresstraße kann nicht weit weg sein", entgegnete Tord. „Wenn ich sie finde, kann ich ihr nach Süden folgen. Dann wäre ich sicher." Aber er ließ seinen Bogen sinken und sagte nichts mehr.

Einar schnitzte mit seinem Messer an einem Stück Holz. Nachdem etwas Zeit verstrichen war, stand er auf und steckte das Messer in die Scheide an seinem Gürtel. „Ich brauche Holz für das Feuer." Er ging hinüber zu Tords Barrikade und zog einen Ast heraus, dick wie das Handgelenk eines Mannes und so lang wie ein Arm. Er drehte sich kurz Richtung Feuer. Dann schwang er den Ast ohne Warnung schnell und voller Wucht in die Seite von Tords Kopf. Tords Helm klirrte und flog ihm vom Kopf, als er seitwärts zu Boden glitt.

Einar kniete sich hin und machte sich schnell an einem Sattel zu schaffen. Als er aufstand, hielt er ein aufgerolltes Seil in der Hand. Mit Füßen und Händen räumte er die Barrikade aus Ästen beiseite, kniete neben dem bewusstlosen Tord nieder und band ein Ende des Seils um Tords rechtes Handgelenk. Mit dem freien Ende des Seils stand Einar auf, ging um den Baumstumpf herum und nahm Tords linkes Handgelenk. Er zog gleichzeitig am Seil und am Handgelenk und zog Tord in eine sitzende Position hoch, sodass sein Rücken gegen den Baum lehnte. Dann zerrte er Tords Arme nach hinten, schlang das Seil um sein anderes Handgelenk, zog es fest um den Baumstumpf und verknotete es.

Einar ging um das Feuer herum, sammelte alle Waffen ein – sowohl seine eigenen als auch die von Tokes Männern – und schichtete sie auf einer Seite des Feuers zu einem Haufen. Dann ging zur anderen Seite des Feuers, wandte sich an die Dunkelheit und hob beide Hände, um zu zeigen, dass er unbewaffnet war. „Kommt jetzt heraus, damit wir reden können", rief er. „Wie Ihr Kar gesagt habt, zwischen uns gibt es keinen Streit."

Ich wägte seine Worte und seine Taten ab und versuchte, Zeichen für Unehrlichkeit oder eine Falle zu finden. Da ich nicht fündig wurde, trat ich aus den Schatten – wobei ich allerdings meine kleine Axt von meinem Gürtel nahm und in einer Hand bereithielt.

„Bei den Göttern", sagte Einar, als ich mich erhob. „Ich konnte Eure Anwesenheit spüren, wie man nachts Wölfe im Wald spürt, die das Lager jenseits des Feuerscheins umkreisen. Aber ich wusste nicht, dass Ihr so nahe seid. Ich war neugierig, den zu sehen, den Kar als bartlosen Knaben beschrieb."

Er starrte lange in mein Gesicht, als ob er es wie Spuren auf dem Boden lesen konnte. Ich starrte zurück, immer noch nach Zeichen für Verrat suchend.

Endlich brach Einar das Schweigen. „Ihr seid vielleicht bartlos, aber ein Knabe seid Ihr nicht – trotz Eures Alters. Nur ein Mann tötet so rücksichtslos wie Ihr. Ihr geht beim Töten so systematisch und bedenkenlos vor, wie Ihr es beim Legen falscher Fährten tut. Das kommt nur selten vor."

Als ich mich später an Einars Worte erinnerte, beunruhigten sie mich. Es war erst wenige Tage her, seit ich zum ersten Mal einen Mann getötet hatte. Es fiel mir fürwahr leicht – viel zu leicht. Das Leben eines anderen Menschen zu nehmen sollte einem schwerfallen, man sollte sich hinterher darüber Gedanken machen. Mir war es weniger schwergefallen, als einen Hirsch oder einen Hasen zu töten. Diese Wesen waren unschuldig. Die Männer, die ich getötet hatte, waren es nicht. Aber dieser Einar, der ein erfahrener Krieger war, glaubte, dass ich rücksichtslos tötete. Was sagte das über mich aus? Was war aus mir geworden? Besaß ich tatsächlich so etwas wie eine Gabe dafür, Menschen umzubringen? Sicherlich nicht. Einar musste mich falsch eingeschätzt haben.

Aber in jener Nacht, als ich in den Feuerschein trat und Einar gegenüberstand, beunruhigten mich solche Gedanken nicht.

„Wieso kommt Ihr mir zur Hilfe?", fragte ich.

„Ihr habt Kar gesagt, Hroriks Linie sei noch nicht beendet", antwortete Einar. „Ich heiße Einar, genannt Falkenauge. Meine Vergangenheit ist mit Hroriks Linie verbunden. Ich stehe bei Hrorik und sein Nachkommen in Blutschuld."

„Inwiefern?"

„Vor vielen, vielen Jahren, als Hrorik noch ein junger Mann war, segelten vier Schiffe mit Männern der Svear und Gauten in den Limfjord", erklärte Einar. „Bei Nacht landeten zwei davon bei Offas Bauernhof und zwei beim Anwesen eines Stammesfürsten weiter den Fjord hinauf. Auf dem anderen Hof wurden alle Männer getötet und die Frauen und Kinder gefangen genommen. Aber auf Offas Hof streifte Hroriks älterer Bruder Harald – Namensgeber für Hroriks Sohn – in der Nacht durch die Felder, weil er nicht schlafen konnte. Er sah, wie die Schiffe mit zur Geräuschdämpfung umwickelten Rudern am Strand landeten, und weckte den Haushalt. Mit seinem Vater, seinem Bruder und den Huscarls kämpfte er am Strand gegen die Angreifer, bis die Bewohner des Bauernhofs sich in den Wäldern in Sicherheit gebracht hatten.

Die Angreifer waren in der Überzahl, und sobald ihre Familien in Sicherheit waren, zogen sich die kämpfenden Männer ebenfalls in den Wald zurück. Alle außer Harald. Er wich den Pfeilen der Feinde aus, lief zum Stall, nahm sich das schnellste Pferd und ritt zum Dorf, um das Volk dort zu warnen."

Ungeduldig unterbrach ich ihn. „Ich wollte keine Erzählung, sondern nur eine Antwort."

Einar war von meinen Worten und meiner Ungeduld unbeeindruckt. „Manche Antworten brauchen mehr als ein paar Worte. Ohne eine vollständige Erzählung können sie nicht verstanden werden. Ihr solltet nicht vor lauter Eile auf neues Wissen verzichten.

Wie ich sagte, ritt Harald in das Dorf, um die Menschen zu warnen – den Göttern sei Dank", fuhr Einar fort. „Bald erschienen in der Nähe des Dorfs alle vier Schiffe der Räuber. Nach den vorhergegangenen Raubzügen war ihre Gier nach Blut und Beute noch weiter angestachelt, und die Krieger wateten an Land. Ich war zu der Zeit noch ein Kind, nur sieben Jahre alt. Alle Frauen, Kinder und Sklaven waren nach Haralds Warnung in den Wald geflohen und hatten sich in Sicherheit gebracht. Alle außer mir. Damals hatte ich mehr Neugier als Verstand. Am nächsten Morgen habe ich dafür kräftig Prügel einstecken müssen, aber ich bin versteckt auf dem Dach des Hauses meines Vaters geblieben und habe dem Kampf zugeschaut.

Die Männer unseres Dorfes formten einen Schildwall über die Straße, die mitten durch das Dorf führte. Unter ihnen war mein Vater und neben ihm kämpfte Harald. Die Krieger der Gauten und Svear waren unseren Männern zahlenmäßig weit überlegen. Es sah so aus, als ob der Kampf für uns schlecht ausgehen würde – bis Harald, mein Vater und Hrodgar, der damals ein Krieger in den besten Jahren war, sich durch die feindlichen Reihen zu deren Anführer kämpften. Er war ein großer Mann der Svear mit einem langen, blonden Schnurrbart, der bis zu seiner Brust reichte. Bis dahin hatte er umringt von seinen Huscarls hinter dem feindlichen Schildwall gestanden und hatte seine Männer angefeuert. Manche Anführer führen einen Angriff an vorderster Front, andere ziehen es vor, von hinten Anweisungen zu geben.

Mein Vater erreichte ihn als erster. Der Krieger direkt vor dem feindlichen Anführer starb durch Vaters Speer, als er den Angriff zu verhindern versuchte. Aber während sie kämpften, stürzte sich der große Svear auf meinen Vater und schwang sein Schwert mit solcher Wucht, dass Vaters Schild entzwei geschlagen wurde. Die Klinge traf seine Schulter und zwang ihn in die Knie. Ich dachte, mein Vater würde jetzt vor meinen Augen sterben, aber dann stürmte Hrodgar heran und stieß seinen Speer mit solcher Kraft, dass er die Brünne des Anführers von vorne bis hinten durchbohrte und die Speerspitze zwischen seinen Schulterblättern herausragte. Gleichzeitig schwang Harald sein Schwert und trennte mit einem Schlag fast den Kopf des Stammesfürsten von seinen Schultern. Gleichzeitig schwang Harald sein Schwert und trennte mit einem Schlag fast den Kopf des Stammesfürsten von seinen Schultern.

Als sie sahen, dass ihr Anführer gefallen war,

machten die meisten Svear kehrt – vor allem diejenigen, die in seiner Nähe waren – und flohen zurück zu den Schiffen. Aber die Gauten waren wohl kühnere Krieger, denn sie kämpften weiter gegen die Männer unseres Dorfs. Harald stand über meinem Vater, der verletzt am Boden lag, und weigerte sich, zurückzufallen, obwohl er mehrfach verwundet wurde. Wäre er nicht so standhaft gewesen, wäre ich ohne Vater aufgewachsen. Deshalb stehe ich bei Hroriks Linie in Blutschuld. Deshalb habe ich heute Nacht getan, was Ihr gesehen habt."

Unschlüssig betrachtete ich Einar. Er kannte mich nicht. Er wusste nicht einmal, wer ich war. Dennoch hatte er Tokes Mann angegriffen und entwaffnet, seine eigenen Waffen abgelegt und mich aufgefordert, sein Lager zu betreten – und dabei sein Leben in meine Hände gelegt. All dies nur, weil ein Fremder Kar erzählt hatte, Hroriks Linie lebe noch, und weil Hroriks Bruder vor vielen Jahren Einars Vater gerettet hatte. Er war entweder ein Mann, der viel Wert auf seine Ehre legte, oder ein großer Narr. Ich hätte nicht so gehandelt wie er. Ich hatte aber mein Leben größtenteils als Thrall verbracht, und für Sklaven spielen Fragen der Ehre keine große Rolle.

„Wie ist das Gefecht ausgegangen?", fragte ich, obwohl ich nicht sicher war, ob man Einar ermuntern sollte, weiterzusprechen.

„Auf Offas Anwesen vergewisserten sie sich, dass ihre Familien im Wald sicher versteckt waren", fuhr er fort. „Dann marschierten Offa, Hrorik und ihre Männer so schnell sie konnten die Straße hinunter zu unserem Dorf. Sie trafen kurz nach dem Tod des Stammesfürsten der Svear ein und attackierten die hinteren Linien der Feinde. Mit den Kriegern des Dorfs auf einer Seite und Offa und seinen Männern auf der anderen wurden die Gauten dazwischen aufgerieben und vernichtet. Niemand wurde verschont. Auch die Angreifer, die ihre Schiffe erreicht hatten, konnten letzten Endes nicht entkommen. Der Limfjord war bald voll mit Schiffen zorniger Männer, die auf Rache sannen. Keines der feindlichen Schiffe erreichte das Meer."

„Und Harald?"

„Es geschah nachdem Offa und seine Männer sich dem Kampf angeschlossen hatten. Die Svear und Gauten waren auf dem Rückzug und die Schlacht war fast vorbei. Harald war schwach und abgekämpft von seinen Wunden, und sein Schild hing herab, da kein Feind mehr in der Nähe war. Von den fliehenden Eindringlingen flog ein Pfeil zurück auf unsere Männer und traf ihn in den Hals."

Ich blieb zunächst stumm und dachte über die Ereignisse nach, von denen Einar mir erzählt hatte. Mein Bruder Harald und Hroriks Bruder Harald waren beide jung gestorben. Ich beschloss, dass ich, wenn ich jemals einen Sohn haben sollte, es nicht riskieren würde, diesen Unglücksnamen einem weiteren Vertreter unserer Linie zu geben, auch wenn ich meinen Bruder Harald geliebt hatte und ihn gerne ehren würde.

„Ich habe über Eure Worte an Kar nachgesonnen", sagte Einar. „Er wird auch Hrodgar davon erzählen. Ihr habt gesagt, dass Hroriks Linie nicht zu Ende ist. Ich habe mir auch alles durch den Kopf gehen lassen, was seit Anfang dieser Jagd geschehen ist. Darin gibt es mehr für mich zu deuten, als nur Fußspuren auf dem Waldboden. Ich glaube, dass die Rune, die Ihr in die Stirn des Mannes geritzt habt, den Ihr bei Eurem ersten Angriff aus dem Hinterhalt getötet habt, nur für Harald Hroriksson stehen kann, der bei dem Angriff auf den Hof starb. Ihr habt den Toten markiert, um zu zeigen, dass es sich um eine Blutschuld handelt.

Wenn Ihr ein blutrünstige Räuber wäret, wie Toke behauptete, hättet Ihr auch Kar umgebracht. Stattdessen habt Ihr ihn verschont und Tokes Mann aus Rache für Harald getötet. Wer seid Ihr?"

Ich antwortete nicht. Das schien Einar nicht abzuschrecken. Ich vermutete langsam, dass seine Gefährten ihn nicht Falkenauge, sondern den Langatmigen nannten, da er wieder zu sprechen begann. „Hroriks Linie ist nicht beendet. Davon war ich lange verwirrt. Alle im Dorf wissen, dass Harald Hroriks einziger Sohn war. Aber dann erinnerte ich mich an die irische Frau, die Sklavin, von der er so angetan war. Ihr seid ihr Sohn, nicht wahr?"

Er war durchaus schlau. Ich nickte. „Das bin ich. Harald war mein Bruder, und ich habe geschworen, seinen Tod zu rächen. Ich heiße Halfdan."

Einar ließ seinen Blick über mich schweifen. „Eure Kleider sind jetzt schmutzig und blutverschmiert, aber sie sind eindeutig von guter Qualität und Euch auf den Leib geschneidert. Das sind nicht die Kleider eines Thralls."

Ich nickte wieder. „Bevor Hrorik starb, hat er mich als seinen Sohn anerkannt."

„Setzen wir uns hin und strecken wir die Beine

aus", sagte Einar. „Ich habe Speise und Trank und Ihr habt bestimmt Hunger. Esst, und dabei könnt Ihr mir von dem Angriff auf den Hof erzählen und wie Ihr als Einziger entkommen konntet. Mir ist klar, dass Tokes Geschichte eine Lüge gewesen sein muss und dass er irgendwie beteiligt war. Ich würde gerne wissen, was wirklich geschehen ist."

Einars Kost war einfach – nur gepökeltes Schweinefleisch, altbackenes Brot, harter Käse, und Wasser – aber nach der spärlichen Verpflegung bei meiner Flucht war mir alles willkommen. Während ich kaute, erzählte ich ihm vom Streit zwischen Harald und Toke und wie Toke die Beleidigungen mit einem heimtückischen nächtlichen Angriff zurückgezahlt hatte.

Einar unterbrach mich. „Was ist neben den Arbeitsschuppen passiert? Ich konnte sehen, dass dort viel Blut floss."

Einen Augenblick konnte ich nicht sprechen. Vor meinem inneren Auge sah ich wieder, wie in der Nacht Frauen und Kinder im flackernden Feuerschein abgeschlachtet wurden.

„Harald hat irrtümlich angenommen, der Angreifer sei Ragnvald, ein Stammesfürst, dessen Sohn er getötet hat", antwortete ich. „Er handelte mit dem Feind aus, dass die Frauen, Kinder und Sklaven das Langhaus verlassen könnten. Der Anführer gab Harald sein Wort, dass er ihnen freies Geleit gewähren würde, aber es hatte nie die Absicht, sein Wort zu halten. Zu der Zeit wussten wir nicht, dass Toke der Führer der Angreifer war. Als die Frauen, Kinder und Sklaven außerhalb der Reichweite unserer Waffen waren, wurden sie alle ermordet."

„*Niddingsvaark!*" Einars Miene war vor Empörung verzerrt. „Toke ist ein Mann ohne Ehre."

„Danach schossen sie brennende Pfeile ab und steckten das Dach über unseren Köpfen in Brand", fuhr ich fort. „Wir versuchten, auszubrechen und in den Wald zu fliehen. Wir benutzten die Tiere aus dem Stall als Deckung, aber es waren zu viele von Tokes Männern und zu wenige von uns."

„Wie seid Ihr entkommen?"

„Bevor wir unseren letzten Fluchtversuch unternahmen, sagte mir Harald, dass ich laufen solle, wenn er mir befehle, ihn und die anderen zu verlassen. Er meinte, ich hätte von uns allen die besten Überlebenschancen im Wald, und einer müsse am Leben bleiben, um die anderen zu rächen. Als Tokes Männer uns beim letzten Angriff bedrängten, kämpfte Harald eine Bresche für mich frei, damit ich fliehen konnte. In den letzten Augenblicken des Kampfes blieben nur noch Harald und Ulf. Sie kämpften Rücken an Rücken, und Harald tötete noch viele von Tokes Männern, bevor sie fielen."

Als ich sprach, schien Einar wie erstarrt. „Wie hieß nochmal der letzte Krieger, der mit Harald fiel?"

„Ulf."

„Könntet Ihr ihn für mich beschreiben?"

Als ich seiner Bitte nachkam, legte er den Kopf in die Hände. Nach einem Augenblick hob er den Kopf wieder und ich sah, dass er weinte. „Er war mein Neffe, der Sohn meiner Schwester. Ich habe ihn sehr gemocht. Er verließ das Dorf vor acht Jahren, als seine Frau starb, und schloss sich Hroriks Haushalt an. Ich habe seinen Sohn großgezogen."

Ich merkte, dass Tord jetzt wach war und uns zuhörte. Ich zog meinen Dolch und zeigte damit auf ihn. „Ich habe geschworen, jeden zu töten, der an dem Angriff teilgenommen hat", sagte ich Einar. „Ich hatte vor, diesen Mann sowie den Verletzten umzubringen. Aber Ihr habt auch einen Verlust erlitten. Wenn Ihr wollt, könnt Ihr die beiden töten, um Ulf zu rächen."

„Nicht so eilig", sagte Einar. „Diese Männer haben etwas, was Ihr braucht."

Ich runzelte die Stirn. „Nur ihr Leben."

„Kennt ihr die Namen aller Männer in Tokes Mannschaft?", fragte Einar.

Ich schüttelte den Kopf.

Einar ging zu der Stelle, an der er gesessen hatte, als ich mich an die Bergkuppe herangeschlichen hatte, und hob zwei Stäbe auf. Jeder war zweimal so lang wie eine Hand und hatte einen Durchmesser von zwei Fingern. Beide waren entrindet und flach geschabt, sodass sie vier Seiten bildeten. In beide Stäbe waren Runen eingeschnitzt.

„Schiffsmannschaften ändern sich", sagte Einar. „Männer kommen hinzu, Männer gehen. Tokes Mannschaft hat viele Männer im Kampf verloren, und er wird einige neue Besatzungsmitglieder brauchen. Wie werdet Ihr wissen, wen Ihr töten müsst?"

Daran hatte ich bisher nicht gedacht.

„Ich habe auf dieser Jagd viel zugehört, während Tokes Männer redeten", fuhr Einar fort. „Ich habe es mir zur Gewohnheit gemacht, mich an das Gehörte zu erinnern. Meine Begleiter sprachen achtlos von über vierzig Männern in der Mannschaft, als das Seeross

England verließ. Aber als ich mit Hrodgar auf dem Bauernhof war und Toke traf, zählte seine Mannschaft weniger als dreißig. Mehr als zehn Männer, vielleicht sogar bis zu zwanzig, müssen bei der Schlacht gestorben sein, die Harald das Leben kostete. Viele Männer des Seerosses haben bereits für ihren und Tokes Verrat bezahlt. Es sind die Überlebenden seiner Mannschaft einschließlich derjenigen, die Euch gejagt haben, die Ihr für Eure Rache töten müsst. Toke wird sicherlich weitere Männer anheuern, um seine Mannschaft wieder komplett zu machen, aber die Neuen werden an den Morden unschuldig sein, die Ihr rächen wollt."

Als ich geschworen hatte, alle zu töten, die Harald und die anderen ermordet hatten, war mir die Tragweite meines Eids nicht bewusst gewesen. Einar hatte Recht: Toke würde sicherlich neue Männer für seine Mannschaft rekrutieren. Und einige von denen, die jetzt in seinem Dienst standen und an den Morden teilgenommen hatten, würden die Mannschaft wahrscheinlich verlassen. Wie sollte ich die Männer identifizieren, die ich aus Rache töten sollte? Wie sollte ich alle finden? Es könnte lange dauern, bis ich meinen Eid erfüllt hatte. Eine lange Zeit und eine lange Blutspur.

„Heute Abend, als Tord aus Angst wach blieb, verwickelte ich ihn in ein Gespräch über seine Gefährten", sagte Einar. „Wer ist der Stärkste auf Eurem Schiff? Wer verträgt am meisten Bier? Solche Fragen. Während wir redeten, schnitzte ich in diese Stäbe. Ich sagte ihm, es seien nur Schnitzereien, um die Zeit zu vertreiben und wach zu bleiben, aber in Wahrheit habe ich die Runen für die Namen geschnitzt, die er erwähnte. Ich hatte mir überlegt, sie Hrodgar zu geben. Ich dachte, falls Tokes wahre Rolle bei den Ereignissen jener Nacht ans Licht kommen sollte, wäre es an Hrodgar, beim Thing Anklage gegen ihn zu erheben. Möglicherweise sollte das jetzt Eure Aufgabe sein. Bisher habe ich fünfzehn Namen. Wir brauchen noch etwa gleich viel oder etwas weniger, da drei von Tokes Männern diese Jagd bis zum Sonnenaufgang nicht überlebt haben werden."

Wir schauten beide Tord an, der uns gespannt zugehört hatte.

„Ich sage Euch nichts", fauchte Tord. Er dachte einen Augenblick nach. „Es sei denn, Ihr erklärt Euch bereit, mich laufen zu lassen."

Einar ging zu Tord hinüber und hockte sich neben ihn. Er zeigte auf mich. „Mein neuer Gefährte neigt dazu, vorschnell zu handeln; ich jedoch nicht. Ich sage Euch den einzigen Handel, den ich anbieten werde: Wenn Ihr mir sagt, was ich wissen möchte, töte ich Euch schnell und schmerzlos. Wenn nicht, schneide ich ganz vorsichtig Euren Leib auf, nur tief genug, um Haut und Muskeln zu durchtrennen. Dann ziehe ich Eure Eingeweide heraus und lege sie Euch in den Schoß. Wenn das noch nicht ausreicht, Euch zum Reden zu bringen, mache ich ein Feuer und brate Eure Innereien, während Ihr zuschaut. Möchtet Ihr so sterben? Denkt darüber nach. Nur wir werden wissen, wenn Ihr die Namen Eurer Gefährten verratet, und es wird Euch viel Leid ersparen."

Ob Einar seine Drohung wirklich wahr machen würde? Er hatte sich immerhin eine sehr aufwendige Folter ausgedacht. Und er dachte, *ich* würde rücksichtslos töten? Ich wäre nie auf solche Ideen gekommen. Der Gedanke beruhigte mich.

Tord verfluchte Einar und weigerte sich zu reden. Einar kniete neben ihm und fing an, seine Tunika aufzuschneiden. Nachdem er Tords Bauch freigelegt hatte, setzte er die Klinge seines Messers auf die Haut und begann zu drücken.

Ich habe nie erfahren, ob Einar seine Drohung tatsächlich bis zum bitteren Ende ausgeführt hätte. Bevor Tords Haut unter dem Messer aufgeschlitzt wurde, besann er sich eines Besseren und gab uns die Namen aller Männer in Tokes Mannschaft. Mit seinem Messer schnitzte Einar die Runen für die Namen derjenigen, die noch lebten, in die Holzstäbe. Dann nahm er das Messer und schlitzte Tord und Alf die Kehlen auf.

„Für dich, Ulf", sagte er, während er ihr Blut vergoss.

Einar gab mir die zwei Stäbe, die er geschnitzt hatte. „Ihr sollt sie haben. Ihr seid es ja, der den Eid geschworen hat."

Ich schaute die fremden Symbole an. Natürlich war es gut, eine Niederschrift mit den Namen der Schuldigen zu haben. Das Problem war, dass ich die Runen nicht lesen konnte. Meine Mutter hatte mir Lesen und Schreiben in der lateinischen Schrift beigebracht. Aber sie hatte nie die Schrift der Nordländer gelernt, und auch niemand anders hatte mich die Runen gelehrt. Lesen und Schreiben waren für einen Sklaven nicht notwendig.

Mit diesem Problem würde ich mich später befassen. Ich nahm die Stäbe an mich und schob sie in meinen Köcher.

„Was wollt Ihr jetzt machen?", fragte Einar.

Ich hatte bisher keine Gedanken darauf verschwendet, wie es weitergehen sollte, falls der Versuch, meinen Verfolgern zu entkommen und den Spieß umzudrehen, erfolgreich sein sollte. Der blanke Kampf ums Überleben hatte mir dazu keine Zeit gelassen. Wenn ich jetzt überlegte, wie ich Toke und seine Männer töten sollte, fühlte ich mich entmutigt. Im Wald drei Männer zu töten war schon schwer genug. Einen Anführer und seine ganze Mannschaft umzubringen schien mir schier unmöglich.

„Ich habe keinen Plan", gab ich zu.

„Lasst mich Euch einen Ratschlag geben", sagte Einar. „Rache gegen Huscarls zu üben, indem man sie aus der Deckung tötet, ist eine Sache. Eine andere ist, einen Stammesfürsten wie Toke zu töten, den Enkel eines großen Jarls. Viele betrachten ihn wegen seiner Taten als bedeutenden Mann.

Toke ist ein großer Mann, der großes Unrecht getan hat. Um wirkliche Rache zu üben, müsst Ihr seinen Namen zerstören und sein Andenken beflecken, denn das ist es, was nach dem Tod weiterlebt. Ihr müsst seine Ehre zerstören, indem Ihr allen zeigt, was er wirklich ist – nicht ein Stammesfürst, nicht ein großer Mann, sondern ein Nithing, ein eidbrechender Schurke, ein heimtückischer Mörder seines eigenen Stiefbruders."

Ich schüttelte den Kopf. „Toke kann nur zu einem Nithing erklärt werden, wenn gegen ihn vor dem Thing geklagt wird." Aus Geschichten, die an langen Winterabenden erzählt wurden, wusste sogar ich das. „Wie könnte ich jemals hoffen, eine solche Klage zu gewin nen? Bis vor kurzem war ich noch ein Thrall, während Toke Stammesfürst ist, wie Ihr selbst betont habt. Und seine Mannschaft wird sicher seine Geschichte mit Eid und Aussage unterstützen. Sie werden ihre Verbrechen nicht zugeben."

„Ihr müsst Euch mit Eurer Rache Zeit nehmen", erklärte Einar. „Hütet Euch davor, zu schnell zu handeln. Ich sehe bei Euch eine gewisse Anfälligkeit dafür, vor der Ihr Euch in Acht nehmen müsst. Wenn man Bier zu früh beim Brauen trinkt, schmeckt es dünn und sauer. Eure Rache wird viel süßer sein, wenn Ihr Toke zuerst vor allen Menschen entehrt, bevor Ihr ihn umbringt. Ein Pfeil in den Rücken aus dem Hinterhalt ist ein viel zu mildes Ende für einen Verbrecher wie Toke."

Bevor ich Einar getroffen hatte, wäre ich durchaus zufrieden damit gewesen, einfach nur Tokes Blut zu vergießen. Ein Teil von mir wünschte, ich hätte in Einar nie einen möglichen Verbündeten gesehen. Hätte ich ihn in Unwissenheit getötet, wäre die Aufgabe vor mir viel einfacher. „Was schlagt Ihr vor?"

„Ihr müsst Euch einen guten Ruf unter ehrbaren Männern erwerben und Verbündete gewinnen", sagte Einar. „Die werdet Ihr brauchen, wenn Ihr eine Klage vor dem Thing gewinnen wollt. Mit mir habt Ihr bereits den ersten Verbündeten gefunden. Wenn nötig, kann ich bezeugen, dass Tord vor seinem Tod den Angriff und die Morde zugegeben hat. Die Rache, auf die Ihr sinnt, ist wichtig. Sie muss richtig vollzogen werden. Toke ist noch ein junger Mann. Ihr habt Zeit."

Ich wollte nichts sehnlicher als Tokes Leben. Ich wollte sehen, wie sein Blut, so wie Haralds Blut, den

Boden dunkel färbte. Ich war mir nicht sicher, ob er es wert war, dass man ihm auch seine Ehre entriss. Einar hatte mir gesagt, was ich zu tun hatte, nicht aber wie. Es war nicht einfach, von ihm eine klare Antwort zu bekommen.

„Was schlagt Ihr vor?", fragte ich erneut. „Wie soll ich einen guten Ruf erwerben und einflussreiche Verbündete gewinnen? Ich bin erst fünfzehn Jahre alt. Den Großteil meines Lebens war ich ein Sklave. Ich habe meine Familie verloren. Ich habe nichts und bin niemand."

„Geht nach Süden nach Haithabu", antwortete Einar. „Dort findet Ihr Langschiffe, die ausgerüstet werden, und die Männer für ihre Mannschaften benötigen. Es ist fast Sommer, und die Zeit der Beutezüge beginnt demnächst. Heuert auf einem Schiff an und sammelt Erfahrung als Wikinger. Obwohl Ihr jung seid, seid Ihr tapfer und wehrhaft, und Ihr habt bereits mehr Männer getötet als viele, die weit älter sind als Ihr. Werdet ein angesehener Krieger. Wenn möglich solltet Ihr einen hochrangigen Stammesfürsten als Verbündeten gewinnen. Vor allem – lernt Geduld. Wenn die Zeit für Eure Rache gekommen ist, werdet Ihr es wissen. Die Götter werden Euch die Gelegenheit geben, Toke der Gerechtigkeit zuzuführen. Die Götter hassen einen Nithing genauso sehr wie ehrbare Männer auch."

Obwohl es mir widerstrebte, wusste ich im Inneren, dass Einars Rat weise war. Es war Ironie des Schicksals: Als Thrall hatte ich oft davon geträumt, als Wikinger auf Beutezug in See zu stechen, auf der Suche nach Ruhm und Abenteuern. Statt Abenteuern suchte ich jetzt Rache.

Ich fragte mich, wie lange es dauern würde, bis die Suche zum Ziel führte.

12

Der Weg zum Meer

Am nächsten Morgen bereitete ich mich für die Reise in Richtung Süden nach Haithabu vor. Der immer gesprächige Einar ermahnte mich mit vielen Vorschlägen und Warnungen. „Ein Reisender kann keine bessere Ausrüstung dabei haben als gesunden Menschenverstand und Vorsicht", sagte er. Das schien mir offensichtlich und nicht der Rede wert. Aber ich hatte bereits gelernt, dass Einar den Klang seiner eigenen Stimme sehr genoss.

Er drängte mich auch dazu, mich bei den Hinterlassenschaften der beiden toten Männer Tord und Alf zu bedienen, um meine Ausrüstung zu vervollständigen. Das wiederum erschien mir sehr vernünftig.

Tords Helm war einfach – konisch gewölbt mit einem schweren Nasenschutz aus einer Eisenplatte, die in der Mitte festgemacht war, um das Gesicht zu schützen. Aber bei genauerer Betrachtung bemerkte ich, dass die Schweißnähte und Nieten hervorragend gearbeitet waren und dass innen zur Polsterung Lederriemen angebracht waren, die ich gut an meine Kopfgröße anpassen konnte. Sein Wollumhang war lang und schwer, ungefähr gleich groß wie meiner, aber nicht von so guter Qualität. Ich nahm ihn trotzdem mit. Ich konnte darin meine Sachen einwickeln und ihn in kalten oder nassen Nächten als zweite Decke verwenden.

Das einzige andere Rüstungsstück, das die beiden

Männer noch bei sich hatten, war das mit Nieten versehene Lederwams, das Alf getragen hatte und das früher Rolf gehört hatte. Obwohl es Waffen nicht so gut abwehren konnte wie eine Brünne aus Ringelpanzer, bot es mehr Schutz als gar kein Rüstungshemd, und es war gut verarbeitet. Von den Blutflecken abgesehen, war es in einem anständigen Zustand. Obwohl seine beiden vorigen Besitzer darin gestorben waren, wies es nur einen kleinen Schnitt vorne auf, wo mein Pfeil eingedrungen war.

Alfs Schild war ungewöhnlich. Er war fast eine Handbreit kleiner als üblich, und während die meisten Schilde aus Schichten von Lindenholz gemacht waren, die am Rand und mit einem Buckel in der Mitte zusammengenietet waren, bestand dieser aus dünnen Eichenleisten, die überkreuz aufeinander gelegt und zusammengenietet waren. Als Bogenschütze würde ich meinen Schild oft auf den Rücken tragen müssen, sogar im Kampf. So getragen wäre ein kleinerer Schild bequemer, auch wenn er weniger Schutz bot. Mir gefiel auch der Einfall, die Härte des Eichenholzes mit der Flexibilität der dünnen, quer zur Faser aufeinander geschichteten Leisten zu kombinieren. Es wäre schwer, einen solchen Schild zu durchbohren oder aufzuspalten.

Nur Alf besaß ein Schwert. Ich hatte allerdings den Eindruck, dass die Balance nicht stimmte, und nahm es deshalb nicht an mich. Fürs Erste würde ich mich auf meinen Dolch und die kleine Axt verlassen, die ich Kar abgenommen hatte. Ich nahm Alfs Köcher und steckte alle Pfeile beider Männer ein. Wenn ich meine Dienste als Bogenschütze einem Stammesfürsten anbieten wollte, der auf Beutezug oder in den Krieg ziehen wollte, würde ich viele Pfeile brauchen. Da waren zwei Köcher nicht zu viel.

Insgesamt hatten die beiden Toten dreiundzwanzig kleine englische Silbermünzen bei sich. Ich versuchte, das Silber mit Einar zu teilen, aber er bestand darauf, dass ich es mehr brauchte als er. Ich gab ihm dennoch drei Münzen für Hrodgar.

„Sagt ihm, dass es mir leidtut, dass ich seine Hunde töten musste", sagte ich. „Aber ich hatte keine Wahl. Ich weiß, wie sehr ein Mann an seinen Hunden hängen kann. So war es bei meinem Vater Hrorik. Silber kann den Verlust nicht ausgleichen, aber ich kann damit vielleicht mein Bedauern Hrodgar gegenüber ausdrücken."

Einar grinste.

„Wieso lächelt Ihr darüber?", fragte ich.

„Hrodgar schickte seine Hunde, um nach einem Räuber und Mörder zu suchen. Es kommt nicht alle Tage vor, dass ein Räuber um Entschuldigung bittet und Entschädigung dafür anbietet, dass er die Hunde erlegt hat, die hinter ihm her waren."

Nur in Tords Umhang eingehüllt, verbrachte ich einen kühlen Tag damit, meine restlichen Kleidungsstücke im Bach zu waschen. Ich beschwerte sie mit Steinen, damit sie unter Wasser blieben, und weichte sie den ganzen Vormittag ein. Danach schrubbte ich sie mit Sand. Zum Trocknen legte ich sie auf Felsblöcke in die Sonne. Unterdessen nähte ich die Risse mit einer aus einem Ästchen geschnitzten Nadel und auseinandergewickelten Fäden aus den Kleidern der toten Männer. Mein Umhang, meine Tunika und meine Hose würden nie wieder wie die vornehmen Kleider aussehen, die Sigrid mir gemacht hatte, aber ich konnte die meisten Blut- und Schmutzflecken auswaschen. Die bleibenden Flecken waren jetzt nur noch verfärbte Schatten auf dem Stoff. Zumindest sah ich nicht mehr so aus, als ob ich tagelang Schweine geschlachtet hätte.

Mittags brach Einar auf, um zu seinem Dorf zurückzukehren. Bevor er abreiste, hob er die Leichen von Tokes Kriegern auf das zweite Pferd, damit er sie mit in den Wald nehmen konnte. „Ihr werdet erst bei Sonnenaufgang aufbrechen, nachdem Eure Kleider getrocknet sind und Ihr Euch ausgeruht habt. Es ist besser, wenn die Leichen woanders sind, während Ihr schlaft. Sie werden bestimmt Wölfe anlocken. Außerdem könnten die Geister dieser wegen ihres Todes zornigen Männer nachts in der Nähe ihrer Körper verweilen, da sie bei den Helden und Göttern in Walhalla gewiss nicht willkommen sind."

Ich fragte mich, ob Einar Recht hatte. Würden die Geister der Männer für immer als ruhelose Draugr über die Erde streifen oder würden sie den Weg zur Hel finden und im Reich der Toten verweilen? Harald hatte mir erzählt, dass die Geister der Bösen nach ihrem Tod oft dazu verdammt seien, auf der Erde zu wandeln, und dort gefangen waren, wo ihre Knochen lagen. Der plötzliche Schauer, den man manchmal ohne Anlass in einem Wald oder auf einer Straße spürte, sei ein Hauch der unsichtbaren, lauernden Toten, hatte er gesagt.

Einar ging mit mir zum Gipfel des Hügels und

zeigte auf die Linie, die ich am Tag zuvor in den fernen Baumkronen gesichtet hatte. „Dort ist die große Trasse, die viele den alten Heerweg nennen. Sie ist uralt und führt durch ganz Jütland – von Viborg im Norden bis zum Danewerk im Süden – dem Erdwall, den König Gudfred vor vielen Jahren entlang der Grenze baute, als die Franken in unser Land einzufallen drohten. Mein Vater war zu der Zeit noch ein junger, unverheirateter Mann, und er und sein Vater leisteten dem Aufruf des Königs Folge und halfen, die große Befestigung zu bauen.

Den Heerweg gibt es seit Menschengedenken. Damit kommt Ihr nach Haithabu. Die Stadt liegt am Schleifjord nur einen kurzen Weg von der Haupttrasse am östlichen Ende des Danewerks. Die Reise vom Limfjord nach Haithabu kann man zu Pferde in fünf Tagen schaffen, wenn man schnell reitet. Von hier aus könnt Ihr die Strecke in sieben oder acht Tagen zurücklegen, ohne Euch anzustrengen."

Einar saß auf und nahm die Zügel des zweiten Pferds, das die Leichen trug, in eine Hand. Das dritte Pferd – eine braune Stute – sollte bei mir bleiben, um meine lange Reise einfacher zu machen.

„Gute Reise", wünschte ich ihm.

„Euch auch. Seid vor allen auf der Hut, denn Ihr habt eine gefährliche Aufgabe unterfangen, und Ihr wisst nicht, wer Euch bei der Durchführung Freund oder Feind sein wird." Er lächelte. „Vor allem in dieser Gegend solltet Ihr vorsichtig sein. Ich habe das Gerücht gehört, dass ein gefährlicher Räuber unterwegs ist."

* * *

Ich ritt gemächlich Richtung Süden, was unter anderem daran lag, dass mich mein Gesäß und mein Rücken bald zu schmerzen begannen und lange Stunden auf dem Pferd den Schmerz nicht kleiner machten. Ich hatte zwar die Grundlagen des Reitens erlernt, aber ich hatte nie längere Zeit auf einem Pferd gesessen, und es wurde immer mehr zu einer unangenehmen Erfahrung. Ich ging oft dazu über, mit dem Zügel in der Hand neben der Stute zu laufen, anstatt auf ihr zu reiten.

Am dritten Tag schmerzten mich meine Beine und mein Rücken so sehr, dass ich versucht war, die Stute einfach stehenzulassen. Aber ich wusste, dass ich sie am Ende meiner Reise gegen Vorräte oder Geld eintauschen konnte, also setzten wir unseren Weg gemeinsam fort.

Ich unterbrach meine Reise mehrmals, um früh am Morgen oder am späten Nachmittag jagen zu gehen. Ich hielt es für sinnvoll, meinen kleinen Vorrat an gepökeltem und gedörrtem Fleisch für Zeiten aufzuheben, wenn Eile geboten und Geschmack nebensächlich war.

Geister begleiteten mich auf der Reise. Da ich jetzt nicht mehr ausschließlich mit dem nackten Überleben beschäftigt war, waren meine Gedanken am Tag und meine Träume in der Nacht voller Erinnerungen an Ulf, Rolf, Aidan und die anderen Gestorbenen – und vor allem Harald. Harald besuchte mich oft nachts, während ich schlief. Er war bleich und seine Augen waren traurig, aber er sprach nie. Ich sehnte mich danach, seine Stimme

310

und sein Lachen noch einmal zu hören. Aber sobald ich nach ihm rief, verschwand er. Wenn meine eigene Stimme mich aus der Traumwelt holte, wachte ich weinend auf und trauerte um die Toten und um mich. Ich hatte mich noch nie so einsam gefühlt, wie ich es auf dieser Reise nach Süden war.

Eines Morgens als ich dabei war, auf mein Pferd aufzusitzen, fiel mir auf, dass die Position der Sonne über den Bäumen die gleiche war, wie zu dieser Tageszeit auf Hroriks Anwesen. Ich war von der Sehnsucht überwältigt, gen Osten zu reiten, um unseren Fjord zu finden und Sigrid, Ubbe und sogar die anderen Huscarls und Sklaven dort wiederzusehen. Ich kannte zwar nur wenige gut und noch weniger von ihnen zählte ich zu meinen Kameraden, aber sie waren mir zumindest vertraut; Menschen, die ich seit meiner Kindheit kannte. Ich saß auf meine Stute auf und lenkte sie weg von der Straße, in Richtung der Küste und der aufgehenden Sonne.

Wir trabten einige Schritte durch den Wald, bevor ich die Zügel anzog und das Pferd anhielt. Vor mir irgendwo Richtung Osten lag die Welt, in der ich aufgewachsen war – in der aus einem Sklaven ein freier Wikinger und aus einem Knaben ein Mann geworden war. Es war die Welt, in der meine Schwester Sigrid noch lebte, die alles war, was mir von meiner Familie noch übrig blieben – und die der einzige noch lebende Mensch war, der mich liebte und den ich liebte. Hinter mir lag die Straße nach Haithabu und in ein neues und unbekanntes Leben.

Ich konnte nicht nach Osten reisen. Die Rückkehr in

meine Heimat war mir verwehrt. Vor meinem inneren Auge sah ich wieder die Nacht des Angriffs und ich hörte Tokes Stimme: „Tötet sie alle! Es darf niemand überleben, um diese Geschichte zu erzählen!" Und am Tag nach dem Angriff hatte ich gehört, wie Toke den Männern, die er auf die Jagd nach mir geschickt hatte, gesagt hatte, dass er sie auf Hroriks Anwesen treffen würde. Wenn er nicht bereits dort war, würde er bald eintreffen.

Auch wenn ich irgendwie heimlich mit Sigrid oder Ubbe in Kontakt treten konnte, würde ich damit ihr Leben aufs Spiel setzen, indem ich ihnen von Tokes Verrat erzählte und sie wissen ließ, dass ich noch lebte. Es wäre für sie schwierig, sich mit diesem Wissen Toke gegenüber weiterhin gleich zu verhalten. Toke war ein Schurke, aber er war nicht dumm.

Indem er seinen eigenen Stiefbruder umgebracht und Frauen und Kinder getötet hatte, nachdem er geschworen hatte, ihnen freies Geleit zu geben, hatte Toke furchtbare Verbrechen begangen. Soweit er wusste, kannte nur ich die Wahrheit – abgesehen von seinen Männern, deren Schuld ihr Schweigen wohl garantierte. Wenn Toke jemals ahnen sollte, dass Sigrid oder Ubbe Kenntnis von seinen Gräueltaten erhalten hätten, befürchtete ich, dass er sie ebenfalls töten würde.

Widerstrebend leitete ich die Stute wieder auf die Straße und lenkte sie ins Unbekannte.

Während der letzten Tage auf meiner Reise nach Süden führte die Straße immer wieder durch bewaldetes

Gebiet im Wechsel mit freiem Feld. Lange Strecken zogen durch offene Heide, und zweimal sah ich in der Ferne große Grabhügel alter Könige. Am Abend des siebten Tages führte die Straße wieder in den Wald, obwohl die Bäume hier nicht so dicht waren, wie in den wilden, weglosen Wäldern im Norden. Oft sah ich Baumstümpfe, wo Bäume und Unterholz gerodet worden waren, und viele Seitenwege führten von der Hauptstraße in die Wälder.

Am letzten Tag auf dem Heerweg erreichte ich eine große Weggabelung. Die Hauptstraße führte weiter in Richtung Süden, und in der Ferne konnte ich eine leichte Erhöhung sehen. Das musste das Danewerk seine – der große Erdwall, der die südliche Grenze des Landes der Dänen markierte. Ich lenkte mein Pferd Richtung Osten auf den kleineren Weg.

Nach einer Kurve kam ich aus einem Baumhain heraus. Vor mir fiel das Gelände sanft bis zu einem großen Fjord ab, der im Sonnenlicht des Nachmittags schimmerte. Am Ufer lag eine von Mauern umgebene Stadt. Auf die Größe von Haithabu war ich nicht vorbereitet. Mir war klar gewesen, dass es größer sein würde, als alles, was ich je zuvor gesehen hatte, denn es war ja die größte Siedlung in ganz Dänemark. Aber auch dieses Wissen hatte mich nicht gegen meinen ersten Blick auf die Stadt gewappnet.

Haithabu befand sich an einer kleinen Bucht an der südlichen Seite des Schleifjords – einem langen, schmalen Fjord, der sich an der Ostküste Jütlands tief ins Landesinnere eingegraben hatte. Um die gesamte Stadt war ein breiter Graben in einem Halbkreis von Ufer zu

Ufer ausgehoben worden. Innerhalb des Grabens wurde die Stadt zusätzlich durch einen Erdwall geschützt, der von einer Holzpalisade gekrönt war. Außerhalb der Mauer war das Gelände offen, und es gab Weiden, auf denen Schafe und Rinder grasten, sowie Felder, die noch leer aussahen, da es noch Frühsommer war. An einem Hafendamm in der Bucht kurz vor der Stadt waren vier Langschiffe und einige kleinere Boote festgemacht. Ein fünftes Langschiff kam gerade mit aufgerollten Segeln den Fjord hinauf, während die Ruder das Wasser aufwühlten.

Von der Stelle am Ende des Baumhains aus, von wo die Straße hinunter zur Stadt verlief und wo ich auf meinem Pferd saß und schaute, konnte ich über der Stadtmauer mehr Dächer zählen, als ich jemals an einer Stelle zu sehen erwartet hätte. Die Häuser waren so zusammengepfercht, dass es aussah, als ob sie fast Seite an Seite gebaut worden waren. Ich konnte nicht verstehen, wie so viele Menschen so dicht aufeinander leben konnten. Wie konnten sie alle ernährt werden? Konnte das Land ehrbare Arbeit für so viele bieten? Wie konnten sie alle genug Luft zum Atmen haben?

Es war spät nachmittags kurz vor dem Gezeitenwechsel. Für einen Augenblick wehte keine Brise vom Wasser her. Rauchfahnen stiegen über den vielen Dächern in den Himmel und bildeten eine rußige, graue Wolke, die wie ein drohendes Gewitter über der Stadt hing. Für mich war es beängstigend, dass die vielen an einem Platz lebenden Menschen eine solche Wolke erschaffen und damit sogar den Himmel verschmutzen konnten. Ich fragte mich, ob es ein Omen oder ein

Zeichen war, um mich davor zu warnen, dass dieser Weg in die Dunkelheit und ins Unheil führen würde.

Ich hatte Seite an Seite mit Harald und seinen Männern gegen nächtliche Angreifer gekämpft. Während meiner Flucht durch den Wald hatte ich zwar Angst, aber ich hatte dennoch meine Verfolger überlistet und bezwungen. Aber der Anblick von Haithabu nahm mir jeden Mut. Was tat ich hier? Ich war kein Krieger. Ich passte nicht an einen solchen Ort, der voller schlauer Städter und Männer war, die das Leben eines Wikingers lebten. Sie würden mich alle als das sehen, was ich war: ein verlorener Junge ohne Heimat.

Ich verlor die Nerven und wendete das Pferd, um zurück in den Wald zu reiten. Dort fühlte ich mich zumindest heimisch. Der Wald enthielt keine unbekannten Schrecken für mich. Dort konnte ich Nahrung und Unterschlupf finden. Ich konnte mir ein Zuhause im Wald aufbauen. Es wäre sicherlich ein einfaches und einsames Leben, aber ich wusste, dass ich es meistern konnte.

Das raue Krächzen eines Vogels riss mich aus meinen Gedanken. Ich schaute nach oben und sah einen Raben in einer Baumkrone neben dem Weg. Er stellte den Kopf schräg, starrte mich mit einem glänzenden schwarzen Auge an und krächzte wieder. Sein Schrei klang wie harsches, höhnisches Gelächter. Ich schämte mich.

Meine Mutter starb, weil sie an mich geglaubt hatte. Sie hatte die Verheißung des Mannes gesehen, zu dem ich werden konnte, und hatte ihr Leben gegeben, damit die Verheißung verwirklicht werden konnte. Auch

Harald glaubte noch im Augenblick seines Todes an mich. Er hatte darauf vertraut, dass ich ihn und die anderen von Toke ermordeten Menschen rächen würde. Als Harald starb, glaubte er an mein Können als Krieger und meine Ehre als Mann. Welches Recht hatte ich jetzt, an meiner Mutter und an Harald zu zweifeln und ihr Vertrauen zu missbrauchen?

Ich hatte Odin einen Eid geschworen, dass ich meinen Bruder Harald rächen würde. War ich so schwach, dass ich ihn jetzt schon aufgeben würde? War mein Herz so mutlos, es zuzulassen, dass meine Mutter und Harald umsonst gestorben waren? Raben waren die Boten Odins. Wenn ich mein Ziel aufgab und meinen Eid brach, würde der Gott es wissen.

Zeitgleich mit dem Gezeitenwechsel kam eine Brise auf. Sie erfasste den Rauch über der Stadt und trieb ihn davon.

Ich lenkte mein Pferd wieder in Richtung Haithabu. Ich wusste nicht, was ich dort finden würde oder was danach kommen sollte. Aber ich wusste, dass in dieser Richtung mein Schicksal lag – die Bestimmung, die die Nornen für mich webten. Ich spornte meine Stute an und ritt los, um sie zu begrüßen.

Karte

DÄNEMARK
Halbinsel Jütland

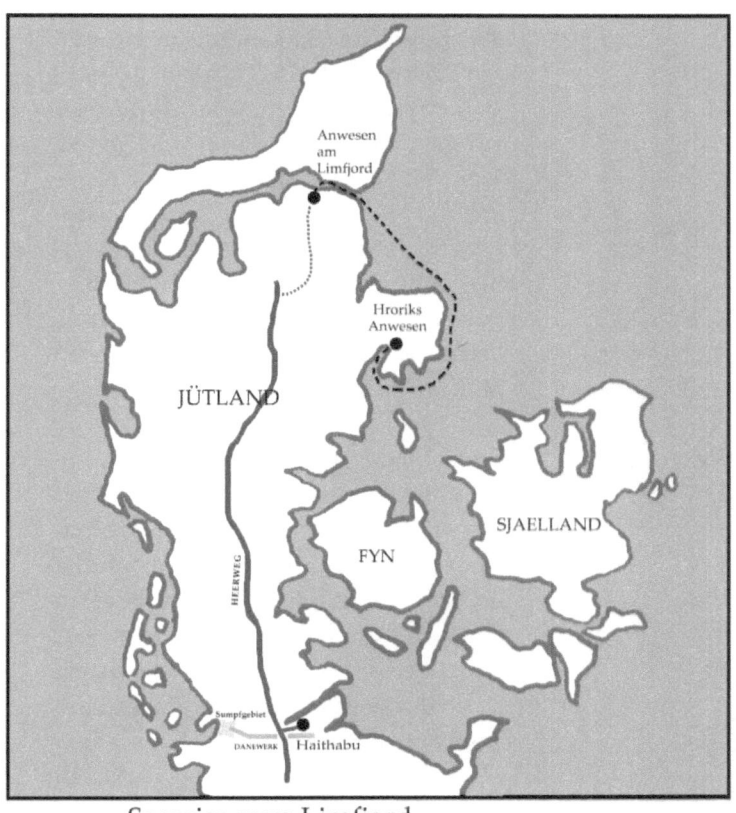

- - - - - - - - Seereise zum Limfjord
·················· Halfdans Flucht

Glossar

Berserker: Skandinavische Krieger, die für ihre Wildheit und Furchtlosigkeit im Kampf berühmt waren. In Friedenszeiten waren sie als launisch und schwierig bekannt. In altnordischen Sagen wurde Berserkern manchmal die übernatürliche Fähigkeit nachgesagt, sich in Bären oder Wölfe zu verwandeln, bzw. die Kräfte dieser Tiere im Kampf anzunehmen. Manche moderne Historiker haben postuliert, dass diese kaum zu bändigenden Krieger womöglich unter einer Form psychischer Erkrankung litten, beispielsweise einer bipolaren Störung oder Schizophrenie.

Birka: Eine Stadt in Schweden etwa 30 Kilometer östlich vom heutigen Stockholm, die ein wichtiges Handelszentrum der Wikinger war. Birka lag gut geschützt auf einer Insel in einem See am nördlichen Ende zweier wichtiger Handelsrouten, die durch das heutige Russland führten und am Schwarzen Meer und am Kaspischen Meer endeten. Über diese östlichen Handelsrouten konnten die Wikinger mit dem byzantinischen Reich und den maurischen Ländern im Mittelmeerraum Handel treiben.

Breitaxt: Eine Axt mit einer breiten, schweren Klinge, die auf einer Seite flach geschliffen war. Die Breitaxt war keine Waffe, sondern ein Werkzeug, um Holz zuzurichten und zu glätten.

Brünne: Ein Kettenhemd.

Danewerk: Eine große Befestigungsanlage, die am südlichen Ende der dänischen Halbinsel Jütland gebaut wurde, um die Dänen vor dem Eindringen der Franken zu schützen. Sie führte von der Ostküste bis zum Sumpfgebiet um den Fluss Treene im Westen.

Dorestad: Eine fränkische Hafenstadt und Handelssiedlung an der Gabelung des Niederrheins in den Lek und den Krummen Rhein. Das Gebiet ist jetzt Teil der Niederlande. Dorestad war eine der größten Handelssiedlungen des frühen Mittelalters.

Draugr: Ein Untoter; ein Gestorbener, der seine Ruhe nicht finden kann und nachts umgeht.

Freyja: Altnordische Göttin der Liebe, Fruchtbarkeit und Heilkunde.

Freyr: Altnordischer Gott der Fruchtbarkeit.

Frigg: Altnordische Göttin der Ehe und des Herdfeuers. Sie ist Frau von Odin, dem Hauptgott in der nordischen Mythologie.

Gauten: Ein skandinavischer Stamm aus dem südlichen Gebiet des heutigen Schwedens.

Haithabu: Die größte Stadt in Dänemark im 9. Jahrhundert und ein großes Handelszentrum. Haithabu lag am südlichen Ende Jütlands, auf der östlichen Seite der Halbinsel an einem langen Fjord.

Huscarl: Ein Krieger im Dienst eines Adligen.

Hnefatafl: Ein beliebtes Brettspiel der Wikinger. Der Name bedeutet soviel wie „Königstafel". Das Brett war in quadratische Felder ähnlich einem Schachbrett aufgeteilt. Ein Spieler nahm die Spielfiguren in der Mitte des Bretts (der König), der andere die am Rand (die Angreifer). Ziel des Sples war, den König gefangen zu nehmen bzw. den König vor der Gefangenschaft durch den Gegner zu bewahren und über die Randfelder in Sicherheit zu bringen.

Jarl: Ein Fürstentitel in der skandinavischen Gesellschaft der Wikingerzeit. Ein Jarl herrschte über große Ländereien im Namen des Königs.

Jütland:	Die Halbinsel, die das Festland des historischen und des modernen Dänemarks bildet. Der Name stammt von den Jüten, einem germanischen Volksstamm.
Karl:	Ein freier Mann in der skandinavischen Gesellschaft zur Zeit der Wikinger.
Limfjord:	Ein großer Sund im nördlichen Teil Dänemarks, der sich in der Wikingerzeit fast von der Ostsee bis zur Nordsee erstreckte. Im neunzehnten Jahrhundert entstand durch eine Flut die komplette Verbindung.
Langschiff:	Ein langes, schmales Schiff, das von den Wikingern als Kriegsschiff benutzt wurde. Es hatte sowohl Segel als auch Ruder und einen geringen Tiefgang und konnte dadurch an Land gezogen werden oder in Flüssen navigieren. Langschiffe wurden manchmal auch Drachenschiffe genannt, weil sie am Vordersteven oft mit Drachenköpfen dekoriert waren.
Niddingsvaark:	Ein Akt der Ehrlosigkeit; die schändliche Tat eines Nithings.
Nithing:	Einer ohne Ehre, der deshalb nicht als Person betrachtet wurde.

Nornen: Drei alte Schwestern, die in der nordischen Mythologie zu Füßen des Weltenbaums saßen und die Schicksale der Menschen auf ihren Webstühlen webten.

Nordmänner: Die skandinavischen Stämme, die im Gebiet des heutigen Norwegens lebten. Im neunten Jahrhundert wurden große Gebiete Norwegens vom dänischen König regiert. Außerhalb von Skandinavien wurde der Begriff Nordmänner manchmal für Krieger der Wikinger auf Raubzug genutzt, egal aus welchem Land sie stammten.

Odin: Der germanische Gott des Todes, des Kriegs, der Weisheit, der Rache und der Dichtung. Er war der Hauptgott in der germanischen und nordischen Mythologie.

Ortband: Die häufig aus Metall gefertigte Spitze der Schwertscheide, die bei den Wikingern oft reich verziert war. Es schützte die Schwertscheide vor Abnutzung.

Runen: Die Schriftzeichen der alten nordischen und germanischen Sprachen.

Schleifjord:	Ein langer Meeresarm an der Ost-küste im Süden der Halbinsel Jütland. Die Stadt Haithabu lag am Schleifjord.
Skald:	Ein Dichter.
Steven:	Die Balken an beiden Enden eines Langschiffes. Sie stellen die vordere und hintere, nach oben gezogene Verlängerung des Kiels eines Schiffes dar, an dem die Planken des Bootskörpers angebracht wurden.
Svear:	Ein skandinavischer Stamm, der Teile des heutigen Schwedens bewohnte; eines der Völker, die zusammen zur Kultur der Wikinger beitrugen.
Thegn:	Ein adliger Gefolgsmann in der angelsächsischen Gesellschaft; ein Mitglied der Kriegerkaste, die das Rückgrat der englischen Armeen zur Zeit der Wikinger bildete.
Thing:	Eine regelmäßig abgehaltene Volksversammlung nach altem germanischen Recht, bei der Männer Fälle zur Rechtsprechung vorlegen konnten. Das Thing war ein Vorläufer der Idee des Schwurgerichtsverfahrens, das Jahrhunderte später in England geltendes Recht wurde.

Thor:	Der altnordische Gott des Donners und der fruchtbaren Ernte.
Thrall:	Ein Sklave in der altnordischen Gesellschaft.
Walhalla:	Die „Halle der Gefallenen" – die große Festhalle des Gottes Odin, die in der nordischen Mythologie der Ruheort für verstorbene Krieger war, die sich als tapfer erwiesen hatten.
Walküren:	Schlachtjungfern, die dem Gott Odin dienten. Sie brachten die gefallenen Krieger in Odins Festhalle Walhalla, wo sie tagsüber kämpften und nachts feierten.
Weißer Christus:	Abschätziger Name der Wikinger für den Gott der Christen. Er sollte die Feigheit eines Gottes ausdrücken, der sich ohne Gegenwehr festnehmen und töten ließ.
Wergeld:	Die Entschädigung, die beim Töten eines Mannes als Wiedergutmachung bezahlt werden musste.

Anmerkungen zur Geschichte

Für die meisten modernen Historiker beginnt die Zeit der Wikinger in der zweiten Hälfte des achten Jahrhunderts n. Chr. und endet im elften Jahrhundert, obwohl die Daten etwas willkürlich sind und das herkömmliche Bild der Wikinger als gewalttätige, primitive, barbarische Piraten reflektieren. In der Geschichtsschreibung werden der Anfang und das Ende der Wikinger-Ära oft sogar an einzelne Überfälle geknüpft: den kleinen Angriff der Wikinger auf das englische Kloster Lindisfarne 793 n. Chr. einerseits und die misslungene Invasion Englands durch den norwegischen König Harald Hardrada, die mit seinem Tod bei Stamford Bridge 1066 n. Chr. endete, andererseits. Im gleichen Jahr überquerten die Normannen, die die Nachfahren von in Nordfrankreich im Gebiet der Seinemündung niedergelassenen Wikingern waren, den Ärmelkanal und eroberten England, womit die angelsächsische Herrschaft endete.

Die nordischen Stämme zur Zeit der Wikinger waren aber weitaus mehr als eine Ansammlung gut organisierter und sehr erfolgreicher Piraten. Sie waren Abenteurer, Entdecker und Händler, ein Volk mit einer dynamischen Kultur mit ihrer eigenen ausgeprägten künstlerischen Ästhetik, einer mündlichen literarischen Tradition und einem starken, moralischen Ehrenkodex. Heutzutage stellen sich viele die Wikinger als Männer in groben Kleidungsstücken aus Fell vor, aber in Wahrheit trugen reiche Wikinger viel wahrscheinlicher Kleidung aus reich gemusterten Woll- und Leinenstoffen und sogar Seidenstoffen aus China. Wikinger aus Norwegen besiedelten Island, entdeckten und besiedelten Grönland und entdeckten womöglich sogar Nordamerika. Wikinger gründeten Dublin und einige andere wichtige Städte in Irland, und sie verwandelten die nordenglische Stadt York, die sie Jorvik nannten, in eines der wichtigsten Handelszentren in Nordeuropa. Schwedische Wikinger trugen entscheidend zur Entstehung des frühmittelalterlichen Russland bei und errichteten Handelsrouten entlang der Flüsse, damit sie regelmäßig mit dem Oströmischen Reich in Konstantinopel und den arabischen Königreichen im Nahen Osten Handel treiben konnten. Ein Großteil Englands wurde von dänischen Wikingern im späten neunten und frühen zehnten Jahrhundert erobert und besiedelt. Viele der Ideen und Konzepte, die als „englisch" im Ursprung betrachtet werden, wurden von den Wikingern nach England gebracht, wie beispielsweise, dass die Freiheit des Einzelnen größeres Gewicht hat als die Rechte des Staates, dass sich sogar Könige dem Recht unterwerfen müssen oder dass ein Beschuldigter das Recht auf ein Schwurgerichtsverfahren durch Ebenbürtige hat. Diese Ideen verfestigten sich in dem stark von Wikingern besiedelten Gebiet des Danelags, das durch ein Abkommen vom späten neunten Jahrhundert bis zur Mitte des zehnten Jahrhunderts Souveränität erhalten hatte. Dänische Könige regierten von 1016 bis 1042 n. Chr. sogar ganz England.

Das Bild der Wikinger als gewalttätige Piraten, die die Menschen des frühen Mittelalters terrorisierten, besitzt allerdings auch einen gewissen Wahrheitsgehalt.

Es gab eine sehr dunkle Seite der Wikingerkultur – sie waren stark in den Sklavenhandel verwickelt, und vor allem Frauen und Kinder, die auf ihren Raubzügen gefangen genommen wurden, waren oft Teil ihrer Beute. Gefangene konnten sich glücklich schätzen, wenn sie von Angehörigen freigekauft wurden; viele wurden als Sklaven in die Ferne verkauft, wenn kein Lösegeld für sie bezahlt werden konnte.

Diese Seite der Wikinger sollte aber auch im Kontext der Zeit gesehen werden. Besiegte Feinde auszuplündern war gängige Praxis vieler Völker lange vor und nach der Wikingerzeit. In sämtlichen europäischen Kulturen der Zeit sowie in den meisten Kulturen der Welt gab es Sklaverei. Der Frankenkönig Karl der Große beispielsweise wird allgemein als Vorbild für Kultur und Christentum im Frühmittelalter betrachtet, aber auch unter ihm wurden Gegner versklavt. In dem brutalen, dreißig Jahre andauernden Krieg gegen das Sachsenreich südlich von Dänemark wurde nicht nur Land erobert; es gab auch das berüchtigte Massaker von über viertausend unbewaffneten Sachsen beim Blutgericht von Verden und die Deportation und Versklavung von Tausenden Menschen, nachdem die Franken die Sachsen besiegt hatten. Im Vergleich zu solchen Taten ihrer Zeitgenossen war das verheerende Wüten der Wikinger eher typisch für die Zeit.

Ich habe die zweite Hälfte des neunten Jahrhunderts als Hintergrund für Halfdans Geschichte gewählt. Zu dieser Zeit hatte das Christentum den heidnischen Norden noch nicht erreicht, und die meisten Raubzüge der Wikinger waren noch die Taten privater Abenteurer und nicht ehrgeiziger Könige. Obwohl ich sicher auch Fehler gemacht habe, habe ich nach bestem Vermögen versucht, ein lebhaftes und getreues Bild der Welt der Wikinger im neunten Jahrhundert zu zeichnen. Halfdan und seine Abenteuer sind zwar reine Fiktion, aber einige Ereignisse dieses Romans und der anderen Bücher der Serie basieren auf wahren Begebenheiten. Der Kampf in England, der Hrorik zum Verhängnis wird, basiert beispielsweise auf einem Eintrag in der *Angelsächsischen Chronik*, einer fortlaufenden Sammlung von Annalen aus dem frühen England, die von englischen Mönchen niedergeschrieben wurden. Für das Jahr 845 ist dort Folgendes verzeichnet:

> *In diesem Jahr kämpften Ealdorman Eanwulf, mit den Männern von Somersetshire, und Bischof Ealstan und Ealdorman Osric, mit den Männern von Dorsetshire, gegen die dänische Armee an der Mündung des Parrets; dort waren sie nach einer großen Schlacht siegreich.*

In dieser ersten Episode von Halfdans Geschichte gibt es auch Gerüchte über einen Plan des dänischen Königs, die Franken anzugreifen, während ihre drei Herrscher unter sich zerstritten waren. Im Jahr 845 haben die Dänen tatsächlich einen massiven Zangenangriff gegen die Franken ausgeführt. Ein Kontingent wurde von dem legendären Wikingerführer Ragnar Lodbrok die Seine entlang geführt. Aber das ist eine Geschichte für einen anderen Tag.

Eine letzte Anmerkung zu Halfdan und seinem

Bogen: so wie beschrieben, ist Halfdans Bogen den tödlichen Langbogen ähnlich, mit denen die Engländer die Kriegsführung im Spätmittelalter häufig dominierten. Die Frage zum Ursprung des englischen Langbogens ist zwar noch nicht geklärt, aber Tatsache ist, dass Bogen aus der Zeit der Wikinger, die in Machart und Größe den späteren englischen Langbogen gleichen, in Skandinavien gefunden wurden. In altnordischen Sagas gibt es auch Erzählungen von besonders guten Bogenschützen, die für ihre Fähigkeit geschätzt wurden, einen Gegner aus weiter Entfernung zu treffen. Einige wichtige Schlachten der Wikinger wurden dadurch entschieden, dass ein König oder ein anderer Anführer einer der Armeen durch einen gezielten Pfeilschuss getötet wurde. Obwohl Halfdan und sein Bogen zum Reich der Fiktion gehören, gab es solche Bogenschützen in der Wikingerzeit.

Wenn Sie mehr über die Starkbogen-Saga erfahren oder mich kontaktieren möchten, können Sie meine Webseite www.judsonroberts.com (in englischer Sprache) besuchen. Dort finden Sie aktuelle Neuigkeiten zur Serie, ein Leserforum und Artikel mit weiterführenden historischen Hintergründen zur realen Welt der Wikinger im späten neunten Jahrhundert, der Zeit, in der Halfdans Geschichte spielt.

Danksagung

Diese Geschichte zu erzählen, war lange ein Traum von mir, aber es wäre nicht möglich gewesen, Halfdans Abenteuer einem breiten Publikum zugänglich zu machen, ohne die Begeisterung und Unterstützung vieler; unter anderem der exzellenten Lektoratsarbeit von Susan Rich und Kristin Marang von HarperCollins bei der ersten englischen Ausgabe dieses Bands der Serie, der 2006 veröffentlicht wurde.

Die Neuauflage des englischen Originals von *Ein Krieger der Wikinger* in der überarbeiteten Northman Books-Ausgabe (2011) wäre ohne das Mitwirken meines guten Freundes und Schriftstellerkollegen Luc Reid kaum möglich gewesen. Luc war seit den Anfängen dabei und hat schon die ersten Fassungen gelesen. Für die neue Ausgabe nahm er meine unausgegorenen Ideen und Zeichnungen und erstellte daraus die Karte von Halfdans Reisen für diesen Band. Er gestaltete auch das Layout für die neue Ausgabe in elektronischer und gedruckter Form. Mein besonderer Dank gilt auch Lou Harper von Harper By Design für das beeindruckende neue Cover.

Eine weitere Schriftstellerkollegin, Ruth Nestvold, übertrug diesen ersten Band ins Deutsche, damit eine neue Leserschaft die Gelegenheit hat, Halfdans Geschichte zu entdecken. Vielen Dank, Ruth, und auch Dank an ihren Mann, Chris, für seine Unterstützung und Hilfe.

Und schließlich geht mein größter Dank an meine Frau Jeanette für ihre Unterstützung und ihren unerschütterlichen Rückhalt.

Judson Roberts, 2014